講談社文庫

空飛ぶモルグ街の研究

本格短編ベスト・セレクション

本格ミステリ作家クラブ・編

講談社

空飛ぶモルグ街の研究　本格短編ベスト・セレクション◉目次

空飛ぶモルグ街の研究　本格短編ベスト・セレクション

序

当クラブ編集による本格ミステリのアンソロジーも回を重ねるごとに、読者のおなじみになったと存じます。でももし、今度はじめて手にとった方がおいででしたら、この壮大？なメインタイトルに面食らっておいでかも。なにしろあの『モルグ街』が空を飛ぶんですから。

ポーが反重力を研究したのかと、早合点した読者には申し訳ないのですが、ここで当アンソロジーのタイトルのつけ方のルールを説明させてください。ルールといっても簡単で、その年に選出された作品群の題名の一部を組み合わせ、意味不明だが魅力的なタイトルにしようという、それだけです。往年のアニメが発明した合体ロボみたいな稚気《ちき》満々ぶり。内容をご覧になれば一目瞭然で、沢村さん・千野さん・小林さんの諸作がキメラにされております。

ついでといわず、どうか目次をのこらず眺めてください。どの一作をとりあげても、なんだコレハ？　と目を剝《む》きたくなるような、異形の題名が犇《ひしめ》いているでしょう。ミステリの面白さのひとつに、予想外の方向から読者にどんでん返しを食わせる驚きがありますが、ここにならんだ作品は、翳《かざ》した題名からして驚き成分を多量に含んでいるのです。そしてもうひとつ。本格ミステリには他のエンタテインメントの分野に少ない稚気が、ふんだんにばら蒔《ま》かれていることにご注意いただけないでしょうか。

人間だけがもつ高度な文化、それは笑いです。哄笑《こうしょう》爆笑のたぐいだけが笑いではありません。微笑、苦笑にはじまって、聖人が湛《たた》える大悟の笑みにいたるまで、そのすべてに通じるのは、自他を客観視できる心のゆとりであり、それこそが人の精神を次のステップに誘うバネとなるのでしょう。

おお、ぼくには稀《まれ》な偉そうなことをいいましたが、どうか気にしないでください。本格ミステリに含有される稚気とは、つまりこのアンソロジーを好例とするように、大人の文化の要素のひとつです。そんなわけですから、大人の読者のみなさん、ミステリの象徴、あのモルグ街が如何《いか》にして空を飛ぶか？　そろって楽しく研究しようではありませんか。

二〇一三年一月

本格ミステリ作家クラブ会長　**辻　真先**

しらみつぶしの時計

法月綸太郎

Message From Author

　タイトルが示している通り、この短編は『やぶにらみの時計』（都筑道夫）へのトリビュートとして書かれたものです。といっても、時刻の表記と二人称の実況スタイルを拝借しているだけで、ストーリー自体はほとんど関係がありません。
　最初にネタをこしらえた段階から、こんな話が小説になるのだろうか、と半信半疑で書き始めて、自分でもよくわからないうちに、どうにかこうにか結末までこぎ着けたというのが正直なところです。景気づけのBGMとして、ドン・キャバレロの「アメリカン・ドン」とか、バトルスの「EP C／B EP」を聴いていたのが、よかったのかもしれません。

法月綸太郎（のりづき・りんたろう）
1964年島根県生まれ。88年、『密閉教室』でデビュー。作者と同名の探偵のシリーズを中心に執筆する一方、評論も手がける。2002年、「都市伝説パズル」で第55回日本推理作家協会賞短編部門受賞。『生首に聞いてみろ』が『2005年このミステリーがすごい！』第1位になるとともに第5回本格ミステリ大賞受賞。近著に『キングを探せ』。

1

せわしない電子音が、無明《むみょう》の静寂を切りきざむ。鼓膜を揺さぶり、聴神経をたぐり寄せて、深い眠りの淵《ふち》に沈んだきみの意識をサルベージしているのだ。

枕元に手を這《は》わせると、ひんやりしたプラスティックの感触。スイッチみたいなものに指が触れたとたん、音は鳴りやむ。静けさが戻ってくるけれど、せき立てられるような感じがつきまとう。いったん覚醒した意識は、もう後戻りを許さない。

すでにゲームは開始されているからだ。

きみはパッチリとまぶたを開け、手探《てさぐ》りでつかんだ物体を顔の前に持ってくる。暗闇の中に浮き上がった四つの数字。

00：00

液晶表示のデジタル時計が、真夜中の一二時を告げている——だが、それが「現在」の正確な時刻ではないことを、あらかじめきみは知らされている。

上体を起こし、頭の上で両手を組んで、きみは大きく伸びを打つ。液晶の蛍光《けいこう》を頼りにスイッチを探し、ベッドランプを点灯。電球の光に目を細めながら、きみは手にした時計をじっくりと観察する。

色はシルバーグレイ、サイズはタバコの箱を一回り大きくしたぐらい。ごくシンプルなデザインで、分単位までの時刻表示とアラーム機能しか付いてない。表示画面の左側に、ゴシック体のCの字を上向きにしたロゴシールが貼ってある。

いや、それはアルファベットのCではない。きみは強《し》いられた眠りに落ちる前、《出題者》から聞かされた説明を思い出す。

まずランドルト環《かん》の話から始めよう。

名前を聞いたことがなくても、実物は病院や学校の保健室で目にしているはずだ。ランドルト環とは、視力検査に使われる「C」のマークのことをいう。

この図形を考案したのは、フランスの眼科医エドモン・ランドルト。一九〇九年、イタリアで開かれた国際眼科学会で、国際的な標準指標に採用された。太さ一・五ミリ、直径七・五ミリの黒く塗りつぶした円環に一・五ミリ幅の切れ目を入れ、被検者は五メートル離れた地点からこれを見る。すると、切れ目の幅と被検者の眼の作る視角がちょうど一分《ぶん》（＝六〇分の一度）になるので、この切れ目を識別できる視力を一・〇と定めた。

ランドルト環の由来にならって、今回のゲームの基準も一分と定めよう。ただし、角度の単位ではなく、時間の単位で。

今回のゲームの《被験者》として、きみは二種類の円環に囚《とら》われることになる――空間と時間の円環によって。空間の円環は閉じられて出口がないけれど、時間の方はそうではない。時間の円環には、識別可能な切れ目が開いている。

「現在」という切れ目だ。

そして、その「現在」は一分という幅を持つ。このゲームの基準、最小単位だ。時間の切れ目を見いだせば、きみは空間の円環からも解放されることになる。

ゲームの開始と同時に、きみは無数のランドルト環を目にするはずだ。なんとなれば、それはこのゲームを象徴する図形にほかならないのだから。しかし当面の間、きみはそれらを無視してかまわない。装飾的な目くらまし、と見なしてもいいだろう。

――その意味が明らかになるのは、きみが最終段階に到達した時である。


きみはベッドから下り、部屋全体の照明をつける。Pタイルを敷きつめた、だだっ広い円形のホールに光が満ちる。ぐるりの壁は白一色で、壁に寄せたベッドからいちばん遠い側に、外へ通じる観音《かんのん》開きのドア。あとは薄っぺらいボードで仕切られたブースがひとつあるだけの、がらんとして殺風景このうえない空間だ。

仕切りのドアを開けると、ブースの中はユニット式のバストイレになっている。きみはそこで用を足してから、寝起きの頭をしゃんとさせるため、熱いシャワーを浴びる。

頭の中はだいぶしっかりしてきたが、それでも奥の方に、凝り固まった芯のような違和感が残っている。睡眠不足のせいではない。きみの体内時計が正常に働かないように、《出題者》が特殊なホルモン剤を投与しているからだ。

——もちろん、《被験者》であるきみの事前の了承を得たうえで。

きみは濡れた体を拭《ふ》き、用意された服に着替える。髪を乾かしながら、洗面台のミラーに映った自分の顔を見て、きれいにひげが剃《そ》ってあることに気づく。眠っている間に、シェーバーを当てたのだろう。ひげの伸び加減で、経過時間を推測されないようにするためだ。手指と足の爪を切った跡もある。念の入ったことだ、ときみは思う。こちらが思っている以上に、準備に時間をかけたのかもしれない。

身支度《みじたく》を整えて、きみはブースから出る。

ベッドのそばに、抽斗《ひきだし》付きのデスクと椅子、それに上下二段のカゴを載せたショッピングカートが置いてある。デスクの横には、小型の冷蔵庫。扉を開けると、栄養補助食品とチョコレート、ミネラルウォーターのペットボトルなどが入っている。《出題者》のささやかな心尽《づ》くしというわけだ。

起きたばかりで空腹は感じていなかったが、ゲームのことを考えれば、大脳を活性化させるために血糖値を高めておいた方がいい。きみはそう判断して、チョコレートをかじりミネラルウォーターで喉《のど》をうるおす。

体に活力がみなぎってくるのを感じながら、きみはシルバーグレイのデジタル時計を手に取り、もう一度時間を確認する。

00：17

きみはしばらく思案してから、アラーム機能を六時ちょうどにセットして、時計を服のポケットに入れる。これが「現在」の正確な時刻だと思ってはいないけれど、ゲーム開始からの経過時間を知るのに役立つからだ。

準備を完了して、きみは大きく深呼吸する。それからホールをまっすぐに横切って、外に通じる唯一の開口部を目指す。

観音開きのドアを開けると……。

外の回廊には、おびただしい数の時計が並んでいる。

2

では、引き続き空間と時間の円環について説明しよう。

空間の円環とは、今回のゲームが実施される施設を指《さ》している。その施設は平べったい円柱状の建物で、外周に沿《そ》った回廊とその内側のホールからなる。回廊とホールの間は、観音開きのドアをはさんで、自由に行き来できるようになっている。しかし、ランドルト環との比較によって示唆《しさ》した通り、この回廊から施設の外へ出ることはできない。

きみが運びこまれた後、施設は完全に外部から遮断《しやだん》されることになっている。もちろん施設には一ヵ所だけ、外に通じる出入口があるのだが、この出入口はゲームの開始と同時に外側からロックされる。内部から開けることは、構造的に不可能だ。

そして、ゲームが終了するまでこのロックが解除されることもない。

また、この施設にはいかなる種類の窓も存在しない。照明と空調はスタンドアローン、すなわち一〇〇パーセント施設の内部でまかなわれており、明るさや気温、湿度その他の条件によって、外部の状態を推測することができないようになっている。

さらに施設の外壁には、防音と電磁波シールドの効果を持つ建材が使用されている。

さすがに地震が起こった際の揺れを完全に吸収することはできないが、ゲームの進行中に地震が発生する可能性はきわめて低いし、仮にそういった事態が生じたとしても、ゲームの結果を左右することはないだろう。

つまり、きみが封じこまれる施設は、文字通りの閉ざされた円環、クローズド・サークルの条件を満たしている。ちなみに Closed Circle の頭文字は、C・C――ここにも二重のランドルト環が姿を見せているということに、きみの注意を喚起しておきたい。

きみがこの施設に運びこまれ、ゲームを行なうことになった理由はほかでもない。きみが望んだからである。自己責任というやつだ。

ただし、最初からこういう展開を予想していたわけではない。そもそもの始まりは、潤沢《じゅんたく》な資金と高度な研究内容で知られる、国内でも有数のシンクタンク研究員の欠員募集にきみが応じたこと。いかがわしい求人どころか、ごくまっとうな就職活動だ。数次に及ぶ論文試験と面接を経て、きみは難関を突破し、ようやく仮採用の通知を受ける。ところが、喜んだのも束《つか》の間《ま》、晴れて本採用となるために、きみはさらに困難なテストを受けなければならない、と告げられる。

それが一連のゲームだ。

平たく言えば、新人研修みたいなものだろう。たしかにちょっと風変わりではあるが、企業によっては、自衛隊の体験入隊や孤島でのサバイバル訓練を強要するところもある。それに比《くら》べれば、ずいぶんマシではないかときみは思う。

ただし、そうした一般企業の研修と異《こと》なるのは、集団行動や協調性といった対人的な側面がいっさい無視されていることだ。きみに与えられる課題は、個人としての知能と問題解決能力を試《ため》すものに限られている。

シンクタンク側の説明では、一連のゲームの成績によって、研究員としてのきみの資格や待遇、報酬などがランク付けされるという。これまでのところ、きみは与えられた課題をどうにかクリアしているが、今回のゲームでもうまく行くとは限らない。

それにゲームの本当の目的が、シンクタンク側の説明通りだという保証もない。今回に限らず、一連のゲームは妙に手のこんだ、不条理な状況の下で実施される。ストレス下での問題解決能力が試されているのだとしても、毎回手間をかけすぎの感が否めない。これは一種の行動心理学の実験で、自分はモルモットの役割を押しつけられているだけではないか？　きみはずいぶん前から、そんな疑いを持ち始めている。

もちろん、きみがそうした疑いに取り憑《つ》かれていることをシンクタンク側も知っているはずだ。おそらく一連のゲームは、そのように設計されているであろうから。

ということは、ゲームの結果そのものに意味はなく、それに対するきみの反応だけが観察されているのではないか？　あるいはこのゲームには終わりがなく、新しい課題に取り組み続けることが、自分の日常業務としてすでに定められているのかもしれない。このところ、きみはほとんど常に、そうした宙吊《ちゅうづ》りの不安にさいなまれている。

皮肉なことに、そんな疑心暗鬼の堂々めぐりから一時的に解放されるのは、与えられた問題を分析し、《出題者》の言葉の持つ意味を考え、さまざまな解法を手当たり次第に当てはめていく間だけ——まさにゲームの中に身を置いている時なのだ。

次に時間の円環について説明しよう。

言うまでもなく、ここからがいちばん肝要《かんよう》な点だ。

施設の回廊には、一四四〇個の時計（ただしゲームを開始する際は、便宜《べんぎ》を図《はか》るため、ひとつだけホールのきみの手元に置いておく）がランダムに配置されている。

一四四〇という数字は、でたらめに選ばれたものではない。二四時間×六〇分、すなわち一日を一分刻《きざ》みに細切《こまぎ》れにしたものの総数だ。これらの時計はコンマ一秒の誤差もなく、すべて正確に時を刻んでいる。

しかし、表示されている時刻はそうではない。

一四四〇個の時計は、たったひとつの例外もなく、すべて異なった時刻に合わせてあるからだ。二四時間は一四四〇分なのだから、どの瞬間を切り取っても、回廊に置かれた時計は、一日のすべての「分」に割り当てられていることになる。

言い換《か》えれば、施設の回廊には一四四〇通りの時間が同時に並行して流れている。そしてこれらの微分された時間は、おのおのが二四時間ごとに始まりの地点に戻り、再びゼロから時を刻み始める。時間の円環というのは、そういう意味だ。

回廊で並列進行する一四四〇通りの時間の流れは、すべて完全に平等である。施設の内部に身を置く限り、各時計間の時差は相対的なものでしかないからだ。しかしすでに述べた通り、この時間の円環には外部に通じる「現在」という切れ目がある。

きみに与えられた課題は、この切れ目を見いだすことだ。

きみが封じこまれた施設の回廊には、たったひとつだけ、外部と同期した「現在」の正確な時刻を示している時計がある。その「現在」が、日本の標準時刻であることはいうまでもない。ゲーム開始から六時間以内に、一四四〇個の時計の中から、きみは唯一《ゆいいつ》の正しい時を刻む時計を見つけなければならない……。

おびただしい数の時計が、きみの視界を埋めつくしている。時計屋の店先というより、卸問屋《おろしどんや》の倉庫の中に紛《まぎ》れこんだようなありさまだ。

きみはずっと昔に読んだ、ミヒャエル・エンデの童話の一場面を思い出す。

「宝石《ほうせき》のかざりのついた小さな懐中時計《かいちゅうどけい》、ふつうの金属《きんぞく》のめざまし時計、砂《すな》時計、上で人形のおどっているオルゴール時計、日時計《ひどけい》、木の時計、石の時計、ガラスの時計、チョロチョロながれる水でまわっている時計。壁《かべ》には、いろいろな種類のハト時計や、おもりのぶらさがった時計や振子《ふりこ》の時計。振子がゆっくりとおもおもしく動いているのもあれば、せかせかとせわしく動いているのもあります。二階《かい》くらいの高さのところに広間をぐるりととりまく回廊《かいろう》がついていて、らせん階段《かいだん》でのぼれるようになっています。その上にもまたもうひとつ回廊があり、その上にも、またその上にも、さらにかさなっています。そしてそのどこにも、時計がいっぱいです。そのほかにも、地球上のあらゆる地点での時間をしめす球形の世界《せかい》時時計や、太陽、月、星などの天体儀《てんたいぎ》もあります。広間のまんなかにはたくさんの置《おき》時計が、いうなれば時計の森のようにびっしりあつまっていて、ふつうの家にある置時計から、まさしく時計台ほどのものまであります。

たえずどれかの時計が時を打ち、ここかしこでオルゴールが鳴ります。というのは、ぜんぶの時計がみんなべつべつの時間をさしているからです」

ただし、『モモ』の「時間の国」に出てくるようなアンティーク時計や、さまざまな趣向をこらした珍しい品は見当たらない。電池で動く既製品の寄せ集めで、二束三文《にそくさんもん》で買い叩いたようなありふれた代物ばかりである。

きみは扉を出た地点を起点に、歩数をかぞえながら、時計回りに回廊を歩いていく。回廊の幅は三メートルほど。進行方向の左手、つまり建物の外側に面した壁には、壁掛け式の時計がずらりと配置されている。壁掛け時計は、フック式の金具で目の高さに来るように吊り下げられており、その気になればいくらでも取りはずすことができそうだ。

反対側、すなわち回廊の内側の壁の前には、白い布をかぶせた長机が並んでいる。据え置きタイプの時計の陳列台で、腕時計や懐中時計とおぼしきものもある。

使用形態やデザインを度外視すると、時計の種類は二つのカテゴリーに分けられる。頭を使うまでもない、昔ながらのアナログ時計と、デジタル時計の二種類だ。当然、壁に掛かっている時計の方がアナログの比率が高いけれど、例外はいくらでもあって、レイアウトに際立《きわだ》った法則性は感じられない。

そもそも壁に掛けるか、机に置くかという区別が、厳密に守られていない。同じデザインで色がちがっているだけの時計でも、あるものは壁から吊るし、別のものは付属品の台に載せて、長机の方に置いてあったりする。

アナログ時計には、短針・長針・秒針のそろったものと、短針と長針だけで秒針のないものが混じっている。文字盤の数字も1〜12が全部あるもの、3・6・9・12だけで間の抜けているものなどが混在し、アラビア数字やローマ数字、デザインもさまざまだ。そのかわり、どの時計にも、一分ごとの刻みがしっかりついている。

デジタル時計も同様に、バラエティに富んでいる。LED表示のもの、液晶表示のもの、日めくりのように数字を記《しる》したパネルが回転するレトロ風のもの。いずれも二四時間形式の表示で、午前／午後で区別するタイプは見当たらない。

ざっと見た感じでは、アナログとデジタルの比率は半々ぐらいか。《出題者》の説明通り、どの時計もてんでんばらばらの時刻を指している。

さらにどの時計にもひとつずつ、きみのポケットに入っているデジタル時計と同じ、ランドルト環をあしらったロゴシールが貼ってある。切れ目の向きは、やはりばらばらだ。

これまでのゲームと同様に、施設内には複数の監視カメラとマイクが設置されている。《被験者》であるきみの行動を、逐一モニターするためだ。きみが正しい時計を見つけたら、任意のカメラに向かってその時計を示し、ゲームの終了を宣言すること。

ただし、ゲーム終了の宣言は一回しか認められない。解答が正しければ、その時点で出入口のロックは解除され、きみは閉ざされた円環から解放される。解答がまちがっていた場合には、相応のペナルティが課されることになるだろう。

外部からの情報をいっさい遮断された状況で、きみが正解する確率は、一四四〇分の一——だが、くれぐれも当て推量や直感に頼ってはならない。きみはあくまでも論理的に、この問題に対処することを求められている。なんとなれば、この問題は初めから解《と》けるように構成されているからだ。そのことを念頭に置きながら、論理的に思考し、かつ効率的に行動したまえ。六時間という時間は、けっして長すぎることはない。

施設の内部には、きみの行動をサポートするためのいくつかのアイテムが用意されている。しかし、それはあくまでも必要最低限の、補助的なツールにすぎない。

今回のゲームの要諦《ようてい》は論理。ただ論理のみが、きみの用《もち》いる武器だ。ロジックの導《みちび》きに従えば、きみは唯一の正解にたどり着けるだろう。

——きみの健闘を祈る。

チクタクと時を刻む音が幾重《いくえ》にも幾重にもかさなって、隙間のない城壁みたいにきみを包囲している。きみはどこまでも続く音の壁に自《みずか》らを溶けこませながら、全体的な印象を流し見るように、ゆっくりと回廊を一周する。スタート地点に戻ると、いったん足を止め、自分の歩幅と歩数を掛け合わせて、回廊の長さを計算する。

概算で一二〇メートルほど。

これを円周率で割ると、直径は約三八メートル。ただし、きみは三メートル幅の回廊の真ん中を歩いていたから、施設の直径はだいたい四〇メートルぐらいだろう。半径二〇メートルとして、施設の面積は一二五六平方メートル、三八〇坪《つぼ》。倉庫ひとつ分ぐらいの広さになる。

計算をすませると、きみは向きを変え、今度は反時計回りに回廊を戻り始める。やはり歩数をかぞえながら、一〇メートルおきに立ち止まって最寄《もよ》りの長机の時計を一ヵ所に寄せ集め、その山を目印のかわりにする。アナログ時計の文字盤のように、回廊全体を一二のブロックに分けるためのマーキングだ。

二周目では、全体的な印象を優先した一周目より、個々の時計が示している時刻と、時計に貼られたランドルト環の向きに注意を向ける。

ランドルト環の向きは、上下左右の四通り。切れ目が斜《なな》めになったものは、ひとつもない。仮にそれぞれの時計に貼られたシールの向きに、何らかの法則性があるとすれば、四の倍数ごとに周期をなしている可能性が高い。六〇（分）と二四（時間）が、いずれも四の倍数であることはいうまでもない。

しかし、それぞれの時計が示している時刻とランドルト環の向きには、すぐにそれとわかる相関性はない。当然だ。時計が示す時刻は、刻々と変化しているけれど、ランドルト環のシールは貼られた状態で動かないのだから。

きみはふと思いついて、ポケットの中から最初に手に入れたデジタル時計を出す。

00：24

きみは左右の時計に目を走らせ、ランドルト環が手元の時計と同じ上向きになっているものを探す。いくつかの時計が目に留まる。

11：12、二時四八分、一〇時一六分、03：56。

その瞬間、分表示はいずれも四の倍数になっている。

時刻が変わる前に、目の届く範囲でほかの時計を確認すると、分表示を四で割った余りが一のものはランドルト環の向きが右、余りが二の時計のランドルト環は下向き、余りが三のものは左を向いている。

ということはやはり、ランドルト環の向きには周期性があるということだ。サンプル数が限られた局地的な観察なので、ただちに結論に飛びつくのは危険だが、おそらく分刻みにすべての時計を順番に並べていけば、ランドルト環もそれに合わせて右へ九〇度ずつ回転していくのだろう。

しかし——。

装飾的な目くらましか、ときみはつぶやく。

これまでの経験から、《出題者》の事前の説明に嘘《うそ》やごまかしのないことはわかっている。当面の間、それらを無視してかまわない、と《出題者》が明言している以上、今の段階でランドルト環の向きにこだわるのは賢明ではない。

それにきみの推測が正しいとしても、ランドルト環の向きが示す四の倍数ごとの周期性は、一四四〇通りの時間の流れと同様に、円環を描いて内に閉じている。したがって、外部に通じる「現在」の正確な時刻を導く手がかりにはならないのではないか？

ランドルト環の問題は、とりあえず棚上げにしておこう。きみは自分にそう言い聞かせて、おのおのの時計の観察と一〇メートルおきのマーキング作業に集中する。


ところが、作業を再開して一分あまりで、きみは異常に気づく。

一〇メートルおきのマーキングが半周を越え、時計の文字盤でいえば、五時の地点に差しかかった時だ。きみは右手の壁に掛けられたアナログ時計に目をやって、おやっと思う。その時計自体に、変わったところはない。きみの目を引いたのは、その時計の針が指している時刻——短針は12と1の間、長針は5の次の目盛りに来ている。

〇時二六分。

その時計に貼られたランドルト環のシールは、上向きのC。

きみははっとして、手に持っているデジタル時計の液晶表示を確認する。

00：26

まさか。きみは自分の目を疑いながら、壁のアナログ時計と手元のデジタル時計を見比べる。まちがいない。何度比べても、二つの時計は同じ時刻を指している。

きみはごくりと唾《つば》を呑《の》む。

壁のアナログ時計の秒針が一回りして、12の位置を通り過ぎる。〇時二七分。それと同時に、シルバーグレイのデジタル時計の表示が変わる。

00：27

どういうことだ？　きみは両目を見開いたまま、《出題者》の説明を反芻《はんすう》する。

一四四〇個の時計は、たったひとつの例外もなく、すべて異なった時刻に合わせてあるからだ。二四時間は一四四〇分なのだから、どの瞬間を切り取っても、回廊に置かれた時計は、一日のすべての「分」に割り当てられていることになる。

3

いや、《出題者》の説明に嘘や誤りはない。きみはじきに落ち着きを取り戻す。壁のアナログ時計が示しているのは、午後〇時二七分——二四時間のデジタル表示なら、12:27に相当することに気づいたからだ。

一二時間で一回りするアナログ時計に、午前と午後の区別はない。しかし、対《つい》になる午前の時刻を示すデジタル時計が存在する以上、アナログの方は自動的に午後の時刻が割り当てられる。《出題者》の示した条件は、そのように理解されるべきだ。

緊張がゆるんだせいだろう。子供の頃に読みふけったクイズ本の一ページが、きみの脳裏《のうり》をよぎる。

「一日に一分ずつ遅れる時計と止まった時計。正確なのはどっち?」

答は止まった時計。一日に一分ずつ遅れる時計は、正確な時刻からどんどんずれていくけれど、止まった時計は一日に二回、正確な時刻を示すからだ。

クイズ本の挿《さ》し絵《え》に描かれていたのは、二つのアナログ時計——もし止まっているのが二四時間表示のデジタル時計だったら、答は一日に一回と修正しなければならない。その理屈でいけば、アナログの方がデジタルより二倍、正確だということになる。

ただし、その正確さは持ち主にとって何の役にも立たないが。

きみはゲームが始まってから初めて、口許《くちもと》に笑《え》みを浮かべる。

問題解決への糸口をつかんだような気がする。だが、焦《あせ》ってはいけない。きみははやる気持ちを抑《おさ》えて、交互に繰り出す足の間隔を一定に保ち、回廊を一二のブロックに分ける作業にあらためて専念する。

回廊を一周し、スタート地点に戻ると、きみはいったんホールへ引き返す。《出題者》が用意してくれたサポート・アイテムを確認するためだ。

ベッドのそばに置かれたデスク。その抽斗を開けると、糊《のり》付きの付箋《ふせん》のパックが入っている。付箋の色は赤と青の二種類、五〇枚×五パッドのパックが三つずつ。

抽斗の中はそれっきりだ。

計数カウンターのようなものを期待していたが、付箋でも用は足りる。赤と青の合る。

計一五〇〇枚という数字から、きみは自分の考えが的《まと》をはずしていないことを確信する。

きみはベッドの脇に置かれたショッピングカートに目をやり、それも付箋のパックと一緒に回廊へ持っていくことにする。

だが、カートの出番は後回しだ。まず最初に確認しなければならないのは、アナログ時計とデジタル時計の個数。ざっと半々ぐらいと見当をつけているが、その正確な個数をかぞえる必要がある。

きみはパックを開けて赤の付箋を取り出し、一二時の地点から回廊を時計回りに移動しながら、アナログ時計に一枚ずつ貼りつけていく。

五〇枚綴《つづ》りのパッドが尽きると、残った台紙をポケットに入れ、すぐに次のパッドから新しい付箋を貼っていく。頭を使う必要はない。目と手だけを動かす単純作業だが、油断は禁物《きんもつ》だ。一個たりとも、見落としがあってはならないからである。

回廊の三分の一、四時のマーキングをした地点の手前で、最初のパックが空になる。きみは二番目のパックを開け、同じ作業を続ける。

回廊の半周分を過ぎ、七時と八時のマーキングをした地点の中間あたりで、二番目のパックも空になる。ほぼ計算通りだ。きみは三番目のパックを開ける。

回廊を一周し、スタート地点にたどり着く。

すべてのアナログ時計に付箋を貼りつけると、三番目のパックはほとんど使いきった状態で、最後のパッドを残すのみ。きみは残った付箋の枚数をかぞえる。

三一枚。

使用した付箋の枚数は、五〇枚×一四パッド＋一九枚——。

回廊に置かれたアナログ時計の数は、七一九個ということになる。

施設内の時計の総数は、一四四〇個。

アナログの個数を引き算すると、デジタルの個数は七二一個。双方の個数はちょうど半数ずつではなく、デジタル時計の方がアナログより二個多い。

どうしてアナログとデジタルの個数がそろっていないのか？

なんとなれば、この問題は初めから解けるように構成されているからだ。

きみはほくそ笑む。やはり《出題者》の説明に、嘘や誤りはない。

午前と午後の区別がつけられないアナログ時計の個数の上限は、七二〇個まで。仮にそれを上回る個数があれば、最低でも二つの時計の長針と短針の位置関係が一致してしまうことになる。一二時間は、七二〇分しかないのだから。

この場合、対になった二つのアナログ時計は、いずれが午前で、いずれが午後に相当するか、論理的に決定することはできないはずだ。《出題者》がそれぞれの時計に午前と午後を割り振ろうとしても、そこには恣意《しい》的な判断が入らざるをえない。それでは後出しジャンケンと同じである。

そうした決定不能性は、きみに反駁《はんばく》するスキを与える。たとえそれらが誤った時刻を指しているとしても、午前と午後を特定できない以上、すべての時計が異なる時刻を指しているというゲームの前提に、異議を申し立てる余地が生じるということだ。

もちろん、それは単なる揚《あ》げ足取りで、実際はクレーマーの弄《ろう》する詭弁《きべん》と変わらない。しかし《出題者》は、このゲームの要諦が論理であると強調している。だとすれば、たとえクレーマーの詭弁であっても、それを論理的に一蹴《いっしゅう》できなければ、ゲームの土台が揺らいでしまう。そのような紛糾《ふんきゅう》を、《出題者》は望んではいないはずである。

というより、今回のゲームそのものが、あらかじめ想定されるクレームを巧妙《こうみょう》に回避する形で構成されているのではないか？

すなわち《出題者》のいう論理とは、そうした詭弁の無効化を織りこんだ一種のメタ解法を指している可能性が高い——ちょうど半数ずつではなく、デジタル時計の方がアナログより二個多いという事実が、きみの確信を深める。

そこまで考えを進めてから、きみはいったん思考を中断し、ポケットの中からシルバーグレイのデジタル時計を取り出して、これまでの経過時間をたしかめる。

00:58

与えられた六時間のうち、その六分の一が過ぎている。

思わずため息が出る。時間に十分な余裕があれば、青の付箋を使ってデジタル時計の個数が計算と一致するか、もう一度数えておきたい。しかし《出題者》の説明に嘘や誤りがないのなら、あえてそうする必要はないだろう。

次になすべきことはわかっているが、それはけっして楽な仕事ではない。はたして時間内に作業を終えることができるだろうか?

焦ってはいけない、ときみは自分に言い聞かせる。

そのことを念頭に置きながら、論理的に思考し、かつ効率的に行動したまえ。

効率的に――。

きみはかぶりを振って、大きく深呼吸すると、時計の分類作業に着手する。

ショッピングカートの出番だ。回廊のスタート地点、観音開きのドアの前から時計回りにカートを押していく。左右の、壁と長机の上を交互に見ながら、短針が12と1の間に位置するアナログ時計と、時刻表示の上二ケタが00、ないし12になっているデジタル時計をピックアップして、カートのカゴの中へ放りこむ。

午前、ないし午後〇時台の時刻を表示している時計をかき集めるということだ。

時計を乱暴に扱って、万一故障してしまったら元も子もない。スピーディで、なおかつ慎重な動作が要求される。

上のカゴが一五個ほどでいっぱいになる。上下のカゴを入れ替え、さらに同じ作業を続けると、三時のマーキングをした地点を過ぎたあたりで、二つ目のカゴも満杯になる。

いったんスタート地点へ戻り、集めた時計をひとかたまりにして床に置く。

合計三〇個。

Uターンした地点まで空のカートを押して、ピックアップ作業を再開する。ほぼ半周した地点で、上下のカゴが再びいっぱいになると、スタート地点へ戻り、先ほどのかたまりとまとめておく。

これで合計六〇個。

同じことをあと二回、繰り返す。

これで午前、ないし午後〇時台の時刻を表示している時計が、ほぼ一二〇個――一四四〇個の一二分の一に相当する——集まった勘定《かんじょう》になる。これをひとかたまりのグループにして、カートの移動の邪魔にならないよう、回廊の第一ブロックの床に並べておく。幅三メートル、長さ一〇メートルのスペースがあるから、どうにか通路は確保できる。

もちろん、その中には移動中の時間経過によって一時を回ってしまったものもあるが、その分は後から修正が利《き》く。ピックアップの作業に時間をかけすぎると、誤差が大きくなり、かえって修正がやっかいだ。いちいち判断に迷っている暇《ひま》はない。

次にピックアップするのは、第二ブロックに並べる時計だ。

短針が1と2の間に位置するアナログ時計と、時刻表示の上二ケタが01、ないし13になっているデジタル時計をピックアップして、カートのカゴの中へ放りこむ。やはりスタート地点との間を四往復して、午前、ないし午後一時台の時刻を表示している時計を約一二〇個、第二ブロックの床に並べる。

第三、第四、第五ブロック……と同じ作業を繰り返す。マーキングのためにまとめておいた長机の時計の山が徐々に小さくなっていくので、先のことを考え、その位置に青の付箋を貼っておく。一時の地点には一枚、二時の地点には二枚、という具合に。

最初からそうしておけば、ときみは少し反省する。二度手間になったのは、先見《せんけん》の明《めい》が足りない。

その間、ポケットの中に入れてあるシルバーグレイのデジタル時計は見ない。経過時間を意識すると、どうしても誤差の調整のことが気になってしまうからだ。だが、むしろこの段階では、無時間的に行動した方が効率がいいはずである。

単調な作業に、つい集中力が鈍《にぶ》りがちになるけれど、幸いなことにチェックしなければならない時計の総数はどんどん減っていく。しかも周回を繰り返すたびに、残りの時計がおよそどの時刻を指しているか、無意識に視認した記憶が累積《るいせき》していくので、ピックアップ作業のペースそのものも尻上がりに速まっていく。きみは壁と長机の空白部分が増えていくことに励《はげ》まされ、根気強く時計の選《え》り分けを続ける。

第九ブロックを片付けた段階で、きみはようやく一息つく。そろそろ潮時だろう。ポケットの中からシルバーグレイのデジタル時計を出し、経過時間を確認する。

01：45

きみは思わず舌を打つ。思ったより時間を食っているからだ。ピックアップのスタート時から五〇分近く経《た》っているので、各ブロックに振り分けた時計の表示時刻も、一時間弱のズレが生じているはずだ。取りこぼしの分は後から調整することにして、第一〇ブロック以降は、九時台を飛ばして処理した方がいいかもしれない。

第一〇ブロックは、短針が10と11の間に位置するアナログ時計と、時刻表示の上二ケタが10、ないし22になっているデジタル時計をピックアップ。

第一一ブロックは、短針が11と12の間に位置するアナログ時計と、時刻表示の上二ケタが11、ないし23になっているデジタル時計をピックアップ。

最終の第一二ブロックは、短針が12と1の間に位置するアナログ時計と、時刻表示の上二ケタが12、ないし00になっているデジタル時計をピックアップ……。

こうしてブロックごとの分類は一周したが、まだ洩れがある。飛ばした九時台と取りこぼしの時計を回収し、適切なブロックに並べなければならない。

02：00

きみはカートを押しながら、回廊を一周し、残された時計をすべてカゴに入れる。そして、回収した時計を大まかに選り分けてから、スタート地点に戻り、各時計の短針と上二ケタの表示を見て、それぞれのブロックに割り振っていく。

予想以上に時間をロスしたが、不幸中の幸いは分類の開始時点から、ちょうど一時間経っていることだ。分単位のズレを気にして、床に並べた時計といちいち時間を突き合わせる必要はない。各ブロックに並べた時計が、ピックアップのスタート時から一時間進んだ時刻を指していることはわかりきっている。

こうしてきみは、一四四〇個の時計をほぼ一二のブロックに分類し、第一段階の作業を終える。だが、本当にやっかいなのはこれからだ。

きみは異なる時刻を表示する一四四〇個を、すべて分刻みの順番に並べ直さなければならない。ブロックごとの分類も、そのための準備にすぎないのだから。

4

どうして一四四〇個の時計を、すべて分刻みの順番に並べる必要があるのか？《出題者》の説明と、デジタル時計の方がアナログより二個多いという事実から、きみが導き出した推論は次のようなものである。

アナログ時計とデジタル時計がちょうど半数ずつ、それぞれ七二〇個あったとしよう。この場合、午前と午後の対になる時刻は、すべてデジタルとアナログのペアに振り分けなければならない。そうでないと、長針と短針の位置関係が一致してしまうアナログ時計のペアが、少なくともひとつ以上できてしまうからだ。アナログ時計が七二一個以上あった場合と同じ理由で、《出題者》はそうした重複を避けるはずである。

では、午前と午後で対になる時刻を、すべてアナログとデジタルのペアに振り分けさえすれば、《出題者》はきみのクレームを完全に排除できるだろうか？

いや、そうとは限らない。

次のようなシナリオが考えられる。きみはゲームの終了を宣言し、任意の時計を選ぶ。それが「現在」の正確な時刻を示している必要はない。《出題者》はきみに不正解だと告げるだろう。それに対して、きみは正解の時計を示すよう要求することができる。

その時点での「現在」の正確な時刻が、午前九時一五分だったとしよう。その場合、午前と午後で対になったデジタルとアナログのペアの組み合わせは、

09：15（デジタルが正解）／（午後）九時一五分

（午前）九時一五分（アナログが正解）／21：15

のいずれかである。

正解の時計がデジタルだった場合、きみはそれと対になるアナログ時計を《出題者》に突きつけ、「現在」の正確な時刻を示す時計がもうひとつある、前提条件が誤っている以上、今回のゲームは無効だと主張すればよい。アナログ時計には午前と午

後の区別がないから、《出題者》はきみのクレームを拒《こば》むことはできない。ゲームを離れた第三者が見れば、対になるアナログ時計は「現在」の正しい時を刻んでいる。

逆に正解の時計がアナログだった場合、対になるデジタル時計は明らかに誤った時刻を表示しているので、同じ手口は使えない。したがって、きみはもっとたちの悪い詭弁を用いるほかない。《出題者》が正解と指摘したアナログ時計は、正しい時刻の午前九時一五分ではなく、午後九時一五分を指していると主張して、居直るのだ。

当然、《出題者》はゲームの前提条件を盾《たて》に、きみのクレームを封じようとするだろう。「すべての時計が一日の異なった時刻に割り当てられている」→「デジタル時計は、21：15を示している」→「ゆえにこのアナログ時計は、正しい時刻の午前九時一五分を指している」と。

だが、きみには《出題者》の論法を逆手《さかて》に取って、次のように反論する余地がある。「このアナログ時計が、午後九時一五分を指していることを否定する根拠はない」→「少なくとも二つの時計が、同じ時刻を指していた可能性を排除できない」→「そもそもの前提条件に欠陥がありうる以上、今回のゲームは土台から成立しない」と。

この反論は明らかに本末転倒している。しかし、アナログ時計は午前と午後の見分けがつかないので、どんなに苦しまぎれの詭弁であっても、《出題者》はきみのクレームを論理的に否定することはできない。不毛な水かけ論に終始するだけである。

いずれの場合でも、きみは《出題者》に楯突いて、ゲームの無効を訴えることができるというわけだ――アナログとデジタルの個数がちょうど半数ずつならば。

外部からの情報をいっさい遮断された状況で、きみが正解する確率は、一四四〇分の一――だが、くれぐれも当て推量や直感に頼ってはならない。きみはあくまでも論理的に、この問題に対処することを求められている。なんとなれば、この問題は初めから解けるように構成されているからだ。そのことを念頭に置きながら、論理的に思考し、かつ効率的に行動したまえ。六時間という時間は、けっして長すぎることはない。

きみは観点を変えて、あらためて自分の考えを整理する。

「現在」の正しい時刻を示す時計と、午前と午後で対になる時刻を示す時計の組み合わせには、四つのパターンが考えられる。

アナログ（正解）／アナログ

アナログ（正解）／デジタル

デジタル（正解）／アナログ
デジタル（正解）／デジタル

きみがゲームの前提条件にケチをつけるためには、午前と午後のペアに、少なくともひとつのアナログ時計が含まれていなければならない。逆に正解の時計を含むペアが、一二時間の差を持つデジタル時計どうしなら、クレームは成立しない。

したがって、《出題者》があらかじめきみのクレームを想定し、不毛な水かけ論を回避しようと考えるなら、正解の時計を含む午前と午後のペアは、いずれもデジタルでそろえるはずだ。デジタルどうしのペアなら、午前と午後の混乱は生じない。

——ゆえに、ときみは声に出して結論を固める。アナログ時計を含んだペアが示す時刻は、「現在」の正しい時刻ではない。

そう考えれば、今回のゲームで、アナログ時計とデジタル時計の個数がちょうど半数ずつではなく、前者より後者が二個多くなっていることの説明がつく。クレーム回避を織りこんだメタ解法によって、「現在」の正確な時刻を示す時計の候補を最小限に絞りこもうとすれば、必然的にその個数にたどり着くからだ。《出題者》が強調していた通り、今回のゲームは初めから解けるように構成されている。問題の効率的な解法から逆算して作られていると言ってもいい。

最初に検討したように、アナログとアナログのペアを作るのは、きみに付け入るスキを与えるだけだから、《出題者》はその組み合わせを避けるだろう。おそらく七一九個のアナログ時計はそれぞれ異なった時刻を示し、それと一対一対応をなす形で、同じ数のデジタル時計が、午前、ないし午後の対になる時刻に合わせてあるにちがいない。

一四四〇個の時計をすべて分刻みの順番に並べたうえで、ちょうど一二時間の差を持つペアを七二〇組作れば、そのうちの七一九組、計一四三八個からなるアナログとデジタルのペアを、一挙に消去できるということだ。

その結果、やはり一二時間差でペアになる二つのデジタル時計が残る。

外部に通じる「現在」の正しい時刻を示す時計は、そのどちらかだ。

02：45

頭で理屈を考えるのと、それを実行に移すことの間には大きな隔《へだ》たりがある。きみは時計の順番を並べ直す作業を始めたとたんに、そのことを思い知る。

一二のブロックのひとつひとつには、ピックアップ時に生じた誤差の分を度外視すれば、それぞれ一二〇個の時計がある。それを午前と午後に分けて並べる順列の総数は、単純計算なら一二〇の階乗通り。分表示だけに注目すればいいといっても、アナログとデジタルの二種類があるうえに、デジタルの方は午前と午後がランダムに混じっている。それを振り分けるだけでも、予想外に手間がかかるのだ。

第一ブロックの時計を午前と午後に振り分け、分刻みの順番に並べ替えるのにかかった時間は、ほぼ四五分。これでは時間がかかりすぎる。

あと一一ブロックもあるのに、残り時間は三時間一五分。一ブロック三〇分に短縮しても、合計七ブロック半を処理するのがせいぜいである。

このままでは時間切れだ。もっと効率のいい方法を考えなければならない。

きみは作業を中断してホールに戻り、冷蔵庫から栄養補助食品とペットボトルの水を出して、休憩《きゅうけい》がてら体力を回復する。そして、第一ブロックの時計一二〇個を順番に並べ直した結果をもとに、もっとスマートなやり方を思案する。

ひとつ収穫といえる事実がある。

それはランドルト環の向きの周期性を確認できたこと。実際に分刻みの順番に並べ直すと、それぞれの時計に貼られたランドルト環は、上↓右↓下↓左の順番をひとつの例外もなしに繰り返しているのだ。つまり、ランドルト環の向きに注目することで、時間経過による分表示の細かいズレに惑《まど》わされることを避けられる。

だが、それだけでは足りないだろう。並べ替え作業の最大の支障になるのは、アナログ時計の時刻が午前を指しているのか、午後を指しているのか、いちいち対になるデジタル時計を探し出さなければ決定できない、という両義性なのだから。

もちろん作業の前提として、アナログ時計とペアになるデジタル時計は、いずれも「現在」の正しい時刻を表示していないとわかっているのだが、たった一組しかないデジタルとデジタルのペアを一本釣りのように見つけ出すのは、見かけ以上に困難であり、確実性に乏《とぼ》しい。遠回りのようでも、アナログとデジタルのペアをしらみつぶしにして、たったひとつの例外を浮かび上がらせる方が理にかなっているはず……。

いや、はたしてそうだろうか？

きみはようやく、自分のミスに気づく。

デジタルとアナログのペアをしらみつぶしにするために、アナログ時計の午前と午後を決定する必要はないし、それと対になるデジタル時計を順番通りに並べる必要もない。各ブロック、六〇個のアナログ時計だけで、分刻みの列を作りさえすればいいのだ。

きみは歯噛みせずにいられない。なぜこんな単純なことに気づかなかったのか？

当然、すべてのブロックを一周した分刻みの列には一ヵ所だけ脱落した時刻がある。アナログ時計は、全部で七一九個しかないのだから。その脱落した時刻に対応しているのが、たった一組のデジタルとデジタルのペアにほかならない。そのいずれかが

「現在」の正しい時刻を示しているのだ！

さらにもうひとつ、有利な点がある。アナログ時計の順番を決める際には、ランドルト環が最大限の効力を発揮するということだ。分刻みの目盛りをいちいち確認しなくても、長針のおよその角度とランドルト環の向きをイメージ処理すれば、並べ替えの作業効率は格段にアップする。

いうまでもなく、午前と午後のちがいは、ランドルト環の向きの周期性に影響しない。六〇（分）と一二（時間）は、いずれも四の倍数で、ランドルト環の向きも四の倍数ごとに一致するからだ。

5

五分間の休憩の後、きみは新しい方針に従って、第二ブロックのアナログ時計の並べ替えに専念する。作業はスムーズにはかどり、六〇個の時計が分刻みの順番に整列する。きみはシルバーグレイのデジタル時計に目を走らせる。

03：05

要した時間は一五分。このペースなら残りの一〇ブロックを一五〇分、つまり二時間半で処理できる。きみはその計算結果に力を得て、矢継ぎ早に次の第三ブロックに取りかかる。

脱落した時刻はない。

第四ブロック、脱落した時刻はない。第五ブロック、脱落なし。第六、第七、第八ブロック……、やはり脱落はない。

04：35

時間は刻々と過ぎていく。きみは不安に取り憑かれる。本当に、自分の考えはまちがっていないだろうか？　いや、ここで焦ってはならない。並べ替えの作業を完了し、長針と短針の位置関係が一致するペアの不在をたしかめれば、土台となる推論の正しさも保証される。アナログ時計の個数は七一九個。必ずどこかに、時間の円環をこじ開ける切れ目があるはずだ。

コツをつかんで慣れていく分、作業ペースも上がっていく。第九ブロック、脱落なし。第一〇ブロック、脱落なし。第一一ブロック、脱落なし。

そして、最後の第一二ブロック。

アナログ時計を並べ直していくきみの手が、ふいに止まる。左向きのランドルト環が足りないのだ。残りのすべてを並べつくしても、一個だけ埋まらない箇所がある。その時点でアナログ時計の配列から脱落している時刻は、三時三七分。

時間の円環を開き、いましめを解くための、たったひとつの切れ目。外部に通じる「現在」の正しい時刻。きみは静かに息を吐き、シルバーグレイのデジタル時計を確認する。

05：30

時計のブロック分けを開始したのが、ゲーム開始の一時間後だから、ちょうど四時間三〇分前。このブロックに含まれる時計は、午前、ないし午後一一時台を示していたことになる。《出題者》はきみの行動をシミュレートして、わざわざ最終ブロックに含まれる可能性の高い時刻を正解に選んだのだろうか？

だが、《出題者》の意図を詮索《せんさく》している暇はない。残り三〇分以内に、脱落箇所に対応する二つのデジタル時計を探し出し、さらにその二つの時計のいずれが「現在」の正しい時を刻んでいるのか、決定しなければならないからだ。

きみははやる気持ちを抑《おさ》えて、第一二ブロックのデジタル時計をチェックする。ピックアップ作業の途中、第一〇ブロックで経過時間を調整しているから、目的の時計が誤差の影響で隣接ブロックに紛《まぎ》れこんでいる可能性は低い。床に並べたデジタル時計の中から、左向きのランドルト環のシールが貼られたものだけに注目し、表示されている時刻を比べていく。

ここに来て、心身のストレスが目に集中しているようだ。時刻表示画面がぼやけ、何度もまばたきを繰り返す。どっと涙があふれて、視界がかすむ。きみは目をこすり、自分に言い聞かせる。ゴールはもうすぐだ。あと少しで、楽になる。

03：47
15：47

残り時間は二〇分。該当する二個のデジタル時計を選び出すのに、一〇分もかかるとは。きみは大きく息をつく。心臓の鼓動が速くなっている。

きみは最終候補の二つのデジタル時計と、経過時間を計《はか》るためのシルバーグレイのデジタル時計を持って、ホールに戻る。観音開きのドアを閉めると、ずっときみを包囲していた時を刻む音の壁から解放される。トイレで用を足し、洗面台で顔を洗う。ミラーに映ったきみの顔。長時間の緊張で憔悴《しょうすい》し、両目は真っ赤に充血している。一度見れば十分だ。タオルで顔を拭き、外に出る。

これまでの推論と選別作業から、二つのデジタル時計のいずれかが「現在」の正しい時を刻んでいるのはまちがいないはずである。しかし午前と午後、どちらが正しい時刻を示しているのか、表示画面をにらんでも、きみにはまったくわからない。

午前か？　午後か？

きみは《出題者》の皮肉を感じる。アナログ時計には、午前と午後の区別がない——ここに至るまでの絞りこみ作業で、きみの最大の武器となった論理の土台が、二四時間表示のデジタル時計には通用しないからだ。

最終段階では、まったく別のロジックが必要になる。

何の手がかりもないまま、一〇分が経過する。

03：57
15：57

外部との連絡を完全に絶たれ、抽象的な情報しか与えられず、体内時計まで狂わされているきみにとって、この施設の外にある「現在」が未明の午前なのか、日中の午後なのか、知るすべはまったくない。当て推量や直感に頼っても無駄なことは、《出題者》の説明通りだ。

さらに五分経過。残り時間は五分。

04：02
16：02

ふっと意識が途切《とぎ》れそうになり、きみは強くかぶりを振る。手足を動かして深呼吸。まぶたをこじ開けて、二つのランドルト環に目をこらす。表示画面の左側に貼られた左向きのC。

――その意味が明らかになるのは、きみが最終段階に到達した時である。

待てよ、ときみは声に出してつぶやく。アナログ時計を分刻みの順番に並べる時、ランドルト環の向きの周期性を手がかりにしたけれど、それはあくまでも中間作業であって、「最終段階に到達した時」とはいえない。むしろ、午前と午後に引き裂かれた今の状態こそ「最終段階」なのではないか。

残り時間四分。

04：03
16：03

——ということは、ランドルト環の持つ意味が明らかになるのは、これからだ。表示画面の左側に貼られた左向きのCが、正解に達するヒントを与えてくれるにちがいない。

残り時間三分。

04：04
16：04

今回のゲームの要諦は論理。ただ論理のみが、きみの用いる武器だ。
ロジックの導きに従えば、きみは唯一の正解にたどり着けるだろう。

だがこの段階で、どこに論理を用いる余地があるのか？　午前と午後。きみは血走った目で、二つの時計を見つめる。心臓の鼓動がますますせわしないリズムを刻む。

残り時間二分。

04：05
16：05

ロジックの導きとは何だ？　ランドルト環の意味とは何だ？

残り時間一分。

C 04：06
C 16：06

きみは二つの時計を見つめ続ける。ゲームの基準、最小単位は一分。しかし、まだあきらめてはいけない。一分には六〇も秒があるのだ。

ロジックの導きに従えば、きみは唯一の正解にたどり着けるだろう。

6

カウントダウン。最後の瞬間に、閃《ひらめ》きが訪れる。

きみは二つの時計の一方をわしづかみにすると、表示画面の上下をひっくり返した逆さまの状態で、監視カメラのレンズに突きつける。

「これが『現在』の正しい時刻だ」

シルバーグレイのデジタル時計がタイムリミットのアラーム音を発するのと同時

に、きみはゲームの終了を宣言する。きみを監視している《出題者》に向かって。

LO : 9lC

「ロジック《Logic》の導き——それが正解だ」

とモニターの向こうで、《出題者》が言う。

円環は開かれた。ゲーム・クリア。

路上に放置されたパン屑の研究

小林泰三

Message From Author

　この作品は元々、わたしの初めての連作ミステリ短編集である『モザイク事件帳』のために書き下ろしたものです。

『モザイク事件帳』は作品ごとに倒叙、安楽椅子探偵、バカミステリ、メタミステリ、SFミステリといったテーマが与えられています。

「路上に放置されたパン屑の研究」はその最後を飾る作品で、日常の謎をテーマとしたものです。登場人物は二人で、それぞれ別の作品で探偵役として登場していますが、今回が初顔合わせになります。

　もちろん単独作品としても楽しめますが、連作短編としての仕掛けもありますので、機会があれば『モザイク事件帳』も読んでいただけたらと思います。

小林泰三（こばやし・やすみ）
1962年京都府生まれ。95年「玩具修理者」で第2回日本ホラー小説大賞短編賞を受賞しデビュー。先端技術とホラーを融合させた『肉食屋敷』などが話題となる。98年「海を見る人」で第10回SFマガジン読者賞国内部門受賞。『密室・殺人』『モザイク事件帳』などミステリ作品も執筆。2012年に『天獄と地国』で第43回星雲賞受賞。

「はい。何でしょうか？」田村《たむら》二吉《にきち》はおどおどとした様子でドアを開けた。

「やっと出てきたか。何度チャイムを押しても出てこないので、てっきり留守かと思って帰るところだったぞ」外にはかなり高齢の男性が立っていた。

「あの。何の御用でしょうか？」

「いやね。あんたが高名な探偵だと聞いて相談にきたんじゃよ」

「ちょっと待ってください」二吉は頭を振った。どうも記憶がはっきりしない。

「今、何とおっしゃいました？」

「あんたが高名な探偵だと聞いて、事件を解決して貰いにきた、と言ったんだが」

「そりゃ、見当違いだ」二吉はこめかみを揉《も》みながら言った。「きっと何かの間違いですよ」

「そうかね？」老人は意味ありげな笑みを見せた。「あんたは探偵じゃないっていうんだな。だけど、わしもわざわざこうして来たんだから、あんたの意見を聞かせて貰っても罰は当たらんだろ」

「その。お話がよくわからないんですが、あなたはわたしのことをご存知なんでしょうか？」

「あんた、田村二吉さんだろ」

「ええ。確かにそうなんですが」

「だったら、あんたは探偵だ」

「残念ながら、わたしはただのサラリーマンですよ。きっと同姓同名の探偵がいるんだ」

「どうして、ただのサラリーマンが同姓同名の探偵の家にいるんだ？」

「お疑いになるのは当然です。でも、わたしもどうしてこの家にいるのかわからなくて……。今、何とおっしゃいました？」

「事件を解決して貰いにきた」

「その後です」

「わざわざ来たんだから、意見を聞かせて貰っても罰は当たらんだろ」

「もっと後です。今さっきおっしゃったことです」

「どうして、ただのサラリーマンが同姓同名の探偵の家にいるんだ？」

「そうそれです。ここは探偵の家なんですか？」

「なんであんたが訊くんだ？　訪ねてきたのはわしの方じゃぞ」

「それは確かにそうなんですが、どうもはっきりしなくて……」二吉は首を捻《ひね》った。

「ええとお名前をお尋ねしていいですか？」

「わしは岡崎徳三郎《おかざきとくさぶろう》というもんじゃ。徳さんと呼んでくれ」

「あなたはその田村二吉という探偵に会ったことはありますか？」

「今会っとる」

「写真か何かで顔をご覧になったことは？」

徳さんは首を振った。「そもそも探偵というものは顔が有名になっちゃ拙《まず》いんではないか？」

「そう言えばそうかもしれませんね」

「もしあんたがわしをからかって楽しんどるんだったら、もうそろそろ止《や》めにして貰えんかね？」

「滅相《めっそう》もありません。人をからかって楽しむなどという悪趣味なことはしませんよ」

「じゃあ、さっきも訊いたが、あんたはどうしてここにいるんじゃ？」

「それをお答えできればいいんですが、わたしにも皆目わからないのです」

「ほお。面白いことを言う。つまり、突然記憶喪失になったと言いたいのか？」

「信じられないとは思いますが、現にそういうことだとしか言えない状況なのです」

「辻褄《つじつま》が合わんぞ。さっき自分はサラリーマンだと言っていたではないか。記憶喪失なら、自分の職業など覚えておらんだろ」

「部分的な記憶喪失ということもあるんじゃないでしょうか？　あるいは、一度記憶喪失になって、記憶を取り戻した時に記憶喪失中にあったことを忘れてしまったとか」

「そんな都合のいい記憶喪失が小説やドラマの他にあるのか？」

「よくわかりませんが、今のわたしにはそういうことがあるかもしれないとしか、言いようがないのです」

「いいじゃろう。あんたがあくまで自分が記憶喪失だと言い張るなら、こちらもそのつもりで話をさせて貰う」

「どういうことですか？」

「探偵の家に同姓同名の人物がいて、しかも別人だと言う。それならそれでもいい。しかし、同姓同名の探偵の家に住んでいるからには、それ相応の責任というものがあるじゃろう」

「責任って何ですか？」

「つまり、同姓同名の探偵に代わって推理するということじゃ。あんたの言うことが本当だとして、探偵が同姓同名の赤の他人を住まわせている理由は、自分の身代わりに探偵業をさせようとしている以外にあり得るか？」

「そんなことをする意味がわかりませんが」

「意味なんざどうでもいい。とにかく、わしの話を聞いて推理してくれればそれでいいんじゃ」

「そう言われましても……まあいいでしょう。どうせ用事はないんだし。……それとも何か用事があったのかな？」

「では、遠慮なしに話させて貰うぞ」老人は生き生きと話し出した。「近所の道にパン屑が落ちとったんじゃ」

「はあ？」

「パン屑じゃ、パン屑。小麦粉を練って、酵母《こうぼ》で発酵させたものを焼い……」

「パンは知ってますよ」

「いや。記憶喪失だと言うからてっきり忘れたもんだと思ってな」

「あなたはさっき事件だとおっしゃいませんでしたか？」

「ああ。そう言ったよ」

「その事件というのは落ちていたパン屑と関係があるんですか？」

「関係があるどころか、パン屑が落ちていたことが事件の主要な部分じゃ」

二吉は深呼吸をした。「そういうことは探偵に依頼すべきことではないでしょう」

「はて。妙なことを言う。こういう事件こそ、探偵に頼むのに好都合だとは思わないかね？　警察に相談したって、取り合ってくれんに決まっとる」

「清掃局か保健所の管轄じゃないですか？」

「わしはパン屑が迷惑だと言っとる訳ではない」

「じゃあ、何が目的なんですか？」

「気になるんじゃよ」

「だったら、清掃局に……」

「パン屑が落ちていること自体が不愉快なのではない。それが落ちている理由が知りたいんじゃ」

「そりゃ、誰かが落としたんでしょ。そういうことたまにありませんか？」

「そういうことはたまにはある」徳さんは噛んで含めるように言った。「しかし、二、三日毎に繰り返されるとしたら？」

「嫌がらせかな？　場所は決まってるんですか？」

「ああ。毎回同じだ」徳さんは手描きの地図を取り出した。「この十七箇所だ」

「ちょっと待ってください」二吉は徳さんから地図をひったくった。「毎回、この十七箇所にパン屑が落ちているというんですか？」

「まあ、多少の増減はあるがね。おそらく、犬や猫や鳥が持っていった分もあるんだろう」

「毎回ほぼ同じ場所に捨ててあったとしたら――いや。置いてあったとしたら、その可能性が高いでしょうね」

「どうだ？　興味が湧いてきたか？」

「不本意ですがね。パン屑の大きさは？」

「このぐらいじゃ」徳さんはポケットから親指ぐらいの大きさのパンの切れ端を取り出した。

「それが実物ですか？」

「いいや。これは家にあったのを持ってきただけじゃ」

「どうして、実物を持ってこなかったんですか？」

「わしに道端に落ちているパン屑を拾えと？」

「そもそもこの道路があるのは、都会なんですか？　それとも、郊外ですか？」

「地方都市じゃよ。この近くじゃ。沿道のビルの高さは平均四、五階ぐらいじゃ」

「一斤《いっきん》のパンを少しずつ千切って落としていったように思えますね」二吉は地図を見詰めた。「明らかに、パンは一定の道筋に落ちてます」

「そんなことはわしでもわかる」

「となると、道筋の両端のどちらかが出発点ということになります」

「そうじゃろうな」

「両端のどちらかにそれらしきものはありますか？」

「それらしきものとは?」

「例えば、怪しい建物とか、公園や空き地のように目立つ場所です」

徳さんは首を振った。「いや。そんなものはないね」

「両端にあるものを教えてください。覚えている限りで結構です」

「一方の端には……そうだな、マンションが建っている。もう一方の端はちょっとした商店街だ」

「その商店街にパン屋はありますか?」

「あるよ。確かヒンデンブルクとかいうチェーン店で……」

「ヒンデンブルクがあるんですか!?」二吉は叫んだ。「わたしはあの店のファンなんですよ! 地方にはあまりないんで、残念なんですが、この近くにあるとは嬉しいです。特にあそこのライ麦パントーストは絶品……」

「すまんが話が長くなるのなら、今度にしてくれんか?」徳さんは不機嫌そうに言った。「その話が事件と何か関係があるなら別だが」

「いえ。事件とはたぶん関係ありません。ただ、パンがその店で買われたものである蓋然性は高いと思われます」

「で?」

「その店の店員に訊けば、何かわかるのではないでしょうか?」

「店員にはすでに当たっとる。確かに挙動不審な客はいるそうだ」

「客の名前や住所はわかりましたか？」

「そんなこと仮令《たとえ》知っていたとしても教えてくれる訳がないとは思わんか？」

「似顔絵を描いて貰うのはどうです？」

「わしも店員もプロじゃないんだから、そう簡単に似顔絵やモンタージュ写真が作れる訳ないじゃろ」

「それでは、店の前で待ち伏せしてはどうですか？　いや。それより、パン屑が落ちている場所で待った方がいいかもしれませんよ」

「あんたは、わしが何日も同じ場所でぼうっと張り込む程暇だと思っとるということか？」

「アルバイトを雇う手もあります」

「単なる好奇心を満たすためだけに、労賃を出す気はない」

「まあ、そうでしょうね。……ええと。あなたは探偵に相談するために、来られたとおっしゃいましたね」

「ああ。そうだよ」

「探偵に支払う代金は惜しくないんですか？」

「代金など支払う訳ないじゃろ。それとも何か、あんたこんな事件でもなんでもないくだらない謎で金を取る気か？」

「いえ。今の話は忘れてください」二吉は考え込んだ。「何者かがある道筋に沿ってパン屑を落としているのは間違いない。だとすると、その目的は何だろう？」

「だから、わしはさっきからそれをあんたに訊いとるんじゃ！」

「何かを誘導するためなんじゃないでしょうか？」

「パン屑なんかで誰を誘導するんじゃ？」

「人とは限りませんよ。いや。むしろ人でないと考える方が自然だ」

「どういうことだ？」

「さっき、犬か猫か鳥がパン屑を咥《くわ》えていったかもしれないと言いましたね。つまり、それは偶然ではなく、これらのパン屑は動物を誘導するために、撒かれたものかもしれないということです」

「どんな動物だ？」

「それはわかりません。しかし、それ程珍しいものではないでしょう。象や麒麟《きりん》や駝《だ》鳥《ちょう》が街中を歩いていたりしたら、目立ち過ぎますからね。当然話題になっているはずです」

「つまり、犬、猫の類《たぐい》か？」

二吉は頷いた。「そうですね。あとは鳥類ぐらいでしょう」

「なぜ、そんなものを誘導する必要がある？　普通に連れていけばいいじゃろう」

「きっと連れていくことができないんですよ」

「どうして？」

「獰猛《どうもう》で触れないとか。……いや。そんな生き物なら放し飼いにしておくはずがない。考え易い理由はそもそもその人物にその動物を連れていく権利がないということです」

「権利がない？」

「つまり飼い主ではないのです。その人物は他人のペットを誘導しようとしているのです」

「何のために？」

「おそらく捕獲のためでしょう」

「どうして、他人のペットを捕まえなきゃならんのだ？」

「ペット誘拐ということが考えられます。最もありそうなのが飼い主への怨恨です。恨みの対象となる人物のペットに危害を加えるような犯罪はそれ程珍しいことではありません。あるいは、飼い主が金持ちなら、身代金が取れるかもしれない。それとも、もっと単純に希少品種で高く売れるのかも」

「なるほど。ペットを誘拐しても、誘拐罪ではなく、単なる窃盗罪になるから、リス

ク は小さいかもしれんな」徳さんは感心したように言った。「もう一つ思い付いたんだが、組織的な食肉調達を行っているのかもしれんぞ」

「何ですか、それは？」

「よく噂で聞くじゃないか。猫や犬の肉を食肉として販売して、大儲けするという話だ。野良犬、野良猫が見付からない時は飼い猫にまで手を出すという……」

「それはただの都市伝説でしょう。牛や豚一頭分の肉を調達するのに、どれだけの犬、猫を捕まえる必要がありますか？　手間を考えるなら、素直に牛肉や豚肉を買った方が安上がりです」

「犬や猫を食べる国もあるというぞ」

「それは元々食用のために飼育されたものです。食用に飼育された肉より、狩猟で手に入れた肉の方が安い訳がないでしょう」

「ふん。まあそういう考え方もあるじゃろうて」徳さんは自分の推理が否定されたことで、機嫌を悪くしたようだった。「とにかく、あんたの推理は聞かせて貰ったから、今日のところは帰らせて貰う」

徳さんは手帳に何かを書き込むと、碌《ろく》に挨拶もせずに立ち去った。

「はい。どなたですか？」二吉がドアを開けると、老人が立っていた。

「岡崎徳三郎じゃ。徳さんと呼んでくれ」

「ご用件は何でしょう？」

「探偵に相談にきたに決まっとるだろうが」

「探偵？　事件か何かですか？」

徳さんはにやりと笑った。「そんなたいしたものじゃない。言ってみれば、日常の謎といったところかな」

「日常の謎？　なぜそんなものをわざわざ探偵に依頼されるんですか？」

「暇つぶしのためじゃよ」

「暇つぶしに探偵を付き合わせるんですか？」

「探偵の方だって、暇つぶしになる」

「探偵が暇とは限らないでしょう」

「とても忙しそうには見えんが？」徳さんは二吉の顔を見詰めた。

「いえいえ。わたしは探偵ではありませんよ」

「だって、ここは田村二吉探偵事務所じゃろ？」

「そうなんですか？」二吉は面食らった。「そんな自覚はまるでなかったのですが」

「まあ、あんたが本物の探偵だろうが、探偵を騙《かた》る偽者だろうが、わしにとっちゃあどっちでもいいことだ。とにかく、わしに付き合って、謎を解いてくれればそれでいい」

「はあ。そんなもんですか」二吉は逆らうのも面倒なので、適当に話を合わせておこうと決心した。「それで、どんな謎なんですか？」

「道路にパン屑が落ちておった」

「謎は解けました」二吉はうんざりした様子で言った。「どこかの粗忽者《そこつ》が落としていったのです」

「いくらなんでも結論を出すのは早過ぎるじゃろう。もっと詳しく話を聞いたらどうだ？」

「詳しく聞いても結論は変わらないと思いますよ。まあ、説明したいのなら、してくださいな」

「パン屑は数日おきに同じ場所に放置されている。場所はこの十七箇所だ」徳さんは手描きの地図を広げた。

「おやおや」二吉は目を丸くした。「毎回同じ場所なんですか？」

「今そう言ったじゃろ」

「特定の経路に沿っているように見えますね」

「なんだと思う？」

「まだ結論は出せません」二吉は考え込んだ。「なぜ数日おきに繰り返されるのか？

これが落ちている日には何か特別なことは起きていませんか？」

「何も。曜日もばらばらだ」

「平日、休日の別なくですか？」

「特にどちらかに偏《かたよ》ってはいない」

「季節毎の偏りは？　それと日付に何か法則性はありませんか？」

「この現象が起き始めてからまだひと月半程だから、季節の影響はよくわからん。とりあえず、わしが気付いたのは十二回だが、偏りはないと思う。日付はここにメモしてある」

二吉は徳さんのメモを読んだ。「確かに簡単な規則はないですね。強いて言えば、おおよそ二、三日に一度の割合で発生していることぐらいですか。時間帯のデータはありませんか？」

「わしが気付くのはたいてい夕方じゃな。落ちているのはそれより前からということじゃ。いつも同じ時間に放置されているのかどうかはわからん」

「このパン屑に注意を払っているような人はいましたか？」

「少なくとも、ここに一人いるぞ」

「もちろん、あなたを除いての話です」

「時々、ちらりと見ていく者はおるが、特に不自然なことはなかったな」

「道端に何かが落ちているのに気付けば、見るのが当然ですからね」二吉は額を押さえた。「簡単なようでとらえどころがありませんね」

「お手上げかの？」

「諦めるのはまだちょっと早いですね。実際に現場検証するのが手っ取り早いかもしれません。今日は落ちていませんでしたか？」

「ここに来る途中で見てみたが、残念ながら、今日はまだ落ちていなかった。これからはわからないが」

「パン屑の平均寿命はどのぐらいでしょうか？」

「はあ？　平均寿命っていったって、パン屑は最初から生きてなぞおらんぞ」

「パン屑の平均寿命というのは、つまりパン屑が放置されている時間です。何日も放置されている訳ではないでしょう。もしそうだったら、同じ場所に複数のパン屑が落ちていることになりますが」

「犬猫に食われたり、気付いた人が掃除したり、風に吹き飛ばされたりするからな。まあ、もって一日というところじゃないかの」

「もしこれが目印だとしたら、その機能はたかだか一日しかもたないということになりますね」

「目印だと？」

「路上に放置されたパン屑に実用的な価値を見出すとしたら、目印以外にはありません」

「そんなすぐどっかに行っちまうようなもんを目印にするやつがいるかの？」

二吉は頷いた。「常識的にはすぐなくなるようなものは目印に適しません。しかし、逆に言えば、すぐなくなることが必要な条件なら、パン屑はむしろ目印に適していることになります」

「目印なのに、なくなるのが条件というのは矛盾してるじゃろ」

「そうとは限りません。他人に見られたくない目印というのは珍しいものではありません。電信柱や塀に傷を付けるのはオーソドックスな街中での目印の付け方ですが、これだとかなり長い間、残ることになります」

「新聞配達員がそうやって印を付けるというのは聞いたことがあるなぁ。最近もそうなのかは知らんが」

「今時はいろいろ煩《うるさ》いから地図に印を付けるんじゃないですか？」

「しかし、新聞配達はかなり長い期間に及ぶから、パン屑だと拙いんじゃないか？」

「新聞配達の仕業だと、誰が言いました？」

「じゃあ、どうして新聞配達の話をするんじゃ？」

「新聞配達の話を始めたのは、あなたですよ。パン屑で印を付けている人物は残るような印を付けたくないという訳です」

「しかし、数日おきに同じ場所に印があるのはどうした訳だ？　短期間しか必要ないのなら、同じ場所に印があるのはおかしいじゃろ」

「印を何度も付け直しているということは、その印がまだ役目を果たしていないということです。そして、役目を果たしたら、短期間で痕跡がなくならなくてはならないのです」

「いったいどういう目的なんじゃ？　皆目、見当が付かないが」

「パン屑は仲間へのサインです。仲間はいつ現れるかわからないため、数日毎にパンで目印を付けるのです」

「つまり、その仲間はなんらかの目的を持っているという訳か。そして、その目的を達すれば、もはやその目印はいらなくなるんじゃな」

「その通りです。なかなかの洞察力ですね」

「しかし、その仲間の目的がはっきりせんな」

「それについては、これといった証拠はありません。しかし、おおよその見当は付いています」

「何じゃね、そりゃ？」

「他人にわからないような目印。そして、ことが済めば、短期間で消えてくれる目印。そんな目印が必要になるのは犯罪関連です」

「犯罪じゃと！」

「例えば、空き巣に対するガードが甘い家、押し売りに弱い家などです。そのような家を見付けたら、仲間にこっそり教えているのかもしれません」

「そんなことをしてどんな得があるんかの？　そういう情報は自分一人で独占した方がよくはないか？」

「犯罪者同士で助け合いの習慣があるのかもしれません。自分が誰かを助ければ、自分も誰かに助けて貰えるという訳です」

「そういう美しい協力関係は犯罪者には馴染《なじ》まんように思うがな」

「もちろん犯罪者というものは一般的に他人に損害を与えても自分たちの得になるようなことをしようと思うものです。つまり、一般的に共存共栄的とは言えません。しかし、犯罪者たちの社会にもまた独特のルールがあって、彼ら同士の間には協力関係があるものです。それが彼らの結束力を強め、犯罪の成功率を高めることに繋がっているのです」

「見てきたかのように言うの？　それとも、あんた経験者かね？」

「残念ながら、わたしには犯罪の経験はありません。ただ、パン屑の謎を突き詰めていくと、そういう結論に達するのです」

「わしはどうすればいいのかの？　警察に通報するか？」

「パン屑だけで、犯罪の証拠にはなりません。それに、現に犯罪はまだ起こっていないのですから、捕まえる訳にはいきません。それに犯人も特定できていません。まあ、パン屑を捨てる現場を押さえれば、現行犯逮捕できるかもしれませんが、所詮軽犯罪ですからしらを切られたらたいしたことはできませんね」

「つまり、何か犯罪が行われるまで、ただ待つしかないって訳だな」

「できるとしたら、パン屑が落ちていた近辺に住んでいる人たちに注意を促すことぐらいでしょう」

「まさに犯罪が行われようとしているのに、何もできんというのは歯がゆいのう」

「しかし、予期していない犯罪が突然行われるのと、予測しているのとでは雲泥《うんでい》の差でしょう」

「まあ、そう思うしかないな」徳さんはノートに何かをメモした。「しかし、あんた、なかなかの洞察力だ。探偵としてうまくやっていけると思うぞ」

「ありがとうございます。ただ、わたしは探偵になるつもりはないんですが……」

「はっはっ。またまた、そんなことを」徳さんは笑いながら去っていった。

「はい。お待たせしました」二吉がドアを開けると、老人が立っていた。

「よっ！」老人は片手を挙げて挨拶した。

「ええと。以前、お会いしたことがありましたっけ？」

「どうだったかな？　年をとると忘れっぽくなるのでな。とりあえず、出会った人はみな知り合いだと思って接することにしとる。わしのことは徳さんと呼んでくれ」

「紛《まぎ》らわしいことは止《や》めてください」二吉は言った。「それで、どんなご用件ですか？」

「探偵さんに謎を解いて貰いたいんじゃ。探偵事務所に来る理由と言えば、それに決まっとるじゃろうが」

「探偵事務所？　ここが？」

「田村二吉探偵事務所じゃ」

「田村二吉？　それはわたしですが？」

「だったら、あんたが探偵じゃ」

「ちょっと待ってください。これはきっと悪い冗談だ」

徳さんはむっとした顔になった。「わしは冗談など好かん！」

「いえ。あなたが冗談を仕掛けているのではないのです。たぶん、わたしの友達が企んだのです」

「あんたの友達のことなどわしは知らん。用があるのは、探偵だ」

「だから、その探偵云々《うんぬん》が冗談でして……」二吉は徳さんが睨んでいるのに気付いて、言葉を詰まらせた。「いえ。もし素人の考えでもいいとおっしゃるのなら、わたしが対応しましょうか？」

「最初から、そう言っとけば、話は早かったのに」徳さんはにやにやと笑った。「とにかくこの地図を見てくれ」

「はあ。×印が付いてますね」

「全部で十七箇所じゃ」

「どこの地図ですか？」

「この近くじゃ」

「ご自宅があるんですか？」

「わしの家はここから結構遠い。ただ、近所にわしの娘が住んどってな。しばらく遊びにきとるんじゃ」

二吉は徳さんの頭越しに外を眺めた。「大都会という程ではありませんが、そこそこ開けていますね」

「駅に着くまでに、コンビニが三軒もあるぞ」

「それで、この×印の意味は？」

「パン屑が落ちとったんじゃ」

「はあ。パン屑ですか」

「わしのことをアルツハイマーか何かだと思っとるだろ」

「いいえ。とんでもない」

「嘘を言わんでもいい。パン屑が落ちていたぐらいで、騒ぐのは常軌《じょうき》を逸しとるからの。わしだって、パン屑が落ちているだけで、そのことをわざわざ相談にきたりなどはせん。パン屑の落ち方に奇妙な点があるんじゃ」

「奇妙な点と申しますと？」

「二、三日に一度、必ず同じ場所に落ちているんじゃ」

「同じ場所ですか？」

徳さんは頷いた。

「大きさは？」

「親指ぐらいかの」

二吉は考え込んだ。「親指ぐらい……。一般の人には気付かれにくいですが、最初からあるとわかっている人には充分な大きさですね」

「真剣に考えてくれる気になったか？」

「真剣といいますか、まあ真面目に対応させていただこうかと……。ええと。ところで、お金はいただけるんですか？」

「はあ？　あんた、何言っとるんだ？」

「だって、ここは探偵事務所でしょ」

「あんたは、自分は探偵じゃないようなことを言っとらんかったか？」

「それはそうなんですが、探偵として仕事をするなら、その、それなりの報酬をいただいてもおかしくはないでしょう」

「そもそも事件が解決して、何か得があるのなら、金を払ってもいいだろう。だが、この事件が解決したとして、いったいわしに何の得がある？」

「それはわたしにも言えるでしょう。あなたにとっては道楽かもしれませんが、わたしにはそれこそ何の得もない訳でして」

「探偵の修業になる。それに、これを切っ掛けに大事件を手掛けられるかもしれんじゃろ」

「大事件って何ですか？」

「知らんよ。でも、だいたい二時間ドラマとかでは、こういう些細な事件から大きな事件に繋がるもんじゃ」

「背後に何か大きな事件が隠れていると考える根拠はあるんですか？」

「そんなものがあったら、ここじゃなくて警察に駆け込んどるわ！」

「確かに、一理ありますね」

「どうするんじゃ？　謎解きをしてくれるのか？　しないのか？」

「結論を急がないでください」二吉は手の甲で汗を拭った。「なんだか、混乱してしまって」

「結構落ち着いとるように見えるが？　それに、わしが取るに足りない小事件を持ち込んだぐらいで、混乱するのは大げさ過ぎるぞ」

「混乱している理由はそれだけじゃないんです」

「まだ何か事件を抱えとるのか？」

「事件という訳ではないんですが」

「事件じゃないなら、何だ？」

「まあ、健康上の理由といいますか」

「体の具合でも悪いのか？」

「体というか、精神的なものです」

「神経が参っとるということか？」

「そうかもしれませんね。なんとなく、昨日、今日の記憶がはっきりしないんです。まあ、一時的なものでしょうが」

「あんたの記憶なんぞどうでもいい。どうせ推理には役に立たんじゃろ」

「まあ、そうかもしれませんがね」二吉は腕組みをした。「まあいいでしょう。今は他に何かやるべきこともなさそうですし」

「そうこなくっちゃ」徳さんは舌なめずりした。「それで、謎はすべて解けたか？」

「いきなりは無理ですよ。まずは状況を確認しなくては」

「状況なら、さっき言ったぞ」

「『道路にパン屑が落ちていた』だけでは、有用な情報とは言えません」

「ほれ。この通り、地図まで見せてやってるではないか」

「もう少し状況を教えてください。そもそもあなたはどうして、このパン屑に気付いたのですか？」

「なんだと？　わしを尋問するのか？　わしを疑っとるということか?!」

「そうではありません。推理のためにはできるだけ情報が欲しいということです」

徳さんは不敵な笑みを浮かべた。「パン屑が落ちている道路はわしの散歩のコースとかなり重なっとるんだ。こんな感じかな」徳さんは地図の上に矢印付きの曲線を描いた。「もちろん最初は気付かなかった。いや。顕在意識では気付かなかったと言うべきじゃな。ある時、ふと思ったんじゃ。このパン屑、この間もここになかったかな、と」

「つまり、潜在意識では気付いていたということですか？」

徳さんは頷いた。「単なるデジャヴュかなとも思ったんじゃが、数日後にまたパン屑を見付けて、デジャヴュでないことがわかったんじゃよ。その時は同じパン屑がずっと放置されていたのかもと思ったんじゃが、だとするとパン屑を再発見するまでの数日間に見当たらなかった説明が付かない」

「単に気付かなかっただけなんじゃないですか？」

「その可能性はわしも考えた。だから、その日以降、気を付けて歩いていたんじゃ。すると、翌日にはパン屑は消えて、数日後再び現れた。そして、どうやら、パン屑は十個以上も放置されていて、場所もほぼ同じだということにも気付いた」

「それで、地図を描いたんですね」

「気付いた時には年甲斐もなく、ちょっと興奮しちまったよ。全く目と鼻の先にこんな謎があるとは」

「謎とは言っても、超自然現象が起きている訳ではないですから、説明が付かないことはないでしょ」

「どんな説明ができる？　わしはそれを聞きにきたんじゃ」

「単なる悪戯《いたずら》というのはどうですか？」

「こんな誰も気付かないような悪戯をして何が楽しい？」

「誰も気付かなかったということはない。少なくともあなたは気付かれたんでしょ」

「ああ。確かにな。しかし、理屈が通らないことに変わりはない。たまたまわしが気付いたが、その事実をどうやって知るんだ？」

「ずっと見張ってたとか」

「わしがパン屑に気付いて、地図に印を付けるのを遠くから見て、ほくそ笑んでいたってか？　だが、その日以降、わしは目立った行動をとっていない。それなのに手間隙《ひま》掛けて、パン屑をばら撒き続ける意味がどこにある？」

「他にもかもがいるのかも？」

「だから、時折パン屑に気付いて首を捻る暇人がいたとしてだな。それがそんなに面白いか？　それに悪戯だとしていつまで続けるつもりなんだ？　ヘルメットと看板を持って、飛び出してくる機会はすでに逸してるぞ」

「確かに、そんな気の長い上に、反応がつまらない悪戯は考えにくいですね」二吉は腕組みをした。「だったら、まじないか、願掛けじゃないですか？」

「まじない？」

「路上の同じ場所に続けて百回パン屑を置くのに成功したら、大好きな彼と両思いになれるとか」

「そんなまじないがあるのか？」

「さあ。でも、あってもおかしくはないでしょ」

「そんなまじないがあるという本か何かの証拠を見せてくれるまでは、信じる訳にはいかんなぁ」

「まあそうでしょうね」

「もう手詰まりかの？」徳さんは邪悪な笑みを浮かべた。

どうやら、二吉が困るのを楽しんでいるようだ。

馬鹿馬鹿しい。さっさとギブアップして、この爺さんを追い出そう。こんな話、いくら考えても解けるはずがない。

だいたい道にパン屑を落としていくなんて、今時『ヘンゼルとグレーテル』じゃあるまいし……。

「あっ！」

「どうした？　急に大声を出して」

「閃いたんですよ」

「ついにきたか。それで犯人は誰だ？」

「ヘンゼルとグレーテル」

「外国人か？」

「ドイツの民話に出てくる兄妹ですよ」

「わしだって、グリム童話ぐらい知っとる」

「話を覚えていますか？」

「ええと。継母《ままはは》に苛《いじ》められる話だったかな？」

「グリムの原書では実母のようですよ。父親に命令して、一緒に森の中に捨てにいかせるんです」

「酷《ひど》い話だ」

「口減らしというやつでしょうね」

「それで、どうしてその兄妹が犯人なんだ」

「いや。別にヘンゼルとグレーテルが犯人そのものだとは言ってません。犯人の動機が彼らと共通ではないかと思ったんです。……まあ、パン屑を放置しただけで『犯人』というのは言い過ぎですが、他に呼び方もないので、便宜的に『犯人』でいいでしょう」

「そう言や、二人は魔法使いの婆さんを焼き殺したんだっけ？」

「その部分は関係ありませんよ。もっと前の部分です」

「お菓子の家を見付けるところか？」

「もっと前です。親に森の奥に連れていかれるところです」

「覚えとらんな」

「もう一度地図を見せてください」二吉は地図の×印の部分を指差した。「ほら必ず道が交差していたり、枝分かれしている付近に捨ててあるでしょ」

「だから、どうしたんだ？」

「これは道しるべなんですよ」

「道しるべ？」

「パン屑を辿っていけば、目的地に着けるようになっているとしたら、どうです？ヘンゼルは捨てられると知って、前の晩のうちに綺麗な砂利《じゃり》をポケットに入れておくんです。それを少しずつ道に捨てながら、両親に付いていったんです。置いてけぼりにされた後、その砂利の跡を辿って家に戻ってくるんです」

「砂利とパン屑はだいぶ違うぞ」

「パン屑はこれから出てきます。母親は一度目の失敗に懲《こ》りて、ヘンゼルを前の晩から外に出さないようにしたのです。そうすれば、砂利を用意しておくことができませんからね」

「わざわざ、そんなことしなくても、砂利の目印など簡単に消せるだろう」

「まあ、そこは御伽噺《おとぎばなし》ですからね。それで、ヘンゼルは仕方なく、砂利の代わりに弁当のパンの屑を道端に落としながら、両親について森の奥に入っていくのです」

「なるほど。やっと出てきたな」

「で、またもや捨てられた二人はパン屑の跡を辿って、家に帰ろうとします。しかし、パン屑は鳥に食われてなくなってしまっていたのです」

「駄目じゃないか」

「まあ、そこは御伽噺ですからね」

「とにかくパン屑は失敗だったんじゃろ？」

「そうです」

「じゃあ、今回の犯人はどうしてわざわざそんな間抜けな方法を真似たんじゃろう？」

「そこが問題ですね」

「しかも、街中で道に迷うなんてことがあるか？」

「そこが問題です」

「さらに、数日毎に繰り返しているのはなぜだ？」

「そこが問題です」

「おいおい。探偵、しっかりしてくれよ」

「う～ん。いい考えだと思ったんですがね」二吉はもう一度地図を見た。「やっぱり道しるべとしか考えられないな。……あっそうか」

「また何か閃いたのか？」

「パン屑を使ったのは、パン屑を選択したのではなく、パン屑しか選択できなかったからではないでしょうか？」

「回りくどい言い方はよしてくれ」

「つまり、犯人は道しるべにできるようなものはパンしか持っていなかったのです」

「しかし、どうして犯人はわざわざパンを持って外出したんだろう？　道しるべにしようと思ってか？」

「パンを持って外出するのはどういう場合でしょう？」

「ピクニックに行く時か？」

「まあそういうこともあるでしょうが、数日おきというのは考えにくいですね」

「普通に会社や学校に弁当として持っていくのかもしれんぞ」

「そのパンはサンドイッチに使うような食パンでしたか？」

「いいや。おそらくフランスパンのような種類だったと思う」

「フランスパンを弁当にするというのはあり得ないことではありませんが、日本では珍しいですね」

「そもそもパンなら家から持っていくより、どこか途中で買うんじゃないか？」

「それだ！」二吉は頷いた。「外でパンを持っている人がいたとしたら、その人が家からパンを持ち出した可能性よりも、外でパンを買った可能性の方が遥かに高いんじゃないでしょうか？」

「そりゃそうだろうな」

「つまり、犯人は外でパンを買った後に道しるべが必要になるような事件に遭遇したと考えれば辻褄が合います」

「そうかな？」徳さんは首を捻った。「そもそも道しるべが必要になる事件って、どんなのだ？」

「何かを発見したんですよ」

「道端に財布か何かが落ちていたのか？」

「財布だったら、その場で拾えばいいでしょう。……いや。拾えない理由があったのかな？」

「理由って？」

「人目があって、ねこばばの現場を見られたくなかったとか……」

「人目があったのなら、すぐ別の人間に拾われてしまうだろう」

「確かに、そうですね。だったら、財布以外のものだ。犯人にとっては価値のあるものだけど、他の人間はあえて拾おうとはせず、しかも、それを拾うのを他人には見られたくないものと言えば……」

「犬の糞か？」

「犬の糞に価値を見出す人って何ですか？」

「何にでも愛好家というものが存在するもんじゃ」

「犬の糞なら、誰かに清掃されてしまいますよ」

「パン屑だって、そうじゃろ？」

「確かにそうですが、犬の糞への道しるべにパン屑を使うというのは、手が込み過ぎてますよ。そもそも道しるべを付けてどうするんですか？」

「後で取りにくるんじゃろ」

「そんなことをするぐらいなら、最初から拾えばいいじゃないですか。犬の糞を拾うことは恥ずかしいことではないんですから」

「わかった。散歩中に犬が脱糞して、拾おうと思ったら、ビニール袋がなくて、家まで取りに帰ったんだが、場所がわからなくなるので、パン屑を目印に置いていったというのはどうじゃ？」

「めちゃくちゃ不自然なシチュエーションですね。毎回ビニール袋を持ってこないような人なら、わざわざパンを目印にしてまで、家にビニール袋を取りに戻ったりしないでしょう」

「じゃあ、何を見付けたというんだ？」

「おそらく拾えるものではないんでしょう」

「拾えるものではない？　自動車か何かか？」

「移動してしまうようなものでもないでしょう。道しるべが使えるということは簡単には動かないものです。道路標識とか、電柱とか……」

「マンホールとか？」

「ええ。それに建物とか」

「犯人は何かの建物を見付けたのか？」

「それが一番自然でしょう。個々の電柱やマンホールや交通標識に意味を見出すような状況は考えにくいですから」

「どんな建物を見付けたんじゃ？」

「それについては決定的な証拠はありません。ただし、最も自然な解答はすぐに思い付きます」

「何じゃ、そりゃ？」

「パン屋ですよ」

「パン屋だって？」

「だって、そうでしょ。必ずパン屑を落としているということは、パン屋で買い物をした後に限って、道しるべを作る必要に迫られたということです。この場合、最も自然なのはそのパン屋自体に到達する道しるべに買ったばかりのパンを使うことです」

「パン屑で道しるべを作るのが自然かな？」

「パン屑で道しるべを作るのは大前提です。その上での最も自然な状況を推定したのです」

「たかが、パン屋なんかへの道しるべを作るやつなんておらんじゃろ」

「とんでもない。パン屋もピンからキリまであります。ヒンデンブルクなら、道しるべを作るだけの価値はありますよ」

「有名なパン屋のチェーン店かの？」

「知る人ぞ知るです」

「いいじゃろ。百歩譲って、犯人はパン屋への道しるべを作ろうとしたとしよう。それで、どうして、パン屑で道しるべを作らなきゃならんのじゃ？　普通に地図を描けばいいじゃろ？」

「人は外出する時に、必ずしも筆記用具を持っているとは限りませんよ。パンしかない時はパンを利用するしかないんです」

「じゃあ、どうして数日毎に道しるべを作るんだ？」

「どうして、作っちゃあ、いけないんです？」

「一度作れば、充分じゃろ」

「鳥に食べられたとか？」

「そんなことを言ってるんじゃない。何度もそのパン屋に行けてる訳だから、もはや道しるべの意味はないだろうということじゃ」

「一人とは限らないでしょう」二吉はぽつりと言った。

「何じゃって？」

「すべて同一人物とは限らないんじゃないでしょうか？　もし、そのパン屋がヒンデンブルクだとしたら、数日毎にファンが発見して、同じことをしてしまうのかも」

「別人なら、別々の道に道しるべができるはずじゃ。パン屑は毎回同じところにあった。犯人は毎回同一人物じゃよ。あんたの道しるべ説が正しいとしてな」

「ふむ。確かにおっしゃる通りです。しかし、ほぼすべての証拠は道しるべ説を補強しています。一つぐらい不明な点があったとしても、気にする程のことはないでしょう」

「わしは、不可解なことが起こったので、あんたにすっきりさせて貰いにきたんだ。穴だらけの当てずっぽうを聞かされただけでは、全くすっきりせんわ」

「穴だらけというのは言い過ぎでしょう」

「肝心な点が説明できんのだから、そう言われてもしようがあるまい」

「ちょっと待ってください。ええと、あの……」二吉は言葉を詰まらせた。「お名前は何でしたか？」

「岡崎徳三郎だ。徳さんと呼んどくれ」

「さっきもお訊きしましたっけ？」

「さあな。忘れちまったよ。あんた、わしの名前に聞き覚えがあるかい？　あるなら、聞いたことがあるんだろ」

「それが聞き覚えがあるような、ないような……」

「何じゃ。頼りないの。まあ、忘れっぽいのなら、何度も聞き直して、覚えればいいんじゃがな」

「あっ！」二吉は叫んだ。

「どうした？」

「それです‼」

「何のことだ？」

「なぜ、犯人はパン屑で道しるべを作ることを何度も繰り返したのか？　その答えがわかりました」


「もったいぶらずに、早く教えてくれ」

「忘れたからです」

「はあ？」

「むしろ、『忘れっぽいから、忘れないために、何度も反復した』と言えばいいのかもしれませんね」

「しかし、そう簡単に忘れられるもんかね？　アルツハイマー症候群か何かか？」

「犯人は、道しるべを作る程度の論理的な思考はできるようです。問題があるのは記憶力だけでしょう」

「記憶喪失というやつか？」

「記憶障害の一種に前向性健忘というのがあります」

「聞いたような病名じゃな」

「ある時点——発症した以前のことは記憶していられるのですが、それ以降のことはいっさい覚えられなくなるのです」

「それはまた不便じゃな」

「犯人がその障害を負っているとしたらどうです？」

「どうです、と言われてもな」徳さんは目をぱちくりした。「どうなんだ？」

「おそらく彼は、何かの用事——例えば、食料調達など——で、数日毎に外出するはずです」

「道に迷ったりしないのかね？」

「発症前からその街に住んでいたとしたら、迷わないと思いますよ。そうでないとしても、地図を持って出れば、問題ないでしょう」

「なるほど。それで？」

「彼は外出中にパン屋を発見します。例えばヒンデンブルクのような店をです。当然、彼はそこでパンを購入します」

「そうかな?」

「常識ですよ。彼はパンを購入します。そして、ほくそ笑みます。いいところを見付けた。今度からはここでパンを買おうと。と、そこではたと気付く訳です。自分はこの店の場所を覚えておくことができないと」

「病態の自覚はあるのかの?」

「継続的な自覚はないでしょうが、病気に対する知識があれば、不都合が発生するたびに、その都度、気付くはずです」

「気付かなければ、そのまま忘れちまうということだな」

「そうです。ただ、彼は少なくとも何度かに一度は気付いたようです。このまま、せっかく見付けたパン屋の場所を忘れてしまうのは忍びない。そこで、彼は知恵を絞って、パン屑を道しるべにすることを思い付いたのです」

「そんなことしなくても、地図に印を付ければ済む話じゃろ」

「地図を持っていても、筆記用具を持っているとは限りませんよ。いや。遠くに出かけるのならともかく極《ご》近《く》所での買い物だとしたら、筆記用具など持って出ない方が自然です」

「わしだったら、自分がそんな症状になったら、肌身離さず筆記用具を持ち歩くがの」

「それは性格の問題でしょう。わたしだったら、そんな面倒なことまず実行しませんね」

「まあ、人それぞれという訳か」徳さんは意外にも、すぐに引き下がった。「しかし、犯人は次に外出する時まで、パン屑が残っていると思ったのかな？」

「そんな長時間もたせるつもりはなかったでしょう。すぐに筆記用具と地図を持ってとって返して、パン屑を辿りながら、パン屋に戻って地図に記入する予定だったと思われます」

「しかし、どうして、何度も繰り返すんだ？　一度地図に記入したなら、パン屑の道しるべは不要だろうに」

「おそらく、計画は成功しなかったのです」

「なんでまた？　単純で穴のない計画だと思うが？」

「犯人は自らの記憶力を過信していたのです。パン屋からいったん家に引き返して、もう一度パン屋のある場所まで戻る。その程度の時間なら、場所は覚えられないまでも、一貫した記憶を保っていられると思っていたのでしょうが、実際にはそうではなかった」

「地面に落ちているパン屑の意味すら忘れてしまったということか？」

「そうです。パン屑の路上への放置が繰り返される理由はそれしかありません」

「しかし、毎度失敗していたら、犯人だって学習するじゃろう。外出する時に筆記用具を持ち歩くようにはならないか？」

「だから、犯人はその失敗の記憶すら保てないのです。彼は何度同じ過ちを繰り返しても、自分が過ちを繰り返していることにすら気付きもしない。最初に筆記用具を持って出なかったということは、次からも同じく筆記用具を持って出ない可能性が高いのです。逆に言えば、一度でも筆記用具を持っている時にパン屋を見付ければ、この現象は起こらなくなるでしょう」

「つまり、この現象がなくなったら、犯人は目的を達したと考えていいということじゃな？」

「そうです。最後にこの現象が起こったのはいつです？」

「昨日じゃ」

「ということは昨日の時点ではまだ犯人は目的を達していないということになります」

徳さんは腕組みをした。「微妙じゃな。どうするかな？」

「今、何ておっしゃいました？」

「やはり、ここは厳密にいくべきかな？」

「何か推理の穴が見付かりましたか？」

「いや。動機については、申し分ない。おそらくそれで間違いない。……だが、犯人は誰なんじゃ？」

「なんですって？」

「わしの質問はホワイダニットではなく、フーダニットじゃ」

「おっしゃることがわかりません。いえ。言葉の意味はわかります。ただ、わたしは犯人を知りようがないじゃないですか」

「本当に？」

「ええ。犯人を推理するも何もあなたのお話には犯人らしき人は誰も登場しないではないですか。……例外がいるとするなら、あなた自身です。まさか、あなたがパン屑の犯人なのですか？」

「いいや。それではあまりにアンフェア過ぎるじゃろ」

「では、誰が犯人だと……犯人である可能性があると言われるんですか？」

「犯人には病識はないと言ったな」徳さんは二吉の顔をにやにやと眺めた。

「ええ。このタイプの病気の場合、継続的な病識はないでしょう。ただ、断続的に自らの症状を認識して……えっ!?」二吉はぽかんと口を開けた。

「どうした？　何かに気付いたのか？」

二吉は額を掌で押さえた。「そんなはずはない。ゆっくり考えて思い出すんだ」

「そうそう。時間はたっぷりあるぞ」

二吉は徳さんを指差した。「あなたは誰ですか？」

「わしは岡崎徳三郎じゃ。徳さんと呼んどくれ」

「あなたがここに来たのはいつですか？」

「もう十分程になるかの」

「では、それ以前、わたしは何をしていたのですか？」

「さあな」

二吉はへなへなと床に座り込んだ。

「どうした？　推理を続けんのか？」

「推理の必要はありません。あなたには犯人がわかっているのでしょう、徳さん」

「ああ」徳さんは頷いた。「だが、あんたの口から言ってくれ。それがルールだ」

「ルール？　何を言ってるんですか？」

「まず、犯人が誰かを言ってみてくれ。説明はその後だ」

「犯人はこのわたしです」二吉は大量の冷や汗を流しながら言った。「ただ、わたし自身はそのことを全く覚えていない」

「まあ、そんなに落ち込むことはない。犯人とは言っても、重大な罪を犯した訳ではないんだから。単なる日常の謎のレベルじゃ」

「最初から知ってたんですか？」

「まさか。わしもそれなりの調査をした。娘の働いとるパン屋に数日毎にパンを買っては道端に捨てていく不審人物がいるというんでな。ちょっとした張り込みやら、聞き込みを何日か……」

「わざわざそんなことを！」

「暇なもんでね。時間はたっぷりある」

「さっき、ここに来た時には、わたしが犯人だと知っていたんですね」

「ああ。そりゃ、知ってたよ」

「じゃあ、どうして、わざわざ、わたしに推理なんかさせたんですか？」

「深い理由はない。今日は一日暇だったし……」

「暇つぶしのために、こんな酷いことをしたんですか？」

「酷い？　それは心外だな。わしが何か酷いことをしたかの？」

「わたしをからかったではないですか」

「だけど、あんたは何も損はしとらんぞ」

「精神的なショックを受けて傷付きました」

「それじゃあ、あれか。わしがやってきて謎解きを依頼しなかったら、あんたは何も傷付きはしなかったとでもいうのか？」

　二吉は溜息を吐《つ》いた。「きっと何かの拍子で、自分の状態に気付いて、その度に傷付いたでしょうね。逆に、推理に熱中している間だけは、現実に気付かなくてよかったのかもしれませんね」

「しかし、あんたの推理力はたいしたもんだ。正解に辿り着くとはな。ただし……う〜ん。どうしたものか？」

「何か問題があるんですか？」

「正解とカウントしていいかどうかだ。今回は犯人当てのところで、結構ヒントを出してしまったからな」

「ヒントっていったって、あなたはわたしの顔を見て、にやにやと……。今、『カウント』とおっしゃいました？」

「ああ。言ったよ」

「『今回は』ともおっしゃいましたよね」

「ああ。言ったよ」

「どういう意味ですか？」

「どういうもこういうも今言った通りの意味しかないが」

「なんだか、何度も同じことを繰り返しているような言い方ですが、なぜですか？」

「そりゃあ、同じことを何度も繰り返しとるから、自然とそういう言い方になるんではないかの？」徳さんはズボンの尻ポケットからノートを取り出し、書き込み始めた。「ええと。おまけして、今回のを『勝ち』とすると、これで三勝六敗二引き分けだな」徳さんは時計を見た。

「今日は昼飯までにもう一勝負できそうだな。じゃあ、あと十分程世間話でもしとくか」

加速度円舞曲《ワルツ》

麻耶雄嵩

Message From Author

本作は貴族探偵シリーズの一作です。登場するのはちょっと変わった探偵なので、こんなの探偵じゃないだろと、怒らないでください。そういう探偵なんだと、予めお断りしておきます。

作中、とある理由で富士山をこよなく愛し信仰する人物が出てきます。といっても浅間大社とは関係ありません。ひとりで勝手に信仰している模様です。そのため平気で富士山の石も盗んできたりもします。悪いやつです。

でも、富士山てすごいですね。技術が未熟だった昔ならいざ知らず、あんな目だった場所にある美しい山が、南北アルプスの険しい山々をおさえて、今なお日本一（標高）を誇っているのですから。

麻耶雄嵩（まや・ゆたか）
1969年三重県生まれ。91年、『翼ある闇　メルカトル鮎最後の事件』でデビュー。大胆な結末の『夏と冬の奏鳴曲』などアバンギャルドな作風で本格ファンの注目を集める。主な作品に『鴉』、『神様ゲーム』など。2011年に『隻眼の少女』で第64回日本推理作家協会賞と第11回本格ミステリ大賞をダブル受賞。近著に『メルカトルかく語りき』。

1

まったく、どうして私がこんな目に遭わなきゃいけないの。私が何か悪いことをした？　無理をおしてなんとか取れた春休みだというのに。

日岡美咲《ひおかみさき》は悪態をつきながら、険《けわ》しい山道を乱暴にハンドルを切った。アクセルを踏む足にもついつい力が入り、カーブを曲がるごとにタイヤが悲鳴をあげる。

ケチのつき始めは昨日のことだ。親友の聡実《さとみ》と行くはずだったイタリア旅行が、彼女の都合でドタキャンになった。食中毒に罹《かか》ったのだ。賞味期限切れの牛乳でプリンを作ったという間抜けぶりに呆れたが、ひとりでイタリアへ行く気にもなれず、見舞いとチケットやホテルのキャンセルに昨日一日を費やしてしまった。

旅行のため一週間の休暇をとっていたのだが、突然予定が空いてしまったので、仕方なく恋人の清志《きよし》に電話をかけると、大学時代の友人と吉美ヶ原《よしみはら》の別荘にいて逢えないという。美咲も知っている名前だったので、こっそり行って驚かせてやれと、愛車のアクセラを駆って清志の別荘に行くと、驚かされたのは美咲の方だった。

別荘にいたのは美咲よりはるかに若い女。ふたりは人目を憚《はばか》ることなく、庭先でいちゃついていた。見るからに昨日今日の間柄ではない。

美咲は無言で近づくと清志の頬をグーで一発殴り、今、傷心の帰途についているところだった。家に着く頃には陽も暮れているだろう。結局、貴重な休日が合計二日もムダに終わったことになる。その上、破局というおまけまでついて。

何より二股をかけられていたというのが、美咲には許せなかった。そんなことも気づかず、健気《けなげ》に別荘まで食材を買い込んで来た自分がだ。相手はまだ十代だろうか。有名アーティストそっくりのファッションで、バカそうに甲高い声を上げて笑っていた。いくら化粧で誤魔化しても、容姿は自分より下。明らかに若さだけが取り柄の女だった。もしかすると、そんな女に盗られたことが一番ショックだったのかもしれない。

むしゃくしゃして運転が荒くなってしまう。道は一車線しかなく、しかもガードレールの向こうは谷底に繋がっている。二股かけられた上に、事故で死んだらいい笑い物だ。会社には親のコネで厚遇されている……この忙しい時期に一週間まとめて休みが取れたのもそのおかげだ……ことを快く思っていない同僚も多い。

少しばかり冷静になってスピードを落とそうとしたとき、目の前に突然、大石が飛び出してきた。一メートル以上はあるだろうか。灰色のゴツゴツした石だ。それが左手の法面《のりめん》の上から勢いよく道の真ん中に転げ落ちてきたのだ。慌《あわ》ててブレーキを踏んだが間に合わず、衝撃とともに車が止まる。間一髪で石は避けられたが、脇のガードレールに見事にぶつかってしまった。

なんなのよ……ホントに今日は厄日だ。

エアバッグに顔を埋めながら、美咲は泣きたくなった。

落ち着いてから車外に出ると、美咲は再びショックを受けた。愛車の右前面がガードレールと一体化して、大きく凹んでいる。買ってからまだ半年しか乗ってないのに……。

とりあえずＪＡＦを呼ばないと。この石はＪＡＦがどかしてくれるのか。それとも警察？

バッグから携帯を取り出すと、圏外の表示。誰か通りかかるのを待つしかないらしい。そこで美咲は今まで対向車とすれ違わなかったことを思い出した。同方向の車も同じくらい少ないだろう。つまり、救いの手はいつ訪れるのかまったく判らないことになる。

美咲は呆然とあたりを見回した。奥深い山々は若葉で眩《まぶ》しいが、近くに民家も公衆電話もありそうにない。本当なら今日はスペイン広場で女ふたりで『ローマの休日』の真似事でもしていたはずなのに……聡実の腐乳プリンが、どこでどう間違ってこんな山奥で立ち往生する羽目になったのか。

途方に暮れていると、嫌味なくらいに涼やかな谷川のせせらぎが耳に入ってくる。

もしやと思っていた清志も追いかけてくる気配がない。途端に美咲はすべての気力を失くした。いや悟りの境地に入ったというべきかもしれない。幸い食料は買い込んであるし、この季節なら車内で寝ても風邪を引くことはないだろう。一日や二日くらい待ってもいいわ。どうせ休暇はあと五日あるのだし。

脱力して元凶の石に腰を下ろしていると、二十分ほどして背後からエンジン音が聞こえてきた。

マリアナ海溝よりどん底だった運が少しは向き始めたのかも……美咲は慌てて車の後ろに走り、両手を大きく振った。それにあわせて、黒塗りのリムジンがゆっくりとスピードを落とし、目の前で止まる。同時に運転席の窓が開き、四十過ぎの体格のいい男が顔を出した。頭に制帽を乗せ、無地の白シャツに濃紺のベストを着ている。どこかの運転手らしい。

「どうかされましたか」

低めのよく透る声で、男は訊ねてきた。

「いきなり石が飛び出してきたの。それで車がぶつかって……携帯も圏外で通じないし、助けてくれない？」

「それは大変でしたね」

運転手は後部座席の人物に向かって何事か断ったのち、外に出てきた。座っているときは判らなかったが、プロレスラーのような、二メートルはありそうな巨漢だった。そのサイズに美咲が気圧《けお》されていると、男はすすっと車の正面に回り、手際よく調べていたが、

「破損がひどくて運転は無理のようです。……この石が上から飛び出してきたのですか。これでは先へ進むことはできませんね」

石は道の中央に鎮座していて、大型のリムジンでは通り抜けることは不可能だ。もしスペースがあったなら、見捨てて行くつもりだったんじゃや？　ふと疑念が過《よ》ぎる。

「あなたの力でも無理？　すごく力がありそうだけど」

「どうでしょう。試してみてもいいですが、まず警察に連絡したほうがいいでしょう」

「でも、携帯は圏外で……」

「大丈夫ですよ。この車の電話は衛星回線を使っていますから」

巨漢の運転手は丸顔でにっこりと微笑《ほほえ》むと、運転席に戻り受話器を取る。ガードレールに身体をあずけながら美咲が眺めていると、

「状況を説明しました。警察はすぐに来るようです。それとお疲れでしょうから、よろしければ車内でお待ちになりますか？　御前もそうされた方がいいとおっしゃられていますが」

「そうね。この際だからお邪魔させてもらうわ。お礼も云《い》わなければならないし」

見知らぬ車に乗るなど普段なら警戒するところだが、精神的に疲れていたのと、この運転手が悪い人間には見えなかったので、乗せてもらうことにした。

ドアを開け後部座席を覗き込むと、驚いたことに車内にいたのは、自分より少し年上の若い男だった。〝御前〟という呼称から、美咲はてっきり白髪の老人を想像していた。

「とんだ災難でしたね。でも怪我がなくてよかった。こんな美しいご婦人に何かあれば、我が国の損失ですからね」

男は優しい声で歯が浮く台詞《せりふ》を云う。だが不思議と厭《いや》らしくは聞こえない。云い馴れて板についているせいだろう、と美咲は判断した。

男は運転手と対照的に細身の体つきで、色白の顔には口許に髭《ひげ》を蓄えていた。パーティーにでも行く途中だったのか、ブランド物の皺一つない正装で身を固めている。

「本当にありがとう。こんな場所で立ち往生してしまって、どうしていいか解らず困っていたところだったの」

「いや、困っているご婦人を助けるのは、紳士のたしなみです。警察が来るまでここでごゆっくりお待ちください」

「でも、忙しいのに迷惑を掛けてしまって。何か用事があったんでしょう」

「いや、別に大した行事ではありませんから。それにこの春はろくな刺激もなく退屈していたところだったんですよ。ですからこんなお美しい方と話せるのであれば大歓迎です。天照大神に感謝しなければ。そういえばまだお名前を伺っていませんでしたね」

美咲が名前を述べると、「お美しい名前ですね」と褒めそやす。逆に美咲が名を訊ねると、

「私は……そうですね、人は私のことを貴族探偵と呼びます」

「探偵？」

「ただの探偵ではありません。貴族探偵ですよ」

貴族というところに自負がある様子で、男は強調した。どう違うのか気になったが、あまり詮索しない方がいいかも、と美咲の本能が警告する。

「ところで、衝突の具合を見ると、美咲さんの方こそ何か急ぎの用事でもあったようですが」

「それが……」

むしゃくしゃしていたこともあり、つい二股のことを話してしまった。いつも聡実に愚痴る調子で。全て話し終えてから、不作法に気づき、

「ごめんなさい。こんなことを知らない人に愚痴ったりして。恥ずかしい」

「いえ。構いませんよ。でもあなたのようなお美しい方だけでは満足できないなんて、バカな男ですね。相手の名前は？」

「谷川《たにがわ》清志って名前よ。口にするのもむかつくわ」

「ほう。吉美ヶ原に別荘を持つ谷川清志ですか。まあいずれ彼には天誅が下るでしょう」

にこにこと語る口調があまりに自然で、それゆえ真に迫っていたので、もしかして暴力団関係の人間ではないかと、美咲は後悔した。よほど心配げな表情をしていたのだろう。探偵はにこやかに笑うと、

「なに、天網恢々疎《てんもうかいかいそ》にして洩らさず。神様が少しお灸を据えるだけです。私は美咲さんが心配されるような違法な人間などではありませんから。ちゃんと憲法で身分が保証されています」

「おかしな人ね」どうも相手の冗談を真に受けてしまったようだ。恥ずかしさを誤魔化すために、美咲は慌てて話題を変えた。「ところで探偵さん。探偵というと、やっぱり殺人事件の捜査とかされるんですか。それとも素行調査のような地味な仕事を？」

「探偵に興味があるんですか？」

「ええ、少し」

「私は趣味で探偵をやっているだけです。報酬を貰って依頼を受けるわけではなく、気に入った仕事を引き受けるだけです。特にあなたのような美しい方の依頼を。残念ながら、落石事故程度では力を発揮しようがないですが」

もう五度以上も〝美しい〟と讃美された気がする。昨日までなら、こんなお世辞など洟《はな》も引っかけなかっただろうが、失恋の直後だけに嬉しかった。

「そのうち、私が活躍するところをお見せできればいいのですが」

そうこうしているうちに、警察やＪＡＦが来て車外が慌ただしくなってきた。美咲も事情を訊かれたが、意外と早く解放された。運転手の佐藤《さとう》が警官たちに何事かを伝えていたので、そのせいかもしれない。もしかすると、この若者は土地の有力者の息子なのかも。たしかに、少々変わってはいるが、育ちが良さそうな所作と身なりをしている。父親が成り上がっただけの清志とはどこか違う。

「しかし落石とは、ここの連中は税金で何をしているのかね。あとで首長を叱っておかないとな」

「それが、御前。どうも単純な落石ではないようです」

神妙な声で運転手が振り返る。

「どういうことだ？　佐藤」

「警官たちの話では、この近辺は地盤が固く落石は過去に一件もないようです。彼らも首を捻っていました。それに先ほど見ましたところ、あの石には少しばかり人の手が入っているように思われました」

「なるほど、面白いこともあるものだ。誰かが美咲さんを狙って投げ落としたというのか？　美咲さん、命を狙われる心当たりはありますか」

「ないわよ。そんなの」

びっくりしながら否定したが、脳裏には清志の顔が浮かんでいた。でも、明日明後日ならともかく、すぐに石を準備してというのは、さすがに手際が良すぎる気がする。

「毎日通る道ではありませんし、狙ってぶつけることは難しいでしょう。それに私たちが来るまでに二十分ほどありましたから、降りて日岡様を殺害することもできたはずです。ですから日岡様を狙ってのことではないと思われます。むしろこの上の別荘の庭にでも置かれていたものが落ちたのではないかと」

「そのことは、あの連中に話したのか？」

「いえ。まだでございます。御前のお考えを伺ってからと思いまして」

探偵はふむと頷き腕組みしていたが、やがて美咲に視線を移すと、唐突《とうとつ》な提案をした。

「どうです、美咲さん。警察に任せてこのままお送りしてもいいですが、一つこの物騒な落とし主に文句を云ってやりませんか」

いつもなら断るところだが、むしゃくしゃしていたし、週末の予定がまっさらになったこともあって、美咲は即座に頷いた。自ら貴族探偵と称する若者が少し気になったのもある。

「佐藤、そういうことだ」

「はい。かしこまりました」

云うが早いか運転手はエンジンをかけ、石が片づけられて見通しが良くなった道を前進し始めた。

十分後、カーナビ（美咲が使っているものより、というか店頭で見かけたことがないほど詳細で、ほとんど住宅地図並みだった）を頼りに辿《たど》り着いたのは、小ぶりな別荘の前だった。事故現場からかなり上に位置している。このあたりも吉美ヶ原の別荘地の一部だが、清志の別荘があるところとは違ってまだまばらにしか建っていない。そのため特定が容易《たやす》かったのだ。

「ここって……富士見荘じゃない」

ログハウス風の別荘の正面に回ったとき、見覚えのある外観に、美咲は思わず声を上げた。

「どうしたんです。この別荘の持ち主をご存知なのですか。もしかして例の彼氏の別荘だとか」

隣の探偵が意外そうに訊ねてくる。だがそれは違うと彼女は首を振り、

「ミステリ作家の厄神春柾《やくじんはるまさ》先生よ。昨年、ここに一度お邪魔させていただいたことがあるの。先生とご一緒に仕事をさせていただいたときに」

前に訪れたときは、厄神の車に乗せてもらったので、道をほとんど覚えていなかった。そのため家の前に来るまでは、まったく気づかなかった。

「厄神というのはあのベストセラー作家の？　小説は読んだことはないが、映画は見たことがありますよ。実につまらなかった」

「御前。あれは結末が変えてありまして、原作はもう少し面白かったはずです」

読者のひとりらしく運転手が小声で口を挟んだ。

「それより、美咲さんは編集者だったんですか」

「あ、はい」

二股のことは話したのに、仕事については何一つ話してなかったことに、美咲は気づいた。なんだかバランスが悪い。それもこれもプリンのせいだ。

「面白い職業に就かれているんですね。で、その厄神なんとかが、この別荘の主でここで仕事をしていると。しかしベストセラー作家にしてはずいぶん小さな別荘です

ね。儲けた分は派手に使って市井《しせい》に還元しないと意味はないというのに」

侮蔑を交えて探偵が云う。一般論としてはあながち的外れでもないが、このケースは違う。

厄神春柾は三十一歳の時に新人賞に佳作入選してデビューしたが、最初の五年間はぱっとしない存在だった。それが今から十年前『チャールストン刑事《デカ》』がいきなりミリオンセラーを記録しブレイク、以後売れっ子作家の仲間入りをすることになる。一富士二鷹三茄子ではないが、その年の正月に富士山の初夢を見ていたことから、彼は富士山に特別の思い入れを抱くようになる。厄神は元々俗説や迷信を気にするタイプで、夜に新しい靴をおろさない、寝る時には靴下を穿かない、霊柩車にあうと親指を隠す、敷居や畳の縁を踏まない、といったことを大人になっても実行していた。そういう性格だったため、翌年には富士山に昇る朝日が見える場所に新居を構え移り住んだ。家はこの別荘から車で二十分ほど下ったところにあり、窓から富士山を眺めながら執筆を行っていたが、三年前にリゾート施設が建ち視界を遮《さえぎ》るようになった。呼応するように厄神は突如スランプに陥り、慌てて近くで中古で売り出されていたこの別荘を買ったのだ。今は、執筆はこの別荘で、生活は麓《ふもと》の本宅でという生活を行っている。麓の本宅は立派なものだが、別荘の方は急を要していたために、小振りで築年が古いここしかなかった。

そのことを美咲が説明すると、途中から興味を失っていたのか探偵は「そうですか。鰯《いわし》の頭も信心からといいますし」と気乗りしない様子で答えただけだった。力説した結果がこれで、なんだか拍子抜けをした美咲だったが、

「まさか厄神先生が石を落としたの」

「その可能性が高いようですね」答えたのは運転席の佐藤だった。「他にそれらしい別荘はありませんので」

「信じられないわ。作家には変な人が多いと世間では云われているけど、こと厄神先生に関しては、富士信仰以外はいたってまともな人間だったのよ」

「人は色々な貌《かお》を持っているといいますからね。いずれにせよ、もうすぐ真実が解ると思いますよ」

別荘はログハウス風の平屋で、玄関ドアの上に『富士見荘』という看板が掲げられている。別荘の奥には、ガラス張りの温室の屋根が見えている。これは一昨年厄神が増築したもので、趣味の蘭を栽培していると聞いたことがあった。

貴族探偵のエスコートで美咲はリムジンから出たものの二の足を踏んでいた。

「待って。引き返すわけにはいかない？」

見ず知らずの相手ならともかく、相手が厄神と知ったあとでは、ことを荒立てる気になれない。それに間違っている可能性もあるのだ。厄神は普段は紳士だが、カッと

なり易いという噂も耳にしている。

「こういうことは筋を通した方がいいんですよ。ベストセラー作家なら修理代が払えないということはないだろうし。慰謝料代わりに原稿をもらえるかもしれませんよ」

「他人事だと思って……」

美咲の抗議に足を止めることなく、探偵は玄関までスタスタと歩んでいくと、呼び鈴を鳴らした。

「待ってって云ったのに」

もう手遅れだ。この場から逃げ出したい気持ちを抑えながら応答を待ったが、何の反応もない。部屋に明かりが点いているので、留守ではなさそうだ。

「罪を認めるのが嫌で、居留守を使っているのかもしれませんね」

探偵がドアに手を掛ける。鍵が掛かっておらず、ドアは簡単に開いた。

「おい！　誰かいるか」

鋭い口調で呼びかけるが、返答はない。再び呼びかけたところで痺れを切らしたのか、探偵はずかずかと中に入っていく。

「駄目よ、勝手に入っちゃ。温室にいるかもしれないじゃない」

「礼は尽くしたんだ。文句を云われる筋合いはないでしょう」

平然と答えた時点で、彼はもう部屋の中央まで進んでいた。放っておくと家捜ししかねない勢いだったので、美咲も慌てて部屋に上がる。玄関を入ってすぐのこの部屋はリヴィングで、テーブルやソファー、TVなどが十畳ほどの中に並んでいる。美咲も他社の編集者といっしょに、このリヴィングで夫妻から紅茶をもてなされたことがある。

リヴィングの奥にはキッチンがあり、左手には仕事場の書斎がある。書斎にはベッドがあり、締め切り間際には寝泊まりできるようになっているらしい。〝らしい〟というのは、美咲は入ったことがなかったからだ。厄神は書斎を他人に見られるのを極度に嫌っていた。おそらく立ち入れるのは夫人くらいなものだろう。TVや雑誌で組まれる仕事場の取材なども頑《かたく》なに断り続けていて、業界では厄神の仕事場は、不可知の領域、ある種の聖域になっていた。部屋全体が富士山を模したカラクリ仕掛けになっているとか、浅間大社の旧鳥居が飾ってあるとかいう噂も聞いたことがある。

その書斎のドアが軽く開いている。探偵は自分の部屋であるかのように自然な仕草でドアを開けると、

「逃げたってムダだ。いくら有名な作家だといっても、事故の責任はきちんととらなければね。それが国民の務めだろ」

ところが扉を開けたところで、見えない壁にぶつかったように探偵が立ち止まる。

「どうしたの？」

「いやいや、こんなショーが控えていたとは、さすがの私にも判りませんでした」

にやりと笑う彼の背中から美咲が覗き込むと、厄神春柾が殺されてベッドに倒れ込んでいた。

2

やっぱり今日はついてない。

最初のショックが和《やわ》らいで少し冷静になった美咲は、書斎の入り口にもたれかかり改めて嘆いた。殺人事件に、それも厄神先生の惨殺死体に出くわすなんて……。

「これはすごい。事件に出くわすことはよくあるが、死体の第一発見者になるとは」

目の前の探偵は口髭を撫でながら妙な感嘆をしている。もしかして彼が殺したのでは……そう勘繰りたくなる程に、彼は冷静だった。

「佐藤！」

やがてよく透る声で、彼は玄関に向かって呼びかける。すると巨体をゆすってすぐに運転手が現れた。彼は死体を見ると、一瞬ぴくと眉を動かした。

「御前が、この男性を？」

真面目くさった声で訊ねかける。

「まさか。そんな野暮なことはしない。それくらいお前にも解るだろ」

「はい。殺された直後という感じではないようです」

何の躊躇《ためら》いもなく死体に近づいた佐藤は、冷静に脈を取った。

「しかし最近では一番の出来事だな、佐藤。今年の春は椿《つばき》の馬鹿息子がポーカーで巻きあげられて、子会社を一つ失ったことくらいで退屈だったからな。あれは本人以外には結果が見えていたから、さして意外性はなかったが……。佐藤はこうなることを予見していたのか？」

「いいえ、御前。犯罪の気配は感じていましたが、ここまでとは」

謙遜気味に運転手は答えた。

「気配は感じていたと。さすがにお前は鼻が利くな。私が見込んだだけのことはある。シュピーゲルもお前くらいの鼻を持っていれば、もっと楽に狐狩りができるんだが……」

「御前。僭越ながら、優れた犬を持つと狩りをする意味がなくなってしまうと存じますが。ハンティングは成果ではなく過程を楽しむスポーツですから」

「たしかに。うまいことを云う」

「ちょっと！　こんなところで雑談をしてないで、早く警察に連絡しないと！」

場を弁《わきま》えず談笑するふたりに業を煮やし、思わず美咲は声を荒げた。探偵はなぜ怒っているのか解らないといった不可解な表情を見せながらも、「それもそうだな」と運転手に通報の指示を出す。

　普通なら女の自分が狼狽《うろた》えているときに、男がなんとか落ち着かせるものではないのだろうか。それがまるでＴＶの画面越しにミステリドラマを見ているかのように、気楽な雑談をしている。これなら男が狼狽えすぎて、自分が冷静になるパターンの方がまだましだ。ひとり狼狽えている自分が馬鹿みたいにみえる。だが目の前に死体はあり、自分の感覚の方が正常なはずだ。

　美咲は自分にいい聞かせると、こうなったら自分だけでも、〝正しい〟冷静さを保たなければならないと決意した。彼らがふざけて暴走しないように見張らなければ。現場を荒らされた挙げ句に犯人が逮捕できなくなることにでもなったら、天国の厄神先生も浮かばれない。

「御前。警察が来れば事情の説明に時間をとられることでしょう。迎えのヘリを呼んで、御前だけでも先にお帰りなさいますか？」

　戻ってきた佐藤が軽く身を屈め、恭《うやうや》しく訊ねる。

「その必要はない。私はよくても、美咲さんは足止めを喰らうだろう。なにせ被害者をよく知る人物だし、警察も単なる偶然とは思ってくれないだろう。ご婦人を残して帰るのは私の趣味ではない。なにより美咲さんを今夜のディナーに誘おうと考えていたところなんだからな」

探偵はちらっと美咲を見たあと、

「それよりももっといい方法がある。この事件をさっさと処理すれば万事解決することだ。私もご婦人の前ではいいところを見せたいからな。……どうです。事件が早く解決したら、そのあと一緒にディナーをいかがですか？」

ようやく探偵らしい言葉を彼は口にした。動機は不純だったが。美咲は迷ったものの、

「解決できたら、考えておくわ」

とりあえず保留する。下手に断って、立ち去られては困る。それに探偵としてどれだけ優れているのか興味があった。仕事がら名探偵が出てくる小説は何十冊も読んでいるが、本物に遭遇したことはまだなかった。

「約束ですよ」

既に行くことが決まったような口調で彼は微笑むと、

「では、早速捜査に取り掛かろうか」

だが即座に動いたのは、探偵ではなく運転手の方だった。彼は現場を乱さないように慎重な所作で死体を調べ始める。元から白い手袋を嵌《は》めているので、指紋は問題ない。

図1

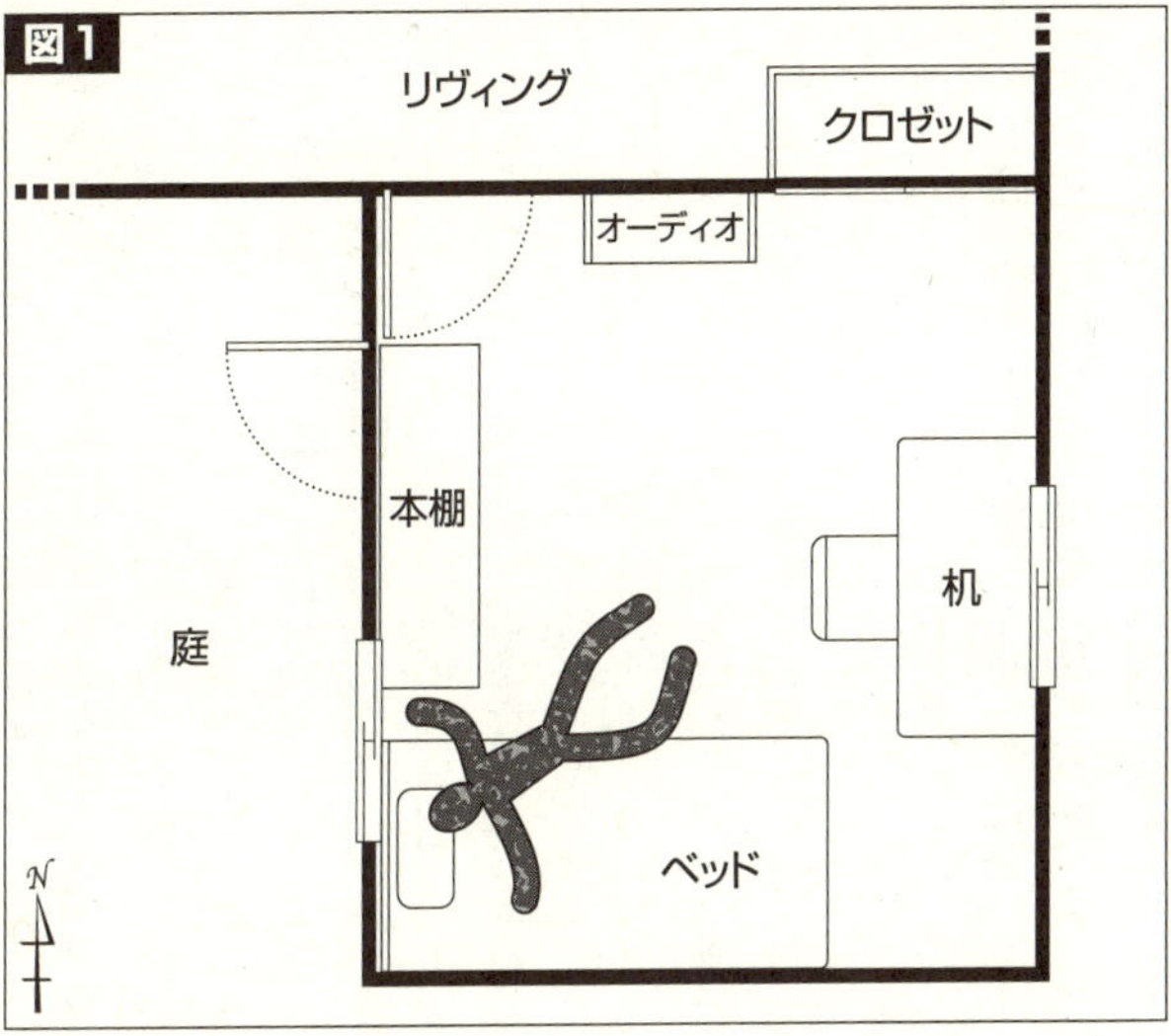

つられるように美咲は改めて書斎を眺めた。書斎は意外と小さく、六畳ほどだろうか、ベッドに机、書架などが壁に並んでいる（図1）。床は板張りが剝《む》きだしで、絨毯は敷かれていない。中古を買ったせいか、所々疵《きず》が残っている。

厄神が倒れているベッドは南の壁に沿うように置かれ、枕許には窓がついていた。窓からは庭に並べられた蘭の鉢が見える。

窓は東側にもあり、右側に抽斗《ひきだし》がついたマホガニーの机が窓に向かって置かれていた。窓からは富士見荘を買った要因である富士山の雄姿が遠目に見えた。机の上のパソコンは電源がオフになっている。

戸口近くの北側には、はめ込み式のクロゼットと、立派なオーディオ装置が並んでいて、脇には小さなラックがあり、演歌のCDが収められていた。オーディオの上には富士山の大きなパネルが飾られている。最後の西側には一メートル半ほどの幅の本棚が腰を据えている。下段は開き戸がついていて何が入っているのかはわからないが、上の棚には資料や事典、自作などが並んでいる。最上段の二段には、いかにも厄神らしいというか、富士山の写真集や関連本で埋められていた。

おそらく編集者のなかで書斎を見たのは自分が初めてだろう。噂と異なり他の作家と大きく変わらないつくりだが、それを知っただけでも価値がある。ただこのような形でなされたのが悔やまれるが。

複雑な心境でいると、遺体を調べていた運転手が顔を上げた。

「後頭部を何度も殴られています。凶器はおそらくこれでしょう。ベッドの下に転がっていましたから」

彼は五十センチほどのトロフィーを掲げた。そのトロフィーに美咲は見覚えがあった。日本ミステリー大賞の正賞で、厄神が『チャールストン刑事』で獲ったものだ。厄神にとって最も思い出深い品だろう。それで撲殺されるとは。トロフィーは真鍮《しんちゅう》製で、寸詰まりのバットのような形をしている。エクスクラメーションマークをデザイン化したものらしいが、その形状から棍棒代わりにちょうどいいとブラックジョークが囁《ささや》かれていた。実際棍棒代わりに使用されたのは厄神が初めてだろうが。

美咲が事情を説明すると、

「人殺しで賞賛を浴びて獲得したもので殴り殺されたわけか。因果は巡るな」

人殺しを調査している探偵の言葉とは、とうてい思えない。もっとも今のところ彼は何もしていないのだが。

そのことを訊ねようとしたとき、運転手が巨軀を起こして探偵に報告した。

「おそらく被害者は最初正面から顔を殴られたのでしょう。そしてベッドに倒れたところを背後から左側頭部を何度も殴られたと」

「そんなことも解るの？」

「枕をご覧下さい」と佐藤が巨体を横にずらす。

厄神は膝を床に突き、上半身をベッドに斜めにあずける形で倒れていた。顔は枕の上にある。枕はカーテンと同じスカイブルーのカバーがついた低反発ピローだったが、ちょうど鼻の辺りを中心にＣＤほどの大きさの血が染み込んでいた。

「これは最初に顔を殴られたのが原因でできた鼻血だと思われます。そして頭部の陥没の形状とトロフィーの形状を見比べますと、右頬を下にして壁向きに倒れ込んだところを、後頭部から殴り続けたことが判ります」

要はトロフィーが上下非対称なために、殴られた方向が解るということらしい。鼻血以外にほとんど出血はなかったようで、同じスカイブルーのシーツには、かすれたような血痕がいくつか付着しているだけだった。

「また凶器の柄の部分だけが綺麗に拭き取られているところを見ると、計画的な犯行でない可能性が高いです。元々最初の一撃が背後ではなく顔面であることからして、何らかの諍《いさか》いがエスカレートした結果のように思われます」

「衝動的な犯行というやつか。あまり面白くない事件かもしれないな」

探偵は露骨にしらけた表情を見せている。

「いえ、御前。必ずしもそうとは云い切れません。見たところ被害者が殺されたのは、今から二時間ほど前の午後一時前後ですが……」

一時頃といえば、清志を驚かせようと別荘へ向かう途中、しかもうきうき気分で食料を買い込んでいた頃だ。それを思い出し、美咲は少し滅入った。

「ところが、日岡様が事故に遭われたのはおよそ四十分ほど前のことです。あの落石が事件と関係があるのなら犯人は犯行後一時間以上もこの別荘にいたことになります」

「つまり、その一時間のあいだ犯人がどういうわけかぐずぐずしていたわけだな。それは興味があるな」

この探偵のやる気は、さながら富士山の天気のようにコロコロ変わるようだ。途端に明るい表情になる。

「それで、御前。私はこれから別荘の周りを調べてこようと思うのですが。この事件は石が落とされたことと深く関連があると思われますので」

探偵が「いいだろう」と頷くと、運転手はすぐさま玄関に向かい靴を履き始めた。

美咲はてっきり探偵も同行するものと思っていたのだが、彼は玄関まで行かず途中のリヴィングのソファーにどっかと腰を下ろした。特に何か調べるわけでもなく、ただくつろいでいるという感じだ。

「あなたは行かないの」

びっくりした美咲が訊ねると、

「つまらない作業は佐藤に任せておけばいいんですよ。私の出番はもっと後に控えていますから。どうです。時間も時間ですし、ここで一緒にティーブレイクでも」

つまりあのレスラー運転手が情報を拾い集め、この探偵が推理する。いわゆる安楽椅子探偵というものだろうか。担当した作家にも安楽椅子探偵を看板シリーズにしている人がいた。残念なことに昨年鬼籍に入ってしまったが。

「私は佐藤さんと行くわ。いくら厄神先生でも、死人と同じ家で待ってるなんていやだもの。それに万が一犯人が戻ってきたとき、佐藤さんの傍だと安心だし」

するとは意外そうに片眉を上げ、華奢な腕で空手の構えを見せた。

「私もそこそこやるんですよ。武芸は貴族のたしなみですからね」

「そうは見えないけど」

「侮《あなど》ってもらっては困ります。ご存知ですか。近代オリンピックが始まった頃は、貴族が代表に選ばれていたんですよ」

自分が代表で出たわけではないだろうに、なぜか得意気だ。

「それはアマチュアリズムの名のもとに肉体労働者を排除していただけでしょ。それに私は探偵がどのように捜査するのか興味があるの」

「なるほど、職業病というものですね。なら私も美咲さんのボディガードを兼ねて同行しましょう。それに佐藤が怠けていないか眼を光らすのも、主の務めですし」

適当に理由をつけ探偵は立ち上がると、億劫そうに美咲のあとをついてきた。

*

「地図と照らし合わせますと、この別荘の裏手の一部が下り斜面になっているようです」

そう説明すると、運転手は敷地の南側の径を歩き出した。裏に回るには北側を行くほうが近いが、別荘の北側は建物の際までブナの木が迫っていて人が通れる余裕はない。

裏手へと続く径は薄く砂利《じゃり》が敷いてあり、車の轍《わだち》に相当する部分だけ地面が露出していた。いつも車を裏に停めているのだろう。そういえば、以前招待されたときに、先に美咲たちを玄関の前で降ろしたあと、玄関が内側から開けられて、厄神が出迎えたことを思い出した。

南の径はやがて温室に突き当たり別荘の裏手に曲がっていた。轍も同じように折れている。あとで温室を増築したせいか、温室と別荘に挟まれた小径は車一台が辛うじて通れるくらいの幅しかない。美咲の腕では、バックだと擦ってしまいそうな狭い間隔だった。

小径の左側には温室のガラス壁が迫り、右手は書斎から見えた蘭が並ぶ小さな庭がある。リヴィングより書斎の方が小さいので、奥行きの差だけ庭が設けられているようだ。温室には熱帯性の蘭が育てられていた。

「花の趣味はいいようだな。いくつか持って帰りたいくらいだ」

温室と庭を交互に見比べながら探偵が呟《つぶや》いている。

庭には腰の高さまで、細い丸太で組まれた柵が巡らされていた。柵は途中一ヵ所で途切れ、中へ入れるようになっていた。入り口から庭にレンガを敷いた道が通っている。

小径はやがて勝手口があるキッチンの裏側に出た。反対側の温室もその辺りで終わり、一メートルほど奥まったところに物置らしき小屋が建っている。見た目が古いので昔からのものだろう。そして物置の前の空いた空間に、小径に半分はみ出すように、左ハンドルの外車が停められていた。エンブレムからボルボらしいが、詳しい車種は美咲には判らない。厄神の愛車で、去年美咲も乗せてもらった。砂利は勝手口のあたりで途切れ、そこから二メートルばかり剝き出しの地面が続いていた。その先はまばらにブナが立ち並ぶ急斜面になっている（図2）。

佐藤は斜面の縁に立って下を覗き込んでいたが、

「おそらく、ここから落とされたのだと思われます。草や木に重いものが通過したような傷《いた》んだ痕がありますので」

「なるほどな」

運転手と同じように覗き込みながら探偵は呟いた。

事故現場からはかなり距離があるが、方角的にはあっている。もし運転手の推測が正しければ、まさに運悪く石が美咲の前まで辿り着いたというしかない。

「で、どうして石なんか落としたのよ」

美咲は無性に犯人に腹が立ってきた。もちろん自分の運の悪さにも。

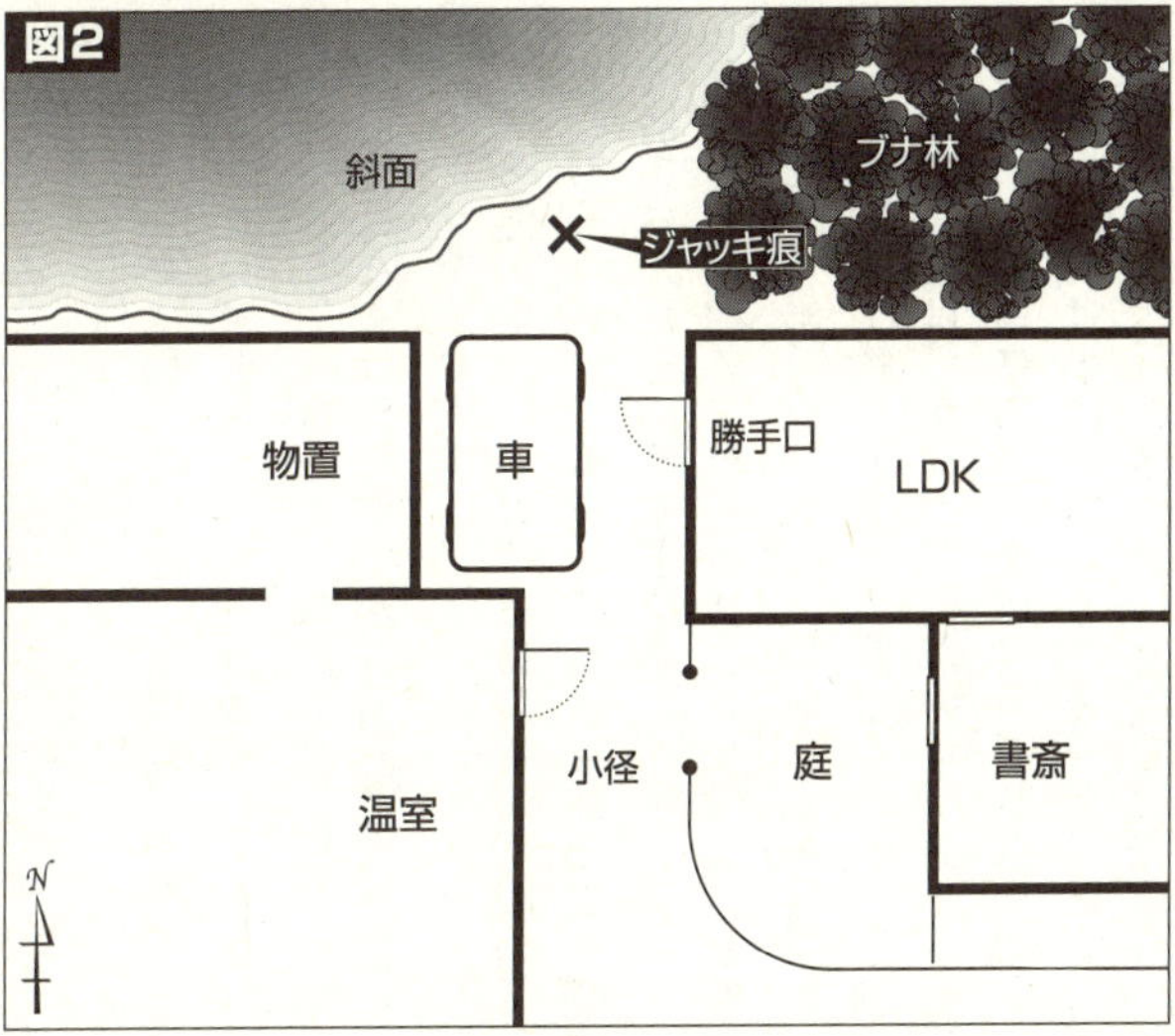

図2

「落とした理由もですが、もともと何処にあったものなのか、それが気になります」

佐藤はその場で身を屈めて調べていたが、ちょうど小径が斜面に突き当たる手前一メートルほどの場所を指して、

「御覧下さい日岡様。地面が少しえぐれた痕が斜面までいくつかあります。形状からして、ジャッキに棒などをかませて梃子《てこ》の要領で転がしていったようです。本当はもっと丁寧に後始末をする筈だったのでしょうが、日岡様の車がぶつかる音が聞こえたので、焦ってぞんざいな処理をするしかなかったのでしょう。先ほどの道にはこ

んな痕がなかったところをみると、おそらく石はこの辺りに置かれていたのでしょう」

「軽トラックに積んで、ここまで運んできたとは考えられないの？」

トラックは難しいが、軽トラックならこの狭い小径でも通れるだろう。美咲がそう訊ねると、

「可能性はなくはないですが、もし荷台に積んだのであれば、別荘から離れた場所に捨てたのではないでしょうか」

美咲を傷つけないという思慮からか、腰の低い物云いで運転手は答えた。

「それもそうね。でも、この石が厄神先生と関係のないもので、誰かがわざわざここまで捨てに来たということは？」

「失礼とは存じますが、それはあり得ないと思われます。一つは当の厄神様が殺されていること。もう一つは、人知れず処理をしたいのにわざわざ人家の、しかもこんな狭い道を通って捨てに来る人間はいないでしょう」

佐藤の言葉は筋が通っていたので、美咲も認めるしかない。

「じゃあ、温室にあったとは考えられないの？」

温室の入口は小径を挟んで、キッチンと庭の境目くらいのところにある。美咲が知りたいのはなぜ石が落とされたかで、別に石がどこにあっても関係なかったが、探偵

めいたやりとりが（不謹慎だが）心地よく、つい質問を重ねてしまう。

「何の痕跡も見られませんでしたが、砂利の上ならば、地表よりうまく処理できたかもしれません。念のため確認することにします」

佐藤は得心したように頷き、小径を戻り温室の扉の前まで歩いていく。温室のドアは小径に面した一番北側にあるが、残念なことに施錠されていた。ただガラス越しに中を覗いたところ、温室は南北に延びる細い通路の両脇に蘭がところ狭しと飾られ、石が置けるスペースなどなさそうに見える。

「だとしたら庭の方かしら」

とはいうものの、庭のほうもレンガの小道以外は蘭の鉢で埋まっている。

「あれあの扉って……」

美咲が指さしたのは、レンガの小道の突き当たりだった。先ほどは気づかなかったが、突き当たりには別荘から出られるように木製のドアがついていた。位置からして、書斎の西壁に当たる部分だ。しかし書斎にそんなドアがついていた記憶が美咲にはなかった。

「窓の位置から見て、本棚の裏に当たりますね。おそらく潰して使わなくなったのでは。裏への出口は一つあれば充分ですから」

「じゃあ、あの扉を何とか使えるようにして、部屋の中から石を運んだというのは」

「それだと、敷かれているレンガが割れたり欠けたりすると思われますが、見たところそんな痕跡はありません」

「やっぱり石は最初の場所にあったというわけね。で、どうして犯人は石を落としたの？」

最初の疑問に戻る。

「申し訳ありません。そこまではまだ……」

珍しく運転手が口を濁す。仕方なく美咲は、ずっとつまらなさそうに隣を歩いていた探偵に視線を移すと、

「どうなの探偵さん？」

「私ですか？　そうですね……」

探偵は深呼吸するように一度青空を見上げたあと、

「そろそろ戻って、ティータイムにしませんか。飲まず食わずだと、頭もまともに働きませんから。そうだろ、佐藤」

運転手が頷いたので、仕方なく一旦別荘に戻ることになった。勝手口の扉も鍵が開いていたので、そこから中へ入る。入り口には踏石がなく若干の段差があったが、そこは先に入った探偵がそつなく手を差し伸べてきた。

リヴィングに戻ると探偵は、すぐさまソファーに身を埋め、佐藤に紅茶の準備を命

じた。

「勝手に使っちゃ不味《まず》いんじゃないの。現場保存とかいうし」

「なに。空いているケトルとティーカップを使うくらい問題ないでしょう。それに有名作家だけあって、いい葉を使っている」

食器棚から持ち出した缶を開けて、匂いを嗅いでいる。何を云っても聞き入れそうにない雰囲気だ。

諦めてふたりでテーブルを囲み紅茶を飲んでいると、遠くからパトカーのサイレンが聞こえてきた。

3

久下村《くげむら》という中年の刑事は、最初胡散臭そうに美咲たちを見ていたが、佐藤が背を丸め何事か囁くと、途端に口調を改めた。といっても、渋々という感じが身体中からにじみ出ていたが。

美咲が刑事に事情を説明していると、連絡を受けた真知子《まちこ》夫人が別荘に到着した。夫人は元アイドルで六年前に厄神と結婚した。アイドル時代は目の大きなコケティッシュな魅力を持っていたが、三十を越えても美しさは衰えず、むしろ大人の色香が増したほどで、今でも芸能界で通用しそうな華やかな女性だった。

夫人はひとりではなく、横に三十代半ばくらいのスーツ姿の男性が連れ添ってい
た。美咲はその男の顔に見覚えがあった。滝野《たきの》光敏《みつとし》。美咲と同じく厄神の担当編集者
で、業界のパーティーで何度か顔を合わせたことがある。やり手の編集者で、厄神の
信頼も厚いと聞いている。

「どうして日岡さんが」

美咲を目にすると、驚いたように滝野は云った。

「ちょっとした偶然で。それに滝野さんこそどうしてここに」

「今日は先生に連載の原稿をいただく手筈になっていたんですよ。それでご自宅の方
で昼から待たせていただいてたんですが……こんなことに」

「奥さん。このたびはご傷心のことと思います。……すると、午後からはそちらの滝
野さんと一緒に本宅におられたのですね」

久下村刑事が割って入る。さりげなくアリバイを確認するつもりなのだろう。仕事
がら美咲にはすぐに判った。当然、滝野も解ったようで、憤慨したように鼻息を荒げ
ると、

「奥さまは、まだショックから立ち直れてないんです。そういう話はもう少し落ち着
いてからお願いできますか」

「いいんです」純白のハンカチで口許を覆い、か細い声で真知子は答えた。「はい。昼の十二時過ぎに滝野さんがいらっしゃいまして。昨夜、主人から午後には完成すると連絡があったものですから、滝野さんにそう伝えました」

「先生は直前まで別荘に籠もっているせいで、原稿が仕上がるといつも寿司を清水まで食べに出られるんです。それですぐにお連れできるように、早めに来ているんです」

厄神にはお気に入りの寿司屋が清水にあって、入稿の直後ではなかったが、美咲も何度か接待したことがある。滝野が云っているのはその店のことだろう。なるほど原稿を受け取ったその足でもてなすのが良いのか……。美咲はこっそり海馬にメモした。

「そうですか。ところでご主人がこのようなことに遭われたことに、何か心当たりはありますか」

「主人はここに籠もって執筆していることがほとんどで、つきあいというのも広くはありませんし、トラブルがあったと主人の口から聞いたこともございません」

「それですが」夫人の顔をうかがいながら、云い出しにくそうに滝野が口を開く。「もしかすると、厄神先生には愛人がいたかもしれないんです」

「本当なの！」

真知子が振り返り声を上げる。美咲もびっくりした。厄神は愛妻家で有名だったからだ。

滝野は困り果てた表情で身を竦《すく》ませると、

「いえ、確信があるわけではないんです。ただ、月に何度か東京で僕と打ち合わせをしていたことにしてくれと頼まれたんです。それで、もしやと思ったので」

「滝野さん、信頼していたのに。私に内緒で主人とそんな隠し事を」

悲しみと怒りからか夫人の表情は複雑なものになっている。

「申し訳ありません、奥様。黙っていてくれと先生から強く頼まれましたので」

滝野はひたすら平謝りしている。

「それで相手は誰なの？」

「そこまでは。自分で云い出しておいてなんですが、愛人がいたというのもまったく僕の想像にすぎませんから。それに先生が頼まれる理由については、深く詮索しない方がいいと思ったので」

下手に詮索して厄神に嫌われたら元も子もない。滝野の理屈は美咲にも痛いほどよく解った。もし美咲が同様に頼まれたとしても、同じ女として夫人に激しく同情するが、きっと黙っていただろう。

「すると女性方面で動機があるかもしれないわけですね。滝野さんが頼まれたとき、どこへ行くとか聞いてませんか」

久下村が仲裁、いや滝野を救済するように質問する。

「それが先ほど云いましたとおり、敢えて知ろうとはしなかったので」

「まあ、仕方ないですね」

身に覚えがあるのか、刑事も素直に引き下がる。

「いったい、いつの間に他に女なんかを。恋敵は富士山だけかと思ってましたのに」

夫人は状況も忘れて厳しい表情で呟いている。事件とは別種のぴりぴりした空気が書斎に流れたとき、

「奥様。ご確認して頂きたいのですが、書斎に変わったところはございませんでしょうか？」

横合いからすっと現れた佐藤が訊ねた。夫人は彼の体軀にびっくりしたようだが、胸に手を当て落ち着く仕草をすると、ゆっくりと周囲を見渡した。

「いえ、特に変わったところはないと思います。週に一度は私が掃除に来ていますから」

「そうですか。すると凶器のトロフィーは、この書斎に置かれていたものでしょうか？」

「はい、いつも机の横に。主人が作家として初めて成功した想い出の品ですから。他

のとは別にこのトロフィーだけは身近に置いていました」

制帽こそ脱いでいるが、刑事とも警官とも違う佐藤の服装に訝《いぶか》しげな表情を見せながら、夫人は素直に答える。

その様を久下村は苦々しげに見ているだけで、制止しようとはしない。事故の時もそうだったが、この貴族探偵は警察にかなり顔が利くようだ。といっても、当の探偵は、自分の出番はまだまだといった具合に、相変わらずカップ片手にリヴィングで腰を下ろしたままだったが。

「滝野様はいかがですか」

佐藤が水を向けると、

「僕はここに入るのは初めてですので、ちょっと解りません。ただミステリー大賞のトロフィーを大事にしているのは、何度か伺ったことがありますが」

滝野は心持ち夫人の前に立ち、佐藤や刑事たちとの間に入った。ちょうど盾になる感じだ。さすがやり手だけあって、このあたりそつがない。

「そうですか。では再び奥様にお伺いしますが、大きな石（と佐藤は両手を広げた。佐藤の体格では実際の石より二回り程大きいが）がこの別荘のどこかに置かれていたと思われるのですが、ご存じないですか」

「……石ですか」夫人はしばしロごもっていたが、意を決したように「富士の石をここの裏に置いていました」

「富士の石ですか？」

「はい。三年ほど前に主人がある人に頼んで富士山から運ばせてきたのです。……もしかして違法なのですか。なんとなくそんな気がしていたのですが」

「詳しく調べてみないと解りませんが、この際それは問いませんよ」

久下村の答えに、安心したように真知子が息を吐く。

「それで……富士の石がどうかしたんですか」

佐藤が事情を説明すると、夫人は絶句したあと、美咲の方に顔を向けた。

「あの石が日岡さんの車に。ごめんなさい。そんなことになっていたなんて」

深々と頭を下げる。逆に美咲が恐縮してしまうくらいだ。

「いいえ。頭をお上げ下さい。奥さまが謝られることではありませんから」

「それで、石がどこに置かれていたか、奥様はご存知でしたか」

真知子は首を捻っていたが、

「……ええと、勝手口を出た奥だと思います。たしか裏の小径の突き当たりに。でもどうしてあんな石なんかを？」

佐藤の予想通りの場所だ。

「それは我々が今から調査します。奥さん、本当に愛人についてはご存じなかったのですね」

主導権を奪い返そうと、久下村が一歩踏み出し質問した。佐藤は大人しく引き下がったが、そのときリヴィングから場違いなのんびりした声が飛んできた。

「おい、佐藤。早くしないと美咲さんとディナーに行く時間がなくなってしまうぞ。準備はまだか」

貴族探偵だった。運転手は慌ててリヴィングに戻り、恭しく頭を下げる。

「仰せのままに、御前。準備は整ってございます」

「よろしい」

そして再び美咲たちの前に来ると、

「みなさま、ご足労ですが別荘の裏に来て頂けませんか。確認したいことがございますので」

遜《へりくだ》った言葉とは裏腹に、巨体から発せられる口調には有無を云わせぬ響きがあった。

「わかった。わかった」

真っ先に反応したのは久下村だった。彼らに従えと上司から云われてでもいるのだろう。右手を出口のほうに差し伸べると、

「奥さんと滝野さんもご一緒に願えますか。奇妙に思われるでしょうが、こちらにも

いろいろ事情がありまして。おい、お前らもだ」

久下村は部下の刑事たちにも、顎《あご》でついてくるように指示した。その顔は終始不満そうだった。

＊

美咲は探偵のエスコートで一緒に勝手口から出る。運転手は用があったらしく、少し遅れてくると、何事か探偵に耳打ちしていた。すると探偵は満足げに大きく頷き、

「ディナーには間に合いそうですよ」

と美咲に向かって微笑んだ。

やがて玄関から迂回してきた真知子夫人や滝野、刑事たちがぞろぞろとやって来る。神妙な顔、不満げな顔、不可解な顔、みな様々だ。

貴族探偵は全員揃ったのを確認すると、胸を張り彼らの前に立った。

「では始めようか。……さてみなさん、この事件は非常に単純で簡単な事件でした。わざわざ私が登場することもないほどの。ただ美咲さんという美しいご婦人がいたから、私は貴重な時間を割いて関わったに過ぎません。まさに犯人にとってはそれが唯一の誤算だった」

色白の探偵がきりっとした表情で、探偵らしい口上を始めた。三年寝太郎ではないが、ようやく本領が発揮されるのかと美咲は思わず期待したが、それは一瞬のことで、

「あとの説明は、この佐藤に任せるとしよう」

と、探偵はあっさりと脇へ退いてしまった。入れ替わりで運転手が前に出ると、

「みなさま。どうして石が落とされたのか？　それも殺害後一時間以上も経ったあとに。それが今回の事件のポイントだと思われます」

交代劇などなかったかのように、低い声で淡々と佐藤が説明し始める。

「それは私も知りたいわ。そのせいで車を壊されたんだから」

なんとなく様子が訝《おか》しいと感じながらも、美咲が訊ねた。

「もし石があの場所にあった場合、何かおかしなことがあるのかを考えてみました。ところで真知子様、石があったのはこのあたりですか？」

「もう少し奥だったと思います」

不安げに真知子が答える。それはジャッキの痕が残っていた場所だった。運転手は指示された位置に立つと、

「久下村様。ここに車のキーがありますので、これで被害者の車を移動していただけませんか」

「いつの間に」

運転手が遅れてきたのはそのためだったらしい。刑事は渋々ボルボに乗り込むと、エンジンをかけた。車は温室が邪魔でそのまま直進できず、いったんバックして切り返そうとした。だが一メートルあまり後退したところで、佐藤の目の前で止まる。窓が開き、

「きみが邪魔なんだ。そこをどいてくれなきゃ」

そこで刑事は何事か気づいたようだ。佐藤は意を得たりと大きく頷くと、

「そうです。久下村様。ここに石があったのなら、車をあの場所に駐車するのは不可能なのです」

「……つまり車を現在の場所に停めるために、石を動かしたというのか」

若干興奮気味だ。だがその先が解らないといった顔をしている。

「正確に云いますと、常に車があの場所に停まっていると思わせたいがためです」

「違いがわからんな」

「それは普段車をどこに停めていたかを考えれば自ずと明らかになります。日岡様は、どこだと思われますか？」

突然話を振られて、美咲は一瞬戸惑ったが、

「石の手前かしら？」

「さすが日岡様は聡明でいらっしゃる。すり減った轍から、駐車時にこの小径が使われていたのは明らかです。そして小径は狭く、ここまで来ないと車のドアを開けることが出来ません。おそらく厄神様は今とは逆に前向きにこの道に乗り入れておられたのでしょう。そもそもたとえ石がなくとも、後進で斜面の際まで下がらなければならないというのは、考えにくいことです。夜に停めることもありますし。ところが今度は別の不都合が生じます。勝手口のドアは外開きですので、車が邪魔で扉が開かなくなってしまうのです」

「訝しいじゃないか。駐車位置はもっと手前じゃないのか」

久下村が小径の南側を指し示すと、

「前に進むと温室の扉が邪魔になりますし、そもそも小径は車幅ぎりぎりでドアを開けるスペースがありません。それよりも温室の増築後は、勝手口を使っていなかったと考えたほうが自然ではないでしょうか？　踏石もありませんし」

「では、被害者はいつもわざわざ玄関まで戻っていたというのか？」

「それは訝しいわ。去年に私が招待されたとき、車を停めたあと屋内から玄関に招き入れられたもの。その時はもう温室を建てたあとだったし」

「となると、もうひとつ別の入り口があったということです」慇懃《いんぎん》に群衆をかき分け小径を歩きながら、運転手は推理を続ける。「逆に云えば、厄神様が普段はもう一つの入り口を使っていたことを知られたくなかったがために、勝手口を使っていたと思わせたかったがために、わざわざ車を移動させたということです」

「ちょっと待て。もう一つの入り口というのは書斎の裏のドアか？　でもあれは本棚で塞がれているじゃないか」

「それこそが犯人が隠したかったことだと思われます。……みなさまご足労ですが、もう一度書斎に戻っていただけないでしょうか」

誰も異論を唱えなかった。全員が無言のまま勝手口から入る。

「書斎の扉を使うためには本棚が現在の位置では問題があります」

書斎に勢揃いした聴衆を前に、運転手は引き続き説明した。貴族探偵はといえば、リヴィングのソファーで髭を撫でひとりくつろいでいる。

「それでは本棚は元々どこにあったのか？　こうして眺めてみますと、北側の壁は入り口の扉とクロゼットがあるために置くのは無理です。東側の壁は机の位置を動かすことが不可能なので無理です。そもそもこのために被害者は中古の別荘を慌てて買ったのですから。またベッドを少し東へずらし、壁沿いに窓を塞いで端まで置くというのも、下段の本が取り出せなくなるので現実的ではありません。蘭の花壇が見える窓も塞いでしまうことにもなります。結果的にベッドを九十度回転させ南側の壁に沿って本棚を置くことが最もすっきりしています（図３）」

「それが本来の位置だというのか。たしかに本棚は綺麗に収まるだろうが……そもそもどうして犯人は、扉を潰してまで本棚を移動する必要があったんだ？」

釈然としない表情で刑事が訊ねる。

「それはベッドと枕の位置を見ていただければ解ることと思います。もしベッドが横向きに西の壁に沿っていたとすれば不自然なことがあります」

美咲は頭の中でシミュレートしてみた。そして一つのことに気がついた。ベッドの移動前と後では壁に沿う左右が入れ替わっている。

「おかしいわ。犯人は壁際から殴ったことになる」

「さすがは日岡様、御前がお惹かれになっただけのことはあります。そうです。被害者の倒れた位置や頭部の痕、枕の場所から、ベッドの右側から殴られたことは明白です」

「ばかばかしい。あんたは犯人があの窓越しに被害者を殴ったとでもいいたいのか」

久下村が詰め寄ると、運転手は即座に否定した。

「違います。これらから導き出されるのは、犯行現場はこのベッドではなかったということです。つまりもう一つの寝室、本宅の方で殺されたかと。凶器のトロフィーはここではなく本宅に飾られていたとしても何ら不思議ではありません。そして殺害後に犯人は死体と枕とトロフィーをこの富士見荘に運んできた。しかし本宅と別荘では

図3

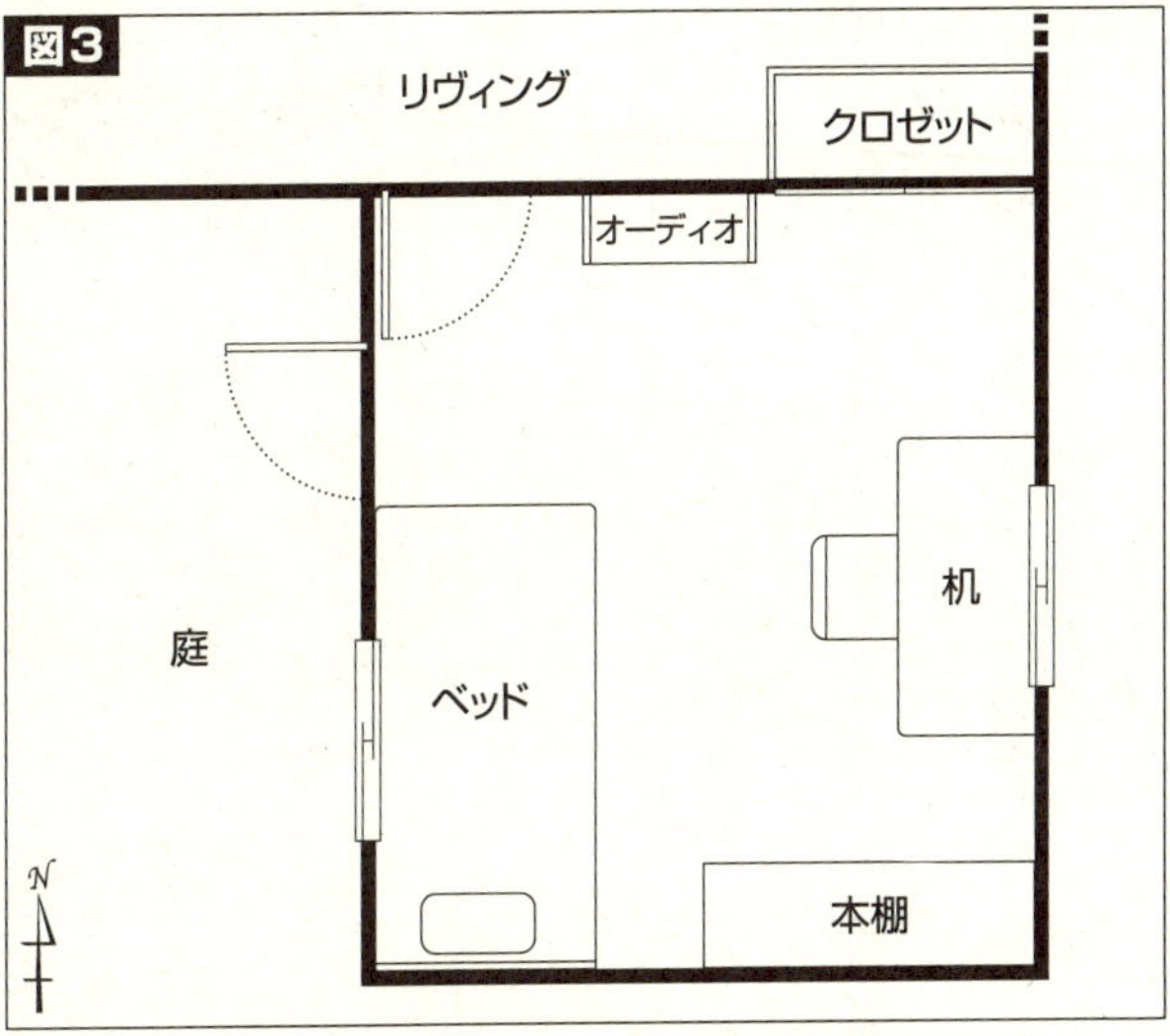

ベッドの縁が逆だった。そのために、ベッドを九十度回転させ、その結果扉を邪魔な本棚を移動させ、その結果扉を潰してしまうことになり、急遽裏への出入り口として勝手口が必要になり、邪魔な車を移動させるために富士の石をどかしたのです。おそらくそれらの作業で一時間あまりを要したのだと思われます」

久下村はベッドや本棚を見比べ、頭の中で整理していたようだが、やがて、

「となると、犯行時刻に本宅にいたどちらかが犯人というわけか。となると、書斎に変化がないと嘘を吐いた夫人が怪しくなるが」

厳しい視線を真知子に投げかけ

る。彼女は俯いて黙ったままだ。

「被害者はご自分の車で本宅まで戻ってきたでしょうから、死体を別荘に運んだあと再び帰宅するためにはもう一台車が必要になります。つまりここに来るために二台の車が要るわけですから、当然ドライバーも二人必要になります。また家具や石を動かした労力を考えれば、ひとりではなかなか難しいと思われます」

「共犯か」

久下村の視線は今度は滝野に移った。滝野は怒りを押し殺した顔つきで、じっと佐藤を睨んでいる。

「ここからは単なる想像ですが、犯行現場が寝室であるということを考えますと、お二人が不倫をなさっているのではありませんか。その現場を見られたため結果的に殺害してしまったのでは。被害者の浮気についても、自分たちが実際にしていることなので、咄嗟に嘘で塗り固めることが出来たと。もしかして被害者から伝えられた受け取り日は明日なのではないのでしょうか。締め切り前に被害者が別荘に泊まり込むことを利用して、常に一日早くやってきて情事にふけっていたのでは。それを何かの拍子に疑った厄神様が戻ってきて修羅場になった」

「適当なことばかり並べ立てて、なにか証拠はあるのか！」

青く怯《おび》える真知子と対照的に、滝野が喰ってかかる。殴りかからんばかりの勢いだ

ったが、体格で勝る運転手は眉一本動かさず、

「滝野様は書斎には入っていないということでしたね。おそらく念入りにチェックはしたでしょうが、あなたの僅《わず》かな皮膚の欠片、体毛などが、枕に残っているかもしれません。この枕は本宅の寝室にあったものでしょうから。またいくら血が飛散しなかったとはいっても、微量の血痕が本宅のベッドのマットに染み込んでいる可能性もあります。シーツを処分するのは簡単でしょうが、この短時間でマットまで交換するのは難しいでしょうから」

唇を震わせ押し黙った滝野の姿を肯定ととったのか、久下村は鑑識に念入りに枕と本宅のベッドを調べるよう指示を出した。同時に警官が二人の両脇を固める。

「ひとつ気になることがあるの」

推理の最中、ずっと引っ掛かっていた疑問を美咲は投げかけた。

「左右が逆なら、単にベッドの上下を入れ替えれば良かったんじゃないの。そうすれば枕と頭の位置が反対になることはないし。わざわざ本棚を動かすことはなかったんじゃ」

「被害者が普通の人間ならそうしたでしょうが……そうなると頭を北へ向けて寝ていることになってしまうからでしょう」

「そうよ。あの厄神が北枕で寝るなんてあり得ないわ」

美貌を歪《ゆが》め、吐き捨てるように真知子が云った。

＊

「結局枕一つのために、部屋の模様替えをした挙げ句、車の移動の邪魔になる石を落としたのね。その石に私がぶつかった」

リヴィングに戻った美咲はテーブルに右手をつき、雪だるま式の不思議な連鎖に溜息を吐いた。刑事や夫人たちはまだ書斎に残っている。

「仕事がら、警戒しすぎて過剰に反応してしまったのでしょう。北枕のまま放置したり、轍に目を瞑《つむ》り小径へ折れる前で車を停めておくという賭が出来なかったと思われます。もっとも石が下まで転がり落ちず途中の草叢《くさむら》で留まっていたのなら、あるいは警察も気づかなかったかもしれません。そこが犯人の誤算ですね」

佐藤も探偵の脇に控え、本来の業務に戻っていた。

「私の事故にもいいことはあったのね」

せめてもの慰《なぐさ》めに、社会正義のため、厄神先生のために少しは役立ったと思うことにした。

「きっと、美咲さんは幸運の女神に見守られているのですよ。そのおかげで私はあなたと巡り会えた」

歯が浮く台詞とともに、ソファーの探偵が笑顔を向ける。事件があったことなど忘れてしまうかのような、一点の曇りもない笑顔だ。

「結局あなたは何一つ働かなかったわね。最初は勿体ぶっているだけだと思ってたけど……。本当に探偵なの」

すると探偵は心外そうに片眉を上げると、

「働きましたよ。佐藤は私の家の使用人です。あなたは家を建てるときに、自分で材木を削りますか。貴族が自ら汗するような国は、傾いている証拠ですよ」

「じゃあ、書斎で豪語したあなたの出番て、なんだったの？」

「もちろん、美咲さんをディナーに誘うことですよ。今日、一番重要な使命じゃないですか。……で、このまま帰りますか。それともご一緒していただけますか？」

貴族探偵は立ち上がると、華奢な手を差し出して優雅にエスコートした。

ローマの夢は御破算になったが、プリンに始まる玉突きが、やがてオードリーみたいなロマンスに発展するかもしれない。それにこれくらい変わった男の方がスリルがあるだろう。どうせ今は休暇も彼も空白《ブランク》だし。

「一緒に行けば、あなたの名前を教えてくれる？」

「喜んで」

「じゃあ、お願いするわ」

美咲は天使の微笑みを浮かべて、その手をとった。

ロビンソン

柳　広司

Message From Author

　子供の頃から「スパイ」という言葉を耳にするたびに、なぜかワクワクしたものです。身分を偽り、たった一人で敵地に潜入。次々に降りかかる幾多の危機を間一髪で切り抜け、敵を欺き、時には味方をも出し抜いて、見事に任務を遂行する……。

〈現実のスパイ〉とやらはさておき、小説中のヒーローとしては、まさに適役です。何よりスパイたちの究極の頭脳戦こそは、本格ミステリのスタイルにぴったりではないでしょうか？

　というわけで書かれたのが本作品です。本シリーズは『ジョーカー・ゲーム』（角川書店）として一冊にまとまりました。全五作。併せてお楽しみ下さい。

柳 広司（やなぎ・こうじ）
1967年三重県生まれ。2001年にトロイア遺跡を題材にした『黄金の灰』でデビュー。同年『贋作「坊っちゃん」殺人事件』で第12回朝日新人文学賞受賞。歴史ミステリを得意とし、スパイを描いた『ジョーカー・ゲーム』で第30回吉川英治文学新人賞と第62回日本推理作家協会賞をW受賞。近著に『パラダイス・ロスト』。

1

……ロンドンで目も当てられない失敗が演じられた。

グランド・ホテルを出てすぐ、伊沢和男《いざわかずお》は尾行の気配に気づいて微《かす》かに顔をしかめた。

背後を振り返らずに、尾行者の気配を確認する。

念のためデイリー・テレグラフ社の前で足を止め、ショーウインドーに陳列してある新聞を読むふりをしながら、ガラスの表面を目視した。

（二人……いや、三人か？）

——間違いない。

灰色の背広に灰色のソフト帽、中肉中背の目立たない男が、十メートルほどの距離を開けて古本屋を覗《のぞ》いている。通りの反対側、何げない風を装ってパン屋に入っていった男が相棒《パートナー》だろう。

二人とも素人《しろうと》とは思えなかった。

とすれば、こちらから見えない場所に、最低限、もう一人か二人はいるはずだ。

伊沢は、別れたばかりの取引相手の自信たっぷりな様子を思い出して、小さく舌打ちをした。

(だから、あれほど背後に気をつけろと注意したんだ……)

取引相手が尾《つ》けられていた。

それ以外に、伊沢に尾行がつく可能性は思い当たらない。だが——。

今はそんなことを言っている場合ではなかった。

(さて、と)

伊沢は新聞から顔をあげ、軽く口笛を吹きながら、フリート街を歩き出した。

途中、〈道化の王冠亭《クラウン・クラウン》〉に立ち寄ってコーヒーを一杯注文。窓際の席に座り、コーヒーを飲みながら、何げない様子で通りを観察した。

古本屋を覗いていた男が店の前を通り過ぎ、角を曲がって見えなくなると、案の定、三人目の尾行者が姿を現した。

——これで尾行者の位置関係は把握できた。

伊沢はコーヒーを飲み干し、店を出た。

売店で小銭を出してイヴニング・スタンダード紙を一部買い求め、急に思い出したことがあるといった顔つきで、来合わせた乗り合いバスに飛び乗った。

夕方の駅前渋滞につかまるとすぐにバスを降り、地下鉄駅で一駅分の切符を買った。

改札を抜け、ホームに入ってきた列車の一番後ろの車両に乗り込む。

発車寸前、伊沢はドアをこじ開けるようにしてホームに飛び降りた。

続いてホームに降りてくる者がいないことを確認してから、反対側のホームに回る。

逆向きの列車でチャリング・クロス駅へ。

駅前広場で順番待ちをしていたタクシーを二台やり過ごしてからつかまえ、いったん別の場所で車を降りた。

さらにタクシーを二台乗り換えた後、ようやく本来の目的地から二ブロック離れた場所を運転手に告げた……。

伊沢がオックスフォード・ストリートに面したその建物の前で足を止めた時、ロンドンの早い秋の日はすでに暮れ落ちていた。

街灯の明かりに照らし出された表看板にちらりと目をやる。

〈前田倫敦寫眞館《マエダ・ロンドン・フォトスタジオ》〉。

十五年前、前田弥太郎《やたろう》なる人物が日本からロンドンに来て、この写真館を開いた。

開店当初は客にゲイシャの着物を着せたり、フジヤマの背景画の前で写真を撮るといった所謂《いわゆる》〝似非《えせ》オリエンタリズム〟を売りにしていたが、ここ数年は英国に居住する日本人、のみならず地元ロンドンっ子たちからも〝腕の良いまっとうな写真屋〟としての信頼を勝ち得ていた。だが、その前田氏も寄る年波には勝てず、最近体を壊して、夫婦ともども日本に帰国したばかりであった。後を任されたのが、日本で写真の勉強をしていた前田氏の甥《おい》っ子――伊沢和男というわけだ……。

伊沢は店の裏手にまわり、慎重にドアを確認した。

ドアとドア枠の間に、髪の毛が一本貼り付けられている。

外出する際に伊沢が仕掛けたままだ。ごく初歩的な〝防犯装置〟だが、今日のように急いで呼び出された場合は何もしないよりはましだった。

伊沢はポケットから鍵《かぎ》を取り出し、低く口笛を吹きながら、ドアを開けた。

暗幕を引き回した写真館の内部は、日が落ちた後は完全な闇だ。その暗がりの中に、伊沢の口笛だけがこだまする。

若き日のシューベルトがゲーテの詩につけたという、有名なあのメ、ロ、デ、ィ、ー。

〈魔王〉。

わが子を抱いて馬を走らせる父親、疾走する馬、恐怖におののく男の子、甘言をもって子供の魂を奪おうとする魔王。怯《おび》える子供。父親は言葉を尽くして我が子をなだめる。家に帰りついた時、父親が見たものは……。

伊沢は明かりを点《つ》けようとスイッチに手を伸ばし、だが、指がスイッチに触れる寸前、部屋の明かりが一斉に点灯した。

一瞬、まばゆい光に目を細める。

部屋の中に、先客の姿があった。

灰色の背広に灰色のソフト帽。男が手にした拳銃《けんじゅう》の筒先は、まっすぐに伊沢に向けられていた。

「見つけた《アイ・スパイ・ユー》」男が低い声で、無表情に言った。

「…………」

伊沢が無言でいると、男は拳銃を向けたまま、軽く肩をすくめてみせた。

「〝かくれんぼ〟は終わりだ。君をスパイ容疑で逮捕する」

逃げ道を探して、左右に素早く視線を走らせる。

背後から両脇にぴたりと突きつけられた拳銃の筒先の感触に、伊沢は体の力を抜き、ゆっくりと両手を上げた。

2

「これは何の騒ぎです？　僕がいったい何をしたというんです！」

猿轡《さるぐつわ》を外されると、伊沢は早速抗議の声をあげた……。

写真館で謎の男たちに銃を突きつけられた伊沢は、両脇を抱えられるようにして外に連れ出され、そのまま通りに停めてあった自動車の後部座席に押し込まれた。

車の中で目隠しをされ、手錠をかけられた。そのうえ猿轡まで。すべて呆《あき》れるほどの手際の良さである。男たちがこの仕事に慣れているのは明らかだった。

車がスタートした後も、両側から挟み込むように座った男たちは終始無言だった。尻《しり》の下の座席ごしに感じられる道の具合から判断すると、車はロンドン市内を抜け、どこか郊外に向かって走っているようだ。が、相変わらずどこに連れていかれるのか一切説明はない。

三十分ほどのドライブの後、車は唐突に停まった。

ドアが開き、車を降りるよう促される。

服の上から念入りに身体検査を受け、その後、やはり両側から腕をとられ、目隠しをされたまま、建物の中に連れていかれた。

建物の中に入ってからも長い廊下を歩かされた。階段を上がり、幾つか角を曲がった。

不意に鼻先でドアが開き、乱暴に背中を突かれた。

背後でドアが閉まる。同時に別の手が伊沢を受け止め、椅子に座らせた。

目隠しが外されると、まるで警察の取調室のような狭い部屋だった。

四方を窓のない白い壁にかこまれ、足元は毛足の短い灰色の絨毯《じゅうたん》。部屋の中央に飾り気のないスチール製の机が一つ。その机を挟んで向かい合うように、これまた愛想のないパイプ椅子がそれぞれ一脚ずつ――その一つに座らされていた。

伊沢の背後、椅子の両側に、英国の軍服を着た屈強な体つきの兵士が立っている。

部屋の中には、さらにもう一人、背後の見えない場所に誰かいる気配があった。

猿轡が外されると、伊沢は早速抗議の声をあげ、そのまま首《くび》を巡らせて背後を見ようとした。たちまち、両脇の男に肩と頭を押さえられた。

「ちくしょう、なんてことだ！」伊沢は大声で喚《わめ》いた。

「何かの間違いだ！　人違いですよ。お願いだから、手錠を外してください。このことは誰にも言いませんから、家に帰してください！」

突然、机の上に置かれたライトが強い光を発して、伊沢を正面から捉《とら》えた。反射的に顔を背けようとした。が、やはり頭と肩を両側からがっちりと押さえられたままだ。

眩《まぶ》しい光に目を細めていると、背後の人物が部屋を大きく回りこむ気配があり、続いて机の向かい側、正面の強い光の陰から男の低い声が聞こえた。

「残念ながら、貴様が日本陸軍の極秘スパイだということはすでにばれている。観念するんだな」

「スパイ？　この僕が、日本陸軍の、極秘スパイですって？」

伊沢はさも驚いたように声をあげた。

「いったい何の冗談です？　そう言えば、さっき写真館でも誰かがそんなことを言っていたな……。僕はただの写真屋ですよ。嘘だと思うなら、伯父《おじ》さんに訊《き》いてみてください！」

「伯父さん？」

「最近日本に帰国した前田倫敦写真館の主人、ミスター・マエダですよ！　ヤタロー伯父さんに訊けば、僕がどんな人間かわかるはずです」

「なるほど、それも一つの手ではある」男はひどく勿体振《もったいぶ》った口調で言った。「だが、我々はもっと気の利いた人物の口から、君に関する証言を得ている。聞いてみるかね？」

男が軽く手を上げて合図すると、部屋のどこかに仕掛けられたスピーカーから声が流れ出した。

「……えー、それじゃ言うけどね……秘密だよ、絶対秘密だからね。きみ、オックスフォード・ストリート沿いにある前田倫敦写真館って知ってるかい？　うん、そうそう、そこ……あの店をやっていた前田って親爺《おやじ》が今度日本に帰って、代わりに甥っ子だっていう若い男が来たんだけど……ねえ、きみ、本当に誰にも言っちゃ駄目だよ。

秘密なんだからね……うん、分かっている。きみと僕の仲だもの……そう、それでね、その新しく日本から来た伊沢和男って奴。知ってるかな？……そう、いつも店先で写真機をいじくっている、小柄な、愛想の良い、若い男のことさ……良い男《ハンサム》？　そうかな？　でも……そりゃそうさ、僕の方が良い男に決まってる。ともかく、あいつは本当は前田の親爺の甥っ子でも何でもない、実は日本軍のスパイなんだ……嘘？　嘘なものか。いいかい、日本の陸軍には通称〝D機関〟って呼ばれている極秘組織があってね。外務省の中でもごく限られた者しか知らないんだけど、あいつはそこから派遣されてきたんだ。……えっ、目的？　さあ？　何でも英国の内情を探り、後方を攪乱《かくらん》させるってことらしいけど……そうだね、悪いよね。そもそもスパイなんてものは、品性下劣な出歯亀趣味の連中がやる仕事さ。第一、僕たちの友好に水を差すなんて怪《け》しからん奴だよ……ねえ、きみ。それじゃ、僕たちの友好をもう一度確かめ合うと……」

　そこで、声が途切れた。

　録音されているのも気づかず、ちゃらちゃらと喋《しゃべ》りまくる声の主は――。

　外村均《そとむらひとし》。最近ロンドン駐在になったばかりの新米外交官だ。

　着任後まだ二ヵ月も経たないというのに、英国のセックス・スパイにあっさりと搦《から》め捕られ、ベッドの中でかくも気楽に極秘情報を喋るとは、外務省もまた大変な人物を送り込んできたものである。それにしても……。

「ユウキは元気かね？」

何げない風を装って男が尋ねた問いに、伊沢ははっと我に返った。

結城中佐の名前を出してくる以上、相手は英国の諜報機関《ちようほう》——しかも、かなりの上層部と考えて良い。とすれば、伊沢の側にも逆に敵の正体がある程度知れるはずだった。

伊沢は目を細め、眩しい光の背後にいる男の特徴をじっくりと観察した。

灰色の眼をした、瘦《や》せた、面長の男だ。あまり若くはない。銀色の髪を短く刈り込み、引き締まった体つき。目立たない灰色の背広を着ているにもかかわらず、軍服を身にまとった他の者たちよりもよほど軍人らしく見える。右の頰を縦に走る古い傷痕《きずあと》は、勲章と引き換えに戦場で得たものだろう。とすれば——。

ハワード・マークス中佐。

英国諜報機関に籍を置く〝スパイの元締め《スパイ・マスター》〟の一人だ。

現在の肩書きは大佐か、あるいは准将にまで進んでいるかもしれないが、背広姿からは推測しようがない……。

いずれにしても、敵の正体が知れたことで伊沢は逆に腹が据わった。

ここからは、スパイ対スパイの駆け引きになる。

諜報員養成学校第一期生――。

伊沢和男が、通称〝D機関〟と呼ばれる場所で受けた様々な訓練の中には〝敵国諜報機関に捕らえられた場合の対処方法〟が含まれていた。

「潜入スパイは正体を暴かれた時点で、その国における任務の失敗を意味している」

自ら教壇に立った結城中佐は、光のない暗い眼で学生たちを見回して言った。

「無論、それは望ましいことではない。だが一方で、失敗のない任務などありえない。むしろ、任務が失敗した場合の対応こそが重要なのだ。たとえば、」

と結城中佐は、そこで一瞬言葉を切り、皮肉な形に唇を歪《ゆが》めて先を続けた。

「今日《こんにち》、陸軍の馬鹿どもは、そもそも自分たちの作戦や任務が失敗することを想定していない。奴らは〝我々の任務に失敗はない。万が一そんなことになれば、その時は見事に死んでみせる〟と胸を張って言う。――愚の骨頂だ。死ぬこと、それ自体は少しも難しいことではない、死ぬことなど誰にでも出来る。問題は、死んだからといって失敗の責任を負うことにはならないということだ……」

その時にかぎらず、結城中佐はことあるごとに、

――死ぬ、あるいは殺すことは、スパイにとっては最悪の選択だ。

と繰り返し語った。

「死は常に世間の人々の最大の関心事だ。平時において誰かが死ねば、必ず周囲の関心を集め、必ず警察が動き出す。〝見えない存在〟であるべきスパイにとって、正体を暴かれる——否《いな》、単に周囲の関心を集めた時点で、任務の失敗を意味している」

それゆえスパイにとって〈死〉は最も避けるべき事態であり、一方で、それこそが日本陸軍の中でD機関が忌み嫌われている理由でもあった。敵を殺し、あるいは自ら死ぬことを前提とした軍隊組織の中で、スパイという存在は、所詮《しょせん》、箱の中に間違って紛れ込んだ腐ったリンゴ——周囲を腐らせる異物に過ぎない。

「だが、たとえ諸君が敵に捕らえられ、拷問を受けることになっても、少しも恐れることはない」

結城中佐は平然と、その理由を次のように説明する。

人が感じることのできる苦痛には限界がある。苦痛がその限界を超えれば、意識を失い、感覚が閉ざされる。人の心を叩《たた》き潰《つぶ》すのは、苦痛そのものではない。苦痛への恐怖心、内なる想像力だ。苦痛への過大な恐怖心さえ克服すれば、拷問自体はなんら恐れるものではない、と。

彼以外の者が同じ台詞《せりふ》を口にしても、少しの説得力も持たないであろう。だが——。

結城中佐は、かつて敵国に潜入中に仲間の裏切りにあって捕らえられ、苛《か》酷《こく》な拷問を受けた。その際彼は、身体の一部を失いながらも、隙を見て敵地を脱し、貴重な極秘情報を本国に持ち帰った。その実績が、彼の言葉に有無を言わせぬ真実味を与えていた。

「およそ心臓が動いている限りは、何とかして敵地を脱し、情報を持ち帰ることが、諸君に課せられた使命だ。そして、そのために必要なものは、無論、精神力や大和《やまと》魂《だましい》などといった訳のわからないものではない」

結城中佐は、学生たち一人一人の顔をまるで心中を見透かすような冷ややかな眼差《まなざ》しでぐるりと見回し、それからはじめて本題に入った。

「捕らえられ、尋問された場合の応答技術《テクニック》。そのことをこそ、諸君は予《あらかじ》め学んでおくべきなのだ」

伊沢がD機関で学んだものは、例えば、

――どんな情報も簡単に相手に与えてはならない。最初はいかなる罪状をも否認せよ。即座に認めれば、かえって怪しまれることになる。

といった逮捕初期段階の対応から、

――相手がどの程度情報を握っているのか探り出せ。自分から喋るな。相手に喋らせろ。相手が安易に暴力を用いる場合は、かえって証拠は少ない。

――相手を怒らせて、圧力に屈する形でゆっくりと喋りはじめること。その方が信用されやすい。

——あくまで尋問側が自分たちで探り出した形にもっていくこと。そのためには、わざと煩雑に喋って混乱させる。ある部分は忘れたと言って語り残す。

——尋問者は常に〝推理作業〟をやりたくてうずうずしている。推理作業のきっかけとなるような取るに足りぬ曖昧《あいまい》な手掛かり、ちょっと見ただけでは分からないようなヒントをさりげなく与えること。相手は必ず食いついてくる。

——尋問は、畢竟《ひっきょう》言葉による駆け引きだ。相手が情報を得ようとする以上、こちら側にも相手の情報を得る機会が生まれる。その機会を決して逃すな。

といった様々な形の尋問を想定した応答技術であり、同時にそれらの技術を〝血肉〟とするための訓練であった。

（まさか、あれを実践するはめになるとはな）

伊沢は内心小さくため息をつき、だが、すぐに何げない風を装ってマークス中佐に向かい合った……。


尋問は一週間に及んだ。

幸い、手荒な扱いは受けることもなく、〝捕虜〟としてはまずまずの待遇であった。

尋問を受ける過程で、伊沢は幾つかのことを確認した。

相手がすでに知っていること。

知らないこと。

知りたいと思っていること。

誤認していること。

意外にも、逮捕直前、グランド・ホテルで伊沢が会っていた相手の存在は、まだ敵に知られていなかった。

「……もう良いでしょう」

伊沢は頃合いを見計らい、すっかり憔悴《しょうすい》し切った様子を装って、ゆるゆると首を振った。

「話すべきことは、すべて話しました。全部です。裏も表もない。まっさらですよ」

「なるほど、ここまでのところ君の証言内容は悪くない」

マークス中佐はパイプに煙草をつめ、火をつけて言った。

「辻褄《つじつま》が合い過ぎているのが、いささか気になるくらいだ」

「辻褄が合うのは当然ですよ。本当のことを喋っているんですからね」

「そうかもしれない。あるいはそうでないのかも」

「やれやれ、ずいぶん疑《うたぐ》り深いんですね」

マークス中佐はゆっくりと煙を吐き出し、それから独り言のように呟《つぶや》いた。

「もし君がユウキの部下でなければ、我々も納得しているところなのだがね」

「ユウキ？　結城中佐……ちくしょう、あんな奴、糞食《くそく》らえだ！」

伊沢は唐突に声を荒らげ、早口に結城中佐への罵《ば》詈《り》雑言を並べ立てた。

冷血野郎。

人買い。

女衒《ぜげん》。

サディスト。

若者の生き血を啜《すす》る吸血鬼。

地獄の使者。

………………。

やがて、がくりと首を垂れ、机の上に額をつけて呟いた。

「もう……いいかげん、勘弁して下さいよ。……これ以上、僕にいったい何を話せと言うんです？」

「簡単なことだ。君が知っていることを全部話せばいい」

伊沢はため息をつき、上目遣《づか》いに相手を窺《うかが》った。一呼吸置いて、囁《ささや》くように言った。

「……おたくで、僕を使ってくれませんか？」

ほう、とマークス中佐はパイプをくわえたまま、いかにも驚いた様に言った。

「すると君は、英国の為に働く二重スパイに自分から志願するというのかね？」

「これだけ喋れば、どうせ僕はもう裏切り者だ。日本に帰ることさえ出来やしないんです。こうなったら自棄《やけ》だ。何でもしますよ」

マークス中佐は目を細め、しばらく伊沢を注視していたが、

「よかろう。では、次の段階に移るとしよう」

「次の段階《ネクスト・デグリー》？　しかし……まさか、いまさら拷問《サード・デグリー》しようって言うんじゃ……」

「残念ながら、我々はナチじゃない。拷問は、無しだ」

マークス中佐は、パイプをくわえた口元に加虐的《サディスティック》な笑みを浮かべて言った。

「ただし、君が本気で我々の仲間になろうとしているのかどうか、本心を確認させてもらう」

――本心を……確認？

伊沢の背後でドアが開き、軍服姿の別の男が部屋に入ってきた。男は机の上に銀色の小箱を置き、マークス中佐に向かって敬礼して、無言のまま部屋を出て行った。

マークス中佐は小箱の蓋《ふた》を開け、中から一本の注射器を取り出した。

「うちで開発した最新の自白剤でね」

透明な液体が入った注射器を顔の前に掲げ、何げない口調で言った。

「手荒な拷問をするより、こちらの方がよほどスマートに君の本心を確認できるというわけだ」

伊沢は目を大きく見開き、次の瞬間、身をよじるように椅子から立ち上がろうとした。

「やめろ！　頼む、それだけは……やめてくれ！」

たちまち背後から逞《たくま》しい四本の腕が伸ばされた。伊沢を無理やり元の椅子に押し込めると、身動き一つできないほどの力でがっしりと押さえつけた。

右腕のシャツがまくりあげられる。

その腕に、注射器の針が突き立てられた。

3

——餞別《せんべつ》だ。持って行け。

結城中佐はちらりと目を上げてそう言うと、引き出しから取り出した紙包みを投げて寄越《よこ》した。

伊沢がＤ機関での訓練を終え、いよいよロンドンに発《た》つ当日のことである。

スパイという任務の性質上、Ｄ機関の者が海外の任務に赴く場合も、他の軍人のような派手な見送りは期待できない。否、家族は無論、D機関で訓練を受けた同期の者にさえ一言も告げず、誰にも知られず、一人ひっそりと旅立つことになっている。

唯一の例外が結城中佐であった。D機関の学生たちが密《ひそ》かに〝魔王〟と呼ぶ彼だけは、当然、新たに派遣されるスパイの任地、任務、さらには出立日時を正確に把握している。

最後の挨拶《あいさつ》に訪れた伊沢に対して、結城中佐は〝餞別〟と称して小さな紙包みを投げて寄越した。それきり後はまた、普段どおり表情の読めない顔でデスクに向かい、書類仕事を続けている。餞別について何か説明があるのかと思って待っていたが、結局、無言で手を上げ、退出して良い旨を伝えられただけだった。

(やれやれ。もう少し何かあっても良さそうなものだがな……)

見送る者もなく一人英国行きの客船に乗り込んだ伊沢は、派手な船出のセレモニーが一段落した後、客室のベッドにごろりと横になった。思い出して、結城中佐に貰《もら》った紙包みを開けてみた。

包みの中身は赤いクロス張りの一冊の書物だった。中は横書きのアルファベット――英語らしい。その他にはカード一枚入っていなかった。

首を傾げ、本を開く。題名《タイトル》を確かめて、伊沢は思わず吹き出しそうになった。

"The Life and Strange Surprising Adventures of Robinson Crusoe"

『ロビンソン・クルーソーの生涯と不思議な驚くべき冒険』

確か日本でも『ロビンソン・クルーソー』、もしくは『ロビンソン漂流記』といった題名で各種の抄訳が出ているはずだ。伊沢自身、その中の一冊を子供の頃に読んだ記憶がある。

（英国までの長い船旅の間、これでも読んで暇つぶしをしろという意味なのか？）

伊沢は苦笑しつつ、ベッドに横になったまま読み始めた――。

〃ヨーク生まれのロビンソンは父の忠告を振り切って冒険航海に出る。大嵐にあって難船したものの、ロビンソンは運よく生き残り、たった一人無人島に漂着する。その島で、彼は手元に残されたわずかな道具を使って家を作り、穀物を栽培して、たくましく生き抜いていく。

無人島に漂着して二十五年目、事件が起きる。

島の海岸で〈人食い人種〉に殺されそうになっていた一人の野蛮人の青年を、ロビンソンが救ったのだ。その日が金曜日だったことから、ロビンソンはその青年を〈フライデー〉と名付ける。

かくて〈もう一人の住人〉を得た島には、その時を境に多くの来訪者が姿を現すようになる。幾多の苦難の末に、ロビンソンは故国英国に帰り着くのだが……〟

久しぶりに読み返したロビンソン・クルーソーの冒険物語は、意外にも面白かった。

と言って無論、作中で主人公がしばしば大まじめに、また執拗《しつよう》に繰り返す〝神様談義〟や〝正義の問題〟の記述——論理的には滅茶苦茶《めちゃ》——には閉口させられるし、作中にみなぎる〝白人中心主義〟には反吐《へど》が出そうだ。

面白く感じたのは別の点だった。

ロビンソンは漂着した無人島でたった一人で生き延びながら、頑《かたく》なに英国人であり続けようとする。彼の姿勢は、まさにスパイのそれとぴったり一致するのだ。

誰一人相手のない単独行動に生きる者——無人島での生活者、あるいは身分を偽って他国に潜入しているスパイ——は、つねに精神上の危機に晒《さら》されている。一般には誤解されているようだが、スパイが周囲の者たちの目を欺く行動は実は必ずしも辛い作業ではない。それ自体は、要するに経験の問題であり、つまりは職業と割り切ればすむ話だ。

「そんなものは、たいていの者に獲得できる、ありきたりの能力だ」

D機関の連中なら誰でも、口元に小馬鹿にしたような薄笑いを浮かべてそう言うであろう。

俳優、詐欺師、手品師、賭博者《とばく》。

彼らもまた職業として他人を欺くことで生活している。だが彼らには、ときには演技を離れ、観客の列に紛れ込むことが許される。その瞬間、彼らは〈役割〉を離れ、元の自分自身に返っているのだ。

だが、敵国に潜入したスパイは一瞬たりともそのような救いに心を安らげることができない。彼らは常に、自分とはおよそ似ても似つかぬ別の人格に自身を同化させ続けていなければならないのだ。例えば――。

〝伊沢和男〟という彼の姓名、経歴もまた、今回の任務のために新たに与えられたものであった。

本物の伊沢和男は、ロンドンで写真館を経営していた前田弥太郎氏の甥っ子であり、実際に日本で写真を学んでいた若者である。現在は陸軍に徴兵され、どこか外部との接触を断たれた場所で、何らかの兵役に就《つ》いているはずだ。

今回伊沢に与えられたのは、英国ロンドンに身を潜め、当地の情報を収集し、かつ分析して日本に送るという、潜入スパイの任務であった。もし誰かに一瞬でも「彼は本物の伊沢和男ではないのではないか？」と疑われれば、その時点でたちまち任務に支障を来すことになる。

伊沢和男に関する莫大《ばくだい》な情報は、日本を出る前に徹底的に頭にたたき込んだ。もはや、いかなる場合、いかなる場所で、いかなる人物に尋ねられても、〝前田弥太郎氏の甥っ子である伊沢和男〟として振る舞うことが可能であった。無論そのためには、写真技術の習得も不可欠だが、そのくらいは苟《いやしく》もD機関に籍を置く者たちにとってはなんでもない。実際には、もっと些細《ささい》な情報——過去の人間関係やちょっとした癖、食べ物の好き嫌いといったものの辻褄《つじつま》合わせの方が、よほど神経を使う作業なのだ。

一瞬の気の緩みが、即座に破滅に直結する。

それは、南海の孤島にたった一人で漂着しながら、なお英国人としての内面を保ち続けようとするロビンソン・クルーソーの生活に酷似していた。

ロビンソン・クルーソーは無人島で聖書を読み、キリスト教の神に祈りを捧《ささ》げる。

ロビンソン・クルーソーは無人島で穀物を育て、粉に挽《ひ》き、パンを焼く。

ロビンソン・クルーソーは無人島でパイプを作り、煙草を吸う。

ロビンソン・クルーソーは山羊《やぎ》の皮でズボンをつくり、英国風の服装を整える。

ロビンソン・クルーソーは〝フライデー〟と名付けた野蛮人の青年に、自分を〝ご主人様《マスター》〟と呼ばせ、当然のように主従関係を強制して疑うことがない。

生きていくことだけを考えれば、いずれもおよそ無駄としか思えないことばかりだ。南海の孤島では、彼の言う〝野蛮人の生活〟の方がよほど適した生き方であろう。

すべてはロビンソンが〝英国人として生きるため〟にこそ必要な手続きなのだ。ロビンソン・クルーソーは無人島でたった一人で生活しながらも、〝英国人〟という自分の役割を捨て去ることなく、自ら創造したその役割に自分自身を同化させ続ける。

それはまさに、敵国に潜入したスパイが〝スパイ〟という役割を全うするために、その地で得た友人知人、さらには妻や家族にさえ何一つ本当のことを明かさず、何食わぬ顔で生活していく日常の寓話《アレゴリー》になっている。

――スパイ小説としての『ロビンソン・クルーソー』。

もっとも、あの結城中佐がそのような文学的なモチーフへの興味ゆえに、一冊の本を投げて寄越したとは考えづらかった。

伊沢は慎重にページをめくり、余白に何か指示が書かれていないかを確認した。

だが、そのようなものは一切見当たらなかった。どのページもまっさらで、誰かが先にこの本を開いたかどうかさえ怪しいものだ。

念のため、D機関で使用している様々な試薬や、さらには紫外線ランプでも試してみたが、隠しインクが使われている形跡もない。

ロビンソンの冒険譚《たん》を前に、伊沢は客室のベッドの上であぐらをかき、腕を組んで、結城中佐の意図を様々に推測した。

（ロビンソン・クルーソーは二十八年間、無人島での生活を余儀なくされた。今回の任務は、その程度の潜入期間を覚悟しろという意味なのだろうか……？）

結論には至らず、もう一度最初から本を読み返していた時、ふと、巻末に添えられた著者経歴の一文に目を惹《ひ》きつけられた。

――著者ダニエル・デフォーは、アン女王のスパイだった。

続いて、こんなことが書いてあった。

〝十七世紀末から十八世紀初めの偉大な作家ダニエル・デフォーは、英国君主体制下において、〈アン女王の名誉ある秘密の機関〉で働いていた。

彼はイングランドとスコットランド統合の陰で暗躍し、今日分かっているだけでも、アレグザンダー・ゴールドスミス、あるいはクロード・ギヨーといった複数の偽名を使って各地を旅して回った。旅の途中、デフォーは自分に直結するハノーバー派のスパイ網を整える一方、敵方の秘密スパイの正体を暴いている。

デフォーは天文学や錬金術にも通じ、それらの知識を用いてさまざまな暗号を考案した。

その一方で、彼は生涯を通じて当代一流の人気作家であり続けた。『ロビンソン・クルーソー』『モル・フランダース』『イングランドとウェールズの旅』。デフォーにとってこうした著作活動は、スパイ任務の片手間に行う〈儲《もう》かる副業〉であったのだ……"

(さては、ロンドンで写真屋稼業に精を出せという謎掛けか?)

伊沢は苦笑しつつテーブルの上に本をほうり出し、ベッドにごろりと横になった。

結城中佐の謎の意図をあれこれ想像するのは諦《あきら》めた。

あの結城中佐が本気で隠したのなら、伊沢にわかるはずがない。

(時期が来たら、きっとわかる仕掛けになっているんだろうさ)

今はそう考えるしかなかった。

目を閉じると、途端に眠気に襲われた。

眠りに落ちてゆく寸前、ふと、頭の中に閃《ひらめ》くものがあった。

(そうか。そういうことか……)

だが、まだその先があった。

謎の答えにもう少しで手が届く……もう少し……あと少しだ……それなのに……。

——ちくしょう。

伊沢は目を瞑《つむ》ったまま、微《かす》かに顔をしかめた。

さっきから耳元で聞こえている不快な物音のせいで、折角《せっかく》の考えがまとまらない……あれは……口笛？……シューベルトの〈魔王〉のメロディーだ……夜の闇の中、わが子を抱いて馬を疾走させる父親……「魔王が来るよ……魔王が……」……おびえる男の子……坊や、あれは魔王じゃない。あれは……木の影……いや、違う。そうじゃない。あれは……影が振り返る……顔が見える……あれは……。

——結城中佐だ。

4

はっとして、目を開けた。

目の前のすべての物の輪郭が二重にも三重にもぼやけて見える。

まるでロンドンの深い霧の中にいるようだ。

何度か強く瞬《まばた》きすると、いくらか視界がはっきりした。気がつくと——。

薄い灰色の二つの目が、正面から覗き込んでいた。

「気分はどうだね？」

マークス中佐は、天候の話でもするような気楽な調子で、伊沢に尋ねた。

「そうだな……まあ、悪くはない」

とっさに、にやりと笑って答えた。実際には胸がむかむかして今にも吐きそうだった。自分の声がどこか遠くから聞こえる。額には冷たい汗がびっしょりと浮かんでいた。

「どうやら薬の効果が切れたようだな」

マークス中佐が独り言のように呟く声が耳に入った。

(薬の……効果だと?)

朦朧《もうろう》とした頭に、不意に自分が現在置かれている状況が浮かび上がってきた。

——自白剤を打たれたんだ……。

ここまで意識のない状態で尋問されていたらしい。

マークス中佐が横を向き、東洋系の顔をした軍服姿の男に顎《あご》をしゃくって、退出するよう命じた。おそらく彼が、尋問中、通訳を務めていたのだろう。

一体どのくらいの時間、尋問されていたのか?

時間の感覚が完全に失われていた。いや、そんなことより——。

(俺は何を訊《き》かれ、何を喋ったんだ……?)

目を細め、正面を窺う。

次の瞬間、伊沢はそれに気づいて、思わず「うむ」と唸《うな》った。

部下を呼び、何ごとか小声で指示を伝えるマークス中佐の横顔には、見間違いようのない、ひどく満足げな表情が浮かんでいる——。

「水を飲むかね？」

マークス中佐は改めて伊沢に向き直って尋ねた。

言われて、恐ろしく喉《のど》が渇いていることに気づいた。

マークス中佐は部下に命じて、水差しとコップを持ってこさせた。

「この自白剤には、喉が渇くという困った副作用があってね。それがまあ、欠点と言えば欠点だ。まだまだ改良の余地があるということだな」

マークス中佐は自らコップに注いだ水を伊沢に勧めながら、陽気に話し続けた。

伊沢は受け取った水を一気に飲み干し、一息ついて、尋ねた。

「俺は……何を喋ったんだ？」

「なに、心配することはない。君がこれまで自分から話してくれた内容を念のために確認させてもらっただけだ」

マークス中佐はそう言うと、パイプに火をつけ、思いついたように付け足した。

「そう、少しばかり新しい発見もあったがね」

「新しい……発見？」

「そうだな。例えば君は、君たちが使っている暗号無電のちょっとした秘密について、我々に話すのを忘れていた。モールス信号で情報を送る場合、暗号名の他に、個人の打ち癖——信号に用いる点《ドット》と線《ダッシュ》の長さを本国で登録していて——それらは指紋と同様、一人一人違うものだからね——それが暗号のセキュリティーになっているとか……まあ、そういったことだ」

「嘘だ……まさか、そんなことまで……」

「ま、悪く思わないでくれたまえ」

マークス中佐は軽く肩をすくめてみせた。

「結局はこの方が君のためにもなったことだしね」

「俺のため……？」

「ああ、そうとも。君のためだ」

マークス中佐は陽気な調子はそのまま、急にひどく馴《な》れ馴《な》れしい口調になって続けた。

「君の意思に反していささか乱暴なやり方を用いたことはお詫《わ》びしよう。だが、おかげで我々は、君という人物を信用することが出来た。君には今後、うちで働いてもらうことになるだろう」

伊沢は目を細め、疑わしげに相手を眺めた。

マークス中佐の態度が何としても理解できなかった。いったい何が、彼をこれほどまでに陽気にさせたのだ……？

「そうだな。せっかくだ、君にも教えておいてあげよう」

マークス中佐はパイプをくわえたまま、横目でちらりと伊沢を見て言った。

「さっきまで君は、我々が質問してもいないのに、勝手に、繰り返して、こんなことを呟いていたんだ。『ちくしょう、俺はユウキに売られた』『ユウキ中佐が俺を売り飛ばしたんだ』と。ユウキに売られた男。我々が君を信用するのに、これ以上の信用状《レター・オブ・クレジット》はないのでね」

伊沢は唇をきつくかみしめ、目の前のマークス中佐の薄い灰色の眼と、右頰に傷痕のあるその顔を、激しく睨《にら》みつけた。だが――。

やがて自分から目を逸《そ》らすと、横を向いて、がっくりと項垂《うなだ》れた。

捕らえられて以来、はじめて手錠を外された。

「早速だが、君にやってもらいたいことがある」

マークス中佐は再び元の軍人然とした冷ややかな口調に戻ってそう言うと、部下に命じて、通信用のモールス信号機を持ってこさせた。

「これを使って本国に暗号文を打電するのが、君の初仕事だ」

「……日本に、暗号文を？」

伊沢は力無く顔を上げた。

「打電内容はこちらで用意した。要らぬお節介だとは思ったが、打電内容を暗号化し、モールス符号に変換するところまで、我々の手で済ませてある。つまり君は目の前のその信号機を操作して、通信文を打つだけで良い。簡単な仕事だ」

——そういうことか……。

伊沢は唇をかんだ。

偽情報を信じさせることが出来れば、敵国に多大な損害を与えることができる——。

例えば〝ある国がどこそこへの軍備を増強している〟という誤った情報が伝えられた場合、敵対する国では、その地域へ対抗的な軍配備をすることで、本当に必要な箇所への備えが手薄になる。

あるいは、ある国の陸海空軍の予算について過大な、間違った情報が伝えられることで、敵国は対抗的な予算を組まざるをえなくなり、莫大な国家予算が無駄になる。その結果、国力そのものが致命的なダメージを受けることさえありうるのだ。

またそれほど大事ではなくとも、外交交渉のテーブルに誰がつくのか、事前に誤った人物の氏名を相手国に信じさせることができれば、交渉結果はまるで違ったものになるだろう。つまり——。

偽情報を流し、相手側の情報機関を混乱させることは、潜入スパイに対する有効な対抗手段となる。それゆえスパイを送った側では、スパイから送られてくる情報の選別に神経を使う。その情報が本当にスパイ本人の手で送られたものなのかどうかを確認するのはもとより、敵に強制された状況で送られたものでないことを見極めることが必要なのだ。

各国情報機関はこの識別作業のために様々な方法を工夫している。

通信の際は必ず合い言葉を入れる。

通信時間を決める。

特殊な周波数を用いる。

暗号を使うのも、一つの手だ。

だが、これらの方法はいずれも、いつかは相手側の情報機関によって探知され、あるいはコピーされる。事実、

「打電内容を暗号化し、モールス符号に変換するところまで、我々の手で済ませてある」

マークス中佐は今、確かにそう言った。

英国諜報機関はすでに現在日本が使用している暗号を解読しているのみならず、

暗号表《コードブック》まで入手しているのだ。もしD機関が偽情報を識別するために〝スパイ個人の打ち癖を登録する〟という特殊な方式を採用していなければ、日本国内はとっくに偽情報であふれ返り、非常な混乱を来していたに違いない……。

「どうしたんだね、君？」

マークス中佐はパイプをくわえ、モールス信号機を前に躊躇《ちゅうちょ》している伊沢をからかうように声をかけた。

「何を迷っている？　通信文は我々の側で用意した。君は何も考えず、手を動かすだけで良いんだ。実に簡単な仕事だと思うがね。それともまさか君は」

とマークス中佐は意地悪く笑って言った。

「この期に及んで、まだユウキを裏切るのをためらっているんじゃないだろうね？　まあ、君の気持ちは分からなくもない。あれは実に恐ろしい男だからね。だが、これは君がさっき自分で言っていたんだよ。ユウキの方が先に君を売ったのだと。それに、忘れちゃいけない。君はさっきすでに、喋ってはいけないことをあれこれ我々に喋ってしまったんだ。いまさら帰ったところで、あのユウキが許してくれるとは思えない。――君にはもはや選択肢は残されていないんだ」

マークス中佐の言葉一つ一つに、伊沢は打ちのめされたようにゆるゆると首を振った。

しばらくの沈黙の後、伊沢は一つ大きなため息をつき、机の上に置かれたモールス信号機へゆっくりと手を伸ばした……。

「よし。これで君も、晴れて我々の仲間だ」

偽情報が一字一句間違えずに打電され終えたのを確認して、マークス中佐は満足げに頷いた。信号文に用いられた点《ドット》と線《ダッシュ》の長さには、伊沢独自の〝打ち癖〟がはっきりと刻印されている。

顔を上げ、伊沢の背後に立っている軍服姿の若い男に声をかけた。

「向こうで食事をさせてやれ」

ちらりと伊沢に目をやり、「煙草もだ」と素っ気なく付け足した。

伊沢が椅子から立ち上がると、通信文を再度確認していたマークス中佐は顔も上げずに、

――手錠を忘れるな。

と指示を出した。

「手錠、ですか？」

軍服姿の若い男は戸惑ったように訊き返した。

「今回の偽情報が確実に日本にダメージを与えたことが判明するまで、彼にはここを離れてもらうわけにはいかないのでね。……くれぐれも目を離すんじゃないぞ」

静かな物言いだったが、若い兵士はすぐさま姿勢を正し、伊沢の両手にきつく手錠をかけた。

仲間などと言いながら、これまで同様、移動する伊沢の背後に武装兵士がぴったりとついて回ることに変わりはない。体重が伊沢の二倍近くありそうな、若い大柄な男だ。


伊沢は、偽情報を打電し終えた後は、精根尽き果てたように無言であった。

肩を落とし、若い兵士につきそわれながら、とぼとぼと独房へと移動する。途中の廊下で、ふと足を止め、トイレに立ち寄りたい旨を申し出た。

監視役の兵士は、無言のまま、廊下を右に進むよう顎《あご》をしゃくってみせた。

言われたとおり右に進みながら、伊沢はちらりと背後を振り返って尋ねた。

「……向こうの角にもトイレがあるはずだ。あっちの方が近いんじゃないのか？」

反射的に頷きかけた男の顔に、不審げな色が浮かんだ。

「何でそんなことを知っている？」

伊沢は曖昧に首を振った。


「早く済ませろ」

監視役の若い兵士は、トイレのドアを開け、入り口で伊沢の背中を押した。

トイレの壁には明かりを取るための〝はめ殺し〟の窓が一つあるだけだ。窓の外には頑丈な鉄柵《てつさく》がついている。間違っても逃げられる心配はない。

気がつくと、伊沢は小用をたしながら、ぶつぶつと独り言を呟いていた。

「……要するに作用と反作用……梃子《てこ》と遠心力の原理なんだよな……」

「何だ、貴様！　何を言っている！」

兵士の声が狭いトイレの中にこだまする。

だが、伊沢は振り返ろうともしなかった。相変わらず口の中で何ごとか低く唱《とな》えながら、洗面台の前に移動し、手を洗い始めた。突然、

――あっ。

と声を上げた。鏡を指さし、繰り返し声を上げた。

――あっ！　あっ！　あっ！

「どうした？　何があった？」

異変を感じた若い兵士が、トイレの中に足を踏み入れた。

――あっ！　あっ！　あっ！

伊沢は鏡を指さし、怯えたような奇声を発しながら、じりじりと後退《あとずさ》った。

「なんだ、鏡がどうしたんだ？」

若い兵士は腰をかがめ、伊沢の肩越しに鏡を覗きこんだ。

鏡には、伊沢の怯えた顔が映っているだけだ。

とん、と伊沢の背中が兵士の分厚い胸板に突き当たった。次の瞬間——。

鏡の中から、伊沢の姿が消えた。

と同時に、身長六フィート、体重二一〇ポンドの兵士の体が勢いよく宙を舞い、トイレの硬い床に叩きつけられた。

5

ドアの陰に身を潜め、耳を澄ませる。

——大丈夫。騒ぎにはなっていない。

伊沢は一つ、そっと息をついた。

あの若い兵士もまさか、自分の半分ほどしかない小柄な日本人に投げ飛ばされるとは思ってもいなかったのだろう。

伊沢は、監視の兵士をトイレの床に投げ飛ばした後、当て身を食らわせて気絶させた。ポケットに入っていた鍵を使って手錠を外し、気絶させた男を個室に押し込んだ。便座に座らせてきたから、しばらくは見つからないはずだ……。

——要するに作用と反作用、梃子と遠心力の原理だ。

結城中佐の声が鮮やかに甦《よみがえ》る。

結城中佐は自分の倍以上も体重のある相手を畳の上に投げ飛ばしてみせた後、さも詰まらなそうにそう解説してみせた。

D機関在籍中、伊沢たちは素手及び様々な武器を使った格闘術、さらには極限状況での生存術《サバイバル》を徹底的にたたき込まれた。訓練には専門の講師を招く場合もあったが、しばしば結城中佐が自ら指導に当たった。ことに柔術の訓練では、結城中佐は、自分より大きな相手を軽々と投げ飛ばし、あるいは懐に入って当て身一つで気絶させてみせた。

——魔法《イッツ・マジック》だ！

海外経験の長かった学生の一人が思わず感嘆の声をあげると、結城中佐はたちまち、あの独特の突き刺すような眼差しで振り返り、

——馬鹿か、貴様は。

と一喝した。その上で、

「格闘術も生存術も、徹底した合理精神上にのみ成立しうる技術体系だ。今後、魔術などと言って技術を神秘化する者は、何人《なんぴと》といえどもD機関に置いておくことはできないから、そのつもりでいろ」

と厳しく叱責《しっせき》したのである。

その一方、格闘術や生存術に必要以上に熱をあげる学生に対して結城中佐は、

「格闘術や生存術などといったものは、スパイにとっては本来無用の長物だ。そんなものに血道をあげてどうする？」

と冷ややかな口調で切って捨てた。

「敵と直接肉弾戦を交える、あるいは生存術を駆使しなければ生き残れないなどといった状況は、スパイにとっては――死ぬ、殺すに次いで――最悪の状況だ。それが最悪の状況であるからこそ、貴様たちはそのための準備を怠ってはならない。だが、それだけだ」

結城中佐は最後に決まって、暗い眼差しを据え、相手の脳裏に刻み付けるようにこう付け足す。

――いかなるものにも、決してとらわれるな。

〝とらわれないこと〟こそが、スパイが生き延びるために最も有効な、そして唯一の手段だと言うのだ。

「既成概念にとらわれなければ、貴様たちは、いつ、いかなる場合でも、手近に武器を見いだすことができるだろう」

結城中佐が学生たちに示したものは、例えば、机の上の灰皿、料理に添えられた胡《こ》椒《しょう》の瓶、硬貨一枚、縦に潰し持ったマッチの箱、万年筆、観葉植物として鉢に植えら

れた竜舌蘭《りゅうぜつらん》の葉、さらには相手のネクタイといった、およそ普段の生活で目に触れるありとあらゆる品物であった。それらのありふれた品は、しかし使い方一つで、相手の攻撃能力を奪い、脱出経路を確保するための有効な武器になりうる――。

（それにしても、だ）

伊沢は、結城中佐の厳しい眼差しを思い浮かべて密かにため息をついた。なるほどD機関での柔術訓練のおかげで、監視についていた大柄なイギリス兵を投げ飛ばし、気を失わせることには成功した。だが、この建物を生きて出ていくためには、これ以上〝揉《も》め事〟を起こさない方が良いに決まっている……。

伊沢は身を潜めたドアの陰からそっと顔を出し、廊下の様子を窺った。

廊下の両側には同じような白塗りのドアが続いている。ドアの一つを開けて出て来た平服の事務員が一人、書類を読みながら背中を向けて歩いていた。彼が廊下の角を曲がって見えなくなった時が、チャンスだ……。

伊沢は頭を引っ込め、飛び出す前に、自らの行動予定をもう一度確認した。

――脱出経路を発見したのは偶然だった。

過去一週間に及ぶ取り調べの間、伊沢は取調室と独房を往復する日が続いた。その途中の廊下の両側にも、やはりここと同じような白塗りのドアが並んでいたのだが、昨日、独房に戻る途中、初めてそのドアの一つが開いていた。通り過ぎる際、ちらりと中を見ると、何人かの軍服姿の男たちが机を囲んで会議中であった。その時、伊沢は部屋の壁に一枚の地図が貼ってあるのに気づいた。どうやら、伊沢が捕らえられているこの建物の見取り図らしい……。

見えたのは、ドアの前を通り過ぎた一瞬。だが、伊沢が地図の詳細を頭に入れるには、それで充分だった。

念のため、さっき監視の兵士にそれとなくトイレの位置を尋ねて確認した。やはり間違いないようだ。とすれば――。

見取り図には、三階の廊下の突き当たりに非常階段が描かれていた。そこから建物の外に出れば、あとは物置の屋根伝いに表通りに脱出できるはずだ。

再びドアの陰から窺うと、ちょうど事務員の姿が角を曲がって見えなくなるところだった。

伊沢は大きく息を吸い、身を低くして、廊下に飛び出した。

全速力で廊下を走り、階段を上がる。

途中、二人倒した。

さすがに気づかれたらしい。背後が騒がしくなる。

だが、もう少しだ。

あの角を曲がった先、廊下の突き当たりが非常階段のドアだ――。

勢い込んで廊下の角を曲がった伊沢は、はっとして足を止めた。

そこにあるはずのドアがなかった。

廊下の突き当たりには、白く塗られた頑丈なコンクリートの壁が立ち塞《ふさ》がっている。

（馬鹿な……なぜ……）

呆然《ぼうぜん》とする脳裏に、不意に結城中佐の顔が浮かんで、消えた。次の瞬間、伊沢は殴られたように恐ろしい真実に思い当たった。

昨日あのドアが開いていたのは偶然ではなかった。

あれは、マークス中佐が伊沢に仕掛けた罠《トラップ》だったのだ。

マークス中佐は偶然を装ってあの部屋のドアを開けさせ、廊下から見えるところに建物の見取り図を掛けておいた。見取り図を見た伊沢が、それをもとに脱出計画を組み上げることを彼は予想していた。だからこそ、あの見取り図にはあるはずのない非常階段が描かれていたのだ。

入念に練ったはずの脱出計画は、マークス中佐に完全に読まれていた。いや、そもそも伊沢の計画は、マークス中佐が予め下書きした線をなぞっただけだった。伊沢はマークス中佐の手の上で踊らされていただけだったのだ。

——失敗？　まさかこの俺が、脱出に失敗したというのか？

まだ信じられず、呆然とする伊沢の耳の奥に、冷ややかな声が響く。
——目も当てられない失敗だ。
そう、もし結城中佐がこの場に居合わせたなら、表情一つ変えることなく、
——相手は英国諜報機関のスパイ・マスターだ。この程度の罠は当然予想すべきだ。
と冷たく断言したであろう……。
背後に、伊沢を追って階段を駆け上がってくる足音が聞こえる。
目の前の廊下は行き止まり。左右には逃れる術もない。
文字通りの〝袋の鼠《ねずみ》〟。
伊沢も、もはや認めざるをえなかった。
脱出計画は失敗したのだ。完全に——。
(これまで、か……)
捕まった時以来張り詰めていた緊張の糸が切れ、全身から力が抜けていく——。
その時だった。
ふと、妙なものが目に飛び込んできた。
廊下に並んだドアの一つに、色チョークで薄く妙な印が書かれている。
〈♀〉

何かが引っ掛かった。

（丸に十字？　女性……いや、これは確か……）

だが、考えている時間はなかった。

賭《か》けてみるしかない。

印のついたドアに手をかける。鍵はかかっていなかった。ドアを開け、部屋の中に滑り込む。

内側は真っ暗だ。

間一髪、ドアの前を幾つもの足音が行き過ぎた。

廊下のあちこちで、ドアを開ける気配が伝わってくる。

「いたか？」

「いや、いない。そっちはどうだ？」

声が聞こえる。

伊沢にはもはや、暗がりの中で、じっと息をひそめていることしか出来ない。

ドアの前に足音が近づく。

目の前のドアが、勢いよく引き開けられた……。

6

二時間後——。

伊沢は滑らかに走る車の助手席に目を閉じて座っていた。

運転席でハンドルを握っているのは見たこともない男だ。会った時からずっと帽子を目深に被っているので、表情はおろか、年齢さえ良くわからない。アイルランド系？　もしかするとユダヤ人かもしれない。もっとも——。

そんなことは重要な問題ではなかった。

彼がD機関の協力者であることは、「火を貸してもらえませんか？」「私の靴は黒い」という最初のやり取りで確認済みだった。〝意味の通らない会話〟は、言うまでもなく、偶然による事故を避けるためのものだ。

その後は、お互い無言。名前さえ尋ねない。

相手のことを知らなければ、万が一の場合も被害は最小限で済む。

それがスパイとしての礼儀だ。

男は驚くほど運転が上手かった。車の運転を職業にしている者。ジャケットの襟の形、それに、車内に微《かす》かに籠《こ》もるこの独特の匂いからすると……。

伊沢は首を振り、反射的に推理を働かせそうになる自分の意識に蓋をした。

――少なくとも、交通事故の心配はしなくて済みそうだ。

今はそこまでにして、車の心地よい振動に身を委《ゆだ》ねた。

〝助かった〟という安堵《あんど》感から、どうかすると眠り込みそうだ。その度に、眠りの淵《ふち》から懸命に意識を引っぱり上げる……。

――これじゃまるで、

と伊沢は思い出して、苦笑した。

――D機関での尋問訓練と同じじゃないか。

実際には、あの時はこんなものではなかった。

D機関での訓練中、伊沢は何度か予告もなく真夜中にたたき起こされ、独房に連れていかれた。それから何時間、場合によっては何日間も、尋問訓練が行われた。訓練とはいえ、尋問は本格的なものであった。手加減なし。時には暴力や自白剤が用いられることさえあった。

寝不足と疲労、肉体的苦痛、さらには自白剤の影響の中、朦朧とする頭で、伊沢や同じ訓練を受ける学生たちは、しかし瞬時に相手に〝答えるべき情報〟と〝答えるべきでない情報〟を識別することを要求された。

――何も難しい技術ではない。

結城中佐は、尋問に憔悴した顔の伊沢たちに向かって言った。

「貴様たちに要求されているのは、単に意識を多層化することだけだ。相手に与えて良い情報は表層に、与えるべきでない情報は深層に蓄える。自白剤を使って尋問される場合でも、表層に蓄えた情報のみ口にするよう自分を訓練する。——簡単なことだ」

何を無茶なことを。

とは、誰一人言い出さなかった。

結城中佐自身、かつて敵に捕まって尋問を受けた際に、言葉どおりのことをやってのけた。その事実がある以上、

——自分たちにも同じことが出来なければならない。

と信じて疑うことのない、奇妙なプライドの持ち主ばかりだったのだ。

伊沢たちが一通り尋問に耐えられるようになった後で、訓練の本当の目的が初めて明かされた。つまり、

——敵地で捕らえられた場合、この技術を用いることで脱出が可能になる。

と言うのだ。

訝しげな顔をする学生たちに、結城中佐はまず、スパイを捕らえた場合の敵側の心理を次のように分析してみせた。

「敵のスパイを手に入れ、あるいは敵の暗号を解読した側は、次は必ず手に入れたスパイを使って偽情報を相手側に流したいという欲求にとらわれる。偽情報が、スパイを送り込む側の最大の泣き所である以上、この内なる欲求を退けることは、よほどのことがないかぎり困難だ」

そして、

――その時こそが、貴様たちが脱出するチャンスなのだ。

と言った……。

偽情報を打電するようマークス中佐から指示されたあの時、伊沢は用意された通信文を一字一句ミスなく打った。

しかし実際は、D機関の者が暗号を打電する場合は、必ず一定の割合で打ち間違い《ミスタイプ》を入れる取り決めになっている。一字一句ミスなく打たれた暗号電文は、その電文自体が〝敵中の事故〟――捕らえられた。救助を要請する――を意味していたのだ。無論、この情報は階層化された意識の最下層――実際には殺されるまで引き出されることのない一番奥にたたき込むことが要求された。

待ち合わせ《ランデ・ブー》の場所は予めいくつか定められており、その中から打電地点に近い場所が二、または三ヵ所選ばれる。〝敵中の事故〟を意味する電文が打たれた後、ちょうど二時間後に、協力者が自動車を用意して、決められた場所で待つ。協力者とは面識はないが、合い言葉でお互いを認識する。その後は、直ちに国外に脱出する手筈《てはず》が整えられているはずであった。

逆に言えば、捕らえられたスパイは、待ち合わせ場所までは、何としても自力でたどり着かなければならない。もし二十分以上時間に遅れた場合は、協力者は立ち去ることになっていた。その場合は脱出失敗と見なされ、救助の機会は永遠に失われる。だからこそ伊沢は、救出要請の暗号を打電後、すぐさま行動を起こし、脱出計画を決行したのだが――。

(危うく失敗するところだった……)

伊沢は助手席で深いため息をついた。思い出しても、ひやりとする。あの時――。マークス中佐が仕掛けた罠にまんまと嵌《は》まり、文字通り袋小路に追い詰められた伊沢は、奇妙な印が書かれたドアを見つけて中に滑り込んだ。暗がりで息を殺していると、足音が近づき、目の前で勢いよくドアが引き開けられた。

息を呑《の》んだ伊沢のすぐ目の前、手を伸ばせば触れられる距離に、武装した軍服姿の男が立っていた。逆光の中、唯一の出入り口には、男が黒い影として立ち塞がっている。男の目に、廊下から流れ込む明るい光に晒された伊沢の姿が見えないはずはなかった。

ところが男は、目の前の人影など少しも目に入らない様子で、すぐに背後を振り返り、

「この部屋には誰もいない！」

と大声で叫んで、ドアを閉めて立ち去ってしまったのだ。

そのすぐ後で、ドアの外で「向こうだ！　向こうに逃げたぞ！」と同じ男の叫ぶ声が聞こえ、続いて幾つもの足音が騒々しく走っていく気配がドアごしに伝わってきた。

一呼吸置いて伊沢はドアを薄く開き、外の様子を窺った。

すでに廊下は無人であった。

ほっと安堵の息をつき、その時になって、さっきの男がドア脇の棚に何かを置いていったことに気が付いた。

建物の見取り図と合い鍵の束。

見取り図には赤く、警備の者の配置場所が記されている……。

二つの物を手に廊下に出た伊沢は、振り返ってドアの表面を確かめた。

ドアの印はきれいに拭《ぬぐ》いさられていた。

（スリーパーか……）

間違いあるまい。だとすれば——。

伊沢は今度こそ手に入れた本物の見取り図をもとに、頭の中で素早く脱出経路を検討し始めた……。

眠れるスパイ《スリーパー》。

敵国に身分を偽って潜入し、常時情報を収集、分析に当たる潜入スパイとは異なり、普段は活動を完全に休止し、ある限定された条件下で——あるいは特別の指令を受け取ることで——初めてスパイとして働く者たちを指して言う。

結城中佐は、日本でD機関を設立する傍ら、英国でスリーパーを養成していた。しかも、英国諜報機関中枢部にまで密かにスリーパーを送り込んでいたらしい。

おそらく彼は、普段は〝女王陛下の忠実な兵士〟として働き、英国諜報機関に日本のスパイが捕らえられた場合にのみスリーパーとして機能するのであろう。日本のスパイが脱出を試みる際、ちょっとした手助けをする。それがスリーパーとしての彼の役割だ。暗号名は——。

物陰に隠れて警備の者をやり過ごしながら、伊沢は英国に出発する際、結城中佐から餞別として贈られた一冊の本の存在を思い出した。

『ロビンソン・クルーソーの生涯と不思議な驚くべき冒険』

あの本の中に、こんな記述があった。

〝著者ダニエル・デフォーは……天文学や錬金術にも通じ、それらの知識を用いてさまざまな暗号を考案した〟

ドアにチョークで薄く書かれていた、あの奇妙な印。

〈♀〉

あれはやはり、スリーパーが書いたものだった。

丸に十字。しばしば女性を意味するその記号は、もともとは錬金術で〝美の女神〟を表すものだった。〝美の女神〟ビーナス。天文学で〝ビーナス〟と呼ばれる金星は、一週間の〝第六日〟を指している。

一週間の六番目の日。
フ、ラ、イ、デー。
南海の孤島でロビンソン・クルーソーの孤独を救った野蛮人の青年の名前だ。

それが、結城中佐が英国諜報機関に送り込んだスリーパーの暗号名だった。

結城中佐は、英国に旅立つ伊沢に〝フライデー〟の存在を予め教えなかった。その代わりに、あの本を——『ロビンソン・クルーソーの生涯と不思議な驚くべき冒険』を餞別として与えたのだ。

存在を知らなければ、たとえ捕まった場合でも、自白のしようがない。

スリーパーの身柄の安全を守る為には、これ以上の防衛策はあるまい。

その一方で結城中佐は、あの本を餞別として与えておけば、いざという場合は伊沢が自分で謎を解いて、スリーパーの指示——ドアの印——に従って活路を見出すであろうことまで完璧《かんぺき》に読み切っていたのだ。

(俺は結城中佐に信用されているのか？　それとも信用されていないのか？)

複雑な気分だったが、おそらく結城中佐は、伊沢を信用しているのでも、信用していないのでもない。彼はただ、そのような存在として伊沢を把握しているだけなのだ。その証拠に——。

建物を脱出した伊沢は、警備の者が行き過ぎたのを確認し、見つからないよう身を低くして塀に向かって走った。

本物の見取り図によれば、塀の上に張り巡らされた鉄条網が、その一ヵ所だけ切断されているはずだ。

飛び上がって塀の上部に手をかけ、一気に体を引き上げた。

有刺鉄線が目立たぬ様に切られている。透き間に体を滑り込ませ、そのまま表通りに転がり落ちた。

すぐに立ち上がり、辺りを窺う。

大丈夫だ。誰も気づいた者はいない。

上着についた泥を払い、何げない顔で歩き出した。

待ち合わせ場所へと足を急がせながら、伊沢は五感と思考とを忙しく働かせた。

——見落としはないか？

結城中佐の仕掛けを、もう一度逆に辿《たど》ってみる。

ことの最初まで遡《さかのぼ》り、やはり苦笑するしかなかった。

伊沢は写真館で待ち伏せしていた男たちに逮捕された。あの時はてっきり、直前に会っていた情報提供者が尾行されたのだと思った。その線から自分が割り出されたのだ、と。

だが、尋問される過程で、英国の諜報機関は英国内務省に勤務する当の情報提供者の存在すら知らないことが判明した。伊沢を逮捕したのは、英国のセックス・スパイに搦め捕られたロンドン駐在の日本の若い外交官がベッドの中で伊沢の正体を喋ったからだと言う。

だが、そんなはずはないのだ。

録音テープの中で彼自身喋っていたが、D機関は陸軍内でも独立性の高い特殊な存在であり、陸軍参謀本部内でもその存在を把握している者はごくわずかしかいない。ましてや、外務省に入って何年にもならない若い外交官が、D機関から英国に派遣された潜入スパイの正体を聞かされているはずがないのだ。

——外村という新米外交官は、なぜ伊沢の正体を知っていたのか？

そう考えた時、思い当たることがあった。

英国への派遣が決まる直前——。

ロンドンで目も当てられない失敗が演じられた。

陸軍の欧州戦略に関して、ある機密事項が英国に漏れていた。

調べてみると、ロンドン駐在のある外交官が国際電話で暗号も使わず、普通に日本語で話していたことが判明したのだ。

早速、陸軍から外務省に対して厳重に次のような申し入れが行われた。

「軍の機密事項に関しては、最低限、暗号を用いられ度《た》し。また、国際電話は全て盗聴されているので、会話にはくれぐれも注意して頂き度い」

だが、外務省から戻ってきたのは、

「神国《しんこく》日本の言葉は特殊であるから、英米の連中に分かるはずがない。また、紳士の国である英国が外交官の電話を盗聴するとも思えない。当該機密が漏れたのは、自分たちのせいではない」

という木で鼻を括《くく》ったような返事であり、結局彼らは自分たちの責任を一切認めようとしなかった。

そもそも外交官はお互いの国が認め合った〝合法スパイ〟としての側面を持ち合わせているはずなのだが、およそ自覚に乏しいとしか言いようがない。

その後も機密漏洩《ろうえい》が起きる度に申し入れが行われたが、事件の性質上、因果関係をはっきり特定できないこともあり、外務省は陸軍の申し入れを事実上無視し続けていた。だが、今回の一件は――。

外交官が不用意に漏らした情報によって、陸軍のスパイ一名が捕らえられ、危うく命を落としかけたのだ。

責任の所在は、これ以上ないほどはっきりしている。

今回の失敗を公にすると仄《ほの》めかせば、頑迷な外務省の役人たちもさすがに折れざるを得ないだろう。同時に、日本の暗号が英国側に解読されていることが判明した以上、技術的には完成していながら「取り扱いが面倒だ」という理由で予算を拒否されている新型暗号機が導入されるのも間違いない。

――それが本当の目的だった。

頭の固い陸軍参謀本部の連中が、自分たちでこの複雑なシナリオを書けたとは思えない。

おそらく、度重なる失態に頭を抱えた陸軍参謀本部の連中が、陸軍内の〝やっかいもの〟であるD機関――すなわち結城中佐に責任を押し付けるつもりで、面倒な一件の解決を要請したのだろう。

それとも、最近の度重なる機密漏洩に危機を感じた結城中佐が、参謀本部に恩を売る形で持ちかけたのか？

いずれにせよ、結城中佐が今回伊沢に命じた任務は本来の目的の隠れ蓑《みの》だった。

結城中佐は潜入スパイとして伊沢を英国に派遣する一方、英国駐在の若い外交官に伊沢の情報を密かに流した。無論、彼が英国のセックス・スパイにベッドの中で喋ることを予想してのことだ。その結果、伊沢はまんまと逮捕されることになった……。

伊沢の任務は、そもそもの最初から結城中佐が仕組んだ茶番だったのだ。

若い外交官の間抜けな録音テープを聞かされた時、伊沢はすぐにそこまで気がついた。だからこそ、自白剤を打たれて意識を失った状態で「俺はユウキに売られた」、「ユウキ中佐が俺を売り飛ばしたんだ」というあの言葉を無意識に呟いたのだ。おかげでマークス中佐の警戒心が薄れ、彼にしては不用意に〝救援無電〟を打たせてしまったわけだが——。

結城中佐は、捕らえられた伊沢が自白剤の影響下で口走るであろう無意識の言葉とその影響まで計算していたことになる。

（とんだ化け物……いや、やっぱり魔王か）

滑らかに走り続ける車の助手席で目を閉じ、懸命に眠気と闘いながら、伊沢は結城中佐の暗い眼差しを脳裏に思い浮かべた……。

ゲーテの詩では、魔王は甘言を弄《ろう》して子供の魂を奪い去った。実の父親が、いくら言葉を尽くして引き留めても駄目だったのだ。よほど甘い言葉だったに違いない。

(さて。我らが魔王様は、今度はどんな甘い言葉をもって俺の魂を奪っていこうというのかね？)

目を閉じたまま、微かに苦笑する。この後は——。

小船を雇って大陸《ヨーロッパ》に渡り、そこで結城中佐からの新たな指令を受け取ることになるだろう……。

そういえば、ロビンソン・クルーソーの冒険譚には続編があるらしい。

(今度はどこに行くことになるのか？)

気がつくと、遠く海の音が聞こえていた。

もうすぐ海岸だ。そこに大陸に渡る小船が待っている。

——それまで……ほんの少しだけだ。

伊沢は唇の端に苦笑を浮かべたまま、短い眠りに落ちた。

空飛ぶ絨毯

沢村浩輔

Message From Author

　小さい頃、家の前でひとりで遊んでいて、ふと気がつくと辺りに霧が出ていました。私の住んでいる町では珍しいことです。私はうれしくなって霧を胸一杯に吸い込むと、家の中に駆け込み、誰もいない部屋でそっと息を吐いてみました。当然ながら吐息は無色透明で、がっかりしたおぼろげな記憶があります。もしあのとき、口から白い気体が出ていたら、この小説はまったく違ったものになっていたかもしれません。

沢村浩輔（さわむら・こうすけ）
1967年大阪府生まれ。2007年「夜の床屋」（応募時題名「インディアン・サマー騒動記」を改題）で第4回ミステリーズ!新人賞を受賞。道に迷った若者たちが迷い込んだ深夜の床屋を舞台にした同短編は、リーダビリティの高さで選考委員に絶賛された。2011年に受賞作を含む連作短編集『インディアン・サマー騒動記』を刊行。

1

東京で暮らしていると、ときおり友人から「佐倉《さくら》の生まれた町って、どんなところ?」と訊ねられることがある。

そんなとき僕はいつも「海霧の町だよ」と答える。

すると友人たちは皆、空想を逞《たくま》しくするようだ。羨ましそうな顔をされるときもある。

僕の育った町では、晩春から初夏にかけてよく霧が発生する。夕暮れ時になると海から濃い霧が這い上がってくるのだ。

霧が町をすっぽりと包み込むと、辺りは奇妙なまでに静まりかえる。

町に長く住んでいる人は、なぜか海霧の晩に外に出るのを嫌がった。もちろん霧なんて、ただの水蒸気の集まりに過ぎない。昔、近所に元警察官のご隠居が暮らしていたが、彼はこの町で霧の夜に怪異が起こった事実はないと、僕に話してくれたものだ。

だけど僕には何となく、彼らの気持ちが分かる。

受験勉強に明け暮れていた頃、深夜に何気なく窓の外を見ると、冷ややかな乳白色の霧が音もなく窓ガラスの向こうを流れていたことがあった。だが、ふと見ると隣家のご主人が丹精を凝《こ》らして育てている藤の花はそよとも揺れていない。まったく風がないのだ。それなのに霧は僕の目の前を滑るように通り過ぎていく。まるで海霧が意志を持ってどこかに向かっているかのように——。

いったいあの霧はどこに行こうとしていたのだろうか。

僕はふるさとの路地を歩きながら、すっかり忘れていた深夜のエピソードを思い出していた。

路地は狭く、家々のあいだを縫うように延びていた。暦《こよみ》の上ではもう秋だというのに、初秋という清々《すがすが》しい語感とはかけ離れた暴力的な熱気が僕を包み込んでいる。誰かが途方もなく巨大なレンズを蒼天に据え付けて、この町に光の焦点を合わせているに違いない。微睡《まどろ》むような魔術的な暑さだった。

路地には僕以外の人影はなかった。その代わり、猫はそこらじゅうにいた。日陰に寝そべり、ゆったりと四肢を伸ばしてくつろいでいる。僕と目が合うと、彼らはつまらなそうに欠伸《あくび》をした。

迷宮のように入り組んだ路地は、近所の子供たちの恰好の遊び場だった。時が過ぎ、僕たちは大人になったが、路地の景観はあの頃とまったく同じだ。いや、唯一変わったのは猫たちかもしれない。僕が小学生だった頃の彼らは用心深く、常に警戒を怠《おこた》らず、僕が近づいただけで塀の上に飛び上がって逃げていったものだ。

そんなことを考えながら、僕は路地を通り抜けた。ようやく道らしい道になる。二つ目の交差点を右に折れると、道は急勾配の上り坂に変わった。

陽炎《かげろう》を追いかけながら坂道を上がっていくと、やがて青い瓦屋根の一軒家が見えてくる。

門柱の前で息を整え、チャイムを鳴らす。すぐに「はーい」という陽気な返事とともに引き戸が軽やかに開いた。

「チャオ。佐倉くん」

八木美紀《やぎみき》が笑顔で迎えてくれる。一年ぶりに会う彼女は少し大人びた顔つきになっていた。それ以外は変わらず、すらりと背の高い、丸顔の美人だ。

「チャオ、じゃないよ。まったく」

僕は東京から持参したおみやげの紙袋を八木さんに押しつけながら文句を言った。

「イタリアへ留学すること、どうして黙ってたんだよ。吉永《よしなが》さんが教えてくれなかったら、ずっと知らずにいたところじゃないか」

吉永さんは彼女が一番親しくしている友人である。

「だって、急に決まった話だったし、男の子たちは忙しいだろうから、向こうに落ち着いたら、絵はがきでも送ろうと思ってたのよ」

八木さんが照れくさそうに言い訳をする。

相変わらず暢気《のんき》だなあ、と呆《あき》れる僕に、

「まあまあ、説教はあとで聞くから、とにかくあがって」

屈託のない口調で八木さんが言った。

「みんなはもう来てるの？」

「後藤《ごとう》くんと松尾《まつお》くんは、ついさっき」

「馬場《ばば》は？」

「風邪をひいて来られないんだって。佐倉くんによろしく伝えてくれって言ってたよ」

「へえ。あいつが風邪とは珍しいな」

馬場は中学、高校とラグビーひとすじの、気は優しくて力持ち、という形容がぴったりの大男だ。僕の知る限り、もっとも風邪のウイルスとは縁遠い男である。

「鬼の霍乱《かくらん》てやつかな」

と口にしてから、少し反省する。馬場は大学には進まずに、実家のインテリアショップを継いだ。父親が手とり足とり教えてくれるんだから楽でいいよ、と本人は笑っているが、商店街の半分がシャッターを下ろしているこの町で商売を続けていくのは生半可な苦労ではないはずだ。夏風邪にだってなるだろう。

前を歩いていた八木さんが僕を振り返る。

「後藤くんたちは奥の八畳間よ。私は珈琲《コーヒー》を淹《い》れてくるから」

「了解」

2

「で、いつ出発なんだ」

珈琲を飲みながら後藤が訊いた。野太いのにどこか優しい響きのある声だ。後藤も元ラグビー部で、馬場とは中学時代からの友人である。野性味溢れる顔に似合わず、珈琲に砂糖をたっぷりと入れて飲んでいた。

「来月の七日よ」僕が持ってきたケーキを頬張りながら八木さんが答える。

僕たちは、庭に面した八畳間に、くつろいだ恰好で座り込んでいた。

「もう荷造りは済んだの？」松尾が訊ねる。そばかすの散った童顔に、くしゃくしゃとした柔らかそうな髪が乗っている。少し甲高い声とひょろりとした手足が少年のようだ。

「だいたいのところはね」彼女は指を丸めてＯＫのサインをつくった。「でも、ちょっと荷物を減らさなきゃいけないかも……」

「イタリア語は話せるようになったのか」後藤がからかうように訊いた。

「もちろんよ。最近はエルザとイタリア語で会話してるのよ」八木さんは余裕の微笑を返しながら、イタリアから留学している友人の名前をあげた。「エルザも大丈夫だって言ってくれてるし、ミラノでのアルバイトもエルザのお父さんが紹介してくれる約束なんだ」

「へえ、バイトのことまで考えてるんだ」松尾が感心したように言った。

「だけど、よく親が許してくれたよな」僕は言った。

二年前、転勤で福岡《ふくおか》に引っ越すことになった両親と離れて、彼女がこの家に一人で残ることを決めたときにも、父親が大反対したと聞いている。国内でさえそうなのだから、娘が地球の裏側に行きたいと言い出したときは、さぞ大変な騒ぎになったに違いない。

「そりゃ苦労したわよ」八木さんがしみじみと言った。「何しろ稀代の頑固者だからね、うちの父親は。でも最後は認めてくれたわ。というより匙《さじ》を投げられたのかな」

「俺は親父さんに同情するよ」後藤が言った。「いきなりイタリアへ行きたいと言われたら、そりゃ反対するさ」

「いきなりじゃないわよ」八木さんが落ち着いて反論する。「イタリアへ行くのは子供の頃からの夢だったんだから」

「そうだったな」後藤が肩をすくめた。「俺がイタリアへ行くことがあったら案内してくれ」

「分かった」

「可愛い女の子と友達になったら紹介してよね。きっとだよ」松尾が言った。

「そうね、考えとく」

「羽目を外しすぎないようにな」と僕。

八木さんが敬礼の真似をする。「ラジャー」

「……それ、イタリア語じゃないだろう」

「似たようなものよ」八木さんは澄ましている。

やれやれ。僕たちは珈琲を啜《すす》った。近所のどこかで風鈴が静かに鳴っている。

「そういえば」僕は八木さんに言った。「吉永さんから聞いたんだけど、泥棒に入られたんだって？」

「泥棒だって？」松尾は初耳だったらしく、目を丸くした。「本当なの、それ？」

「──うん、まあ」あまり触れられたくなかった話題らしく、八木さんは渋い表情になった。「もう二ヵ月以上も前だけどね」

「大丈夫だったの？　被害は？」松尾が心配そうに訊く。

「まあ、少しだけ」八木さんはなぜか言いたくなさそうだった。

「そりゃ大変だ。何を盗《と》られたの？」

「……絨毯《じゅうたん》よ」

「絨毯？」

僕たちは思わず顔を見合わせた。それはまた随分と地味な品物を盗まれたものだ。

「絨毯だけ？　お金とか、貴金属は盗られなかったの？」松尾が怪訝《けげん》そうに訊いた。

「おかしいでしょう？」彼女もそのことを不思議に思っているようだった。「抽斗《ひきだし》の中には現金が三万円ほど入っていたし、高価なものじゃないけど、一応、宝石だって置いてあったのに……」

「絨毯だけが盗まれたわけか」

僕の問いに、八木さんはこくりと頷いた。

「よっぽど高価な絨毯だったんだな。本物のペルシャ絨毯とか？」

「まさか」と彼女は苦笑した。「ごく普通の絨毯よ。馬場くんの店に遊びに行ったときに見つけたの。色づかいがとても綺麗で、模様も洒落《しゃれ》ていたから一目で気に入っちゃって。でも、おこづかいで買えるような値段よ」

「本当に泥棒のしわざなの？」

松尾が首をひねるのも無理はない。ごく普通の絨毯を誰がわざわざ盗むだろう。

「だって、他に考えようがないじゃない」八木さんは口をとがらせた。「私の知らないあいだに無くなってしまったんだから」

「だけど、絨毯なんてどうやって盗むんだ？　丸めたって相当に大きいぜ」後藤が言う。

「だから不思議なのよ。それも私が寝ているあいだに」

「え？」僕と松尾の声が揃った。「寝ているあいだ？」

「――ちょっと待てよ」まさかと思いながら僕は訊いた。「盗まれたのは八木さんの部屋の絨毯だったのか」

「そうよ」小声で八木さんが言う。

「つまり、絨毯の上にベッドを置いて、そこで寝ていたわけだ」

「うん、まあ」

さらに彼女の声が小さくなった。

「それなのに、朝、目が覚めたら絨毯が無くなっていたのか？」

僕は思わず唸《うな》った。どれほど優秀な泥棒なのか知らないが、彼女に気づかれずに絨毯を持ち去ることができるとは信じられなかった。しかし実際に絨毯は消え失せている。胸の内に入道雲のような好奇心が湧き上がってきた。

「警察は何て言ってるんだ？」僕は訊いてみた。彼らがこの不可解な状況にどんな判断を下したのか、興味をそそられるではないか。

「何も。警察には報せていないから」八木さんは低い声で答えた。

「えっ、どうして？」

「だって」彼女は頬をふくらませた。「寝ているあいだに絨毯を盗まれました、なんてみっともない話できないじゃない」

……うーむ、そういうものだろうか。

「どうやら僕たちの手で解決するしかないみたいだね」松尾が腕組みをして頷いた。

「とにかく現場を見てみよう。何か分かるかもしれない」

「あのね。現場は私の寝室なんだけど」と言いかけて、八木さんは諦めたようにため息をついた。「……分かったわよ。でも見るだけだからね。勝手に抽斗を開けたりしたら承知しないわよ」

「心配ないって。僕たちは紳士だよ」

八木さんを先頭に、ぞろぞろと彼女の部屋に向かった。家の内外はそれなりに古びていて、いかにも昭和の住宅という趣《おもむき》だった。いまどきの家と違って、あちこちに暗がりはあるが、廊下もドアもサイズが大きく、狭苦しい感じがしない。

寝室は家の西端に位置していた。僕たちは部屋の入り口に立って室内を観察した。六畳の洋室で、西向きと北向きに窓があり、廊下に通じるドアは東側にあった。南側の壁に沿うようにベッドが置かれ、北向きの窓際には机が、ドアの横にはオープンラックとチェストが並んでいる。チェストはテレビ台も兼ねていて、二十インチの液晶テレビが載っている。

「ここにある家具が、全部絨毯の上に載っていたの？」松尾が訊いた。

「そうよ」八木さんは頷いた。

3

僕たちは八畳間に戻ると、八木さんから当夜の詳しい状況を聞いた。

事件が起こったのは七月最初の土曜日だった。

その日はゼミの飲み会があり、夜の七時から大学近くの居酒屋で、飲んで食べて大いに盛り上がった。店の前で一度散会したあと、まだ飲み足りない者は教授に連れられて再び夜の町に繰り出したが、彼女は風邪気味だったので帰宅することにした。

「そういえば、飲み会の途中で後藤くんからメールを貰ったよね。別に用はなくて、どうしてるって感じの。風邪ひいてお酒が美味《おい》しくないってメールを返したら、ウーロン茶を飲んでおけって野暮《やぼ》な返事をよこしたでしょう。憶えてる？」

「そうだったかな」照れくさいのか、後藤がとぼけたように呟く。

彼女が駅に着いたのは午後十時過ぎだ。改札を出ると、町は濃い霧に覆われていた。

「私と一緒に電車を降りた人たちは、急ぎ足で霧の中に消えていっちゃった。いつもなら帰りが遅くなったときは、遠回りになってもひとけのある大通りを歩くんだけど、体がだるかったし、広い空間の中で視界が利かないと却《かえ》って怖いじゃない。だから路地を通って帰ることにしたの。

霧の夜だから町はとても静かで、私の靴音だけが路地に響いてた。電車に乗っているときはそうでもなかったんだけど、歩いているとどんどん気分が悪くなってきて、家に着いたときは本当にほっとした。でも家の中に入った瞬間、あれっと思ったの」

「というと？」

「何て言えばいいのかな……」八木さんは言葉を探すように目を細めた。「たとえば家に来客があって、お客さんが帰ったあとの部屋って、何となく空気が違っているような気がしない？」

「うん、分かる」松尾が言った。「部屋の中にさっきまでの余韻《よいん》が残っているんだよね。空気がざわめいている感じというか」

「まさにそういう感じだったのよ。誰もいないはずなのに」

「それで、どうしたの？」松尾が訊ねる。

「とりあえず、ざっと家の中を見てまわったけど、とくに変わったところはなかったから、気のせいかな、と思うことにした。風邪で神経が過敏になってるのかなって。

とにかく眠ろうと自分の部屋に行ったら……」

「何かあったのか？」と後藤。

「それがね」八木さんはぼんやりした表情で言った。「足元がやけにふわふわしているの。まるで絨毯がほんの少しだけ空中に浮かんでいるみたいに」

「浮かんでいる？」僕は思わず訊き返した。

「そうなの」彼女は真面目な顔で頷いた。「何よこれ、と驚いて、絨毯をまじまじと見たんだけど、いつもの見慣れた絨毯なのよね」

「それ以外で、部屋の様子に変わったところは？」後藤が確認した。

「気がつかなかった」彼女は首を振った。「絨毯がふわふわしてるのは、酔ってふらふらしてるせいだな、と思ったから」

「まさか、そのまま眠ってしまったんじゃないよね」冗談めかして松尾が言う。

八木さんはばつの悪そうな表情になった。「……だって、モーレッツに眠かったんだもん。酔ってるのに風邪薬を飲んだのがまずかったのかな」

「で、朝になったら絨毯が消えていたわけか」僕は腕組みをする。

「あ、そういえば――」と彼女が付け加えた。「変な夢を見たのよ。絨毯がね――私の部屋の絨毯が、空を飛んでいるのよ。遠い異国の、砂漠の真ん中にある町の上をふんわりと。私は絨毯の上に乗って、どこまでも青い空を飛んでいく。そんな夢だった」

しばしの沈黙が訪れた。

「ビールがあれば貰えないかな」僕は腕組みをしたまま言った。「しらふで八木さんの話を聞くには、俺たちは少しばかり修行が足らないようだ」

冷たいビールをのどに流し込んで、ようやく僕たちはひと息ついた。

「それで、八木さん自身はどう思ってるのさ。この絨毯消失事件について」

松尾が訊くと、彼女は考え込んだ。

「きっと——あれは、空飛ぶ絨毯の末裔《まつえい》だったんじゃないかな」

僕は思わずビールにむせた。

「どうして、いきなりそういう結論を出しちゃうんだよ」松尾が呆れる。

「問題は」と後藤が冷静に続ける。「なぜ泥棒はお金には目もくれず、絨毯だけを盗んでいったかだ」

「絨毯に金銭的な価値がないとすると……何だろう？」僕は考え込んだ。「単純に絨毯が欲しいのなら、馬場の店に忍び込んで倉庫から新品を盗んでいけばいいのに」

「そうだよね。それなら自分の好きな絨毯を選び放題だし」松尾が言う。

「それなのに、どうしてわざわざ人の家に忍び込んで絨毯を盗んでいくんだ？」

「きっと泥棒は」松尾が言った。「どうしてもその絨毯が欲しかったんだ。新品でもなく、高価なものでもない、八木さんお気に入りの絨毯が」

「なるほど」と後藤が呟いた。

「さっき、ちょっと思ったんだけど」僕は言った。「八木さんが帰宅したとき、泥棒はすでに室内にいたんじゃないのか」

「えっ？」

「玄関のドアを開けたとき、空気がざわめいていたんだろう？」僕は八木さんに訊いた。

「あ……そっか」八木さんも僕の言いたいことが分かったようだ。「だから、家の中の雰囲気がおかしかったんだ。すでに誰かが入り込んでいたのね」

「じゃあ、泥棒が侵入したのは、八木さんが眠ったあとじゃなかったってこと？」松尾が考え込む。

「たぶんね」

「でも、それは変だよ」松尾は納得できないようだった。「せっかく無人の住宅に忍び込んだのに、どうして住人が帰ってくるまで待たなきゃいけないのさ。誰もいないあいだにさっさと絨毯でもなんでも持っていけばいいじゃないか。八木さんが帰宅して寝静まるのを待っていて、それから仕事にかかるなんておかしいよ」

「そうなんだ」僕は認めた。「俺もその点が腑《ふ》に落ちない」

「きっと理由があったんだろう」後藤が呟いた。「そうせざるを得ない理由が」

「理由って、どんな？」松尾が訊いたが、

「それは分からんよ」そっけなく後藤は首を振った。

4

その後もしばらく、僕たちはビール片手に絨毯消失の謎をあれこれ話し合った。

そのうちにお腹が減ってきたので宅配のピザを注文した。届いたピザが美味しかったので、ますますビールが進み、必然の結果として加速度的に僕たちの思考力は低下していった。

それでも、ここまでは辛うじて合理性を保《たも》った意見が提出されていたのである。

だが——。

「やっぱり、あれは海霧のしわざだったんじゃないかな」

とうとう松尾が超自然的な解釈を口にしてしまった。

「それを言ったらおしまいじゃないか。人類の理性と英知に対する冒瀆《ぼうとく》だぞ」僕もかなり酔っている。「謝れ。ニュートンとアインシュタインとレオナルド・ダ・ヴィンチに謝れ」

「嫌だ」と松尾が叫ぶ。

「落ち着け、二人とも」後藤が僕たちをたしなめた。だが、そういう彼も少しばかり呂律《ろれつ》が怪しかった。

「でも、本当にそうかもしれないわよ、佐倉くん」八木さんまでがとろんとした表情で言う。

「何が霧の怪異だ。霧なんてただの水蒸気の集まりじゃないか」僕はかねてからの持論を持ち出した。「水蒸気が絨毯を運び出すなんて戯言《たわごと》を聞いたら、ジェームズ・ワットが草葉の陰で泣くぞ」

「でもな、佐倉」後藤がしみじみと言った。「ジェームズ・ワットには申し訳ないが、この事件に関する限り、海霧が絨毯を運び出したとでも考える以外に説明はつかないぞ」

「そんなことはないさ。純然たる物理法則で説明できるはずだよ」僕は言い張った。

「そうね。きっと佐倉くんの言う通りなんだろうけど」八木さんが空《から》になったグラスを見つめながら、小さな声で呟いた。「それでもこの町の霧には、何かあると思うな」

「そうかな」僕は納得できなかった。

「たぶん、そう思うのは私が子供の頃にも不思議な体験をしてるからよ。もちろん霧の夜に」

「本当に？　初めて聞くけど」

「忘れてたのよ」八木さんはどことなくばつの悪そうな顔をした。「もう十年も昔のことだから」

「やっぱり何かを盗られた話なの？」松尾が訊く。

「ううん、そうじゃないけど……」八木さんは少し逡巡しながら、「でも、もしかしたら今回のことと関係があるかもしれない気がする」

「面白そうじゃないか」打てば響くように後藤が言った。「聞いてみようぜ。その十年前の話というのを」

「いいね」もちろん僕も松尾も異論はなかった。

「そう？　じゃあ聞いてもらおうかな」八木さんは静かな声で話し始めた。「私が小学四年生のときの話なんだけど……」

それは十年前の初夏のことだった。

当時、美紀の両親は非常に仕事が忙しく、父も母も帰宅するのはいつも深夜だった。美紀は一人で晩御飯を食べ、宿題を済ませて両親の帰りを待った。一人の時間はうんざりするほど進むのが遅かった。持っている漫画も本も暗記するほど読み返してしまった。あとはテレビを見るくらいしか思いつかない。毎晩九時まで学校があればいいのに、と彼女は真剣に思った。嫌いな教師の授業でも退屈するよりはずっとましだ。

ある晩、美紀がぼんやりテレビを見ていると、誰かがノックしたかのように窓ガラスが震えた。彼女は恐る恐るカーテンを開けてみた。窓の向こうには誰もいなかった。その代わり、外は一面の真っ白な霧だった。

その年初めての海霧が町に到来したのだ。霧の中に光の輪を浮かべている街灯の明かりがあまりに綺麗だったので、美紀は誘われるようにふらふらと外に出てしまった。

しばらく歩いてから振り返ると、霧の固まりが美紀の家を覆い隠していくところだった。急に心細さがこみ上げてきたが、家に戻っても待っているのは退屈だけだ。彼女は勇気を出して前に進むことにした。

海霧は生きているとしか思えないほど、複雑に蠢《うごめ》いていた。隙あらば美紀に襲いかかって呑み込んでやろうと狙っているのではないか。最初のうち、美紀は恐怖に駆られて何度も後ろを振り返った。

ところが、しばらく路地から路地へと彷徨《さまよ》っているうちに、恐怖心は薄らいでいった。

深夜の田舎町とはいえ、それなりに人通りはあった。霧がなければ、美紀は大人にたちまち見咎《みとが》められてしまっただろう。だが今夜は霧が彼女の姿を隠してくれた。海霧は敵ではなく味方だったのだ。彼女は誰にも邪魔されず、思いつくまま行きたい方角へ歩き続けた。

やがて両親が帰ってくる時刻が近づいてきた。美紀は後ろ髪を引かれる心地で帰途についた。帰宅して五分と経たないうちに母親が帰ってきた。

「いい子にしてた？」母親が訊く。

「うん」と美紀は答えた。

次の霧の晩も美紀は散歩に出かけた。

歩き回るうちに、少しずつ霧の中を散歩するコツが分かってきた。

霧の中で誰かとすれ違うとき、まず霧の向こうから足音が聞こえてくる。相手の姿が現れるのは至近距離まで近づいてからだ。

美紀は靴音を耳にすると、素早く道の反対側に移動して相手が通り過ぎるのを待った。何人もの大人とすれ違ったが、一度も見つけられるへまはしなかった。ただ一人だけ、立ち止まって辺りの気配にじっと耳を澄ます鋭い人がいた。美紀はどきどきして思わず息を殺した。しばらくすると相手は、気のせいかな、と呟いて歩み去った。

美紀はふう、と息を吐いた。緊張が解けてクシャミが出た。

一ヵ月も経つ頃には、美紀は霧の町を散歩することが楽しくてたまらなくなっていた。休み時間に同級生が、「今日、塾があるんだけど、帰り道に霧が出たらどうしよう」「怖いよね」などと言い合っているのを耳にすると、笑みをかみ殺すのに苦労するほどだ。

その晩も美紀は霧の町に繰り出した。表通りを車のヘッドライトを巧みに避けながら歩いているとき、彼女はふと悪戯を思いついた。

あの同級生が塾から帰る途中を待ち伏せて、ちょっぴり驚かせてやろうというのだ。

塾はたしか、この通りの向こう側にあったはずだ。寂れた雰囲気が苦手で、普段は足を踏み入れない地区だった。美紀は路地を歩き回って塾を捜しあてると、適当な隠れ場所を求めて辺りを見回した。そのとき正体不明の黒い生き物が美紀の足元を音もなく駆け抜けた。

「きゃっ」

予想していなかっただけに衝撃は大きかった。美紀は悪戯のことなど忘れて思わず駆け出した。その瞬間、誰かと激しくぶつかってしまった。美紀は驚いたが、相手も同じだった。二人は固まったように見つめ合った。相手は美紀と同じ年頃の男の子だった。

「大丈夫かい？」少年がおずおずと言った。

「……うん、大丈夫」美紀はばつの悪い思いで答えた。ぶつかった肩がじんじんと痛む。

「何かあったの？」彼が澄んだ声で訊いた。ほっそりとした体つきの、大きな瞳が印象的な少年だった。

美紀は足元をものすごい早さで通り過ぎていった黒い物体の話をした。少年は安堵《あんど》の表情を見せた。

「それは猫だよ。きっと黒猫だね」

「なんだ、そっか」美紀は照れ笑いを浮かべた。大騒ぎした自分が恥ずかしかった。

少年は心配そうに美紀を見つめた。

「もしかして……迷子になったのかい、君」

「失礼ね」美紀はむっとして言い返した。「あなたこそ、迷子じゃないの？」

「僕は……きっと信じてもらえないだろうけど」大人びた、静かな口調だった。

「何よ」

「散歩していたんだ。……霧が好きだから」

美紀は思わず少年の顔を見直した。

「うそ、あなたも？　実は私もなの」

そのひとことがきっかけで、二人は話し始めた。うち解けてくると、少年はよくしゃべった。彼の持ち出す話題はどれも面白く、美紀を飽きさせなかった。少年は優秀な聞き手でもあった。美紀はすっかり彼のことが気に入ってしまい、また会おうよと提案した。少年も嬉しそうに頷いた。二人は何度も手を振りながら霧の道を右と左へ分かれた。

翌朝、母親が心配顔で美紀の部屋にやって来た。

「美紀。あんた、どこか怪我したの？」

きょとんとして母親を見返すと、目の前に昨日穿《は》いていた靴下が差し出された。靴下には赤い染みがついていた。明らかにそれは血の痕だった。

美紀は驚いて自分の足を調べてみたが、かすり傷ひとつ見つからなかった。どこで血がついたのか母親は不思議がった。

美紀は少年と知り合ってから、夜の霧がますます楽しみになった。

あの場所に行けば、必ず少年に会えたからだ。少年と一緒に過ごす時間は楽しかった。唯一の不満は、少年が名前を教えてくれないことだったが、別に構わなかった。名前もどこに住んでいるのかも知らない男の子と霧の中で親しく話をするなんて、外国の映画みたいですごくロマンチックだ。それだけで美紀は満足だった。

だが、そんな日々も長くは続かなかった。

母親が体調を崩していつもより早く会社を退社したのである。家に帰ってみると美紀がいない。しかも霧の夜である。母親は慌てふためいて知っている限りの美紀の友達に電話をかけ、どこにも娘がいないと分かると、家を飛び出して美紀を捜してまわった。

美紀は少年から、大昔の船乗りの話を聞いていたところだった。コンパスも何も持たずに星だけを頼りに世界の果てまで航海したという海の男たちの話だった。霧だったらどうするの、と美紀は不思議に思った。星が見えなければ彼らはどうするのだろう。大海原《おおうなばら》だったら心配はないよ、と少年は答えた。でも陸地の近くだったら危険だ。下手に動いたら浅瀬に乗り上げてしまう。霧が晴れるまでじっとしていなければいけないんだ……。

そこに母親の声が聞こえてきた。その瞬間、美紀はどういう事態が起きたのかを理解した。

「ごめんなさい。黙って出歩いていること、お母さんにばれちゃった」

少年もすぐに事情を悟ったようだった。

「じゃあ、もう会えないんだ……」彼は寂しそうに呟いた。大きな瞳がみるみる潤《うる》んでいく。美紀も胸が締めつけられた。

「そうだ」と美紀は名案を思いついた。「来年の今日、七夕《たなばた》の日にまた会おうよ。ここで」

少年の顔がぱっと輝いた。「本当?」

「もちろん。でも……」美紀はふいに心配になった。「もし、その日に来られなかったら、どうしよう……」

少年はにっこりと笑って答えた。「そのときは、その次の七夕に会おう。それでも駄目ならその次。そうすれば絶対に会える」

「そうだね」美紀は安心した。

「約束だよ」少年がよく光る眼《め》で美紀を見つめた。

「うん、約束ね」

二人は指切りを交わした。

そのとき、

「美紀、何やってるんだよ」

そう言いながら後藤が駆け寄ってくると、強引に二人のあいだに割り込んで少年の前に立ち塞がった。

「――痛い！　何するの、後藤くん」

「家へ帰ったら美紀がいないから、お母さんが心配して俺んちに電話をかけてきたんだ。さあ、帰ろう」

後藤は美紀の腕をとって力任せに歩き出した。美紀も引きずられるようにして歩き出す。それでも美紀は何度も振り返って少年に手を振った。

「またね、バイバイ」

「バイバイ」少年は後藤には目もくれず、美紀だけをじっと見つめていた。


「へえ、そんなことがあったんだ」松尾が感心したように言った。「もしかして、八木さんの初恋の話?」

「そういうわけじゃないけど……」八木さんはちょっと言葉に迷った。「不思議な男の子だったな」

「それで、その男の子と再会できたの?」松尾が訊く。

「ううん。すっかり忘れてた」八木さんは舌を出した。

「じゃあ、彼とはそれ以来、会ってないのか」と僕。

「うん。それっきり一度も会ってない」

「誰なんだろうな、そいつ」松尾が首をひねる。「この町の同じ年頃の男なら大体知ってるんだけど、思い当たらないな。後藤は憶えてない?」

「いや、知らない奴だったよ」後藤がぼそぼそと言った。「たぶん、この町の子供じゃなかったんだろう」

「海霧の精だったんじゃないのか」

冗談を言いながらも、僕は釈然としなかった。たしかに一風変わった体験だが、絨毯を盗まれた話と何の関係もなさそうだったからだ。それとも、この男の子が犯人だとでも言いたいのだろうか？

そっと彼女の表情を窺《うかが》ってみたが、八木さんは膝を抱えて、少し眠たそうな顔で僕の軽口に微笑《ほほえ》んでいた。


週末を利用しての帰省だったので、翌日の昼過ぎ、僕は慌ただしく東京行きの列車に乗り込んだ。

馬場の自宅を訪ねてみたのだが、彼には会えなかった。僕が思っているより体調は悪いようだ。少し気になったが、このときはまださほど深刻には考えていなかった。

結局、絨毯の謎も分からなかったな、と僕は車窓に流れる景色を眺めながら思った。一瞬、絨毯の消失と八木さんのイタリア行きに繋がりがあるのではないか、という漠然とした考えが脳裏をよぎった。だが、昨夜の酒がまだ残っていてそれ以上考えるのが面倒だった。東京に戻ってからゆっくりと検討すればいい。僕は大きな欠伸をすると背もたれを後ろに倒した。列車の揺れがたちまち僕を眠りに引き込んだ。

そして、それっきりになってしまった。

一ヵ月後、八木美紀の訃報が届いた。

5

夕刻の墓地は閑散としていた。

僕は事情があって墓参がすっかり遅くなってしまった。

彼女の母親から娘の訃報を知らされたのは、去年の十月のことだ。

八木さんが亡くなったのは町から三十分ほどの距離にある県庁所在地だった。パスポートを受け取りに行った帰りで、彼女はホームで電車を待っていたらしい。近くにいた人の話では、突然ふわりと倒れたという。駅員が駆けつけたときには、すでに意識がなく、搬送先の病院で死亡が確認された。死因に不審な点は見あたらず、心不全と判断された。

享年二十。あまりに早すぎる死だった。

彼女の最期の様子を聞かされて僕は衝撃を受けたが、何かの間違いではないかという気持ちがずっと消えなかった。

だが、今日ここに来て墓誌に刻まれた八木美紀という名前を目にしたとき、僕はとうとう八木さんがこの世にいないことを認めざるを得なくなった。

背後から、足音がこちらに近づいてきた。

誰が来たのか振り返るまでもなかった。僕が呼び出したのだから。

「悪いな。忙しいところを」僕は彼の方に向き直った。

「構わないさ」後藤は微笑した。まるで別人のような憔悴《しょうすい》ぶりだった。

「……少し、やつれたな」

「そうか」後藤は興味なさそうに肩をすくめた。「それで、話というのは何だ」

「あの少年の話を、お前としたくなったんだ」

「何だって？」

「八木さんが霧の夜に出会った、あのナイーヴな少年だよ」

後藤はしばらく黙って僕を見つめた。

「そんな話をするために、俺を呼び出したのか」

「そうだ」

後藤はため息をついた。「だったら、早く済ませてくれ。疲れてるんだ」

「これから話すことは、何の根拠もない想像だ。あの少年はどうして霧の町を出歩いていたのだろうか。彼女と同じく、退屈を紛らわせるために霧の中を彷徨っていたのか。そうかもしれないが、俺は違う気がする」

「なぜだい」つまらなそうに後藤が訊く。

「彼が最後まで名前を八木さんに告げなかったからだ。普通なら隠す理由はないだろう。子供が遅い時刻にこっそり出歩くのだから親や教師には秘密にしなければならないだろうが、八木さんに自分の素姓を隠す必要はない。現に八木さんは自分の名前を少年に告げている。だが少年は名前を教えなかった。それはなぜか」

「自分の名前にコンプレックスを持っていたんじゃないのか」物憂《ものう》げに後藤が言った。

「去年の夏」僕はかまわずに続けた。「みんなに会うために帰省したとき、久しぶりに駅裏の路地を歩いたんだ。全然変わってなくて懐かしかったが、興味深い変化もあった。猫だよ」

「猫？」初めて後藤の表情が動いた。

「小学生の頃、俺はあの路地を遊び場にしていたんだけど、当時の猫はひどく俺を怖がっていた。そばを通りかかっただけなのに、まるで天敵にでも出会ったように慌てふためいて逃げていった。それも一匹だけじゃない。どの猫も同じだった。当時の俺は、猫って本当に警戒心が強い動物なんだなと気にも留めなかったが、今思えば、猫たちは〝経験〟として俺を恐れたんだ。あるいは俺と同じ年恰好の少年を――」

「猫を虐《いじ》めていたというのか？」と後藤が鋭く言った。「あの少年が……」

「八木さんのソックスに血がついていた話を憶えているか？　あれはおそらく少年が傷つけた猫のものだ」

「だとしても」後藤が再び物憂げな口調に戻る。「どうして俺にそんなことを話すんだ」

「亡くなった八木さんを除けば、あの少年と会ったことがあるのはお前だけだからだ。だから俺の想像が正しいかどうか、判断できるのはお前しかいない」

後藤は仕方なさそうにため息をついた。

「分かったよ。その想像とやらを聞けばいいんだろう」

「その前にひとつ確認したい。お前が少年に会ったのは、八木さんの母親から電話を受けて彼女を捜しに出た夜――あのときが初めてだったんだな」

「もちろん、そうだ」

「だったら、お前はどうして少年をあれほど邪険に扱ったんだ」

後藤は顔をしかめた。「そうだったかな。憶えていない」

「お前は決して理由もなく他人を粗末に扱わない。そのことは長いつきあいの俺がよく知っている。だから少年に対するお前の振る舞いが腑に落ちないんだ」

「俺だって機嫌の悪いときもある。そう愛想良くばかりもしていられないさ。たぶん、あのときは八木を捜す手伝いをさせられて腹が立っていたんだろう。大好きなテレビ番組を見逃したのかもしれん。それで彼に八つ当たりをしてしまったんだ」後藤はつまらなそうに笑った。「違う、と言いたげな顔だな」

「もしかすると、お前は、あの少年の中に邪悪な何かを認めたんじゃないか。だから彼が八木さんと仲良くするのが許せなかった」

「考えすぎだ」

「——じゃあ、あの約束についてはどうだ？」

「約束だって？」

「そうだ。七夕の日に会おうという、八木さんが少年と交わした約束だ」

後藤は小馬鹿にしたように口を歪めた。

「子供というのは、よくそういう約束を口にするものだ。俺だって幼稚園のとき、同じ組の女の子と結婚の約束をした。でも、そんなことはすぐに忘れてしまう。事実、八木だって忘れていた」

「もし彼が忘れなかったとしたら？」

後藤は沈黙した。

「ここに一人の少年がいる。彼は霧の町を一人彷徨うのが好きだ。彼は話がうまく、同時に聞き上手で、頭が良く、女の子にも優しい。彼はふとしたきっかけで魅力的な少女と知り合い親しくなった。きっと彼は彼女が好きになったんだろう」

「俺が知るか、そんなこと」後藤の口調はそっけなかった。

「ところが、少年はせっかく仲良くなった少女と会えなくなってしまった。でも少年は寂しくはなかった。二人は約束を交わしているからだ。七夕の日に会おうという約束だ」

「知っているさ。俺もその場にいたんだからな」

「だが、少女は約束を忘れてしまった」

後藤が小さく舌打ちを漏らした。

「少年も約束を忘れてしまったかもしれない。それなら何も問題はない。双方が忘れてしまった約束など何の遺恨も残さないからだ。だが、もし少年が忘れていなかったら？」

「もうよせ。馬鹿馬鹿しい」後藤はそっぽを向いた。

「少年は約束を守り続け、少女は約束を破り続ける。一方的な破棄が積み重なったとき、少年は何を思っただろう。そして少女に対する感情をどうしても抑えきれなくなったとき、少年はどんな行動に出ただろうか」

「もうよせって！」

「彼は風変わりな少年だった。彼は自分の名前を決して教えなかった。大好きになった少女にさえも。そして彼は霧に隠れて罪もない動物を虐めていた。その少年の十年にも及ぶ、少女への怒りと憎しみが行き着いた先——それが、あの絨毯消失事件だったとしたら……」

「……何が言いたい」

僕は静かに告げた。

「八木さんの部屋から絨毯を持ち出したのは——後藤、お前なんだろう」

後藤の顔には何の反応も表れなかった。怒るわけでもなく笑い飛ばすわけでもない。まったくの無表情だった。

「俺が？　どうして俺がそんなことをしなければならないんだ？」

僕は息を吸い込んで勇気を振り絞った。

「男の死体を、彼女の部屋から運び出すためだ」

後藤はしばらく黙っていた。それからゆっくりと口を開いた。

「八木の部屋で、あの男が死んだというのか？」

「そうだ」

後藤の眉が跳ね上がった。だが、静かな口調は変わらなかった。

「八木がその男を殺したというのか」

「いや、男を殺したのは、お前だよ、後藤」

「俺がか？」後藤は面白がるように言った。「動機は何だ？」

「八木さんを男から守るためだ」

「いいだろう」後藤は微笑した。「俺が八木のために男を殺したとしようか。問題は、男が八木の部屋で死んだという点だ。それが事実だとすると、男が八木の自宅を探し出して侵入し、彼女に危害を加えようとしたことを意味している。そして逆に返り討ちに遭ったということをも意味している。そうだな？」

「そうだ」

「では訊くが、男を返り討ちにした人物――お前の推理によれば犯人は俺らしいから、仮に俺が犯人として――俺は男があの日に復讐を決行することをどうやって知ったんだ？」

後藤は鋭い視線を僕に向けた。

「俺は、そいつの住所も、電話番号も、名前さえ知らないんだぞ。そいつがどれほど八木に対する恨みを抱えていようが、復讐を考えようが、俺にはそれを知る手だてはないし、そいつがいつ復讐を実行するつもりなのかを察知することもできない。それとも男がインターネットで犯行の日時を予告していたとでもいうのか？」

「そうは思っていないよ」僕は言った。

「では、俺が二十四時間、八木の家を見張っていて、男がやって来たら、すぐに飛び出せるように待機していたとでも？」

僕は黙って首を振った。

「じゃあ、どうやって？」

「お前が毎年、八木さんの代わりに、彼との待ち合わせ場所を訪れていたからだ」

「……何だと」

「彼が待ち合わせ場所に来ているかどうか、チェックするのが目的だったんだろう」

後藤は黙り込んだ。

「これがお前の質問に対する答えだ。彼の名前や住所を知らなくても、七月七日に約束の場所へ行けば、彼が八木さんとの約束を忘れたかどうかを確かめることができる。八木さん以外に、その場所を知っているのはお前しかいない。その方法を実行できるのはお前だけなんだ」

後藤の顔にゆっくりと微笑が広がっていった。

「いつ、そのことに気がついたんだ、佐倉？」

「初めて絨毯の話を聞いたときから、犯人は俺たちの中の誰かかもしれない、とは思っていた。でも、それ以上は考えたくなかった。俺の勘違いであって欲しいと本気で思ったし……。だけど、八木さんが死んだことを知って気が変わった。彼女の死因はおそらく心労だ。彼女は真相に気づいていたんじゃないかな。俺たちの誰かを庇って知らないふりをしていたんだ。だが、それは殺人を隠蔽《いんぺい》するということだ。普通の神経で耐えられるわけがない。だから彼女はイタリアへ逃げ出そうとした」

後藤が目を細めて僕を見た。

「お前が真相の追究に情熱を傾けるのは、死んだ八木のためか？」

「それもあるが」と僕は答えた。「もう一人救いたい男がいる」

後藤は静かに頷いた。

「次は俺が話す番だな」

6

「きっかけは偶然だったんだ」

後藤は少し掠《かす》れて聞き取りにくい声で話した。

「高校二年の時だった。バイトに行く途中で、同年代の男がぽつんと突っ立っているのが見えたんだ。見かけない奴だなとは思ったが、そのときはバイトに遅れそうだったから、気にせずに通り過ぎた。ところが、バイトからの帰り道、そいつはまだ同じ場所に立っていた。三時間半もずっと霧の中に立っていたんだ。呆れてまじまじと顔を見てやったよ。男はこっちに何の興味も示さなかったが、俺は奴の顔に何となく見覚えがあるような気がした。もしかしたら、と思い当たったのは家に帰ったあと、今日が七夕だったと思い出したからだ。霧の夜に八木と会っていた男の子じゃないかって。でも、すぐには信じられなかった。だって小学生時代の約束だぜ。高校生になるまで後生大事に抱え込んでいる人間はいないだろう。

だけど、そう思いつつも無意識に気になっていたんだろうな、翌年の七夕が近くなると、再びそいつのことを思い出して頭から離れなくなった。もう受験生でバイトもなかったけど、俺は夜になるとその場所に行ってみた。どうか誰もいませんようにと願ったんだが、男はいた。奴の顔に浮かんでいた表情と、暗い眼差《まなざ》しを見た途端、俺は頭から冷水をぶっかけられたような気がした。こいつは頭がおかしい——俺はそう確信した。家に帰ってもしばらく鳥肌が治まらなかったよ。

あいつはいつまで八木を待ち続けるつもりなのか。八木はとっくにそんなこと忘れているというのに。俺は恐ろしかった。もし八木とこの男が遭遇したら、何か嫌なことが起こるんじゃないかと心配で堪《たま》らなかった」

「八木さんには言わなかったのか」

「ああ、言っても怖がらせてしまうだけだし、あの男は八木の手には負えない」

「そうかもしれない」

「俺は翌年も、七月七日が来ると約束の場所に出かけた。やはり奴はその場所にやって来た。霧の中から湧き出るように現れて、コンクリートの塀に寄りかかって数時間ひたすら八木を待ち続ける。そのあいだ、まるで彫像のように身動きしないままだ。信じられるか？　そして日付が変わる頃、再び霧に溶けるように姿を消すんだ」

「いつも、そうなのか？」

「ああ。一度の例外もなかった。誰かが通りかかっても僅《わず》かな関心も示さない。八木以外はまったく眼中にないという感じだった」

「すごい執念だな。きっと彼は俺たちとはまったく異質の価値観で生きているんだろう」

「それは間違いない」後藤は頷いた。「そしてまた七夕の日がやってきた。頼むからもう来ないでくれ。俺は祈るような気持ちで約束の場所に向かった。するとあいつはいなかった。すごく意外だったよ。さすがの奴もとうとう諦めたのかと思いかけた。だが、ふと嫌な予感がしたんだ。俺は胸騒ぎがして八木の家に向かった。家はひっそりとしていた。俺は考えすぎかな、と苦笑しながら、何気なく門扉《もんぴ》を見てぞっとなった。扉についているノブがほんの少し傾いているんだ。八木はこういうところが神経質で、必ずきっちりと閉める性格だ。

俺は中途半端に閉められたノブが気になって、立ち去ることができなかった。そしてとうとう決心して、家に入ってみることにした。合い鍵の置き場所は彼女から聞いて知っていた。玄関脇のプランターの裏だ。ところがプランターの位置も僅かにずれていた。どうやらあの男は合い鍵の場所を探り当ててしまったらしい。俺は鍵を開けて中に入った。一歩足を踏み入れた瞬間、俺は男がここにいることを確信した。明らかに家の中に人の気配があるんだ。俺は玄関から奴に呼びかけた。

『久しぶりだね。俺を憶えているかい？　君と話がしたい。出てきてくれないか』

だが返事はない。俺はもう一度呼びかけた。それでも返事はなかった。

『分かった。それなら仕方がない。俺の方から行くよ』

そう宣言して、俺は靴を脱いだ。

俺は一応、姿を見せずに息を潜めている男を警戒していた。だが、やはり油断があったんだろうな。まさか、いきなり包丁を振りかざして襲ってくるとは思わなかったんだ。

奴が突き出す包丁を間一髪で避けたが、全身に鳥肌が立ったよ。よせ、と叫んだが奴の耳には入らないようだった。俺は逃げなければ、と思った。しかし、最初の一撃をかわしたとき、お互いの立ち位置が入れ替わっていたんだ。今や守勢なのは俺の方だった。奴は何か叫びながらこちらに突進してきた。俺は逃げた。家中を逃げ回った。そして気がつくと、俺は八木の部屋に追いつめられていた。

もう、どこにも逃げ場はなかった。しかし、その事実が逆に俺を落ち着かせた。ようやく覚悟が決まったんだ。あいつは俺が観念したと思ったのだろう、にやりと笑うと再び包丁を突き入れてきた。俺は相手の腕を掴み、思い切り捻りあげた。そのまま揉み合いになった。気がつくと……包丁が奴の腹に刺さっていた」

「そのとき、絨毯の上に血がついたんだな？」

「ああ。傷口から大量に血が滴《したた》ったんだ」

「それで、どうしたんだ」

「俺は死体と絨毯を担ぎ上げて八木が帰ってくる前に家を出た。そして死体を山の中に捨てた」

「どうやって？」

「車だ。駅前のロータリーに車を停めておいた。それを彼女の家まで乗りつけて死体と血のついた絨毯を積み込んだ」

僕は息を吸い込んで止めた。

「それは嘘だ」

「八木さんが絨毯について話していたことを憶えているか？」と僕は言った。「酔って帰ってきたときは間違いなく絨毯はあった。だけど翌朝、目が覚めると絨毯は消えていた、と。つまり絨毯が持ち出されたのは、彼女が帰宅したあとなんだ」

「あのときは俺も気が動転していたから……」後藤は言い直した。「絨毯を持ち出したのは深夜だったかもしれない」

「だが彼女はこうも言っていた。部屋に入ると、ふわふわと絨毯が浮かんでいるような気がした。だから不思議に思ってまじまじと絨毯を見つめた——と。当然、血痕が目についたはずだ」

「酔っていれば見落とすこともあるだろう」後藤の反駁《はんばく》は弱々しかった。

「腹部から流れ出た多量の血が絨毯についたんだ。いくら酔っていても八木さんなら見落とさないだろう」

後藤は視線をそらした。

「そこで俺は考えた。男の血によって汚れた絨毯と、彼女が帰宅したときに違和感を覚えた絨毯は別の物ではなかったかと。この推測が成立するためには、彼女が使っているのと同じ絨毯がもう一枚必要になる。お前は馬場の店で彼女と同じ絨毯を密かに購入したんだろう」

「待てよ」後藤が静かに反論した。「俺が事前に奴とトラブルになることを予測できるはずがないだろう。奴が刃物で襲ってきたのも、あの絨毯の上に血が流れたことも、すべて偶然のできごとだ」

「分かってるよ」僕は言った。「だから、お前が絨毯を購入したのは男を刺してしまったあとだ。お前は馬場に電話をして、新しい絨毯を八木さんの家まで持ってこさせたんだ」

「お前の推理には矛盾がある」後藤が言った。「いいか。もし俺が新しい絨毯を血のついた絨毯と入れ替えたのなら、そのままにしておけばいいじゃないか。せっかく用意した新しい絨毯をどうして再び運び出す必要がある？」

「同感だ。おそらく絨毯の入れ替えのときにハプニングが発生したんだ。だから新しい絨毯も持ち帰らなくてはならなくなった」

「まるで見てきたような言い方だな」

「馬場が絨毯を持ってくる前にやるべき作業はたくさんある。まずは八木さんにメールして、彼女の帰宅時間を聞き出さなければならない。壁や家具に血が飛び散っていないか確認する必要がある。部屋に血の匂いがこもっていれば窓を開けて換気する必要もあるだろう。そのうちに馬場が駆けつけてくる。ようやく作業開始だ。ところが、ここで予想外の事態が発生した。八木さんが飲み会を早めに切り上げて帰ってきたんだ。絶体絶命のピンチだがお前はついていた。窓を開けていたおかげで八木さんのハイヒールの音に気づくことができた」

後藤は黙って肩をすくめただけだった。

「もしも俺がお前の立場だったらどうするか。時間の猶予はおそらく二、三分しかない。死体はとりあえず押入にでも放り込めばいいが、問題は絨毯だ。いくら元ラグビー部の巨漢が二人揃っていたとしても、そんな短時間のあいだに古い絨毯を引きはがして、新しい絨毯を敷くのは無理だ」

「お前だったらどうする」後藤が興味深げに訊ねた。

「古い絨毯の上に新しい絨毯を重ねる。馬場が家具を壁に押しつけて下部を浮かせ、後藤が床面にできた隙間に絨毯を押し込む。それなら二、三分あれば不可能じゃない」

後藤が低く笑った。

「驚いたな。俺も同じことを考えたんだ」

「それならまるで雲の上を歩くような気がした、という彼女の話とも一致する。絨毯を重ねたら相当にふわふわするだろうからな。しかし、それはあくまでも一時しのぎの策でしかない。帰宅時は酔っているからうまく誤魔化せても、朝になって酔いが醒めれば、絨毯が重ねられていることはすぐに分かってしまう」

「もちろんだ。だから俺たちは、彼女がぐっすり眠り込むまで押入の中で待っていた」

「馬場も一緒にか」

「俺と馬場と死体で仲良く一緒に、だ」

想像したくもない情景だ。

「八木が眠りに落ちた頃を見計らって、俺と馬場は押入を出た。電気は消されていたが、カーテンの隙間から街灯の明かりが差し込んでいて、最低限の視界は確保できた。俺たちは八木が熟睡していることを慎重に確かめると、彼女のベッドをそっと持ち上げて別の部屋に運び込んだ。それから彼女の部屋に戻って明かりをつけた。目的は血のついた古い絨毯を持ち去ることだ。そのためには新しい絨毯をもう一度あげなければならない。ところが新しい絨毯を持ち上げてみると、俺たちは予想外の事態が生じていることを知った」

「古い絨毯の血だまりが乾かないうちに上に絨毯を重ねた。だから新しい絨毯の裏側に血が付いてしまった。そうじゃないのか」

「想像だけで、よく分かるものだな」後藤は呆れたように言った。「俺は迷った。新しい絨毯の染みは裏側だ。そのまま残していっても八木に気づかれる可能性は低かった」

「じゃあ、どうして二枚とも持ち去ったんだ?」

「あいつがこの絨毯に飽きたらどうなると思う?」後藤が深刻な口調で言った。

「なるほど」と僕は頷く。「新しい絨毯を買ってきて、部屋の模様替えをされたら一発でばれてしまう」

「そういうわけだ。俺と馬場は古い絨毯に死体を包むと、一旦それを玄関に置いて部屋に戻った。それから無駄になってしまった新しい絨毯も丸めて古い絨毯の横に置いた。もう一度引き返して部屋の中を慎重に点検してから電気を消した。暗闇に目が慣れるのを待って彼女のベッドを元に戻した。ベッドを運んでいる途中で彼女が寝言を呟いたときは心臓が跳ね上がったけど、いい夢を見ていたようだ。まるで天使のような寝顔だったよ……。あのときのあいつの顔は一生忘れない」

「魔法の絨毯に乗って空を飛ぶ夢を見ていたときかな」

「たぶんな」後藤は微かに口元を綻《ほころ》ばせた。

「それで、死体はどうしたんだ？」

「馬場が乗ってきたヴァンに積み込んで山に捨てに行った。人が滅多に来ない場所を知っていたから俺の運転で車を走らせた。その先は二人で担いでいって、絨毯ごと谷底へ投げ落とした」

僕も後藤も、しばらく黙って佇《たたず》んでいた。

「なるほど。それですべてが分かったよ」

僕が言うと、なぜか後藤は微笑した。

「まだ納得するのは早いぜ。最大の不思議はこのあとなんだ」

「どういうことだ?」

「奴を谷底に投げ捨てた後、俺たちは一度も振り返らずに逃げ帰った。それからの数日は生きた心地もしなかったよ。もちろん、そのあいだは新聞やテレビのニュースは一度も見ていない。あの世界すべてが敵に思えるような恐怖は、お前には絶対に理解できないだろう」

「事件は露見しなかったようだな」

「ああ。俺が言うのも何だが、悪事はすべからく露見し、悪人は罰せられるべきだ。そう信じて生きてきたんだからな。ところが、十日経ち、一ヵ月が経っても、山中で他殺死体が発見されたという報道はなかった。

そんなある日、馬場が俺に電話をかけてきた。死体を絨毯にくるんだのは失敗だった。もし死体が見つかったら警察は絨毯を調べるだろう、そうなれば自分の店で販売した商品だと判明してしまうと言うんだ。もっともだと思ったから、何とかすると約束した。俺は勇気を振り絞って一月前に死体を捨てた場所を訪れた。震えながら谷底を覗き込んだら何が見えたと思う?　死体が消えていたんだ」

「消えていた?」

「そう。文字通り、あとかたもなく」

7

「本当に、死体が消えてしまったのか？」

「そうだ」

僕は天を仰いだ。絨毯消失の謎が解決したと思ったら、今度は死体が消えたというのだ。

「死体が消えた……か。後藤はどう思ってるんだ」

「分かるわけがないだろう」後藤は疲れたように言った。「想像もつかん」

「何か理由があるはずだ」

「どうでもいいよ。八木が死んでしまった今となっては」

「後藤……」

「だが、これだけは信じてくれ。俺は自分の犯罪を隠すために死体を捨てたんじゃない。八木のために俺は事件を闇に葬ろうとしたんだ」

「分かってるさ」

「……そうか。だけどな、佐倉。事件を隠蔽すればそれで済むと思っていた俺たちは甘かった。俺も馬場も、二度とそれまでの平穏な暮らしに戻ることは出来なかったんだ」

後藤のまぶたが微かに痙攣《けいれん》した。

「俺は今でも、あの夜のことが頭から離れない。昼も夜も、奴の顔が目の前にちらつくんだ。その度に自分が少しずつ消耗していくのが分かる。いや、壊れていくんだろう。もう今の俺は昔の俺じゃない。馬場だってそうだ」

「入院していると聞いたけど……」

「ああ……。あいつは俺と違って気持ちの優しい男だからな。酒を飲まずにはいられなかったんだ。馬鹿だよ。周囲にはそのことを隠して、風邪をこじらせて寝ているんだと説明していた。毎日浴びるほど飲み続けて、とうとう倒れちまった……」

後藤は肩を落として呟いた。

「……どうして、あいつを巻き込んじまったんだろうな、俺は……」

僕は俯《うつむ》いたまま後藤の言葉を聞いていた。彼の話に打ちのめされたわけではない。

僕はひとつの想像を抱いてここへ来た。その想像は後藤の話を聞くうちに確信へと変わっていた。うまくいけば、この事件を何とか着地させることができるかもしれない。自信はなかった。だが、試してみる価値はある。

「ちょっと付き合ってくれないか」僕は言った。

「えっ？」

「車で来てるんだろう。一緒に町まで戻ろう。俺が運転するよ」

「どこへ行く気だ？」後藤が怪訝そうに訊いた。

「いいからキーを貸してくれ。車の中で説明するから」


「絨毯は残っていたのか？」

車を町に向かって走らせながら、僕は助手席の後藤に訊いた。

「消えていたのは死体だけだったのか、それとも絨毯も無くなっていたのか」

「ああ……絨毯は残っていた」

前方の信号が黄色に変わった。僕はアクセルを踏み込んで交差点を強引に通り抜けた。自分では落ち着いているつもりだが、やはり気持ちが昂っているのかもしれない。

「すると場所を間違えたわけではなく、本当に死体が消えたわけだ。――いや」僕は訂正した。「それは死体じゃなかったのかもしれない」

後藤は呆気にとられたように僕を見た。しばらく言葉を探していたようだったが、口にしたのは、「馬鹿馬鹿しい！」だった。

「どうして男が死体だったと分かる？」と僕は指摘した。「重傷を負って意識を失った人間の生死を、冷静さを欠いていたお前が正確に判断できたとは俺には思えない」

ウインカーを出しながら右側の車線に移り、さらに右折レーンから県道へと入った。車の数が少しだけ増えた。対向車のヘッドライトが霧の中に光の筋を描く。

「佐倉、お前……」

「もちろん俺は医者じゃない。だから男が実際には死んでいなかったという可能性を持ち出すのは、希望的観測に過ぎない」

「じゃあ、何か」後藤が口を歪めた。「息を吹き返した男が谷底から這い上がって家へ帰ったというのか？」

「重傷を負った人間が、急な斜面を登るのはさすがに無理だろう」

「偶然通りかかった親切な人が背負って登ってくれたとでも？」

「それもちょっとあり得ないだろうな。だから、一番ありそうなのは、投げ落とされたショックで意識が戻った彼が、携帯電話で誰かに助けを求めたという展開かな」

「気はたしかか、佐倉」今度は心配そうに後藤が言った。「あんな山の中で携帯は使えない。間違いなく圏外だ」

「分かってるよ」僕は苦笑した。「だけど彼が通信衛星を利用する携帯電話を持っていたら、話は変わってくる」

「通信衛星？　衛星携帯電話というやつか……？」

僕は頷く。「もしも彼が、そういう種類の携帯を持っていたとすれば、山の中から救援を求める電話をかけることができる」

「……しかし、それはお前の想像でしかない」

「そうだな」と僕は言った。「だから彼が生きているかどうか、確認しに行くんじゃないか」

「どうやってだ？」後藤が言う。「俺たちには彼の生死を確認する手段はないはずだ」

「彼は不思議な男だね」僕は言った。「ひどく思いこみの激しい人物のようだ。というよりも、こうと決めたら意地でも考えを変えない。頑固というか、粘着質というか」

「自分勝手なだけだ」後藤が吐き捨てる。

僕は県道を外れて住宅地の中へと車を乗り入れた。狭い道に沿って車をゆっくりと走らせる。

「さて、俺の記憶だと、この辺りのはずなんだけどなあ」

霧のせいで遠くまで見通せないのがもどかしい。それでも五分ほど近所をうろうろしているうちに目的の建物が見つかった。僕はハザードランプをつけて車を停めた。

その建物は個人が自宅で開いている子供向けの塾だった。門の傍《かたわ》らに置かれた大きな植木鉢に笹が植わっていた。笹には子供たちが書いたらしい色とりどりの短冊が結びつけられていた。

「まさか、ここであの男が講師をしているのか」後藤が眉をひそめて、窓越しに向かいの建物を眺めた。

「そうじゃないよ」僕はシートベルトを外しながら言った。「さあ、車を降りよう。ここからは徒歩だ」

僕は不思議そうな顔で車を降りた後藤にキーを返した。

「実は、ここから先は俺には分からない」僕は言った。

「何だって？」後藤が咎めるように僕を睨《にら》む。

「だけどお前は知っているはずだ。彼がどこにいるのか」

「俺は奴の居場所を知らないと言っただろ――」後藤が口をつぐんだ。

「やっと気がついたか」僕は微笑した。「今日が七夕だってことに」

「まさかとは思うが、お前……」

「七月七日は」と僕は澄まして言った。「我々が彼に会うことのできる唯一の日だ。だからこの日を選んでお前を呼び出したんだ」

「馬鹿な」後藤が呻《うめ》いた。「奴がいるわけがない。あいつは包丁を腹に突き立てられ、ゴミを捨てるように谷底へ投げ捨てられたんだ……。そんな目に遭った男が、約束通り八木を待っていると思うか？　だいいち、あいつはもう――」

「彼は知らないはずだよ。八木さんが亡くなったことを」

「しかし……」後藤が絶句する。

「後藤は彼を見損なっているよ。彼は信念の男だ。一度こうと決めたことは何があっても変えない」僕は露悪的に笑った。「殺されない限りは」

後藤は額にびっしりと汗を浮かべている。

「さあ、彼に会いに行くとしよう」

僕は後藤の背中をぽんと押した。後藤がふらふらと歩き出す。まるで夢遊病者の如《ごと》き足取りだ。

「本当に、こっちでいいんだろうな」僕は思わず後藤の後ろ姿に声をかけた。

後藤は無言で振り返ると、ひどく青ざめた顔を頷かせ、再び歩き出した。クリーニング店の角を左に曲がり、錆《さび》の浮いたカーブミラーの下を右に折れて僕たちは進んだ。

僕も後藤も無言だ。潮臭い海霧が僕たちの鼻先を流れていく。

「突き当たりを左に曲がったところだ……」

前を向いたまま、後藤がぼそりと呟いた。

「いよいよご対面か」僕は身震いする。「いったいどんな男なのか、ついに顔を拝めるわけだ」

角を曲がる。霧の中に人影がぼんやりと浮かんでいた。若い男だ。両手をポケットに入れて古い壁にもたれ、俯いてじっと地面に視線を落としている。意外なことに彼の第一印象はいたって普通だった。たしかに綺麗な顔立ちだが、想像していたような悪魔的な美青年とは違っていた。

後藤がぎくしゃくと立ち止まった。僕も友人の傍らで足を止める。

「どうだい」と僕は後藤に囁いた。「彼があの海霧の男かい？」

後藤は口をぽかんと開けて男を凝視していた。

「……信じられん。奴だ！……本当にいやがった」

僕は後藤の肩を叩いた。「これでお前が殺人者でないことが証明されたわけだ。死体遺棄罪からも解放だ。傷害罪は逃れられないけど、どうやら彼の方は訴えるつもりはなさそうだ。――ほら、ぼんやりしてないで馬場にこの朗報を伝えてやれよ」

チェスター街の日

柄刀　一

Message From Author

他の紙上にも書きましたが、この作品はいささか〈古風〉な〈最後の一行〉を趣向とした作品集におさまっている一編です。その中の、ほぼ最後の一行になってしまった作品ではありますが。ははっ……。

そしてこの作品は、もしかすると〈館もの〉でもあるのでしょう。

この館は、〈古風〉に消滅するのか……？

したのか？

それとも……。

そんな見方もできる一作かと思います。

柄刀 一（つかとう・はじめ）
1959年北海道生まれ。98年、第8回鮎川哲也賞の最終候補『3000年の密室』でデビュー。歴史を題材にした『4000年のアリバイ回廊』、科学をモチーフにした天才・龍之介シリーズ、実験的アイデアの『アリア系銀河鉄道』、美術ミステリの『時を巡る肖像』、密室にこだわった『密室キングダム』など多彩な作品を発表。近著に『翼のある依頼人』。

1

イングランドの北西部、チェシャ州の夜――。

石造りの街並みの一角に、中国の太極《タイチー》マークが不意に浮かぶ。門柱に彫られているのだ。

道教だか陰陽五行説《いんようごぎょうせつ》だかで、陰と陽を表わす円形の図像。互いに尻尾を追うような二つの勾玉《まがたま》状のものが、円の中におさまっている、あれだ。

門に彫られているこのマークは、一応、白と黒に塗り分けられてもいた。こうした演出によっても、自分たちの神秘性を高めようという腹づもりだろう。

「わけも判らず、東洋の神秘めいたもので飾り立てているんだろうな」

トニー・ベンソンは頷き、

「まさか、東洋人に見られるとは予想もしていないのでは」と苦笑した。

彼は当地の弁護士。三十代の半ばで、肩幅のがっちりとした体格。短くまとめられた金髪が精悍《せいかん》だ。

雇ったのは私、三十二歳の東洋人、草薙哲哉《くさなぎてつや》。

ベンソンとは昨日会ったばかりだが、その熱い正義感と働きぶりには信頼がおけた。

その彼と一緒に、私は門の中へと進んだ——電動車椅子のスティックを押して。

これからの容易ならぬ対面を思って緊張感が増したが、私は同時に、電話で美鈴《みすず》が言っていたファンタジックな言葉も思い返していた。パワースポット。生命を活性化する力……。

中学生の少女なりの真剣さで、私の健康や足の回復のことを思ってくれているのは判る。だが、長年付き合ってきた麻痺が、こんな場所を一度訪ねただけで軽くなるはずもないだろう。

美鈴の調べでは、ここは、あるレイラインの端に当たるという。レイラインというのは神秘的な力を発揮するともいわれる一種の地脈のことらしい。ストーンヘンジなど、多くの巨石遺跡類が、複数あるレイラインの上にあるのだそうだ。

ここ、〝ランドエンド・ハウス〟は、謎めいた生命力に満ちたパワースポットとして、少しは知られていると、美鈴は言っていた。

今日、近隣を聞き込んだ限りでは、その手の噂は確かにあるようだ。しかしその内容は、寿命で死にかけていた猫がここへ迷い込んで、元気になって戻って来たとか、冬でも薔薇《バラ》が咲き誇っているのが目撃された、といった、真偽を確かめようもない他愛ないものばかりだった。

ただベンソンによると、〝ランドエンド・ハウス〟の住人たちがこぞってそうした力の実在を訴えかけるようなことはしていないという。まやかしを利用して信者を集めたり、金儲けをしようとしている一団ではないのだ。ご大層にも〝再生館《リジェネレイト・パレス》〟と呼ぶ者もいるという〝ランドエンド・ハウス〟は、言ってしまえば賃貸物件であり、そこの住人たちは、それぞれが勝手に生活していて、むしろ、目立つことは避けるような傾向にあるという。

ただ、中には一人、魔女と名乗る女がいて、ここのパワースポットとしてのささやかな名声を利用して箔《はく》をつけようとはしているようだ。もっとも、日本とは違い、この英国では魔女という存在はけっこう市民権を得ている。魔女の紹介本や魔法学校への入学方法などが書かれた本は一般書店に多く並んでおり、まあ、いい魔女は、占い師やハーブ調合師の延長のような扱いでもあったろう。

無論、中にはうさん臭い者もおり、ここ〝ランドエンド・ハウス〟にいるのはその類らしく、他の入居者も似たような、すねに傷を持つ身がほとんどだという。

だからこそ、私とベンソンが接触しなければならないあの男も、ここにいるのだ。

犯罪者たちの一員である、ウィリアム・ギルは。

闇は黒々と重く、べっとりと張りついてくるほど暑苦しかった。

起伏もある敷地は、かなりの広さだ。道はくねくねと曲がり、暗さと生い茂る木々に先を隠されていた。蒸し暑さに腐るような、青臭い植物のにおいが立ち込め、虫までが陰気に鳴いている。

「このわずかな傾斜……」

坂道で、ベンソンがそっと口をひらいた。

「のぼりだと思いますか？　それとも、くだり？」

「のぼりでしょう？」

「ところが、くだりなんだそうです、囁かれている伝説では。この土地では、超常的な力によって人間の平衡感覚が狂わされているんだそうですよ」

私が気怠く失笑すると、ベンソンも鼻先で苦笑した。

本当にくだりかどうか、車椅子を手動に切り換えて試してやろうかとも思ったが、そこまで付き合うのもばかばかしい。

それより——、平衡感覚ではなく、私は方向感覚のほうが狂わされそうだった。曲がりくねる道は、秩序を捨てさせようとしているかのようで、確かな方向性が見失われてくる。

……とはいえ、それでもやがて、視界がひらけた。

星もない夜空の下に、横に長いその方形の建物はあった。ぼんやりと明かりを灯す窓も、幾つかある。

二階建てで、上下にそれぞれ、三つ四つ、独立して部屋があるようだ。

ここ旧市街地の他の建物と同じく、これも、どっしりと重厚な石の建造物だった。

〝ハウス〟と呼ぶのは軽すぎ、〝館〟と呼ぶのは誇張だろうと思える建物だ。

車椅子と徒歩で、私たちは進む。

二階にはテラスが並び、その下の一階部分は、横に長いちょっとした柱廊《ちゅうろう》になっていた。正面中央には、その柱廊にあがるための短い階段がある。柱廊には人影があり、小さな白い犬の姿も見えた。蹲《うずくま》る犬の姿は闇に滲んでいたが、番犬でもないらしく、私たちが近寄ると立ちあがり、所在なさそうに茂みの奥へと歩いて行った。顔が四角く、脚の短い犬だ。

「こんな時刻に……」柱廊から男の声がする。「約束でもしているのかな?」

しわがれているが、重たい力はある声だ。

男は中央の階段よりは右側におり、もっと近寄ると、彼が私と同じく車椅子に乗っていることが判った。膝掛けで下半身を覆っている。それと、年齢……。声と雰囲気から初老かと思っていたが、もっとずっと若い。三十代か。

砂色の髪と、髭、太い眉。その色彩が印象を強めるのか、薄闇にある彼のいかつい顔は、砂岩でできているかのようだった。

それと、暗かったのでようやく気がついたが、彼の後ろにも一人、男の人影があった。しっかりとした体つきだが、十三、四歳の少年のようだ。

「大家《おおや》さんがいると聞いたのですが、あなたですか？」

ベンソンがそう声をかけると、車椅子の男は「確かに」と答えた。

「ウィリアム・ギルさんの部屋を教えてもらいたい。私たちは健全な訪問者ですよ」

大家はしばらく無反応だったが、やがて、右手の親指を緩慢に動かして、中央のすぐ左側にある扉を示した。

「どうも」

礼を言った後、ベンソンは私に顔を向けた。

「ここで待っていてください。席が荒れなさそうだったらお呼びします」

地面から柱廊までの階段は七、八段。

それをあがって、ベンソン弁護士は扉の前まで行った。中に声をかけるが、まともな返事があるとは思えなかった。

……だが、私の予想は、いい方向に裏切られた。扉があき、時間をかけて言葉が交わされると、ベンソンは中へと招かれた。それでも私はしばらく、緊張して扉を見つめていた。

長い一分がすぎ、二分がすぎ……、そうして私は、ようやく少し力を抜いた。

もう一度、辺りを見回してみる。

目が留まる先は、やはり、車椅子の大家だ。

不思議議と、年齢の見当がつかない。もしかすると、三十前なのかもしれないが、生気がないかのような、うら寂れた脱力具合は、さながら老人のものである。

私は彼に声をかけてみた。もちろん英語で。

「私がこうして車椅子を使うようになったのは、八年前の脊髄血管障害が原因でしてね。体中に後遺症がある」

筋肉がやせ細っている腕も広げてみせる。

大家は無愛想に、

「こっちは事故だ」と応えた。「脊損《せきそん》でね」

――脊髄損傷。私のリハビリ施設には外国人もいたので、こうした英語の専門用語も耳に入っている。

大家の後ろにいる少年は無口で、犬を探すかのように庭の暗がりに視線を巡らせているだけだ。

私も同じように庭に目をやったが、すぐ右側、傍らに立っている大木に視線が留まった。ケヤキの巨木だ。身をよじりながら天を目差すような佇まいと、からまった太い枝振りに味があるが、葉は枯れかけ、細い枝は萎《しお》れているかのように項《うな》垂れていた。

これで、神秘的な生命力を持つパワースポットとは、呆れる。いや、ガセであることを堂々と宣言していて、いっそ清々《すがすが》しいか。

突然、夜の静寂《しじま》が破られた。

家の中で放たれた大声。もう一度それが響くと、ギルの部屋の扉が弾けるようにひらき、ベンソンが転がり出てきた。私は、車椅子の肘掛けを握り締めた。

室内からの明かりに浮かびあがる、巨大な男のシルエット。扉をもっと大きくひらこうとした時の首の角度で、男の顔が明かりに照らされた。写真で見たギルの顔に間違いない。

しかもやはり、凶暴な男であったようだ。形相《ぎようそう》は追い詰められた獣であり、ナイフを握る右手はごっつい筋肉の束だ。

「ベンソン!」

叫び、車椅子を階段際まで進ませる。

ギルが大股で迫る間に、ベンソンは体を起こし、柱廊の手すりに背中を当てた。そして立ちあがっていく。大きな怪我はしていないようだ。

ギルが、

「もう、忘れろ!」と歯を剝く。「仲間や雇い主を裏切ることなど、俺はしない」

「やるのは、裏切りではなく真っ当なことだ」

「やかましい！　悪魔の舌をしてるぜ、お前！」

二階から、女の声が不機嫌に降ってくる。

「なに、騒いでるのよ」

見ると、テラスの手すりから下を覗き込んでいる。胸から上は闇に隠れていて見えないが、緋色のハウスドレスを着ているのは判る。

しかし彼女もまた、不思議な声の持ち主だった。ハスキーで、年齢がつかみづらい。

「バレンタイン、引っ込んでいたほうがいい」

と、大家が女に声をかけた。

柱廊の階段近くでは、ギルがナイフを振り回した。かろうじて、ベンソンはそれをかわす。

「兄さん！」少年が大家に声を発し、車椅子のグリップをつかんで後ろへ引き、避難させる。

ベンソンは階段を駆けおりて来る。その背中に向け、ギルがナイフを投げつけた。

「ベンソン、後ろ！」

ひやっとしたが、幸い、ナイフは標的をはずして階段の石の手すりに当たり、地面に落ちた。

相手が凶器を失ったことに気がついたベンソンが、立ち止まった。息を整えながらギルへと振り返る。

「罪を重ねてどうする。あんたは見捨てられたんだ。だが、これをチャンスとして活かすべきじゃないか」

暴力的な巨漢は、荒い呼吸をおさめるかのように深く息を吸い、部屋へと引き返して行く。急に戦意を喪失したのかと思ったら、金属の棒を持って再び現われた。長さは一メートルほど、細いが重そうな棒だ。歯を剝き出しにして、ギルは襲撃者としての気合いを入れた。

金属棒がブンブンと振り回されるのを見ると、ベンソン弁護士は身を翻し、私の車椅子を門のほうへ方向転換して、押そうとする。

ギルはこのわずかな間に階段をひとつ飛びにして、ベンソンの背後に迫る。気配を察したベンソンは、車椅子から飛び離れ、ギルと向かい合った。そして、彼の後ろへ回り込む方向に、素早く移動する。私から、ギルの注意を逸らしてくれたようだ。

私にできることは、「やめろ、ギル!」と叫ぶぐらいのもの。「自分の損になるだけだぞ!」

襲撃者は聞く耳など持たず、金属棒でベンソンに襲いかかる。斜めに振りおろし、横に薙《な》ぎ。

何度めかにその棒が振られた時だ、うまいことが起こった。かわされた棒が、階段の手すりを上から直撃したのだ。金属棒は吹っ飛び、手が痺《しび》れたギルが呻く。ベンソンはギルを突き倒すと、地面の金属棒を遠くへ蹴り飛ばそうとする。しかしこれはうまくいかず、拾って投げ飛ばすために、身を屈めた。

このわずかな時間の中でのことだった。巨体に似合わぬ素早さでギルが立ちあがり、ベンソンの背後で腕を振りおろした。

とたん、ベンソンの肩口から鮮血が飛び、階段の手すりを支える石の柱にそれが降りかかった。

私は声も出ない――。

地面に倒れている間に、ギルはナイフを拾いあげていたのだ。それで切りつけた。ベンソンは苦痛というよりも、ショックで顔を歪ませ、肩を押さえてギルに体を向けた。思わぬ負傷で体が硬直している弁護士をナイフで突き刺そうと、ギルは前へ出る。

私は体当たりしてやろうと車椅子を進めていた――が、とても間に合いそうにない。

ギルの気を逸らしたのは、ワウワウという犬の声だ。あの白い犬が戻って来ていた。

しかしその声は、吠えるというほど強いものではなく、どうやら彼は、興奮する遊びに加わっている気配だった。

「フライ、やめろ！」と、少年が犬に声をかけた。「離れろ！」

ギルの注意力が殺《そ》がれたおかげで間に合った。私は巨漢に衝突し、共に地面に転がった。間一髪で難を逃れたベンソンは、肩の苦痛に呻きながら地面に尻餅をついている。

車椅子から投げ出されている私は無力だ。

ただ、ギルはうまいことに、手放してしまったナイフを見失っていた。この間に私は、少しでも身を隠せる場所に近付こうとした。すぐそばの、ケヤキの巨木がいいだろう。仰向けで両肘を突き、ズリズリと進む。

しかし、いかほども移動できないうちに、ギルが立ちあがっていた。武器を、金属棒に持ち替えている。そして、たくましい歩運びで接近して来る。

大きく股をひらいて立ち、彼は、地面の上で上半身を起こした私に片手で金属棒を叩きつけてきた。この一撃は、身を伏せ、また転がりしてかわしたが、凶器の先にはあの白い犬がいた。しかも間が悪いことに、飛び退《の》こうとした犬は、細かな枝が密集している茂みにからまるようになって身動きができなくなってしまった。そこに、目標を違《たが》えた凶器が叩きつけられた。

嫌な音、二度と聞きたくない鳴き声。少年の悲痛な叫び。

転がっている私の視界には、一瞬、痙攣《けいれん》している犬の脚が見えた。なんてことだ！

だが、犬の悲運を嘆いている余裕はない。私自身、犬の後を追う運命になってしまいかねない危機だ。

這ったり転がったり、よくここまで体が動いたと思う。この体は、下半身以外の筋力も衰えているのだ。必死さゆえの、奇跡的な行動力か。

それでも、身体的な健常者にはかなわない。ギルにすぐに追いつかれ、右足を踏まれた。そうやって動きを封じてから、今度は両手で、血に飢えた男は金属棒を振りかぶっている。

振りおろされる凶器。

反らせて避けた首のすぐ右横で、金属棒は地面の石を砕いていた。その破片が顎に鋭くぶつかってくる。

苛立ちとも残忍なほくそ笑みともつかない表情で、ギルの顔が歪む。

再び腕が振りあげられたその時、彼の背後に迫るベンソンの姿が私の網膜に映った。大きな石を握っている。間に合わないと判断したのか、ベンソンはその石をギルの後頭部に投げつけた。――命中。

石が鈍い響きを発した直後、巨漢は意識を失った重量物として倒れていった。

地面に、ドウッ！　と音を立てると、そのまま動かなくなる。

……終わったのか？　ひとまず無事か？

息を整えてから、ベンソンが私に手を貸してくれた。

立て直した車椅子に、苦労をして乗る。

「ベンソン、肩は？」

「大事《おおごと》ではないはずですが……」

だが、顔色が悪い。

私たちはその場を急いで離れた。

顎が痛んだので、手の甲を当てると、ヌルッとした。見ると、血だった。……この程度の傷で済んだのは、好運なのだろう。


ベンソンの車で病院へ駆け込んだが、刃物による怪我であることもあり、警察が呼ばれた。それはこちらとしても望むところだった。

警官に、私たちは事情を伝えた。

マレーシアで私が相続した大きな遺産と、そこに群がる強欲な者たち。利益のためには犯罪もいとわぬ者たち……。こちらの有力な証人にしたかったウィリアム・ギル。

その彼が話し合いに応じず、暴力を振るってきたと訴える。

治療を済ませたベンソン弁護士と病院で警察の知らせを待っていたが、それによると、〝ランドエンド・ハウス〟からギルの姿は消えていたという。大家も住人も、行く先の心当たりなど口にはしない……。

ひとまず、荒々しい混乱と血のにおいに満ちた一夜は、ここで幕を引くしかないようだ。

私は一人、借りているフラットへの夜道をたどる。静まり返った石畳の小道……。

体が、疲労感でバラバラになりそうだった。弱々しい筋肉たちは、限界を訴えて軋《きし》んでいる。

頭の芯まで疲れ、この時私は油断していたのかもしれない。

背後の闇が濃くなったように感じ、ハッとした瞬間には後頭部になにか衝撃をくらい……、覚えているのはそこまでだった。

2

……目と意識の焦点を合わせるのに、思った以上に時間がかかった。

仰向けだ。ふとんの中にいる……？　上体が斜めに起きているので、例の、角度をつけることができるベッドの上か？

くすんだ天井には細いレールが取りつけられ、壁際には、体が動かぬ患者用の懸架装置がさがっている。

ゆっくりと視線を巡らせ、もっと広く辺りを探る。

左手には、カーテンの閉ざされた窓。黄昏時のようだ。

私のいるベッドのすぐ右には、心電図計とおぼしき装置や点滴用の器具……。聞こえるのは、医療器具が立てる信号音だけ。いや、時々、外を通る車のエンジン音も聞こえる。

狭い室内は無人で、目につく家具は、中級の木彫りのクロゼットと、簡易な机と椅子……。

奴らはここを病院だと思わせたいのかもしれないが、失敗だ。机の上、日めくりカレンダーの横には灰皿があり、そこにはマレーシア煙草の吸い殻が残っている。

まさか、イギリスでまで網を張っていたとは。外国でも関係なしの、努力家揃《ぞろ》いだな。

見張りが怠慢を決め込んでいる今のうちに、逃げ出そう。

しかし、体を動かし始めるのが容易ではなかった。体は岩で、筋肉は枯れ木のようだった。ようやく体を起こし、後頭部を探ってみるが、傷も痛みも残ってはいなかった。延髄に衝撃を与える空手《からて》の技のようなものでも使われたか、それとも、殴られたように感じたのは錯覚で、薬を嗅がされたのかもしれない。顎の傷には、新しい絆創《ばんそう》膏《こう》が貼られている。感謝する気にはならないが。

この体に治療が施されているのは、生きていてもらわなければ奴らが困るからだ。死ねば、財産はすべて政府のものになってしまう。奴らは私を支配下に置き、うまい汁を搾り取ろうとしている。

――逃げ出さなければ。

今がチャンスだ。

ベッドの足元に、私の車椅子が見える。早く、あれに乗り移るのだ。

まずは、心電図計の電極を剥がし、点滴の針も抜く。健康的とはいえない皮膚からは、血も出なかった。その割に、貧血は起こりそうになる。

次に鉛のような全身に鞭打ち、懸命に体を動かしていく。

気持ちが焦る。今にもドアがあいて奴らが入って来そうで、心臓が苦しいまでに高鳴る。

そんな焦りゆえに、いつも以上に、自由にならない五体がもどかしかった。気持ちが空回りするほど、五体が重い。重力が増したかのようだ。

そんな感想に苛《さいな》まれたせいか、パワースポットという言葉が頭を過《よぎ》った。平衡感覚を狂わせる力を持つという場所――。その力は、重力にも影響するのか……。少なくともあの場所で、私は生命力を得たのではなく、逆に奪われたようだ。

……などというつまらぬ雑念は振り払い、私はどうにか、車椅子の近くまで移動した。しかし……、この呼吸の苦しさ。体が酸素をむさぼっている。

疲労のあまり、目の前が暗くなりそうだったが、負けては駄目だ。奴らの手に完全に落ちてしまう。

車椅子にしがみつこうとするが、指もうまくコントロールできず、情けなく、もどかしかった。……もしかすると、薬物の影響か？

奴らは私を病人に見せかけようとして薬を投与したのかもしれないし、自白剤を使用した可能性すらある。ぞっとした。廃人にされてしまう。

恐怖に駆られ、私は、自分の半身を目差した。この八年の実感として、車椅子は私にとっての半身だった。比喩ではない。生々しい実感だ。車椅子は、行動力のみならず、私の自由意志そのものの象徴となっていた。ヨットマンにとっての船であり、作家やチェスマスターにとっての椅子であり、陸上選手にとっての脚力だ。

動かぬ足を懸命に動かし、私はどうにか、一つの全存在になろうともがき……やっとそれを果たした。車椅子にしがみつこうとしている姿で奴らに発見されたくはなかった。こうして座っていれば、自尊心が保たれる。その点はホッとしていたが、汗びっしょりで、体のほうはへばりきっていた。

貧血のように頭が重く、気分も悪く、正直、もう指一本動かしたくはなかった。

そんな私の体を衝《つ》き動かしたのは、恐怖だ。踏み込んで来る彼らの足音の幻聴が、私を鞭打つ。

電動車椅子を操作し、まずクロゼットに向かった。あけると、私の服がさがっていた。

手術着のような、パジャマのような、今の着衣を脱ぎ、着替えていく。これも、一苦労だった。自分の服装に戻ると、車椅子にぐったりと寄りかかったまま、頭を働かせた。

廊下には見張りがいると考えるべきだろう。今までの物音に反応がなかったということは、誰もいないか、かなり深い居眠りをしているとも考えられるが、慎重に行動するに越したことはない。

武器になりそうなのは椅子しかなかったが、それを振り回すだけの体力は、今の私にはなさそうだ。……しかし、手頃な武器などない。椅子だけだ。

私は椅子をつかみ、なるべく音を立てないように、床を引きずった。

ドアの脇で止まり、呼吸を整え、覚悟を決めて声を出そうとする。しかし、顎が強張っていて失敗した。顎や喉をほぐし、今度こそ——

「おーい！」

……数秒待つが、反応はなし。

ノックをしてみても同じだ。

椅子から手を離し、ノブを握る。回った。

そっとひらき、車椅子の位置を調整して、恐る恐る廊下を覗く。

誰もいなかった。かなり古びた、床が市松模様の廊下が、弱い照明のもとにのびている。

——好機！

今しかない。逃げろ！

廊下へ出て、車椅子を走行させる。ドアから見て右手の廊下の突き当たりに、玄関ホールとその扉のようなものが見えていたので——ここは一階らしい——それを目差していた。

電動車椅子のモーター音が、静かな廊下に響き渡っているように思え、冷や汗が出る。今にも、「おいっ！」と呼び止められるのではないか？　人影が飛び出して来るのではないか……？

しかし、何事も起こらなかった。

玄関扉に無事にたどり着けたことが、夢のようだった。

扉をひらく。そこから流れ込んでくる外気が、なによりの恵みのように新鮮だった。

外は、穏やかな夕暮れ。

ファサードの緩やかなステップを思い切ってくだり、私と車椅子は旧市街地に走り出ていた。


……こうした厄介事のすべての始まりは、去年の秋に相続した遺産である。父の弟である草薙雄二郎《ゆうじろう》は、一族の中でも数少ない変わり種で、放浪の徒《と》であった。それでも、マレーシアのアロースター近くに農園と鉱山を所有するまでになれたのは、天性のヤマ師の勘がプラスに作用した希有な結果なのだろう。

最初は油ヤシの栽培から始め、それをゴム園や農場の経営にまで拡大できてからは収益も増えていったようだ。スズ鉱山は比較的規模の大きなものだったが、バリウムやガリウムの希少元素も若干採《と》れるとはいえ、不純物が多くて効率面で苦労しているという代物だった。それでも一財産であることに変わりはない。

そのすべてを、叔父は内々《うちうち》で告げていたとおり、私一人に遺したのだった。ありがたくない腐敗までつけて。

叔父の雄二郎がその腐敗に気付いたのは、去年の春先だった。今まで右腕だと信じていたフェルドナン兄弟の裏切り行為が露見したのである。彼らは複数の詐欺行為を用いて、収益をかすめ取っていたのだ。その被害額は、総収益の十五パーセントにものぼった。

叔父は、現地の人間が多少のおこぼれにあずかることぐらいは大目に見る気風の持ち主だったが、これは明らかに度を越えていた。そして、見えてきた実態は、フェルドナン一派は罪悪感の希薄な欲張りなどという半端《はんぱ》な存在ではなく、頭脳的で組織だった犯罪を企画できる、筋金入りの悪党だということだった。

叔父は当地の労働監督局の意向を汲んで、簡単には解雇できない契約を彼らと結んでおり、それでもクビにしようとすれば、鉱山やゴム園の、未だ日本人への反感を根強く持っている世代も少なくない労働者たちを巻き込んだ、一大争議を引き起こすことは火を見るよりも明らかだった。

そのため、馘首《かくしゅ》するに当たっては、どこからも文句の出ない形を整える必要があったが、事はそれだけでは済みそうにない。顔をつぶされ、うまみのある地位から放逐されたとなれば、フェルドナン一派はそのプライドに懸けて、陰湿で暴力的な犯罪行為に訴えてでも、叔父の資産を食いつぶそうとかかってくるだろう。それほど貪欲で執拗な連中だった。

そうした動きを防ぐためにも、フェルドナン兄弟を長期間刑務所に入れ、一派に壊滅的な打撃を与える必要があったのだ。

攻めにも防備にも必要な法律的に決定的な根拠を得ようと、叔父は、イブラヒムという詐欺犯罪訴訟《そしょう》の専門家を雇って一派と闘い始めていたが、折悪しく、このイブラヒムが脳溢血で他界してしまったのだ。

相棒を失ったこの時期――去年の夏に、叔父は私に以上のような実情を話してくれた。そして、すべてをお前に譲るつもりだから協力してくれ、とも口にしたのだ。

私は独身で、叔父はやもめ、そしてどちらにも両親はない。

一族の中でも、叔父同様に世界をほっつき歩くような生き方をしていたのは私一人きりであり、気心の知れた両者はやはり、それなりの絆《きずな》を感じ合っていたといえる。当時、私は長くマレーシアに滞在してもいた。

叔父は、自分の後をまかせられるのは私だけだと腹に決めていったようだ。

私のほうは、微力さに忸怩《じくじ》となりながらも協力を引き受けたのだが、相続どうこうには現実感がわいていなかったし、遠い将来のことだと思っていた。ところが、その秋、叔父は以前から病んでいた肝臓を悪化させて、呆気なく黄泉《よみ》へと旅立ったのだ。

……謀殺の可能性は、今のところ見られない。

叔父は、跡を継ぐ私のために、それなりの安全策を講じてくれていた。私が死亡した場合、一切の財産はマレーシア政府が運営する財団の所有に帰するようになっていた。こうなればさすがに、フェルドナン一派といえど、手も足も出せなくなる。

私を生かしておかなければならないし、すべての決裁には私のサインがいる。

信頼できる人員を注入して経営態勢を整備する一方、私は悪党グループの尻尾を押さえようと動き回り、ようやく、重要な証言をしそうな一味の男がこのイギリスにいるとの情報をつかんだのだ。

そして一昨日、八月七日の土曜日に、このチェシャ州の州都チェスターへ私は乗り込んで来た。

3

太い通りへ出ると、記憶にあるローマ時代のアーチが見え、位置の確認ができた。

しかし、これからどこへ向かう？

自分のフラットへ戻るのは論外だろう。奴らはすぐに手を打ち、待ち伏せるはずだ。

ベンソンが入っている病院へ行こうにも、病院の名前も場所もうろ覚えだ。それに、サイフ類がすべて抜き取られていて、お金もまったくない。それでもタクシーに乗るか。それらしい病院を回ってもらい、ベンソンと会えたらタクシー代は立て替えてもらう。

いや、ベンソンがまだおとなしく病院に入っているかどうかも判らないな。

ベンソンの事務所の電話番号や住所も、名刺を当てにしていたので記憶していない。打ち合わせは彼が私のフラットに来たし、昨日も駅前で待ち合わせたのだ。

やはり警察か。

しかし、相手をしてくれたのは、どこの警官だ？　ベンソンにまかせきりで、はっきりとしたことはなにも覚えていなかった。

夕暮れの石造りの街角で、ふと、孤独感にでも蝕《むしば》まれたのか、脳裏に穏やかな笑顔が浮かんできた。少女のものだ。雄二郎叔父の娘、従妹《いとこ》の美鈴。

正確に言うと、叔父の二人目の妻の連れ子であり、血がつながっていないので当然ではあるが、彼女は幸い、破天荒だったあの叔父とは似たところのない、叙情的で可愛らしい少女だった。まあ、よく陽に灼けていて、見た目はおてんば風なのだが。

丘の上で、海に沈む夕日を見ながら語り合うのが日課になっている。彼女が日本人学校から帰り、私が仕事を終えると、いつも、西の空が茜《あかね》に染められる時刻だった。

叔父が遺した家で、彼らの面影を守りながら、二人でコントのように他愛なく愉《たの》しい共同生活をしている。無論、すぐそこに、生々しい痛みを持つ現実がすり寄っていることは、互いに承知したうえでのことだ。母にも義理の父にも死なれた美鈴……。私は重責を担《にな》いつつ、美鈴には知らせていないが犯罪者たちとの攻防に神経をすり減らしている。

浮かれていられる環境ではなかったが、それでも、二人の時間は自然に和みを生んでいた。ただ愉《たの》しいというのとも違う、あの表現しがたい幸福感はなんなのだろう？

……ふと、奇妙な感慨が胸に落ちてきた。不自由なこの体で旅をし続けていた私は、もしかすると、あんな空間や感情の膨らみを求めていたのだろうか？　心を満たすものに出合ったから、私はあの地に腰を落ち着けているのだろうか……。

……一方、美鈴は、私といることで孤独は癒せたのか？

うん。それには自信がある。この何ヵ月かの彼女は、自然な上昇カーブで悲しみを脱したはずだ。彼女は最近、「わたしは来年、高校生になるんだよ」とよく口にする……。

子供扱いするなと主張しているような口振りだが、そうは言ってもやはり子供だ。

彼女の生活を守るためにも、叔父が遺した資産を奪われるわけにはいかない。

そう決意を新たにしながらも、私は自身に苦笑する。

いい歳をした男が、こうした時に恋人のことを思い浮かべることもできず、記憶の中の義理の従妹《いとこ》と声を交わしているとは……。

しかし恥じることはない。彼女のためにも、私は生きて帰るのだ。


……私はいつの間にか、ブリッジ・ストリートを北に向かっていた。監禁されていた地点から最も近くにある、心当たりの場所へと足が進んでいるのだ。そこはすなわち、昨日事件が起こったあの現場、〝ランドエンド・ハウス〟である。

縁石の段差を避けるため、車道の歩道寄りで車椅子を走らせていた。相変わらず、人も車の通りも少ない。時折姿を見せる車は、頑固なまでのイギリス国産の旧型車だ。

それは人も同様。山高帽やインバネスコートの男が、ごく当たり前に歩いている。

街並みにはローマ時代の城壁が名残をとどめ、余計な看板類は一切ない。

ここも、イギリスでは珍しくない、中世の佇まいが息づいている町だ。

十分ほどで、目的地に着いていた。

太極《タイチー》マークのある門柱……。

敷地に繁る木々の上で、夕闇が色を深めようとしている。そして、靄《もや》が漂いだしていた。

無事に帰国するのだ、と心に言い聞かせた後なのに、その割にはこの選択は賢いものではないのかもしれない。助けとなるベンソン弁護士もいない今、この身ひとつでギルがいた現場に乗り込むというのは……。

しかしその愚かさゆえに、私を監禁していたフェルドナン一派も、ここをマークしない可能性は高い。それに、あの乱暴者のギルも姿を消したままのはずだ。ギルと同じ一味ではない他の住人から、これからの私の行動の指針になることが聞き出せるかもしれない。

私は車椅子を進めた。

曲がりくねる道、迷いを誘う細い枝分かれ地点……。濃くなる夕闇と淡い靄の中、私は〝ランドエンド・ハウス〟にたどり着いた。

時刻の違いと、靄の存在があるだけで、昨夜の再現であるかのように、その建物は同じ顔を見せていた。幾つかの窓明かりもすでに灯っている。

そして……、一階柱廊には、座っている男の姿。今日は、後ろに少年の姿はなく、大家一人だけだ。

進む私に視線を据えていた大家は、

「あんたは……」と、小さな声をこぼしていた。いささかの驚きを含む響きだ。

「どうも」と声を返す。

「……なんか、用かい？」

年寄りのようにかすれているが、やはり三十代とも聞こえる、例の声だ。

「もちろん、昨日の事件のことです」

「昨日の事件？　ここでなにかあったと？」

「ふーん。……警官たちも来なかったと言うつもりですか？　警察の聴取を受けたでしょう」

「警官は来た。不法滞在者がいないか、形式的に、何ヵ月かにいっぺんは来るさ」

……とぼける理由はなんなのだろう？

ベンソン弁護士と調べた限りでは、ギルはここの短期滞在者であり、住人や大家と犯罪者的な連帯感があるとは思えなかった。すると、大家個人として、煩わしいことにはかかわりたくないと、シラを切っているのか？　しかしそんなとぼけ方は、昨日の警官たちを伴って私が引き返して来れば、すぐに瓦解《がかい》してしまうだろうに。それとも、フェルドナン一派がいち早く、圧力をかけているのか？　しかし、それにしても……。

「ウィリアム・ギルの部屋もないと言うのですか？」

「ギル？　さて……」大家は気怠そうに、頬の髭をさする。「その男を訪ねて来たのなら、お門違《かどちが》いだ。ここにはいない」

もう口を閉ざすという意思表示のように、彼の両手は膝掛けの上で固く指を合わせた。

柱廊へあがる階段の石の柱、それが目に入ったことで私は、大家のとぼけを粉砕する証拠を得られるかもしれないと思いついた。近寄ってみる。やや明るい灰色の、表面のザラザラした感じは軽石にも似た石材だ。ここに、ベンソンの肩から迸《ほとばし》った血がかかったのだ。

――えっ？

染みもなにもなかった。回り込むようにして、色々な面を見てみるが、血の染みどころか、その痕跡すら見事に消えている。こんなザラついた、液体に馴染みやすそうな表面だから、血液は滲んだことだろう。それがここまで痕跡を残さず……？

いや、クリーニングする方法なら、なにかあるに違いない。逆に考えれば、ここの血の染みを消せたから、大家たちもシラを切ることに決めたともいえる。

だがここで、もう一つ気がついた。ギルの振り回した金属棒は、手すりの上にぶつかったはず。そこに傷ができているだろう。

しかし――どういうことだ？――その傷も見当たらなかった。

角は滑らか、上面は平ら。そんな手すりだ。どこもかしこも、ごく自然な様子であり、削って修復した痕跡など皆無である。

……どうやった？

手すりも支柱も、丸ごと、すべてを取り替えたのか？　それとも、ギルのあの一撃は、傷をほとんど作らなかったとでもいうのか？

「なにか調べてるみたいだが？」

大家の声がする。

「傷に、染みか……」

「なに？」

「この家の生命力は、自分の傷も癒すってのかい？」

視線を戻すと、大家は体をゆっくりと前後に揺すっていた。「あんた、あの噂を調べに来たの？」

よく見ると、彼は車椅子に乗っているのではなかった。腰掛けているのは揺り椅子だ。

この時、頭上から女の声が降ってきた。

「なに、また騒いでるのよ」

二階のテラスからこちらを見下ろしている女。今日のハウスドレスはモノトーンだ。いや、外出着かもしれない。けっこう洒落《しゃれ》ている。

「あなたはどうです?」私は声をかけてみた。「昨夜の私の大立ち回り、あなたも覚えてはいないのですか?」

沈黙だ。まるで、こちらを警戒しているかのような気配が、その沈黙からは感じられる。

「大家さん」と、女は呼びかけた。「ユニークなお客は歓迎だけど、部屋を貸すのは慎重にね」

大家に視線を移すと、彼は、「よしよし、フライ」と、足元に声をかけていた。

——あっ! と息を呑む。

あの白い犬が、靄が形になったかのように、そこに現われていた。

「死んでない!?」思わず声が飛び出していた。「あれで無事だったって……?」

大家は眉間に皺を刻んで私を見返し、犬は元気に尻尾を振っている。

死ななかったとしても、重傷だったはずだ。短時間でここまで回復するはずがない。……すると、別の犬なのか?

頭の上で木の葉がざわついていると思ったら、「くすっ」という笑い声が一滴の雨だれのように落ちてきた。

見あげて、また仰天だ。

あの女が、テラスからケヤキの木の枝へと乗り移っているではないか。確かに乗り移れる近さだとはいえ、女が、なんてことをする……。

しかし、慣れた様子だ。枝から幹へと伝って、下へおりて来ようとしていた。

「あんた」スルリと枝を移動し、彼女は私を見ている。「死にかけている自分のペットを、ここへ持ち込む気？」

しかし私は、その言葉を頭に入れる余裕などなかった。この木の異変に気がついたのだ。

——この、葉の茂り！

昨夜は弱々しく萎《しお》れかかっていた無数の木の葉が、今は夜目《よめ》にも青々と見える。それに枝振り！　テラスとの距離の比較で判った。枝が長くのびている。何本もの枝が、急速にたくましく生長していた。木の高さもぐんと増しているようだ。

——ジャックと豆の木か！

愕然としていると、耳元で声がした。

「わたし、何歳だと思う？」

女が、〝豆の木〟から地面におりていた。服装は、ちょっとした乱れを直しただけで、一切汚れてはいなかった。バッグをさげている。化粧が濃い女だと判った。

また「くすっ」と笑い、艶《なま》めかしく身を寄せてくる。「百八歳よ。どう？　こんな女を体験してみない？」

「あっ？　え……いや……」

唇でニッと微笑み、女は離れた。

「気が向いたら、探してみて」

女の体は滑らかに靄をまとい、掻き分け、道を遠ざかって行く。

私は恐る恐る、白い犬と揺り椅子の上の大家に顔を戻した。

こうして見ると、大家も昨夜よりずっと若々しく感じられた。厭世的《えんせいてき》な表情と声でごまかされがちだが、まるで二十代前半の男にも見える。

……いや、そんな風に感じてしまうこと自体、私が彼らの術中に陥ってしまったという証《あかし》か？　すべてがまやかしなのだ。大家は、メイクと芝居で年齢をごまかしているにすぎない。

このケヤキの木もそうだ。別の木だとしか思えないではないか。似たような枝振りの木と植え替えられているのだ。そうやって、ここの連中は自分たちが神秘的な力を有していると思わせたいのだろう。

し、しかし……、この巨木を植え替えたのか？　本当に？　それほど大掛かりなことをやるか？　ごく短時間で、そこまで……。それほどの労力を払う動機などあるのか？

私は、木の下の地面を観察した。植え替えられた痕跡を見つけるのだ。木の根、地面……、濃淡を変える靄の下に、それらが見える。とても、掘り返されたばかりの地面には見えなかった……。

そうだ。あの石。あれはあるのか？

仰向けに倒れていた私に、ギルが金属棒を振りおろしたが、それが当たって一部を砕いた石がある。その破片が私の顎を傷付けた。地面を大きく掘り返したのなら、あの石は消えてしまっているかもしれない。

靄が薄くなった地面に、それが見えた。なんと、その石はある。元どおりの場所に！

一部を欠いている石。それも一味は見落とさず、元どおりの位置に戻したのか……。

いや、地面そのものにも不自然さが見えない。昨日今日踏み固めた地面ではなかった。小さな石や朽ちつつある木の葉が混ざり込み、長年ここで保たれている土にしか見えなかった。

この木をすり替えたのではないのか？

一味の手口には混乱を覚えたが、この時、動機のほうには閃くものがあった。

彼らは、私がマレーシアに所有している財産のことを知っているのではないのか。

あのすべてを狙っているのであれば、かなり大掛かりな工作にも力を注ぐだろう。生命力を再生させる夢のような力――。私がそれを信じたとしたら？ 健康的ではないこの体に、動かない両足。そうしたハンディーを克服できるのなら、私は可能な限りのものを捧げるだろう。全財産も……。インチキ宗教家が、高価なお守りを売りつけるようなものだ。ここの連中は、神秘の再生能力を売りつけようとしている……。

だとしたら――。

警戒音が体の中で鳴り響く。

ここの連中が私の資産の背景を知っているのは、フェルドナンたちが伝えたからとしか思えない。ここもすでに、フェルドナン一派の手の中なのだ。

私は車椅子の方向を変えた。逃げなくては。門へと向かう道に、車椅子を走らせる。

大家や他の住人が追って来る様子はない。

思い出したように息苦しさが増してきたが、そうした中でも、私の頭は残りの疑問を追い始めていた。

大家は、メイクの達人で名優なのか？ あのまやかしはどうやって実行できるのだ？ 同じ見た目の犬を急いで調達してきたのか？ 手すりの傷は？ そう……、そして、あのケヤキの木は？ 植え替えたとは絶対に思えない、あの巨木……。

疑問が渦を巻き、私は車椅子の速度を落としていた。そして、後ろを振り返る。

館がまだ見え、小さく、大家の姿も目に映った。

大家はゆっくりと膝掛けをはずすと、それを抱え、そして……立ちあがった。

ギルが暴れている緊急事態の最中《さなか》でさえ、立ちあがれなかった男だが……。

……敷地の中で迷ったかと思った。様々な考えに頭を占められていたため、ぼんやりと無意識に移動しすぎていた。枝道で、方向を誤ったのではないか？

しかし、この瞬間だった――

――そうか！　判ったぞ!!

迷いそうになったからこそつかめた。奴らのまやかし。

――そうだったのか!!

方向感覚を狂わせるような、館までの道。そして、太極《タイチー》マーク。それらが意味するもの！

私は、道を引き返した。

そして、分かれ道の一つに差しかかる。その先がのびている方向に、可能性の高さを感じたので、それに懸けよう。

突き進んで行く。

大きな規模の舞台裏が見られるはずだ。

要は、同じような建物が二つあればいいのではないか。そっくりな建物と、枝振りのよく似た庭木。

つまり、白と黒の相似形が向かい合っている太極《タイチー》マークのように、〝ランドエンド・ハウス〟は、対称の位置に建つ双子《ふたご》の館なのだろう。

一方のケヤキの木は枯れかけているが、他方は手入れに気をつかって生長を続けさせている。彼らは今回は、金属棒の打撃で欠損している特徴のある石を移動させたのだ。このように舞台装置を使って、神秘の生命力をほしがっている者たちを惑わし、心酔させるのだろう。

目の前に、いかにも巨大な衝立のようにして並ぶ高木《こうぼく》の列が見えた。道は、そこを突っ切っている。車椅子を走らせ、抜ける。

もう見えるだろう。

靄が眼前を大きく覆ったが、それはすぐに晴れるように流れていく。

そして――

声を呑み、息を呑み、私は目を瞠《みは》った。

危ういところで、車椅子を急停止させていた。

4

私の周りで靄は渦を巻き、爪先のすぐ先でそれは下へと流れ落ちていった。左右に長く、広い範囲で、地面が急に陥没していた。いや、正確には掘り起こしたものだろう。なにかの管の埋設工事をしているようだ。

闇と靄の下で、地面は黒々と深い穴を見せつけている。

地面の大きな穴といっても、〝ランドエンド・ハウス〟を建てられるほどの面積はなかった。ここに、第二の〝ランドエンド・ハウス〟が存在できたはずがない。広さだけの問題ではなかった。敷地を接して、ゴシック建築の大きな教会が建っている。私が昨夜、ベンソンと訪れた時、〝ランドエンド・ハウス〟のそばにそのような建物はなかった。言い換えれば、この場所に私は一度も来ていない。その意味からも、ここは第二の〝ランドエンド・ハウス〟の場所ではないと言える。そして、ここにないならば、もはや、この敷地の中のどこにも、第二の〝ランドエンド・ハウス〟はないのだ。敷地の広さや死角の範囲からして、それは間違いない。

すると……。

興奮の後に押し寄せてきたのは、一転して深い惑乱だった。

確信のあった大胆な推理は、骸《むくろ》と化して散っていた。大きすぎる失望と挫折感……。

地面の縁から、私は慎重に車椅子を方向転換させた。

そして、大きな謎に取り憑《つ》かれたまま、〝再生館《リジェネレイト・パレス》〟を後にする……。

一種呆然としたまま、裏路地を進んでいた。

車椅子のバッテリーはまだ保ちそうだが、この肉体のほうはどうだろう？　いつにない疲労感が重くのしかかってくる。逆転打を打ったつもりが挫折を味わい、そのせいで気力が折れ、万全ではない体を支えるものがなくなったかのようだった。頭はふらつき、腰には何百本もの針を刺されているかのようだ。

それともう一つ、気を滅入らせている原因があった。

フェルドナン一派が〝ランドエンド・ハウス〟の連中と手を組んで神秘現象を偽装する計画を用意していたということは、当初から私をあの館へ誘導するつもりだったということになる。私は、その手に乗ってしまっただけではないか。まんまと脱したのではないのだ。奴らの計画どおりに逃がされた……。

あの緊張も、努力も、成功の歓喜も、すべてが虚しいだけ。今も私は奴らに監視されているのだろうか？

物寂しい狭い路地で、私は周囲に観察の視線を注ぐ。……その時、表の道のほうに、慌ただしい動きがあった。男が二人、なにかを探すような素振りで走りすぎて行ったのだ。

一人は、フェルドナンの配下の者だったような気がする。距離があり、暗いので断言はできないが、印象では知っている男だった。そして、彼らは深刻な顔でなにかを追っていた。すなわち、私を……？

だとすると、私がこうしていることは、奴ら一派の計画ではないのだ。手違いが生じていることになる。私はやはり、脱出に成功していたのか？　少なくとも今、奴らは私を見失っている。

そう思うと、少し元気がわいてきた。奴らの鼻をあかしてやれるかもしれない。だが、単独で挑む必要はないはずで、心強い味方、ベンソン弁護士に連絡を取ってもいいのではないか。

私は表の通りに出ると、慎重に辺りを窺った。人影はほとんどないので、見通しはきく。敵対する連中の姿がないのを確認してから、私は電話ボックスを目差した。

なんとか入り込み、電話帳を手にする。職業別電話帳、人名電話帳の両方があった。

職業別電話帳を手にする。私はこの電話帳から選び出して、ベンソンの事務所に当たりをつけたのだ。ここのは表紙もなにもボロボロの電話帳だが、中身には問題ない。

住所がはっきりすれば、人に訊きながらそこを目差してもいいだろう。誰かにコインを分けてもらい、電話をしてもいい。

紙面を滑っていた指が止まる。目を疑う。ベンソンの事務所が見当たらない。

――そんなバカな！

電話帳のページがきれいに切り取られているわけではなかった。前後のつながりは合っている。……ただ、あのベンソンの事務所の電話番号だけが消えているのだ。

震える指で、人名電話帳もめくってみる……。自宅もこのチェスターにあると言っていた。

ベンソン。トニー・ベンソン……。

――ない。

ここからもトニー・ベンソンは消えている。

冷や汗が滲んできた。

私は、いつ電話ボックスを出たのかも覚えていなかった。今や夢遊病者のような有様かもしれない。

常識として知っていた今までの自分の現実から見捨てられ、孤立した世界に取り残されたかのようだ。周りはもう、見知らぬ世界なのか？　私の常識は、どこかで死に果てたのか？

　半分意識を失っているような頭の中に、夢の断片のような映像が脈絡なく流れていった……。周りを囲むような人々のざわめき……。顔を接近させて覗き込んでくる男。なんだろう、これは？　起きているはずなのに夢を見ていては終わりだな……。朦朧《もうろう》となりながら狭い街角に差しかかった時だ、女性のものらしい靴音が聴覚を通して、私の現実感覚を少しだけ引き戻してくれた。そうでなければ、私はその相手とぶつかってしまっていたかもしれない。

　相手は右側の路地から現われた。私は車椅子を急停止させ、そして彼女はかろうじて立ち止まった。

　その彼女が驚きの叫びをあげる表情が、先取りするようにして見えた気がした。そうさせてはならない。叫び声などあげさせては、奴らを引き寄せてしまう。

「怪しい者ではありません」

　咄嗟に、そんな言葉が出ていた。

　長い黒髪。見開かれたその瞳の黒……。玉子形に整っている顔は、東洋人のもののように思えたが、もう一度、一応英語で話しかけた。

「驚かせて失礼しました」

二十歳《はたち》すぎと思われる、魅力的な女性だ。ツーピース・スーツを軽やかに着こなし、それでいて洗練も感じさせる。

二つの大きな買い物袋を重そうにさげているので、反射的に、手を貸そうと腕をのばした。冷静に考えれば、他人《ひと》の手荷物を持ってやれるような体力も気力もないはずなのだが。しかも、相手は警戒して、ビクッと体をよじらせた。

私は腕を引っ込め、街灯の陰から明かりのもとへとゆっくり車椅子を進めた。

「重ね重ね、すみません。えー、驚かせるつもりはなかったのです。本当に、怪しい者ではありません」

間の抜けた感じを味わいながら、立ち去っても問題ないかどうか、私は相手の気配を窺っていた。

すると、

「あのぅ、日本の方では？」

と、見事な日本語が返ってきた。

私は初めてまともに、彼女の目を見つめた。「あなたも？」

彼女は軽く頷いたが、その顔色からはまだ、警戒感が抜けきってはいなかった。しかし私のほうはといえば、肩の力がかなり抜けていた。一切の現実から見放されたように感じていた今、同国人と会えたというのは、なにものにも代えがたい安堵をもたらしてくれていた。

彼女は、質問を探そうとするかのように、口の中でなにかを呟いている。「顔色が……」という声が聞こえた気がした。

「大変不健康に見えるでしょうし、こうして車椅子にも乗っていますが、決して、病院を抜け出して来た入院患者ではありません」

「入院……ではない？」

「閉じ込められてはいましたが――」

「閉じ込められて!?」

余計なことを口走ってしまった。その女性は、怯えたような、呆然とした目をしている。

「私が警察に勾留されていたとか、そうしたことではありません。サイフも奪うようなろくでもない連中の手から逃れたということです」

相手の目は不安そうに揺れ動き、聞き取れないほど小さな声が出てくる。

「わたし、どうすれば？」

「は？」

「な、なにをすれば……」

「いえ、助力までしてくださらなくても」

だが、本音を言えば、力は貸してほしいのだ。これ以上ないほどに。

「では、最寄りの警察署を教えてください」

「……あいにく、車を――タクシーを使わなければならない距離ですよ。わたしもお金をほとんど使ってしまって……」彼女は、膨らんだ買い物袋を揺すりあげた。「でも、お時間を少しくだされば、力をお貸しできるかもしれません。警察へなんか、行かなくてすむかもしれません」

「えっ……？」

親身に、何事かの想念を追ってくれているようで、黒い瞳がキラキラと輝きだしている。興奮を抑えているような面持ちですらあった。冒険活劇に参加しているヒロインやナイチンゲールのようなつもりになられても困ると思ったが、彼女はそんな軽薄な人間には見えなかったし、どことはなしに信じてもいいような雰囲気を私は一方的に感じ取っていた。

彼女は独り言のように、「わたしの部屋は……」といったことを悩むように呟いていたが、そのうち、顔がハッと明るくなった。「あの店で待っていてくださいませんか」

重そうな買い物袋を持ちあげて指差したのは、表通りの角にあるパブだった。

「その車椅子、動くのですね……」

「え、ええ、それは大丈夫です。私一人で動かせます」

「あのお店の方はみんないい人たちばかりですから、心配いりません。もし、追っている人たちが現われたら、B・Bの友達だと言って、マスターたちの力を借りてください。きっと助けてくれます」

B《ブリジット》・B《バルドー》とは正反対の美の女神の恩寵《おんちょう》を受けている女性だと思うが、今はそんなことはどうでもいいな。彼女は、親身に力添えをしてくれた同国人だ。

その彼女が、束の間、じっと私を見たような気がした。

「待っていてくださいね」

そう言い置いて、踵《きびす》を返した彼女が足を速めたので、私も車椅子のスティックを押した。

彼女を信じすぎるかもしれない。裏切りに遭うかもしれず、失敗が待ち受けているかもしれない。しかし、それでもいいと思った。あの女性が希望につながっていないのなら、もうどこにもそんなものはないのだろう。

それに、体力も気力も限界だ。霙で足を冷やしすぎたおそれもある。パブの窓明かりは、天上の温もりにも思えた。

私はスロープをのぼり、〝羊と夕陽が丘《シープ・アンド・サンセットヒル》〟亭というそのパブに入って行った。

5

仄《ほの》かな照明に照らされた店内は、快適そうだった。黒々とした樫《かし》の柱に備わっているランタンは、旅人の気分をお客に与えるようだ。グラスの響き合いとざわめきが心地よい。

古き良き英国パブの典型だったが、片田舎の労働者的なにぎわいとは少し違い、そこそこの紳士たちの溜まり場としての雰囲気があった。そうした面々が、車椅子での来店者に視線を集めたが、すぐに、ありふれた風景への一瞥《いちべつ》を終えた感じで自分たちの話題に戻っていった。日本の外ではこうした、障害も個人の属性として普通に扱う視線が多い。

入り口には、客の足を止めてでも読ませようとする意気込みで、邪魔なほど大きな表示板が二枚、床に立っていた。一枚めには、八月九日月曜日のお薦めメニューが謳《うた》われているが、私は、その後ろの二枚めの表示板に書かれているB・Bの文字に視線を引き寄せられた。B・Bの歌声を待ち焦がれるお客のために、として、時間帯が二つ書かれている。してみると、彼女はここで歌を歌っているのか。

店の奥へと進むが、一角に人だかりができて、やけに盛りあがっている。低く狭いステージで、出し物が演じられているらしい。東洋系の青年二人だ、と思って注意を向けると、二人の小声のやり取りから、日本人であることが判った。Ｂ・Ｂの知り合いなのだろうか。

車椅子を止めて、人垣の隙間から見てみると、彼らがやっているのは、どうやらマジックだ。彼ら、と言っても、演じているのは片方だけだった。

彼が上に向けている右手の指の上で、つば付きの帽子がクルクルと回っている。胸の高さにある左手を隠すような位置に移っても回り続ける帽子だが、それがスッと移動すると、左の手首がさっきとなにか違う感じになっていた。腕時計が消えているのだ。それに気がついた観客がどよめく。

帽子が左の手首を再び隠したが、二、三秒してまた現われたそこには、銀色の腕時計が戻っていた。それがキラッと、店の淡い照明を弾くと、喝采《かっさい》がわいた。

どうやらそれが最後のネタだったらしい。横に立っていた相棒がここで、締めの口上を語り始めた。帽子の中に、小銭が入れられていく。

散っていく人の動きに妨げられながら、私は空《あ》いている席を探した。誰もいない円テーブルがあったので、車椅子を着けると、ほとんど同時に、同じ席の椅子に手をのばした者たちがいる。マジックを演じていた二人だ。

「え？」私は、日本語で先を続けた。「ここがお二人の席ですか？　雇われている方ではないのですか？」

「飛び入りが許されましてね」

帽子を回していた青年が笑顔を見せ、こう気をきかせた。

「日本人同士、同席はどうです？」

私はありがたく受けた。

小銭受けの役を終えた帽子を間に挟んで、自己紹介が始まった。

向かって右側、マジックを演じていたほうは、南美希風。目元や、白い額などに聡明そうな印象があり、サラリとさがる前髪が額に柔らかな影を落としていた。

もう一人は的場利夫。アルコールが回っている様子で、表情がほぐれ切っている。鼻筋と顎が長く、コリー犬を思わせる風貌だ。

二人とも若々しいが、青年と呼べる年齢ではないかもしれない。三十代の半ばか。

南はカメラマン、的場は記者だそうだが、同僚ではないという。

私も当然名乗り、マレーシア在住だが用事で二日前からここへ来ている、と告げた。その後で私は、

「マジックが本業ではないのですね」と訊いていた。

「お恥ずかしいところをお見せしました」と、南は自嘲する。「ノルウェーで予想外の大出費をしましてね。予算を追加させることにも失敗して、もう持ち出しですよ。

それで彼と、小銭を稼ぎながらの珍道中もいいか、ということに」

「もっとうまく立ち回ってもいいでしょうけどね」と、的場が陽気に意見を挟む。

「我々の知的労働で苦境を救った人たちから、なにがしかの援助を賜《たまわ》るとか」

苦境を救う知的労働……。言葉どおりに受け取っていいのなら、ぜひ力を貸してもらいたいものだが。

ここで、太った給仕が彼らの前へビールやつまみの追加を運んで来た。

注文を訊かれた私だが、文無しなので、しどろもどろになってしまう。

「ええ……そのぅ、B・Bに、ここで待つように言われたのですが」

「おお！　美しい音色のB・B、彼女の。では、黒ビール《スタウト》を一杯だね。それがここでのスタイルだ」

「そ、そうですか。では、それで」

「よろしければどうぞ」

とポテトフライの皿を寄せてくれた南が、「ところで」と、視線を壁のほうへ向けた。「草薙さんは、あの絵をどう思われます？」

目で追うと、そこには十号ほどの大きさの抽象画があった。明るい背景に、パズルの迷路図を寸断して四散させたような模様が広がっている。

「くさび形文字の集まりみたいな……」

「でも、真ん中にだけ、曲線があるでしょう？　どうやらあれが大事そうです。なにに見えます？」

「曲線……、ああ、けっこう大きい……。笑顔——動物の笑顔じゃないですか？」

「やはり」

満足し切った様子で、南は相方《あいかた》と視線を合わせた。

「僕たちはあれを、アリスの物語に浮遊するチェシャ猫の笑いではないかと踏んでいるんです」

「ははぁ、なるほど」

久しぶりに頬の筋肉が緩んだ思いだった。

チェシャ州のこの町のパブに掛かる、猫の笑顔。そう思ってみると、ほのぼのとした遊び心のある絵だった。

そして私は同時に、目の前にいる二人にも同じような面があるように感じてしまっていた。打ち解けやすい相手だ。そんな気安さを感じていたせいか、南が、「不思議の国のアリス当人もどこかにいますかね」と言った時、私は、「不思議というなら……、あれこそ奇態《きたい》な……」と呟いていた。

そしてこれを聞き取った瞬間に、彼らの雰囲気が変わった。「おっ！」と、興味を掻き立てられた気配。的場は身を乗り出しさえした。

「なにか、不思議を体験されたのですか？」と訊いてくる。

「まあ……」

「興味本位だけで伺っているのではありません。この南さんは、〝世界の伝説と奇観〟というテーマで写真を撮っていましてね。情報がありましたら教えてください。まあ、二人とも、個人的に不思議話が好きなのも確かなのですが」

私は、否定の身振りで手をヒラヒラさせた。

「私のは、とんでもない話なのです。正気を疑われてしまう。まともに聞く気にならないと思いますよ」

南が、奇妙に深い笑みを見せた。

「ちょっとやそっとの奇態さでは、私は驚きませんよ。私は雪山で、ドラゴンに会ってきました」

「つい先頃は、二人で、ユニコーンやペガサスと対面してきましたしね」

軽口を叩いているように見えて、二人の目は真面目だった。

そして私は……なぜか溜息をついてから話し始めていた。話すことで鬱屈が少しでも晴れるかもしれなかったし、現実感覚を取り戻せるかもしれない。

マレーシアの叔父の遺産に害虫がついていたことを話した時に、黒ビールが運ばれてきた。喉が異様に渇いている気がしていたが、ジョッキに腕がのびなかった。ジョツキさえ重たすぎると、今の私の腕の筋力は自覚しているのかもしれない。

犯罪が絡んでいると察した二人は表情を引き締めており、的場が、

「関係者の会話も、一言半句正確に思い出されたほうがいいですよ」と忠告してくれた。「どんな些細なことも、手掛かりの可能性を含んでいます」

私はそのとおりに、できる限りの正確な再現を心がけて、一連の奇妙な体験を話していった。

二人は、人を逸らさぬ聞き手だった。相づちの数が多いわけでもないのに聞き上手で、的確な質問が、自分でも忘れかけていた事柄などを引き出したりする。そして気付けば、私は、マレーシアの夕日から、英国の靄の中での心境まで、かなり個人的な情感さえも洗いざらい口にしていた。

もちろん、〝ランドエンド・ハウス〟での怪異は、細心の注意を払って細かく語った。手すりの傷や染み。ケヤキの木と、あの地面の様子。……そんな風にして幻想的に消えてしまった、ギルの事件の痕跡。

私が、もう一つの双子建物の推理を語ると、「ほう！」と、南の目が輝いた。

しかしそれも違うことを、確実な体験をもとに説明した。

「そうですか……」

このパブへ来るまでの一切を語り終えた時には、さすがに力を使い果たした思いだ

った。疲れが溜まった腰がのびるように硬直し、私の体は車椅子からずり落ちそうになっていた。

「あっ、大丈夫ですか」

心配ないと答えはしたが、見かねて、二人は姿勢を直してくれた。

「しかし今のお話は本当に……」席に戻ると的場は、むずかしそうに目を窄《すぼ》め、「幻想に侵食されたかのような奇態さですね。あなたの直観によると本当に不自由だったはずの大家の足と、喪《うしな》われたはずの犬の命が復活した……。大家は若返ってさえいるとしたら、ギルの事件が起こる前へと時間が逆行したかのようだ。しかし一方、ケヤキの木は一夜で生長している」

まさにそうだ。生と死のイリュージョンだ。

彼らも、頭を抱えたくなる私の困惑は判ってくれたと思う。

さすがに喉が渇き切っていたので、ジョッキに手をのばす。もうすっかり温《ぬる》くなっているだろうな。

——するとどうしたことだ、私の指が触れる寸前、南がそのジョッキをつかんで自分のほうへと引き寄せるではないか。……なんだ、それは？

的場も驚いて、不作法を咎《とが》めるような、疑問を発するような視線を友人に向けている。

南はといえば、ジョッキを握ったまま、思索的な目をして、

「B・Bは、『その車椅子、動くのですね……』と言ったのですね？」と訊いてくる。

「……ええ、そうですが」

南は視線を少しさげて考え込み始める。

そういえば、B・Bは遅いな。

南の思考の中身が、時々、「たしか……」とか、「起こり得るか……」といった、ごく小さな呟きとなって聞こえてくる。

その時私は、電気にでも触れるかのようにして、ハッと再認識した。この南美希風は真剣に、合理的な謎解きを試みようとしているのだ。あの幻想の雲を、今ここで晴らそうとしている……。そんなことが、できるつもりなのか？……いや疑う余地なく、この男はやろうとしている。

不意に持ちあげられた彼の視線に射られ、私はさらに認識を強めた。南はなにかを晴らしつつある。

「ちょっと、美希風さん」と、探るように友人も尋ねた。「なにかつかめたのかい？」

「……一つの大胆な仮説は浮かぶが……。草薙さん。その仮説に確信を与えるために、一つお答えいただいてもいいですか？」

「なんなりと」

そして南美希風は、こんな突拍子《とっぴょうし》もない、驚くべき質問を放った。

「日本の今の総理大臣は、誰でしょう？」

不思議議に不思議議で対抗しているのか？　私は真意を測りかね、言葉を失っていた。

南の友人も同様らしく、隣に戸惑いの視線を向けていたが、私がようやく、

「宮澤喜一《みやざわきいち》でしょう」

と答えると、的場の表情は愕然としたものに激変してしまった。今度の驚きの視線は、私に注がれている。

私は再び、現実世界から突き放されたような遊離感に襲われた。彼らの質問や、その表情の意味が判らない。しかし南は、

「これではっきりしました」と言う。「草薙さんが体験した超常的な現象を説明する解答は、ここにあるようです」

彼が手にしたのは、隣のテーブルに残されていた新聞だった。

「ここをご覧ください」

見せられたのは、新聞の発行日付だ。年月日……。年――。

「えっ!?」

目を疑うというよりも、この世の悪ふざけに頭を揺さぶられた気分だった。顎が落ち、胃の腑《ふ》も地の底まで沈み込んでいくかのようだ。

「に……二〇〇四年ですって!?」

「はい。今は、二〇〇四年の八月九日、月曜日です」南美希風の声が、静かに染み入ってくる。「草薙さん、あなたのいた時間は、一九九三年の八月九日、月曜日ですね」

「そ……、そうですが……」

言葉の続かない私に代わり、唖然としていることではさほど違わない的場が相棒に訊いた。

「どういうことです、それ？　どうして判った？」

「草薙さんが語った謎を解き明かす術《すべ》は、草薙さんも推理したとおり、水平方向に物理的な移動を行なうか、そうでなければ、時間軸に従って物事を動かすしかないはずです」

「動かすといっても……」

「草薙さんも、この店の入り口で、あの掲示板といいますか表示板といいますか、メニューの書かれたボードは見たはずです。嫌でも目に入る配置ですからね。そこには、今日の日付と曜日が書いてある。それを見たはずなのに、草薙さんは違和感を覚えなかった。疑問を口にしなかった……双子館の推理ができるほどの方がね」

日付は、今日目覚めた直後にも見た。見知らぬベッドから見た机の上に、日めくりカレンダーがあった。ギル事件の昨日に続く日付と曜日……。

「つまり、現在の日付や曜日と一致している過去のどこかの年月日に、草薙さんはいるのです。二〇〇四年の八月とカレンダーの曜日の配置が同じになるのは、確か、一九九九年と、一九九三年。もちろん、もっと過去にもありますから、お尋ねしてみたのです。草薙さんがどの年の過去にいるのかを」

私のいる過去……。

その過去の年とは……。

「草薙さん」見つめてくる、南美希風の眼差し。「あなたは路地で意識を失ってから一日で目覚めたのではありません。十一年と一日後に目覚めたのですよ」

6

的場が、信じがたいものを見つめる目を向けてきているが、私のほうこそ、それ以上の思いで世界を見つめ返したいところだった。

——十一年後の未来？

「宮澤喜一さんが総理でいたのは一九九三年までです」現実へ一歩一歩誘《いざな》うかのように、南がゆっくりと言っている。「一九九九年の八月の総理は、小渕恵三《おぶちけいぞう》。今現在は小泉純一郎《こいずみじゅんいちろう》という人で、長期政権になりそうです」

「そうだ」と、思い出したように的場が声を出す。「今日ですよ、今日！」自分の発見に興奮している。「一九九三年の八月九日に、宮澤喜一から細川護熙《ほそかわもりひろ》を総理とする内閣に代わっているはずです。まさに今日だ」

代わっている……と予言している。いや、彼にすれば、記者としての過去の記憶を口にしているだけだ。本当に、彼らは未来の人間なのか……。

その中の一人、南美希風がこう口をひらく。

「一九九三年の八月八日。ベンソン弁護士と〝ランドエンド・ハウス〟での危機を乗り越えた草薙さんを、路地で襲ったのは、報復の念に燃えていたギルかもしれませんし、フェルドナン一派の計画に従った襲撃者だったのかもしれません。行きずりの者の犯行とも考えられますが。いずれにしろ、昏倒したあなたの身柄は病院へと運ばれ、これを好機としてフェルドナンたちの策謀が動きだした。意識の戻らないあなたを病院から出し、自分たちの手で介護する態勢を取ったのですね」

病室のようであって、どこか違っていたあの部屋……。

「飛行機などであなたの身をマレーシアまで運ばず、この地で介護するという決定には、あなたのお味方も特に反対する理由はなかった。自分たちも目を配って、あなたを介抱していけばいい。すぐに回復するという希望もあったのでしょう」

「ところが……」

そう呟いた私の語尾に、的場の声が重なった。

「回復しないように、フェルドナンたちが画策していたのではないのかな、美希風さん」

「そうだろうね。草薙さんを守ろうとする人たちの目を盗んで、薬物でも使ったのか、昏睡状態を維持させていた」

「死亡は絶対に避けなければならなかった。亡くなってしまえば、資産はすべて政府のものになってしまうから」

「草薙さん。あなたのスズ鉱山からはガリウムも産出するということでしたが、かなり良質のものが見つかっていたのかもしれませんね。ここ十年、半導体業界では、ＩＣのウエハーを作る上で、ガリウム砒素の価格は急上昇しています。使い方では権力にもなる。目端のきくフェルドナン兄弟が、先を見越した遠大な計画に労力を費やしたとしても不思議ではないのかもしれません」

時の重みが、暗然とのしかかってきそうだった……。

「しかし十年以上……」的場が疑問を感じたように、「それほど長期間寝たきりだった者が、体をいきなり動かせるものかな？」

「電動車椅子があったからこそ行動できたという点は見逃せないけど、それ以前に、的場さん、草薙さんの身体機能を維持するように、フェルドナン一派が気をつかい続けていたのさ」

「彼らが？」私の中でも同じ問い返しが響く。

「なにしろ、草薙さんの資産を動かす採決には、草薙さんのサインが必要だからね」

──あっ。

「で、でも、美希風さん、身体《しんたい》の機能があったとしても、意識がないんじゃどうしようもないでしょう」

「それは、こういうことだと思う。フェルドナン一派は、床ずれなどからも守っている草薙さんの体に機能維持運動を施し、筋肉へのマッサージをし、意識さえあればかなり動けると周囲が納得できる状態を、まずは保ち続けた。草薙さんが今日目覚めた時、ベッドの上半身のほうが起きていたということでしたが、これも、身体機能維持手段の一環でしょう。長期間横たわったままだった人が起きあがると、貧血を起こすこともあるそうですからね。恐らく草薙さんには、そうしたブラックアウトを回避する手当ても施されていたのです」

それでも、目覚めてから何度も経験したな。貧血寸前の頭の重さ……。

「フェルドナンたちが特に神経を注いだのが、腕や指の筋肉だったでしょう。サインをするためには必要です。そして、こんなことをする。薬物の投与量を減らすなどして、草薙さんの意識が戻りそうだという病状をまずは演出。そして、隙を見計らい、一時《いっとき》目覚めていた草薙さんが重要書類にサインをしたことにする。何人もの証人を用意して。もちろん、実際にはサインなどさせていないはずです。させようとしたってできません。時間がたっぷりありますからね、そっくりのサインを書ける役目の者を育てていたのでしょう。要は、そんなサインは絶対に書けるはずがないという百パーセントの否定の断言をさせない状況を作り出せていればよかったことになります」

夢のようにして思い返されたあのシーン……。人間たちのざわめき。顔を覗き込んでくるような男たち……。あれは現実だったのか。回復させられかかっていた意識が、記憶にとどめていたのだ……。

「もちろん、一方的にフェルドナンたちに都合のいい内容への同意サインが続けば、不自然さが際立つし、不満や不審を持つ者たちが一致して反対姿勢を強めていく危険がある。だから、全体の利益にも目配りされた内容の書類が用意されたんじゃないかと思う。反証しづらいことをわざわざ訴え出るほどにはさせない内容だ。……草薙さんの味方は、かなり少数派で、弱体化もしていたんじゃないかな」

否定できない……。私がいたから指示に従ってくれる味方はいたが、バックボーンを失ってからも、強い意志を維持してフェルドナン勢力と対決し続けられる者は少ないだろう。

「それでも、草薙さんのお味方は善戦し続けたのだと思いますよ。寝たきりの草薙さんを制限行為能力者として、フェルドナンらが補佐人だか後継人だかの地位におさまることなどを、必死に回避し続けたのでしょうからね」

フェルドナンらは、税金などは私に払わせていたのかもしれない。

「そうした膠着《こうちゃく》の中で、悪人たちは甘い汁を吸い続けていた……」

と南が話に一段落つけると、的場が次のシーンへと言葉で橋渡しをした。

「それが、十一年ぶりの今日、草薙さんは本当に目覚めたのか」

「手違いだったのだと思う。薬物の量を間違えたのか、草薙さんの体に、薬物への耐性ができたのか……。そして幾つかの偶然が、草薙さんに錯覚をもたらした。顎に張られている絆創膏は、ただのカミソリ傷かもしれませんよ」

私はその絆創膏に触れながら、南の話を腑に落としていく。錯覚の原因の一つ――机の上の日めくりカレンダーの、日付の連続性……。

「……と、寝たきりだった草薙さんの運動機能がある程度維持されていた理屈を説明してみましたが、それにしてもやはり……」南の声と表情に、しみじみとした感嘆が広がった。「実際にいきなり動けたというのは奇跡ですね。昨日の続きで動けるはずだと信じていた――それを疑う理由などなかったので、その草薙さんの意志に、体がついてきたのでしょうけれど。意識が完全に支配した身体です。ルルドなど奇跡の地に到着したと信じる者たちは、瞬時に難病が治癒し、不随だった手足が動き始める。

また、キリストの受難を思い詰めた信者の体が、聖痕《せいこん》として出血をみる。信念が肉体に及ぼす奇跡ですね。草薙さんの場合、日常という信念が、寝たきりだった体を動かしたのです」

重力が狂ったと感じたほどの、鉛のようだった体……。指の不自由さ。そして、発声の困難さ……。そして、腰へのこの負担……。

私は両手をあげ、初めて目にするもののように、それをしげしげと見つめた。

「もともと粗末な筋肉しか持てない体でしたが、改めてこうして観察すると、やはり相当筋肉が衰えているようですね……」

よく動けたものだ。

「他にも、草薙さんが動けた理由があるんじゃないかな」と、的場が言った。「それは、危機感です。状況をぼんやりと推測している余裕もなかったのですよね。前夜に路地で襲われたことと合わせて、ただちに、敵方に捕まっていると判断なさった。それからは、一刻も早く逃げ出すことしか考えなかったでしょう。恐怖と必死さ。アドレナリンが出まくって、長く休眠していた肉体もフル活動してくれた」

「そうですね……」

南は、

「ちょうど夕食やその仕度の時刻だったので、一味には隙が生じていたのかもしれません」と続けた。「全員がうっかり病室を出て、草薙さんから目を離していた。つまり、油断が生んだ、向こうの完全なる失策です。……こう考えてくると、〝ランドエンド・ハウス〟にいた面々は日常生活を送っていただけだとする推理は成立すると思えてきます」

「えっ？　そ、そうなんですか？」

「日常だって？」的場も聞き返している。

「彼らは、大掛かりな詐欺を目論《もくろ》んでいたわけではありません。フェルドナン一味のことなど知りもしない」

「ですが……」

「館入り口の階段の手すりの変化は、長い時間の経過で説明がつきますよね、草薙さん。柱に付いた血の染みは、風雨にさらされ、石材の表面が削れ落ち、やがては自然に消えてしまう。金属棒がぶつかったのは、手すりの角の部分なのでしょう。そこは滑らかだという印象のお話でした。誰もがつかまる場所だから滑らかにすり減っている。ちょうどそこにあった傷も、十一年の間に滑らかにされてしまった」

うーん！

「し、しかし、南さん。あの大家は？　彼は若返ったとしか思えず、しかも立ちあがって歩いたのです。あれも日常ですか？　なんらかの演技をしていたとしか思えないではないですか」

「いえ、それも、代替わりという日常で説明ができます」

「だ、代替わり？」

「今日あなたが会ったのは、十一年前の大家ではないのでしょう」

「別人だと？」

「はい。しかし別人の彼が、なぜ、今日あなたを見た時、顔見知りであるかのように、『あんたは……』と口にしたのか」

「そうだ、そうですよ。それがあったから、同一人物であることを疑わなかったんですよ、私は」

「今の大家は、あなたの顔を知っていた。草薙さんは十一年前に〝ランドエンド・ハウス〟を一度訪れただけだ。その時に、あなたの顔を見ていた男。それは、車椅子の大家の後ろにいた少年ですね」

――はっ？

虚を突かれた後、「えっ！」と声が出た。「あの少年が……、えっ？」

「以前は三十歳の手前に感じられていた大家が、今日は二十代も前半に思えたのですよね、草薙さん。十三、四歳の少年が十一年経てば、年齢は合致します」

「うむ……!!」

「少年は、車椅子の大家を兄と呼んだそうですね。〝ランドエンド・ハウス〟の大家は、兄から弟へ代替わりしていたのです」

「そうか、なるほど！」的場も表情を明るくする。「兄弟だから、顔や声が似ていて当然だ。髭も生やしている――似たような髭を生やしたようだから、ますます区別がつきにくくなる。同一人物が若返ったと見えるわけだ」

「弟は足が不自由ではないので、普通に立ったのです」

――日常だ！

「かつての少年が、なぜ、十一年前に一度見ただけの草薙さんの顔を覚えていたのか？」自問する形で、南は言葉を続ける。「記憶の内容が鮮烈だったからでしょう。車椅子に乗った東洋人がやって来ること自体、まずない。非常に珍しいことだった。そして、乱闘騒ぎが起こった。なにより少年の記憶に焼きついたのは、愛犬のフライが死んでしまったことなのだと思いますけどね……」

「ああ……っ」

あの犬……。あいつは、やはり死んでしまったのか。可哀想なことをした……。

「そこで飼われている犬も、代替わりしていたのでしょう」南はそう言う。「同じ犬種を飼い、同じ名前をつけるのは、珍しいことではありません。もしかすると、先代フライの子供なのかもしれませんが」

「なるほど」的場が頷く。「愛犬の死の現場にいた車椅子の東洋人の顔が、少年の記憶には残っていた、か」

私が災厄を持ち込んだと恨んでいたかもしれない……。

南はこう言う。

「十一年後に、また車椅子でやって来た草薙さんを見て、元少年の記憶が甦ったとしても驚くことではありません。ただ、店子《たなこ》のほうは大勢替わっていきますからね。ウィリアム・ギルの名前は記憶から消えていった。いや、覚えていたとしても、いじわるな気持ちで、ここにそんな男は住んでいない、と否定したのかもしれませんけどね。嘘ではないのでしょうから」

「確かに……」

「草薙さんは、木のそばの石の、砕けた痕跡も見たそうですが、車椅子のお体ですから、身を屈めて近くで観察したわけではないと思います。それに靄もあったそうですから視界は悪い。もし近くで見れば、その砕けた痕跡も、雨風で多少摩滅していることが判ったと思いますよ。テラスから声をかけた女性も、別人です」

そう言われれば、声が違ったような気がする。

「ケヤキの木の謎も、問題ありませんね。以前は枯れかかっていたけれど、その木は枯死することはなく元気になり、十一年かかって生長し、枝をのばしたのです。ケヤキはたしか、生長の速い木の一つですし」

枯れなかった庭木が生長した。当然の現象だ。

時空を狂わせている幻想に思えたが、そこにはただ、日常があっただけ……。

十一年分の誤差、それが、〝再生館《リジェネレイト・パレス》〟のあの幻想の核だったのか。

「一連の錯覚は」言って、南は腕を組む。「ヨーロッパの町だから起こり得たとも言えるでしょうね」

「どういう意味、それ？」的場が訊く。

「このパブの内装もそうじゃない。椅子から梁まで、十八世紀のままだと言ってもいいぐらいだ。何百年も前の光景も、人が入れ替わっているだけ。十一年分なんて、簡単に吸収されてしまう。街並みも同様。歴史ある姿を容易には変えない。十一年前も今も、大きな変化なんてないんです。だから草薙さんは、十一年のずれに気付かなかった」

「ああ……」

「石の壁には今でも、シャーロック・ホームズの横顔が映りそうだし、路地の奥ではハーメルンの笛吹男の笛の音《ね》が響きそうだ。日本では、よほどの田舎へ行かなければ、こうはいかない。かなり以前から日本人は、時の負債に追い立てられているかのような生き方をしていますからね。都市部の繁華街では、建物や看板もそうですが、ファッションや髪形、化粧などの変化さえ目まぐるしいばかり。この町では、女性の装いも落ち着いているでしょう。もっとも、年輩者が多いですが」

そもそも、その手のものに疎《うと》い私は、服装から違和感などつかめなかったろう。

「しかし……」南は前髪を掻きあげた。「町や都市が時間に対してしぶといと、人の時間が儚く感じられますね」

そうだな……。十一年を奪われた私は感慨を持つ。

このチェスターの町そのものが、人の時を盗んでなに食わぬ顔をし、不老不死を生き抜いているのかもしれないな、と。

7

「そうそう、電話帳もそうですね」南が付け加えた。「たしか、ロンドンではかなり前に市外局番が変わったりしたはずですが、ここチェシャ州ではそれもないはず。数字の羅列そのものは、十一年前と変わらない。ベンソン弁護士はこの十一年の間に、事務所ごと引っ越したのでしょうね」

「日常だ……」苦笑にも似た吐息が漏れる。

「草薙さん」的場は、いかにもなにか言いたそうな顔を前に出す。「この十一年、世界ではいろいろなことが起こりましたよ。クローンの哺乳類が誕生しましたしね」

「ほ、本当ですか？」

「羊のドリーです」と南。「成体の細胞から生み出されました」

私にとっての未来に住む二人が、見知らぬ話をする。

的場が若干寂しそうに、「ダイアナ妃は離婚して、三十六歳という若さで、あっという間に他界しましたしね」

「うそ……」

「超小型化された多機能携帯電話の普及率はすさまじく、このパブでも、そうした世の流れを見ることができます」と、南は店内を見回した。「タバコの煙がないでしょう？」

そういえば……。

「こんな場所でも禁煙の動きが進んでいるのですよ」

「イギリスのパブでも？　信じられない……」

「阪神タイガースは、二〇〇三年に、十八年ぶりのリーグ優勝を果たしましたしね」

「それはからかいがすぎますよ」

二人は声をあげて笑った。

……本当なのだろうか？

「それと」南が、表情を改めて口をひらいた。「草薙さん、今回の事件でもう一つ、もしやという思いつきを得たことがあります」

まだなにか、この男は私を驚かせる推論を持っているのか。

「ご心配なさらず。これは、いい感触を持つ仮説です」

「いい感触……」それならぜひ聞きたいが。

「あなたにこの店を教えてくれたB・Bは、既婚者のようでしたか？」

「えっ……」

まったくこの男は、奇妙な球ばかり投げてよこす。

「さあ、そんなことは——、あっ、そういえば、薬指の指輪はしていませんでしたね」

答えてから私は赤面した。私はあんな場面で、抜かりなく、あの女性のリングを観察していたのか？

「そして彼女は、『その車椅子、動くのですね……』と、確認するように言った」

「ええ」

「しかしそのセリフ、どう思われます？　あなたなら、車椅子に乗った人に町中で道を訊かれ、その相手にわざわざ、その車椅子は動きますか？　と尋ねますか？」

「いや、それは……」

余計な質問だろうな。動くから、そこに来ているのだ。

「草薙さんの車椅子は、十一年前のものですからさすがに旧式ですが、壊れているようには見えませんしね」

「それはそうでしょう。万全です」

「B・Bが、草薙さんの乗っている車椅子は電動のものだと気がついたとします。バッテリーは切れずに、まだ動くのですね？　と確かめたのでしょうか？　しかしこれも変です。長距離移動するように言っているわけではありませんからね。目的地であるこのパブは、目と鼻の距離だったのですよ」

「厳密に見直してみると、奇妙さはありますね……」

「あの女性は、その車椅子が長期間使用されずにいたことを知っていたのではないでしょうか？　そして、手入れなどをして気に懸けていた。だから、その車椅子に乗った人の姿を見て、ホッとしたような感慨と共に、『ああ、その車椅子、ちゃんと動いたのですね』といったことを思わず声にした……」

そうだ。そうなのだ……。あの女性の表情、語り口には、親しげなものを感じた。

「すると彼女は、私の看護婦かなにかだったのですか？」

「だとすると、そう名乗ったはずです。彼女が敵の一味だとしても、看護婦だと教えてあなたの信頼を得ようとするでしょう」

「では……？」

「あなたの身内ということも考えられます」

「ちょっと、私は彼女に見覚えはないのですよ」

「忘れてはいけません、十一年間の歳月を。二十歳《はたち》すぎのその女性、あなたの記憶の時点では、十三、四歳……」

大音響が頭の芯を揺らす。——まさか!!

そんな年頃の少女の知り合いは、一人しかいない。

漂白されたかのように、それ以上はどんな考えも追えなくなった頭の中に、南美希風の声が流れ込んでくる。

「彼女がこの町にいるのが、偶然のはずはない。この店で仕事を見つけ、住まいも借りている。あなたのそばだから、彼女はここにいるのでしょう」

美鈴？　あれが本当に美鈴なのか!?

ああっ、そうだ。そこの街角で彼女と鉢合わせしそうになった時、彼女が驚きの表情になる様がありありと見えるような気がした。驚きだけではない。笑いの表情、恥じらう表情……。その既視感。あれは、では……。美鈴の面影が、そこにあったからなのか？

本当に、あの女性が美鈴だというのか？

南国の陽に灼けていた女の子が、あんな洗練された、スラッとした女性に……？

「美鈴さんにとって、あなたが最後の肉親ですよね」と、南が言う。「しかし、気の毒な大事な肉親だからという理由だけで、若い女性が自分の生活にここまでの縛りをかけたりはしないでしょう。そばに住んで、ずっと介護し続けるなどと……。では、利己的な理由があるのでしょうか？　充分な利得が得られるから、そばにいる。やがてはあなたが復活し、資産運営の全権を再び握るかもしれないのですからね」

的場がちょっと首を傾げる。

「利己的な人間にしては、それはとてつもなく迂遠《うえん》な、漠然としすぎた目標じゃないか？　そんな理由で介護し続けられるなら、それこそ感心する。悪女として矛盾しているな」

「そう、それに、したたかな女性なら、自分でどっさりと買い物袋をぶらさげたりはしないものです」

「当たり前、当たり前だよ」声が迸り出ていた。「打算や見返りなんて……、彼女が美鈴なら、そんなことできるはずがない」

南の表情が柔らかい。

「私もそう思います、草薙さん。マレーシアのお宅は農園もやっているそうですが、ニワトリや羊も飼っていますか？」

　また突拍子もない質問だ。

「ええ、いろいろといましたよ」

「このパブの名前は、〝羊と夕陽が丘《シープ・アンド・サンセットヒル》〟亭です。あなたと美鈴さんの日課だった、眺めのいい丘の上での語らい……。ちょうど夕日の頃」

「――――」

「ここの入り口、スロープだったので、車椅子でも楽に入って来られたでしょう？　美鈴さんは、あなたが入って来やすい入り口の店で……、思い出の名を持つこのパブで、歌い続けて待っていたんだ。あなたが戻って来る日を……」


　南美希風が、私の時のゼンマイを回す……。

「美鈴さんは、いつでも使えるように、あなたの電動車椅子の手入れを続けていた。もう一度意識のあったあの日に戻れるように、あの日の服をクロゼットに吊しておいた。そして、靄の出ているある夕刻、突然、彼女は街角であなたと出くわした。最初、よく見えない暗がりから英語で話しかけられたこともあって、彼女はあなたの顔を見てからも、本当にあなたなのか信じられなかった」

「いや、まともに面と向かえても、信じられないだろう」と、唸るように的場が言った。「十一年間寝たきりだった相手と、街角でいきなり出会ったんだから」

「そう、無理もない。そして半信半疑でいるうちに、草薙さんは、閉じ込められていたのだと伝えた。これも、彼女にとっては寝耳に水だったでしょう。対立する派閥が経済的な闘争をしているのは承知していたでしょうが、人の意識を奪って監禁するような犯罪が行なわれているなんてことは想像の埒外《らちがい》だった。驚いた彼女は、『わたしはなにをすれば……』と、うろたえる。この男性は草薙さんだと確信しましたが、では、なにをしてあげればいいのか……。彼女の自宅まで連れ回すのは得策ではなかった。問題の連中に住所を知られているのでしょうし、エレベーターがない高層に部屋を借りているなどの理由もあったのでしょう。それに、彼女自身が頭の中の整理をつける時間がほしかったのかもしれず、このパブを教えてひとまず別れました」

なぜ……。

「でもなぜ、彼女は名乗らず？」

「あなたに信じてもらうだけでも時間がかかってしまうのでは？　それに、幸福の予兆に震える、幾ばくかのいたずら心……。彼女は、自分が美鈴であることを証明する、ここ十年ほどの写真などを集めて、この店へやって来るつもりなのではないでしょうか」

南は、ちょっと笑い、ビールやつまみなどを見下ろした。

「神が導いたようなこの邂逅《かいこう》に最終的には舞いあがった彼女は、飲み物や食べ物を急に胃の中に入れてはいけないと、あなたに忠告するのを忘れたようですけどね」

そういう意味だったのか。南が私からジョッキを遠ざけたのは。

なにもかもが腑に落ち、そして同時に、驚異に満ちていた。

私は、ジョッキの中身など飲まなくても、心地よくなにかに酩酊《めいてい》しているような気分になってきた。

「草薙さん」

南の声……。

「このチェスターの町で、玉手箱をあけてみませんか？」

「玉手箱？」

南の視線が、店の入り口のほうへと向けられている。

苦労して首を巡らせ、私もそこに視線を合わせた。

なにかを胸に抱えている彼女が、その瞳で私の姿を捉えた。少し上気し、微笑んでいる。

「あなたは三十二歳のままで、彼女は二十半ばのレディに成長した」

追いついてきたのか、彼女は……。

「彼女はこの店で、訊かれたのでしょう。美鈴には、どんな意味があるのか、と。ビューティフル・ベル。さあ、来ましたよ、美しい音色のB・Bが」
そう言って南は、私の時を十一年ぶりに動かした……。

雷雨の庭で

有栖川有栖

Message From Author

　ヘッドセットをつけて、パソコンに向かいながら打ち合わせをする脚本家のコンビ（念のためにお断わりしておくと彼らにモデルはいない）が登場する。そんなものは珍しくもない時代になった。

　火村英生と有栖川有栖は、いつまでも年をとらないサザエさん状態にあるのに、時は流れていく。シリーズが始まった当初、彼らは携帯電話もデジカメも持っていなかった。それがいつの間にか、ちゃっかり普通に使っている。

　このままいくと、家庭用ロボットを利用した密室トリックや、リニアモーターカーが出てくる時刻表トリックが書けるかもしれない。

有栖川有栖（ありすがわ・ありす）
1959年大阪府生まれ。89年『月光ゲーム』でデビュー。2003年『マレー鉄道の謎』で第56回日本推理作家協会賞、2008年『女王国の城』で第８回本格ミステリ大賞を受賞。学生・江神二郎、臨床犯罪学者・火村英生がそれぞれ探偵役となる２つのシリーズで知られ、いずれにも作者と同名のワトソン役が登場する。近著に『江神二郎の洞察』など。

1

「雨、降ってきたね」

女——種村美土里《たねむらみどり》が言った。

「雷もきそうだ。ごろごろ鳴ってるよ。聞こえるかな？」

男——早瀬琢馬《はやせたくま》は、背後の窓を指差す。大きな雨粒が窓ガラスを叩いていた。

「微かに聞こえるような気がする。風もあるみたいね。あっ、光った」

パソコンのモニターの中で、女がうれしそうに言う。大きな眼鏡の奥で、目を細めて。

「美土里ちゃん、雷が好きだったよね。変わってるよ」

「好きよ。空がスパークするなんて、胸が躍るようなスペクタクル。琢さんは怖いんだっけ？」

「いや、別に怖くはないけれど、ぴかっと光ったからといって、君みたいにはしゃぐ趣味はない。そんなことより、仕事を続けよう。君の方から言ってきた緊急会議なんだよ。こんなペースだと朝までかかってしまう」

「了解。そろそろお尻に火が点いてきてるわよ。焦らなくっちゃ。ただ私、明日は午前中に東洋テレビに入らないといけないの。来年の番組の打ち合わせ。だから、あんまり夜更かししたくないのよね」

「化粧に時間がかかる人は大変だ」

「こら。三十代後半にさしかかって濃くなってきた、とか言いたいんでしょう。失礼よねぇ。手が届くところにいたらパンチが飛んだわよ」

モニターの中で、ボクサーの真似をする。

「女性ならではの苦労を慮《おもんぱか》って言っただけだよ。とにかく、それだったら無駄口をきいてる暇はない。さっさか進めよう。われらの篠崎《しのざき》警部補が犯人を追い詰める決め手について、美土里ちゃんに何かアイディアがあるんでしょ？」

「うん。全然大したことないんだけれど、聞いてね。溜め息をついたりしちゃ嫌だからね」

「僕はそんな失礼なこと、しませんって。どうぞ」

男は、くるくる回して玩《もてあそ》んでいたボールペンを握った。机の上には、殴り書きのメモ類が散らばっている。

「犯人は、ここ数ヵ月は被害者Aの家を訪ねていない、と言い張っていたけれど、まずそこが崩れるわけよ。ポイントになるのは、Aが収集していた古本」

「ふむ、Aは古書マニアって設定を最後まで活かすんだね。作劇術として当然だな。

古本がどうからむの？」

「Aは、殺される前々日に犯人と会って、苦労して手に入れた稀覯《きこう》本を見せびらかしていた。その際、犯人はその本に触れているわけでしょ。そして、事件前日に犯人はAの本を盗む」

「ああ。で、それがばれたから、とうとうAを殺してしまうわけだ」

「ええ。ところが、われらの篠崎警部補がAの自宅を調べてみると、その古本が書棚に入っているの。そして、そこから犯人の指紋が検出される」

「どういうこと？　すごく珍しい本なんだろ。どうしてそれが二冊も――」

「珍しいのは初版。増刷したものは、少しがんばれば見つかる程度のものなの。いい？」

「いいよ。でも、どうしてそれに犯人の指紋が？」

「Aは二刷で我慢していたのよ。初版は長年の探求書だった。苦心の甲斐あってそれが手に入ったんだけれど、残念なことがあった。カバーが破損していたのね」

「カバーじゃなくて、英語としてはジャケットというのが正確なんだけれどな。ごめん、そんなこと、どうでもいいね」

「ええ、どうでもいい。邪魔せずに黙って聞いていてね。Aは、せっかく見つけた本のカバーが傷《いた》んでいることを残念がっていたんだけれど、殺される直前に妙案を思いつく。手持ちの二刷は美本だったので、そのカバーをはずして初版のものと付け替えればいい、と。当たり前すぎて、妙案というほどでもないか」

　男は、顎を撫でながら頷いた。

「ははぁ、なるほどね。事件の前々日に犯人が触った初版のカバーが、Ａの自宅の二刷のものに付け替えられた。だから、『Ａの家に行ったことはないし、問題の本を見せてもらってもいない』という犯人の主張が揺らぐんだ」

「……どう？」

　女は自信がなさそうだった。

「ううん、アリだと思う」

「『ううん』がひっかかるわね。感心しないなら正直に言って」

「いや、そういう犯行の割れ方でいいと思うよ。まだまだ補強が必要だけれど」

「ええ、もちろん。私だって、これで一丁上がりとは思っていないわ。だから、琢さんの知恵を拝借したいのよ。頭の冴えたところを見せて」

「そんなふうに頼りなさんなって。一緒に考えるんだ。コンビ作家なんだから」

「篠崎警部補ものは琢さんがメインよ。特に推理パートは」

「はいはい。リラックスして考えましょう。……もしかして、煙草が吸いたいんじゃないの？」

　男は、にやにやしながら人差し指を突きつける。女はむくれて見せた。

「失礼ね。ずっと禁煙してるのに、まだ疑ってるの？」

「神戸にいながら東京までは目が届かないからなぁ。こうして見たところ、机の上に灰皿はないみたいだ」

「嘘ばっかり。そっちからは見えないでしょ」

「ところがそうでもない。君の後ろのサッシ窓に、机の上がちゃんと映っている。筆記具と資料らしい本の他には、コーヒーカップがあるだけだ。煙草が隠してある形跡は——いやいや、パートナーを疑うのはやめた。もう茶化したりしないよ」

　雷鳴が轟《とどろ》いた。すかさず女が反応する。

「遠くに聞こえていたのに、急に近くなったみたい。ガラガラっていってる。ミステリーを考えるのにふさわしい雰囲気じゃないの」

「どっちかというとホラーかな。あるいはサスペンス」

「広いお家《うち》にたった一人で、怖くなってこない？　私だったら嫌だな。家って、あんまり広いと住んでいる人間を不安にさせるものよ。ほどほどがいいの。あなたのお家は大きすぎる」

「そんな言い方をしたら、どんなお屋敷かと思うじゃないか。大したことないよ、こんな家。敷地は狭いし。君のタワーマンションの方がよっぽどゴージャスだ。まぁ、一人で住むには広すぎるかもしれないけれどね。いずれ可愛い嫁さんをもらって、子供の三人もできたらいい具合になる。それを見越して買っただけだ」

「女の子を夜毎《よごと》ひっぱり込んでるんだろうなぁ。——ごめん。今度は琢さんが怒っちゃった」

「僕は、品行方正な独身男だ」

「女の子を誘いやすいぐらい素敵なお家ってことよ。また遊びに行かせてちょうだい。——あ、でもお隣さんが玉に瑕《きず》なのよね。反りが合わないんでしょ。轡田《くつわだ》さんっていったかしら」

「相性が最悪みたいだな。というか、変な野郎なんだ。引っ越してきた当初は、お互いに家に招いたりしていたんだけれど。この前も竹中《たけなか》君とサンデッキでバーベキューをしてたら、十五分とたたないうちに、騒いでもいないのに『静かにしてくれ』って旦那が文句を言いにきたよ。僕に言わせれば、あれは八つ当たりだ。夫婦仲がよくないらしい。それで苛々《いらいら》が溜まってるんだよ。鬱陶しいけれど、それ以外は快適な家だ」

「ローンの繰り上げ返済をめざして、どんどん稼がないとね」

「だから仕事だよ、仕事。どうも今夜は無駄口が多くなるな」

「なんか重たいのよね。脳が重い。二人ともバイオリズムがよくないのかも」

「プロに泣き言は許されない。美土里ちゃんが提案した古本の手掛かりをどう使うのが効果的か、考えてみよう。今何時だ？　九時前か。日付が変わるまでに決着をつけたいな」

「待って」

女は気弱な表情になって、眉間に右手をやる。

「どうかした？」

「本のカバーを付け替えたことが手掛かりになるっていう話、どこかで読んだような気がしてきた。あなたが貸してくれた有栖川有栖の小説だったかな」

「あったかな、そんなの」

「パクリだって言われたくないから、確かめたい。琢さん、記憶にない？」

男はペンを置いて、腕組みをした。

「いや、覚えていないけれどな、僕は。美土里ちゃんが神経質になっているだけだと思うよ」

「気になるの。有栖川有栖の本、見てみてよ」

「そんなに言うのなら、ここへ持ってこようか。あの作家の本は、三冊ぐらいしかないから」

男は、よっこらしょと席を立つ。

その頃——
噂の当人である私——有栖川有栖もまた、彼らと同じくパソコンに向かっていた。ただし、創作に没頭していたのではない。投稿動画サイトで〈痛すぎる珍プレイ集・プロ野球編〉だの〈仰天・世界の街角ハプニング〉だのといった他愛もないものを見て、けらけら笑っていたのである。

2

阪急電車の岡本《おかもと》駅で降りた私は、携帯電話のメールで教えられた道順を読み返しながら、北へ足を向けた。深緑の山並みの方へ。上り勾配の道だ。阪神間は、岡本以西になると駅前からすぐ坂になっている。七月初めの日差しは強くて、額に汗がにじむ。昨夜は終日曇天で、夜には雷雨もあったが、今日は快晴だ。

いくつか角を折れ、瀟洒《しょうしゃ》な住宅に挟まれた道を進むうちに、それらしいものが見えてきた。警察車両が横づけされ、野次馬や報道関係者の視線を浴びているあの家こそ、殺人事件の現場に違いあるまい。クリーム色の外壁が目を引く南欧風の家が、ビルトイン・ガレージの上に誇らしげに建っていた。それだけなら美しいが、無粋なブ私はルーシートが裏手を隠している。

散歩のついでに様子を見にきました、という風情の老夫婦の脇をすり抜けて、私は黄色い規制線をくぐった。顔見知りの遠藤《えんどう》刑事が、挨拶もせずに「こちらです」とブルーシートの中に導いてくれる。そんな手順にもすっかり慣れてしまった。

「有栖川さんがお着きです」

遠藤の声を聞きつけて、真っ先にやってきたのは野上《のがみ》巡査部長だった。苦手なおっさんなのだが、いつも最初に顔を合わせる。

「お早いお着きで。火村先生はもうお仕事にかかっていますよ。フィールドワークとやらです」

露骨に不機嫌そうな口調でもないのに、全身から放たれる気配が「またきやがった」と言っている。刑事の聖域に土足で踏み込む犯罪学者と推理作家が、どうしても好きになれないのだろう。

と、そこへ長身の樺田《かばた》警部がやってきた。今回の事件の捜査主任は、「よくいらしてくれました」と美声で言う。こちらは野上とは対照的に、いつもウェルカムと迎えてくれる。火村英生准教授を現場に招き、話す機会を持つのが好きらしい。

「どんな事件なのか、まだよく判らないんですけれど、このところ先生方とご無沙汰していたもので」

飲みに誘ったような調子だ。傍らの野上はそっぽを向いて、聞こえなかったふりをしている。

五十坪ばかりありそうな庭だった。低木が疎《まば》らに植わり、小さな花壇が設《しつら》えてある。やや建物に寄ったところに、子供の背丈ほどの石像が立っていた。微笑む天使だ。その脇に、火村が佇んでいる。白っぽい麻のジャケットに両手を入れたまま。

「遺体は、あの天使の足許に転がっていました。頭を強打されていて、即死です。鈍器のようなもので殴られたようですが、凶器は付近にありません」

樺田は、左の前頭部をぽんと叩いてみせた。

「犯人は左利きでしょうか?」

素人考えでしかないが、そう考えるのが自然だ。

「左利きのプロレスラーかもしれません。怪力ですよ。あるいは、非常に殺傷力の高い凶器が使われています」

私の声が届いたらしく、火村は顔も上げずに小さく手を振った。視線は、天使像に注いだまま。

「判っていることを、ざっとお話しします」

私のために警部自ら説明してくれる。

被害者はこの家の主で、轡田健吾《けんご》。四十歳。神戸市内でタクシー会社を経営している。父の会社を継いだ二代目社長ということだが、この家は彼が建てたもの。妻は幸《さち》穂《ほ》、三十五歳。子供はいない。夫婦二人で暮らしていた。

「昨日、被害者は七時過ぎに灘《なだ》の会社を出ていますが、その後の足取りはよく判っていません。妻の幸穂は、クラス会と称して外出していました」

「称してということは……」

「実際は違います。大阪に出て夜遊びをしていたんやそうです。梅田界隈で飲み歩いているうちに、酔って動くのも面倒になったので、ホテルに泊まった。それで朝帰りしたところ、庭で亭主の遺体を見つけた、と話しています」

「びっくりしたでしょうね」

遊び惚《ほう》けて朝帰りしたところであれば、なおさら。

「そういうわけですから、被害者の帰宅時間がはっきりしません」

「奥さんは、自宅に電話を入れたりしなかったんですか？　『今夜は大阪に泊まる』とか、かけそうなもんですが」

「一度も電話していません。夫婦の仲はかなり険悪だった、というより実質的には破綻していたのかもしれません。どんな夜遊びをしていたのかについては、口を濁しています。刑事にも話しづらいことなんでしょうね」

そんな妻でも、夫が庭で死んでいるのを発見したら警察に報せる。一一〇番通報の時刻は、今朝の八時七分だった。

「かなり興奮状態でしたね。『なんでこんなことに』と。何が起きたのか、まるで判らない様子でした。他殺らしいと伝えると、顔面蒼白になりましてね。転んで頭を打ったんやないことは、見たら判りそうなもんですけど」

「死亡推定時刻はいつですか？」と一人前に訊く。

「昨夜の九時から十一時。しかし、九時四十分までに犯行が終わっていた形跡があります」

「どういうことでしょう？」

「足跡さ」火村が言った。「発見者の証言によると、遺体の周りに、というよりこの庭には誰の足跡も遺っていなかったそうだ。被害者のものも、犯人のものも」

庭に芝生はなく、ぬかるんでいた。捜査員たちの足跡でいっぱいだ。天使像に近づこうとしたら、地面に足跡が遺らないはずがない。

「昨夜、激しい雨がありました。大阪や京都でも降ったでしょう。気象台に問い合わせたところ、この一帯では八時四十分から降り始めて、ちょうど一時間ほどでやんでいます。足跡が庭になかったことから、犯行は雨がやむ前に行なわれたと推認されます。また、被害者は雨合羽を身に着けていました。そのポケットからは軍手が見つかっています」

頷いてから、「え？」と聞き直す。

「どうして雨合羽なんか着てたんでしょう？　それに軍手。屋外で作業でもしてたのかな」

「妻に訊きましたが、判りませんでした。思い当たることはないそうです」

この前、雨合羽を着たのはいつだろうか？　しばし考えてから、二年前に甲子園球場のアルプス席で濡れながらタイガースを応援していた自分の姿を思い出した。野良仕事をするのでもなければ、あまり着る機会がないものだ。

「雨合羽と聞いて、犬の散歩にでも行っていたのかと思ったけれど」火村は、私の思いつかなかった可能性を口にしたが、「このうちは犬を飼っていないそうだ。散歩に軍手はいらないし。雨戸が飛びそうで慌てた、という状況でもなさそう」

「それはひとまず措いとくとして、なんで犯行現場が庭なんやろうな。雷が鳴ってる最中に、庭で誰かと立ち話をするわけもない。ここで何かの作業中、侵入してきた犯人に襲われたか？　作業をしていたんやったら、道具が遺ってそうなもんやけれど……」

火村が立っている周辺に、プラスチック製の番号札が散らばっている。

「8番の札の場所に」樺田が指差す。フェンスの際だ。「スパナが落ちていました。被害者宅のものです」

「それが犯行に使用されたというわけですか」

「ところが違うんです。傷の様子からすると、凶器はもっと打撲面が大きなものです。検視した先生は、『砲丸投げの球でもぶつけられたみたいや』と言っていました」

一例として挙げただけだろうが、砲丸のイメージが頭に残った。

「ならば、スパナがどうして？」

「どうしてでしょうね」

警部は、近くにいた捜査員に命じて、現場写真を持ってこさせる。火村はすでに見ているはずだから、私のために。

まずは被害者の生前の写真。スーツ姿で、自動車のボンネットに片手を置いて立っている。ボディに〈くつわだタクシー〉とあるので、会社で写したものだろう。四角い顔に、細い目。口許がほころんでいるのに、眼光は鋭い。二代目社長にしては強面《こわもて》である。顔は怖そうだが、撫で肩の痩身だ。上背もなさそうだから、対面してもそう威圧感はなかったかもしれない。

他の数枚は、轡田健吾の変わり果てた姿だ。海老のように上体を折って、天使像の足許に倒れている。裂傷が痛々しいが、雨が血を洗い流していたので、酷《むご》たらしさが減じていた。紺色の雨合羽の下には、黒っぽいポロシャツを着ている。庭全体が写ったものもあったが、金槌《かなづち》も砲丸も転がってはいない。

「遺体の脇に、ハイヒールの跡がついてる。これは妻のものですね？」

警部は、私が指差したものを覗き込む。

「はい。遺体発見時のものです。捜査員が駈けつけた時、庭に遺っていた足跡はこれだけでした。これだけの大きな傷を頭に負い、夫がすでに死亡していることは一目瞭然だったので、迷わず警察に通報したわけです」

雷雨が去った庭に、遺体が一つ。いったい何があったのだろうか？

私は、天使像に目をやった。高さは約一メートル。直径五十センチほどの台座にのった無垢の象徴は、あどけない微笑をたたえた顔を上げ、両手を頭の上に翳《かざ》している。南東から注ぐ陽の光を掌《たなごころ》に集めようとするかのように。全体的に肉づきがよい。右足を後方に蹴りだし、小さな翼をいっぱいに広げていた。よく磨かれた表面は滑らかで、頬ずりしたら気持ちがよさそうだ。花崗岩《かこうがん》、いわゆる御影石《みかげいし》でできているのだろう。古来、ここから西に行った御影で産出される。

「晴れたのを喜んでるみたいな表情です。この子がしゃべれたら、一発で解決なんですけれどね」

警部は、真面目くさって言った。見ていたどころか、彼——いや、天使は中性か——のふくよかな頬に、雨中で返り血が飛んだかもしれない。

そんな物言わぬ証人が顔を向けている先を見ると、庭の隅にテーブルと椅子がある。お客とコーヒーを飲むこともあるから、愛らしい石像をここに配置したのだろう。庭のいいアクセントになっている。

「何とはなく嫌な予感がして、火村先生に一報を入れたんですよ。雨の庭の殺人で、どういう性質の事件なのか、見えにくい。家屋の方に異状はなく、物盗りのしわざとも思えません。先生にお出ましいただくほどの事件かどうか、いささか怪しいんですが」

警部の歯切れは、よろしくない。それを受けて火村は、

「複雑怪奇、奇怪千万な犯行現場ではありませんね。しかし、樺田さんがおっしゃることも判ります。それこそ何とはなく、ですが」

「『何とはなく』が流行《はや》っていますね」私には、ピンとこない。「違和感がありますか？　どういう状況で事件が起きたのか、色々と考えられそうに思いますよ。もしかしたら、被害者は不審な物音を耳にして、護身のためのスパナを携え、様子を見るために庭に出たのかもしれません。そこで泥棒と鉢合わせしてしまい、殴られたとか」

「わざわざ雨合羽を着て、雨の中に出ていきますかね、有栖川さん」

背中で声がしたので、びくっとなった。野上がまだそばに立っていたのだ。渋面の中年デカ長は、ねちねちと続ける。

「軍手は必要ないし、護身用にスパナを手にしていたというのも不自然です。そんな

ものを工具箱からひっぱり出さなくても、玄関脇に置いてあったゴルフセットからクラブを一本抜く方がよほど早かったはずです」

「はぁ、ゴルフセットが……」

「だいたい、物騒な気配を感じたら、市民は警察へ電話するもんです。不審者と相対するかもしれないのに、スパナ片手にのこのこ出ていくとは思いにくい。まして、雨の夜に。それに、この家は警備会社と契約をしています。門のところにステッカーが貼ってあったのを見ませんでしたか？　おかしな物音を聞いたけれど、警察に通報するのは大袈裟に思うたなら、警備員を呼ぶ手もあったんですよ。雨合羽を着て、雷がゴロゴロ鳴ってる外へ出るやなんて」

　はいはい、あなたには逆らいません。ただの思いつきに過ぎなかったので、私は「そうですね」と引っ込んだ。

「写真を見た印象だと、被害者はまるでこの像に用があったみたいだ」

　火村の呟きにも、野上は嚙みつく。

「火村先生。どんな用があったのか、後学のために伺いたいもんです。この置物のどこかに宝物でも隠してあったんでしょうかね。何かの事情があって、大急ぎでそれを取り出す必要ができた、とか？」

「天使像に宝物が隠されているとは、夢のある仮説ですね。残念ながら、そうではないらしい。首がはずれるのではないか、腕や翼が動くのではないか、と調べてみたんですけれど、何の細工もありませんでした」

「それぐらい、見たら判りますよ。石でできていますからね、石で」

憎らしいオヤジは、拳で天使の頭を叩いた。手が痛くなりそうな勢いで。

「ただ、台座の下だけは、まだ見ていません」

「は、この下に何かあると？　先生、それはおかしいでしょうが」

「ええ。この像を持ち上げたり動かしたりするためには、道具と人手が必要でしょう。被害者だけでできたとは思えません」

「ということは、や」私は加勢する。「被害者は、誰かと一緒に動かそうとしたのかもしれん。その作業中か作業後にトラブルが発生して、相手が暴力をふるった。台座ごと動かした痕跡は雨で消える」

ただの憶測だ、と野上は嗤《わら》って、

「どうです、警部。先生方の推理を参考にして、こいつをひっくり返してみますか？　屈強な男が四人いますから、それぐらいお安い御用です」

「やってみるか。宝物を取り出して空っぽになった抽斗《ひきだし》がついてるかもな。先生と有栖川さんに手伝っていただこう。そっちから押してもらえますか」

四人揃って腕まくりをし、押したり引いたりして、天使をそおっと横倒しにした。

石像の底にも、湿った地面にも、特に変わったところはない。すぐに立て直した。

「夢のない結末でした」火村は、両手の泥をはたき落として、「どんないきさつで被害者が庭に出たのかという謎は、ひとまず措いて、物盗りや宝探しの仲間割れではないとしたら、怨恨の線を考えなくてはなりませんね」

「もちろん、それはもちろん」

野上は、ぶつぶつ言っている。それに慣れっこの樺田は、口許をほころばせた。

「まだ捜査は始まったばかりですが、さっそく気になる情報を摑んでいるんです。被害者は、最寄りの交番で知られた人物でした。お隣と揉めていたようで」

警部が顎をしゃくった。が、ブルーシートの壁ができているため、隣家は見えない。

「隣に住んでいるのは、早瀬琢馬という放送作家です。かなり有名な人物だそうですが——。有栖川さんはご存じのようですね」

頷いて、「売れっ子です。テレビドラマはあまり観ない私でもよく名前を聞きますよ。種村美土里という女性とコンビを組んで活躍しています。その相方は東京在住だそうですけれど」

「コンビなのに、東京と神戸に分かれて生活しているんですか？」

「通信手段が発達していますから、不自由はないんでしょう。パソコンを使って、顔を見ながら打ち合わせをする、と雑誌で読んだことがあります」

「テレビ電話のようなものですか。ほお」

「早瀬琢馬って、ここに住んでいたんですね。——その放送作家と、どんなことで揉めていたんですか？」

「早瀬さんは二年前に引っ越してきたんですが、しばらくは仲のいいご近所同士だったらしい。ところが一年ほど前、早瀬さんが改築工事をした際に、騒音と粉塵のことで轡田社長がクレームをつけたことから、関係がおかしくなった。放送作家の対応がよくなかったのかもしれませんね。以来、二人は犬猿の仲になってしまい、『敷地の境界がおかしい』とか『立ち木がうちの庭に張り出してきている』とか、被害者が早瀬さんに次から次へと苦情をぶつけたみたいです」

「そんなことで交番に相談にきていたんですか？」

「さすがにそれはありません。警察には『隣家に入ったまま出てこない若い女性がいる。監禁されているんやないか』。あるいは『異臭が漂ってくる。毒ガスを作ってるみたいや』と訴えていたんです。現実味が乏しい話ですが無視はできないし、もしもということがありますから、巡査が二度三度と早瀬さんから事情を聞いているんですよ。しかし、少し調べてみれば、それらがすべて轡田氏による悪質なデマだと判りました。そのため、訴えてでた彼自身の方が要注意人物として覚えられることになったわけです」

　轡田は納得せず、その後も似たようなことを何度か言ってきたのだが、くるたびに奇矯《ききょう》な様子になっていたという。

「そのことを、奥さんはどう思っていたんでしょうね」

　私は、それが気になった。

「『ちょっとおかしかった』と話しています。詳しいことは、本人から聞いてください」

　妻の幸穂と対面することになった。

3

　木彫りの鷲《わし》が飾られたリビングに、彼女はいた。夜遊びから帰ったままなのだろう。光沢《こうたく》のある黒とピンクのアンサンブルに、貝殻をあしらった派手な首飾りという出で立ち。スカートの丈は膝上十センチ。しかし、肩のあたりで切り揃えたヘアスタイルも顔立ちも、いたって地味だった。バランスがよくない。火村先生と同様、ファッションのセンスを欠いているだけかもしれないが、ある種の鈍感さの発露のようにも見えた。ただ、話しだすと声が愛らしい。

「早瀬さんには、平素からご迷惑をおかけしていました。もう私、申し訳なくて。あの方は売れっ子だから、気持ちに余裕があるんでしょうね。人気商売だからかしら。どちらにしても、とんでもない言い掛かりなのに、厳しい態度にでないでくれました。『奥さんも大変ですね』と、私に優しい言葉をかけてくださるぐらいで。……お忙しいから、隣近所と喧嘩をする時間も惜しかったのかもしれません」

彼女は、夫の行動をただの嫌がらせとみなし、不愉快に感じていたのだ。轡田健吾が言い立てたようなことは、隣家で起きていなかった。

「ご主人がどういう態度をとっていたのか、教えてください。奥さんの前で、『あることないこと言いふらしてやる』と洩らしていたのか、本気で早瀬さんを怪しんでいたのか、どちらでしょう？」

火村が確認する。

「それが……どこまで本気か私にも判りかねました。『気をつけんとあかん。夜中に有毒ガスが流れてきたら、そのままお陀仏やぞ』と言っていましたから。『あの家の人間の出入りをチェックした方がええな。特に若い女。入った数と出ていった数が合うてないんやないか』なんていうことも。私は馬鹿らしいと思いましたが、あの人は車の出入りを見張っていました。早瀬さんは、女性を家に連れてくることがよくあったみたいです。お金もあって独身で、もてるでしょうから、咎《とが》められるようなことではありません。あの人は、それを羨んでいたんでしょう」

夫が殺害されたわりには、冷静に見えた。警察がきた時は興奮していたというから、それが過ぎて虚脱状態なのかもしれない。受け答えはしっかりしている。

「羨んだからといって、普通はそこまでせんでしょう」

横手から野上が言う。幸穂との面会は、彼の立ち会いのもとに行なわれていた。幸穂は、「それは……」と言って黙りかけたが、ベテラン刑事は視線でその口《こ》を抉じ開ける。

「隠しても誰かが話すでしょうから、私からお話しします。私たち夫婦は、あまり円満な仲ではありませんでした。色々なところですれ違いが生じていて。破綻しているとか、離婚を真剣に考えているという状況ではなかったんですけれど」

話しだすと覚悟が決まったらしい。前髪を掻き上げ、胸を張った。妙に可憐な声で、

「具体的な理由の一つは、私に親しい男性ができたことです。ただの友人だといくら言っても主人は変に勘繰って、嫉妬していました。それがきっかけで、二人の間の罅《ひび》が広がっていって、だんだんとあの人は不安定に……」

「そうなってたのに、破綻はしてなかったと言うんですか？」

野上はねちっこい。

「おかしいですか？　でも私たち、最近は喧嘩もしていないんですよ。ただいつもあの人が不機嫌そうだっただけで。私に文句が言えない人でした。私が離婚したいなんて言いだしたら、それを避けるために何でもしたと思います。自分が折れる形で」

聞いてみると、夫婦仲が変調をきたした時期と、健吾が隣家に嫌がらせを始めた時期は、ほぼ一致していた。募る不満を妻当人ではなく、第三者にぶつけたのだとしたら、彼が哀れでもある。

「愛されていたんですね」

私は、皮肉っぽく聞こえないよう注意しながら言った。ためらいもなく、彼女は「はい」と答える。男女の関係において、どちらかが優位に立つのは珍しいことではないだろうし、それでうまくいく場合もあるだろう。だが、優位な側がデリカシーを欠くのはよろしくない。

「もしかして、昨日の夜もその友人と一緒だったんですか？」

火村が落ち着いた声で尋ねる。

「会っていました。忙しい人で、いつも会えるわけではないので」

相手は工業デザイナー。中学時代の同級生で、一年前に梅田の街中でばったり再会し、お茶を飲んだのがきっかけで、逢引《あいびき》するようになったという。

「そのことをご主人は承知していましたか？」

「正直に話してはいません。短大時代のクラス会があるので、帰りが遅くなるとだけ言ってありました。クラス会の二次会で独身の友だちと盛り上がって、カラオケボックスで朝まで歌うこともありましたから、『朝帰りになるかもしれない』とも」

「素晴らしく理解のある旦那さんですね」

野上は苦々しげだった。彼の家では、あり得ないことなのだろう。手帳を開いて、鉛筆の先をなめる。

「お相手の名前と連絡先を教えてもらえますか？」

「それはちょっと……。ご迷惑が及んでは困ります」

「しかし、あなたと一緒にいたのなら、話を聞く必要がある」

「もしかして、私のアリバイをお調べになるんですか？」

「もしかしなくても、そうです。被害者の最も身近にいた方の行動は、はっきりさせておかないとね」

「まして仲がよくなかったのなら、ですか。けれど、それは的はずれな疑いです。私が犯人でないことは、相手の男性の素性を明かさなくても立証できます」

「どうやって？」

「八時に、西梅田のベルホテルで会うことになっていたんですけれど、さっきも申し上げたとおり忙しい人なので、急な仕事で遅れるという連絡が入りました。それで、私だけでホテルで食事をすませ、バーで飲んでいたからです。ホテルの従業員にお訊きになれば証言してくれるはずです。クレジットカードで支払いましたから、筆跡つきの記録も残ってますよ」

「なるほど。しかし、それでも相手の男性が誰かを隠すことは許されません。あなたがホテルでアリバイをこしらえている間に、その人が旦那さんに危害を加えたのかもしれないでしょう。いや、私が言っているのはあくまでも可能性の問題ですよ。目くじらを立てて怒らんように願います」

幸穂は明らかに不愉快そうだったが、訊かれたことを話さざるを得なかった。

「彼が仕事で遅れたのは確かです。十時まで東梅田の事務所で会議をしていたそうですから、アリバイは完璧です。それが判ったら、どうか彼を煩《わずら》わせないでもらえますか。早く犯人を捕まえていただきたいのは山々ですが、行きすぎた捜査は慎んでください」

「お約束しますよ、それは」

野上は手帳を閉じると、腰を上げた。

「あとは先生方におまかせします。私は、今聞いたことを警部に報告してきますので」

フローリングの床をどたばた踏み鳴らして去っていった。少し間が開き、幸穂が溜め息をつく。

「まさかこんなことになるなんて。刑事さんなんて、テレビの中の存在だと思っていたのに」

「『篠崎警部補』のように、ですか？」

私が言うと、大きく頷く。

「ええ。有栖川さん……でしたか？　有栖川さんもあのドラマをご覧になっているんですね。推理作家として、参考になりますか？」

「時には」

感心したものが何本かあった。

「篠崎警部補は、人懐っこくて人情家ですけれど、今の刑事さんはだいぶ違いますね。陰険な感じ」

「仕事ですから、しょうがありませんよ」

野上のオヤジさんをかばってやるとは。われながら立派な社会人だ。

「ご質問なさりたいことがあれば、どうぞ。何を訊かれても平気です。やましいことはありませんから。——ああ、お茶もお出ししていませんでしたね。すみません」

火村は、あくまでも紳士的に、

「こんな時にお茶を出してもらうも何も。それより、いくつか訊かせてください。夫婦の間に罅が入り、隣家との関係もよくなかったということですが、ご主人はそれ以外にはトラブルを抱えていませんでしたか？」

「なかったと思います。タクシー会社の経営は楽ではありませんけれど、企業や団体のいいお客様を確保していたので、まずは順調だったと聞いています。社内に問題もないようでした。詳しいことは、会社の者にお尋ねいただけますか。専務と総務課長がここにきています」

さっきまで幸穂に付き添い、今は別室で捜査員の質問に答えているところだという。

「プライベートな人間関係はどうです？」

「思い当たることはありません。あの人を悩ませていたのは、二人だけです。この私と、早瀬さん」

「クラス会のことを、ご主人はそのまま信じたんでしょうか？　疑う素振りなどは――」

「そんな素振りは見せませんでしたけれど、内心どうだったかまでは判りません。多分、鵜呑《うの》みにしていたと思います」

「あなたとデザイナーのお友だちの関係が続いていることは？」

「私たち、半年前に切れたことになっていたんです。主人は、それを信じてくれました」

　そう口にした途端に、目尻に涙が浮かんだ。夫が不憫《ふびん》になったのだ。そうであって欲しい。

「今朝の八時頃にお戻りになったんでしたね」火村は淡々と続ける。「ご主人が庭に倒れていることにすぐ気づきましたか？」

「ここから……見ました」

　裏庭に向いた窓を指差す。首を捻って後ろを見ると、なるほど、天使像が見えていた。遺体も目に入る位置だ。

「それで、玄関から出て、庭に回った？」

「はい。あの人が死んでだいぶ時間がたっていることは判りましたから、すぐ警察に電話を……。私にできることは、それだけでした」

「遺体に触れましたか？」

「肩を揺すりましたけれど、いけませんでしたか？」

「いいえ、ごく自然なことでしょう。それ以外に、現場にあったものを動かしたりは？」

「いいえ」

「遺体を見て、何か気がついたことはありませんか？」

「特にありませんけれど……どうして雨合羽を着ているのかしら、とは思いました」

「雨の中、庭で何かしていたように見えますね」

「することなんて、ありません。まさか雨漏りを直そうとしていたわけでもないでしょう。だいたい、雨なんか漏っていなかったし」

「この家や庭に、変わった点は？」

「刑事さんにも同じことを訊かれました。それで、ざっと見て回りましたけれど、これといって何も。戸締りにも異状はありませんでしたし、刑事さんが警備会社に問い合わせたところ、警報装置も働いていないそうです」

「天使の像にも、ですか？　置いてある位置がずれているとか」

「もとのままです」

「あの像に、何か特別な来歴は？」

「ライレキ？　先生は難しい言葉を使いますね。特別なものではありません。半年ほど前に御影の石材店の前を通りかかった時、私が気に入って買いました。大した値打ちもない品ですけれど」

テンポよく質問を投げていた火村だが、ここで小休止した。鼻の頭を掻いて、少し首を傾げる。そこで、私がずばり尋ねてみる。

「誰がご主人にあんなことをしたのか、心当たりはありませんか？　少しでもひっかかる人がいたら、思い切って言ってみてください」

「それは……」

話していいものかどうか、逡巡《しゅんじゅん》する。だが、それもほんの五秒ほどだった。

「やっぱり、早瀬さんです」

4

早瀬邸の玄関は、北を向いていた。轡田邸とは、完全に背中合わせだ。北向きというと陽当たりが悪そうに思うが、リビングなど居住スペースを南向きにできるので、いい間取りにできるとも聞く。

平たい轡田邸に対して、こちらは上に伸び上がったようだ。独り暮らしなのに、三階建てとは贅沢な。総ブリック貼りの赤っぽい家。ゆるい勾配の屋根に天窓がついているから、ロフトでもあるのか。大邸宅というスケールからは遠かったが、庶民の目からすれば豪邸と呼ぶしかない。門柱には轡田邸と同じ警備会社のシールが貼ってある。

火村と私は、今度は若手の遠藤刑事に連れられて、早瀬琢馬と会うことになった。

有名人とのご対面だが、驚いたことに——驚かなくていいのだが——売れっ子放送作家は、私のことを知っているばかりか、何冊か著作を読んでくれていた。作家として、気分がよくないはずがない。

「推理作家の有栖川さんが警察の捜査のお手伝いを？　そんなことをなさっていたとは知りませんでした。これは内緒ですか？　それなら口外しませんので、ご心配なく」

物腰が柔らかく、能弁だった。新聞や雑誌で見たとおり、あっさりした感じの二枚目だ。女性からは、目許が涼しくて清潔感がある、と評されるタイプだろう。きれいな弓形を描く眉は、手入れの賜物《たまもの》か。

「捜査を手伝っているのは火村准教授で、私はそのアシスタントのようなものでして」

こちらは、もたもたと説明する。と、彼の関心はたちまち火村に向いたようだった。

「英都大学で犯罪社会学の講義をお持ちで、その正体は名探偵ですか。これは面白い。今までドラマになかった設定じゃないかな。モデルにさせていただくわけにはいきませんよね」

火村は、にこりともせず「ご内聞に願います」

通されたリビングはやはり南向きで、裏庭に面していた。こちらは芝生が萌《も》えている。さして広くはなかったが、アーチのついた花壇や大理石の水盤など、エクステリアが充実している。リビングとつながったサンデッキに出て、お茶など飲めば気持ちがいいだろう。しかし今は、例のブルーシートが眺めを台なしにしていた。

「お隣でとんだことが起きてしまい、驚いています。――凶器は見つかりましたか？」

尋ねられた遠藤は「いいえ」と首を振る。

「まだ捜索中です。凶器は犯人が持ち去ったんでしょう。昨夜はああいう天気でしたから、現場の保存状況が悪い。篠崎警部補でも苦労するでしょう」

「刑事さん、あの番組をご覧になっているんですか？」

作者は喜色を浮かべたが、遠藤は正直だ。人気番組だから噂は聞いているが、観たことはないと白状する。

「そうでしょうね。お忙しい本物の刑事さんが、作りものの事件を面白がってくださるはずがない」

「家内が好きで、よく観ているようです」と遠藤は気を遣う。「早瀬さんこそご多忙でしょうから、用件に入ります。午前中にも伺ったことですが、昨夜のことについて」

「何時頃のことから話せばいいですか？　七時。いいですよ」

早瀬は腕組みをして、上体を小さく揺すりながら話しだす。

「僕は、七時に夕食をとります。自分で作る時も、外食する時も。昨日は自炊の日で、知人が送ってくれた但馬《たじま》牛を焼いて食べました。食事がすむと、仕事の準備です。午後早くに東京のパートナーから電話があり、今書いているドラマの脚本の打ち合わせをすることになっていたからです」

「パソコンを使った打ち合わせですね？」

「便利な世の中になったものです。やっぱりお互いの表情を見ながら話さないと、呼吸が合いません。そういう時代になったから、好きな神戸に戻ってきたわけです」

彼は、もともとこのあたりの出身なのだ。

「打ち合わせは、八時半からでした。予定どおりの時間に始めて、延々と夜半過ぎまで。最後はアシスタントの竹中君の助けも借りて、何とかまとめることができました」

「へえ、アシスタントが」

私は、つい口を挟む。

「大阪のシナリオ専門学校で臨時講師を務めた際に知り合って、雑用を手伝ってもらうようになりました。昨日は私の車を貸して、ちょっとしたお使いをしてもらったんですが、十時頃に車を戻しにきたので、そのまま打ち合わせに加わってもらいました。ですから、八時半から十時まではこの家には私だけで、それ以降は彼と二人でした」

犯行があったとされる降雨中には、早瀬は終始一人だったわけだ。

「竹中さんに車を貸したのは、いつですか？」

「八時前です。大阪のテレビ局まで往復してもらったんです」

八時から十時までここにいなかったのなら、そのアシスタントに訊くことはあまりなさそうだ。

「繰り返しの質問ですみません」と遠藤は断わって、「ここからが本題ですが、九時から十一時の間に何か気がついたことはありませんか？」

「それが死亡推定時刻のようですね。残念ながら、不審な物音を聞いたりはしていません。ましてや不審者を目撃することもなかった。ずっとパソコンの画面を見ていましたから。犯行現場の近くにいたのに、ごめんなさい、という気分です」

「パソコンの前を離れることもおありだったのでは？」

火村が言うと、早瀬は腕組みを解いた。

「そりゃ、まぁ、何度かトイレに立ったし、資料を取りにも行ったし、コーヒーのお代わりを注ぎに階下《した》へ降りたりもしましたけれど」

「階下。お仕事はどの部屋で？」

「三階の北向きの部屋です。廊下に出たら、窓からお隣の家を見ることができますけれど」

「庭はどうです？　雨の夜だったとしても、常夜灯の明かりがあったと思いますが。それに、見たところ隣との間に背の高い庭木は植わっていません。それに、こちらにきてみて判ったのですが、そんなに高い塀もない」

ブルーシートの手前には、高さ二メートルほどの金属製フェンスがあるだけだった。三階からなら、隣家の庭も見られそうだ。

「それは轡田さんのクレームがついたからですよ。『葉っぱがこっちにばかり落ちてくるから伐《き》ってくれ』って。あっちにばかり落ちるわけがないけれど、いくらか迷惑をかけているのかもしれないし、あの人は普通でないところがあったので、揉め事を避けるために、東側に植え替えました。ええ、罪もない木を伐り倒したりはしません。そのせいで、東側の植木が過剰になってしまいましたけれどね」

ささいな表現に、隣人への不快感がにじみ出る。

「何の話でしたっけ。ああ、そう。廊下の窓から隣を見て、何か気がつかなかったか、というお尋ねでしたね。いいえ。トイレに立ったり資料を取りに行く際、いちいち窓から外の景色を眺めたりはしませんし。ちなみに、その資料というのは有栖川さんのご著書です。パートナーが見たい、と言ったので」

「種村美土里さんが？」

それはそれは。

「ちょっとしたアイディアが浮かんだんだけれど、有栖川さんの本で読んだような覚えがある、と言いだしたので、手持ちの有栖川作品にあたって確認したんです。彼女の記憶違いでした」

どんなアイディアだったのか気になったが、そんなことを質《ただ》している場合ではない。協力的な態度をとっている早瀬だが、面会に先立っては「必要以上に時間を取らないで欲しい」と釘を刺されているのだ。臆することなく、はっきりものを言うタイプでもあるらしい。

何も見なかった、聞かなかったと言い切られては、火村としても諦めるしかない。話の方向を転じた。

「轡田さんから、色々と迷惑をかけられていたと伺っています」

「はい。中傷を警察に持ち込まれて、辟易《へきえき》していました。そこまでする人は、めったにいない。最初のうちは、善隣関係を構築していたんですけれどね」

早瀬邸の改築がきっかけで、関係がおかしくなったこと。その背後に、轡田夫婦の不和があること。彼が提供してくれたのは、いずれも既知の情報だ。

「腹が立つことも多かったのでは？」

「仕事の手を止められるのが、一番嫌でした。でも、努めて自制していましたよ。あれはかわいそうな人なんだ、と自分に言い聞かせて」

「早瀬さんが若い女性を監禁しているだとか、毒ガスを製造しているだとか。どこからそんな話が出てきたんでしょう?」

「想像がつきますよ。新聞の社会面、またはテレビのワイドショーです。興味深いな、とは思いました。現代において、隣人を誹謗《ひぼう》しようとしたら、そういう悪事がリアリティを持つわけです。いつかドラマで使えるかもしれません」

轡田健吾の誹謗中傷にはまったく根拠がない、と言いたいわけだ。

「奥さんの幸穂さんに対しては、どんな印象をお持ちですか?」

「旦那が変わり者でお気の毒、というところでしょうか。家庭内でも、さぞ暴君だったんでしょうね」そうでもなかったのだが。「でも、何とかして欲しかったですね。強くたしなめるなりして」

「先ほど轡田さんご夫婦の不和とおっしゃいました。それはご近所の噂ですか?」

「このあたりは家が建て込んでいないから、ご近所といっても轡田さんぐらいです。噂を耳にしたことはありませんが、喧嘩する声が聞こえてくることがありました。最近はないけれど、ひと頃は派手にやっていましたよ。晴れた日曜の午後なんか、窓を開けてお茶を飲んでいたんですが、そのうち口論になるんだ。たまたま僕もサンデッキにいたりしたら、何を言っているのかはっきり判ります。旦那さんが『あの男とは本当に別れたんだろうな』と叫んでいたので、あの奥さんは見掛けによらないな、と思ったりしました。それだけ旦那がひどかった、ということでしょうけれど」健吾を疎ましがる反動なのか、幸穂には甘い。「これは盗み聞きではありませんので、私の品性を疑わないでください」

サンデッキからフェンスまで、七メートルぐらいしかない。いや、七メートルもある、と言うべきか。隣家の庭の幅も五メートルはあるが、轡田夫妻が大声で喧嘩をしていれば、自然に聞こえてしまうだろう。

「轡田さんが、よそでもトラブルを起こしていたということは？」

「私だけを目の敵《かたき》にしていたようですよ。でも、あの様子だと、会社でも何かやっていたかもしれません。社内の人間関係も洗ってみた方がいい……なんていうのは出すぎた真似ですね。失礼しました。つい篠崎警部補が乗り移ってしまいました」

苦笑する男に、火村は真顔のまま尋ねる。

「早瀬さんは、轡田さんから嫌がらせを受けていたわけですが、身の危険を感じるようなことはありませんでしたか？」

「それはありません。あの人の武器は口だけで、決して手や足は出さない。体格に恵まれていなかったせいでしょう。奥さんを叩くぐらいはしていたかもしれませんが」

彼は、轡田健吾を暴力亭主と誤解しているらしい。夫婦の姿は、えてしてこんなふうに誤解されるのか。あるいは轡田夫妻が特異なのか。

「度重なる中傷にむかっときて、『いい加減にしてもらえませんかね』と思わず声を荒らげたことがあるんですが、たったそれだけで『暴力はよせ』とたじろいでいましたからね。それを見て、この人を怖がる必要はない、と安心しました」

「なるほど」

また火村が言葉を切る。何の新事実も得られないので、早瀬に興味を失いつつあるのか、こんなことを言いだす。

「パートナーの種村さん、アシスタントの竹中さんのお話を聞いてみたいのですが」

放送作家は、二度三度と瞬《また》きした。

「……はあ。それはかまいません。私が生活の面倒までみてやれないので、竹中は昼間はアルバイトをしているんですが……今日は休みだと言っていましたから、ここへ呼びましょうか。摂津本山《せっつもとやま》に住んでいるので、歩いてこられますよ。美土里ちゃんは、テレビ局から帰っている頃だな。二人とも昼過ぎに刑事さんと電話で話していますから、事件のことは知っています」ここで遠藤が頷く。「連絡してみますよ。ちょっとお待ちください」

彼は携帯電話を取り出し、前髪を掻き上げながら、竹中、種村の順でコールした。

5

　踊り場ごとに洒落た抽象画が掛かった階段を三階まで上がると、南側の廊下に窓が三つ並んでいた。隣家の屋根と二階が見下ろせるが、犯行現場はシートで遮《さえぎ》られて見えない。

　北側にはドアが三つ。階段の脇にあるのが早瀬琢馬の仕事場だった。その隣は書庫。一番奥はふだんは使わず、客が泊まれるようにベッドが置いてあるそうだ。

「客間というわけですか。おや、その向こうにも小さな階段がありますね」

　廊下の突き当たりに、真っ赤なオブジェのようにぽつんと消火器が立っている。その手前に急な階段があり、上に延びていた。

「先生は目敏《めざと》いですね。物置にしている屋根裏部屋です。女性を監禁しているとお疑いなら、あとでお調べいただいてもかまいませんよ」

「天窓のある部屋に成人女性を監禁できるとは思いません」

「鎖でつないでいれば……」頭を掻いて「つまらない冗談はやめます。そんなことより、美土里ちゃんですね。どうぞ」

　仕事場は十五畳ばかりの広さで、大きな机は窓を背にしている。その机上と、右脇のスチール製ラックにそれぞれデスクトップ型パソコンが鎮座していた。壁の本棚には、今参照している資料らしきものやらファイル類が整然と収まっており、早瀬の几帳面さが窺える。余分なものを省いた、装飾や遊びの少ない空間だった。壁のカレンダーは、近所の酒屋の名前入り。

「散らかっていて、みっともないですね」

そう言いながら机上のメモ類を揃えるが、よく片づいている。肘掛けつきの椅子に座ると、猫背になってキーを叩き、スクリーンセーバーが幾何学模様を描いていたパソコンにログインした。

「わ、もう皆さん、いらしてるの」

モニターに現われた種村美土里は、口許に手をやった。火村と私が、早瀬の両脇に立っていたので驚いたようだ。机の脇に控えた遠藤も視野に入っているだろう。

急いで服を着替えたのだろうか、種村は黄色いシャツの襟元を調《ととの》え、肩に垂れた髪を背中に払う。目鼻立ちがはっきりしていて、明るい印象だ。

「そうだよ。ご紹介するよ。本の著者近影で存じ上げているだろうけれど、こちらが有栖川有栖さん。で、向かって左がさっき話した火村先生だ。――先生方、どうぞ。モニターの上に置いてあるのがカメラです。高性能のマイクが内蔵されているのでヘッドセットは要りません。このまま画面に向かって会話してください」

初対面の挨拶を交わした。種村は、名乗ってから頭を下げる。礼儀や作法に厳しい環境で育ったのでは、と思わせるほど深々と。

「お隣の轡田さんが亡くなった件、警察の人とは電話で話したんでしょ？　だいたいのことは聞いているよね。現場の近くにいたから、不審な点に気づかなかったかって、あれこれ訊かれているんだ。それで、君からも話が聞きたい、と火村先生がおっしゃっている。いいね？」

「琢さんが気づいた以上のことを私が答えられるとは思えないけれど……いいわよ」

「じゃあ、替わるよ。――どうぞ、お掛けになってください」

早瀬は立って、火村に椅子を勧める。准教授と相対した種村は、緊張した面持ちで座り直していた。

「あまりお時間は取らせませんので」

とだけ前置きして、彼は質問に入った。昨夜、何時から何時まで早瀬とこうして話していたのか。その間、不審な物音を聞かなかったか。訊きたいのは、それだけだ。

「お役に立てそうもありません。八時半から零時ぐらいまで、ずっとパソコンを通して話していましたけれど、何も聞いていません。昨日、そちらは雨で、雷も鳴っていましたね。雷鳴は小さく聞こえました。ですから、その音に掻き消されて、お隣の家でおかしな音がしてもマイクが拾わなかったと思います」

予想された答えだ。これで会見は終わりだな、と思ったが、私よりも早瀬の方がいい勘をしていた。

「火村先生。僕がいては、遠慮して訊きたいことが訊けないでしょう。席をはずしますよ」そして、マイクに顔を近づける。「廊下に出ているよ。ありのままを話して、僕の疑いを晴らしてね、美土里ちゃん」

「えっ、まさか琢さん、容疑者なの？」

パートナーは、また口許に手をやる。

「知らない。でも、僕が篠崎警部補や火村先生なら必ず訊くよ。『早瀬さんは、十分から十五分ほど中座しませんでしたか？』とね。それだけあれば、お隣で何かをして戻ることもできるから。ねぇ、先生」

火村は苦笑している。

「そこまでおっしゃるのなら、私が種村さんに質問するのに立ち会われてもいいように思いますが」

「いえいえ、やはり当人がいない方がよろしいかと思いますよ。隣の書庫にいます。終わったら呼んでください」

出ていってしまった。モニターの中の種村は、不安げな表情を浮かべる。

「彼は疑われているんですか？」

その問いに、火村は「いいえ」と応じる。

「現時点では、容疑者でも参考人でもありません。そうご心配なさらずに」

「琢さんは、お隣の轡田さんから一方的に迷惑をこうむっていました。轡田さんに嫌がらせをやり返したこともないはずです。殺すだなんて、あり得ません」

「そうでしょうね。でしたら、完全にシロだと確定させるのがいい。警察も手間が省けます」

「はい、そういうことでしたら」

火村がまっすぐに画面を見つめるので、彼女は目のやり場に困っている様子だったが、開き直ったように顔を上げた。

「はっきりお話ししておきます。昨日の夜の八時半から零時頃まで、早瀬琢馬はパソコンの前から離れませんでした。たったの十分も」

「間違いありませんか？」

「宣誓してもかまいません」

「片時も離れなかったわけではないでしょう。トイレに立ったり、資料を取りに行ったり、コーヒーを淹れにいったりした、と伺っています」

「それぐらいのことはありました。でも、どれも十分とかかっていません。せいぜい……七、八分かしら」

それは、ほぼ十分と言い換えることもできるのではないか？　しかし、火村はそんな意地の悪い追及はしなかったし、私もその必要はあるまい、と思った。「ちょっと失礼」と席を立ち、この家を出て隣家まで走り、轡田健吾を撲殺してから飛んで戻るのに要する時間として、十分では苦しい。二軒の家は背中合わせに建っていて、玄関が離れているから。髪を振り乱して急ぎ、一瞬にして轡田を斃《たお》せたならば、ぎりぎり可能かもしれない。しかし、その場合はここに帰り着いた時、ゴールインしたマラソンランナーのような有様だっただろう。火村はそのあたりを質す。

「早瀬さんが戻ってきた時、様子がおかしかったことはありませんか？」

「呼吸が荒かったとか？　いいえ、そんなことはありません」

「態度が変わっていた、ということも？」

「はい。人を殺して動揺していた、なんてこともなしです」

「頭髪や服が濡れていたことは？」

「だから、変わったことは何もなかったんです！」

声が大きくなったので、火村はボリュームを絞った。そんなことをせずとも、隣室の早瀬の耳に届きはしないだろうが。種村は、ひどく不満げだ。

「質問がくどすぎませんか、火村先生？　何をお考えなのかは判ります。私、琢さんの家に行ったことがありますからね。玄関を出て、ぐるっと回って隣の家に行くと遠い。だから、裏庭のフェンスを乗り越えたんじゃないか、と言いたいんだわ。でも、そんなの無理でしょう。よけいに時間がかかります。席をはずしてくれたから言いますけれど、琢さんって、ああ見えて運動神経がよくないんです。あのフェンスを乗り越えようとしたら、半年ほど自衛隊に入って訓練する必要がありそうですよ」

えらい言われようだ。早瀬が聞いたら傷ついたかもしれない。

「くどくて申し訳ありません。早瀬さんが席をはずした回数と、不在だった時間がどれぐらいだったか、覚えているかぎり正確に教えていただけますか？」

彼女は眼鏡を取って、ごしごしと両目を擦ってから、渋々と答える。

「隣の部屋に資料を取りに行ったのが一回。これは有栖川さんの本を探すためです。せいぜい二分で戻ってきました。トイレが一回。所要時間は約三分ぐらい。コーヒーを淹れにいった時は、七、八分。八分ということにしてもかまいませんよ」

「種村さんが中座したこともあったはずです」

眼鏡を掛け直して、「トイレが一回。男性よりは長くかかりますが、五分とかかりません。それから、私も一度コーヒーを淹れに行きました。インスタントのものにお湯を注ぐだけだから、ほんの二分ぐらいで戻っています。足し算すると、何分になるでしょうね。私、カウントしながらしゃべっていましたよ。二十分です。でも、それに何の意味があるんですか？　彼がお隣で殺人を行なって、呼吸を整えてからパソコンの前に戻るには、まるまる十数分かかるんですよ。足して十数分になればいい、というものではないはずです」

彼女の言うとおりだ。ここと現場を往復する時間の分割払いはできない。

「有栖川さんのご友人で、犯罪学がご専門の先生と伺って、大いに期待したんです。『篠崎警部補』シリーズを書く上で、参考になるかもしれない、と」

「期待が裏切られつつあるわけですね？　大変失礼しました。私は引っ込んで、有栖川に替わることにします」

おい、準備ができてないぞ、と思ったが、火村は私に席を譲る。もたもたせず、何か実のある質問をしなくては。

「えーと、昨夜は十時頃まで早瀬さんとお二人で打ち合わせをして、それ以降は竹中さんが加わったということですが」

「琢さんのお使いから帰ってきたので、彼の知恵も借りたんです。行き詰まりかけていたので、助かりました」

種村は、私には落ち着いて答えてくれたので、そっとボリュームを上げた。

「竹中さんは十時からずっとご一緒でしたか？」

「はい、琢さんの横に並んで座って。彼は一回も部屋から出なかったんじゃないかしら。ええ、そうでした。仕事がうまくいったので、二人は西宮北口《にしのみやきたぐち》のバーに飲みに出掛けたみたいですよ。閉店後も、店に入れてくれる馴染みのお店に」

「え、まさか車で――」

「違います。タクシーを呼ぶと言っていました」

「ああ、そうでしょうね。――ところで、早瀬さんが竹中さんに頼んだお使いとは、何だったんでしょうね。ご存じですか？」

　あとで彼らに訊けばいいことだが、ちょっと気になっていた。

「なにわテレビのプロデューサーに借りていた古い番組の資料を返しに行ってもらったんだそうですよ。宅配便で送ってもよかったんですけれど、琢さんが言うには『局に出入りしているうちに顔が売れる。あいつのためになる』ということです」

「ははぁ、そんなものですか。可愛がっているんですね」話の接ぎ穂を探す。「竹中さんって、男性ですよね？」

「はい。彼、女好きの部類に入ると思いますけれど、男性にまでちょっかいは出しませんよ」

　軽くふざけてみせる。

「種村さんと早瀬さんは、大学の映画研究会時代からのお付き合いだそうですね。雑誌で読みました。お二人の関係は、お仕事に限定されているんですね？」

　不躾《ぶしつけ》な質問だったかもしれないが、相手は平然としている。

「ずっとそうですね。学生時代から合作のよきパートナーで、それ以外の何物でもありません。本人がいないから言ってしまうと、彼は私が恋人にしたいタイプの男性ではないし、彼にしてもこんな漫画みたいな顔をした女、趣味じゃないでしょう」

「漫画みたいな顔って、種村さんが？　とんでもない」

「有栖川さんって、口がお上手なんですね」

私には好感を抱いてくれたようだが、雑談をしていても仕方がない。

「轡田さんという人は、どうして早瀬さんに絡んだんでしょうね。第三者である種村さんから見て、思い当たることはありませんか？」

「身近にいないので、判りません。彼は、『近くにいるから、八つ当たりされているだけ』とこぼしていましたけれど。女性をさらってきて監禁しているなんて、質の悪い嘘ですね。間違っても信じないでください。彼にはそういう変質的なところはありません。私、変態を見破るのは得意なんです。彼は自分がもてるって自信を持っているし、現にもてます。毒ガス作りも論外。運動以上に理科が苦手ですから」

「そうですか、なるほど」

尋ねることがなくなってきた。それを察した火村は、隣室の早瀬を呼びにいく。戻ってきた男は、パートナーに微笑みかけた。どう見ても、恋人ではなく友人に向けた笑顔だ。

「ちゃんと答えてくれたみたいだね。ありがとう。火村先生が僕を見る目が変わったよ」

「よかったわね。でも琢さん、戸締りに気をつけてよ。殺人犯がまだ近くにいるかもしれないんだから」

「大丈夫。それより、美土里ちゃんこそ煙草の誘惑に気をつけて。机の隅のライター、窓ガラスに映ってるよ」

痛恨のミスだったのか。指摘された彼女は、顔をしかめていた。

6

リビングに降りて、ものの五分とたたないうちにドアホンが鳴った。いいタイミングで、竹中がきたのだ。早瀬が「おお、急に呼んで悪かったね」と迎えに出る。

「いやぁ、平気ですよ。早瀬さんの『すぐきてくれよ』には慣れっこですから」

そう言いながらリビングに入ってきた男は、私たちを見て口を噤《つぐ》んだ。二十六歳だそうだが、幼く思えるほどつるんとした肌をしていて、大学生に見える。だぶだぶの黒いTシャツにジーンズ、足許はリーボックのスニーカー。ストリート系のファッションは、放送作家というよりミュージシャンを志望しているかのようだ。

全員の紹介をすませたところで、早瀬はさっきと同じ配慮をみせる。「自分は庭に出ています」と。竹中が心細げな表情になると、その肩をぽんと叩いた。

「篠崎警部補に追いつめられる犯人みたいな顔をするなよ。ありのままを、な」

「はあ」という弱々しい返事に、もう一度肩を叩き、リビングのサッシ戸からサンデッキに出ていった。

「緊張なさらなくて結構ですよ、竹中さん。どうか楽にして」

遠藤はそれだけ言って、あとは火村に任せる。准教授は、ネクタイの結び目をゆるめて、「では」と始めた。

「難しいことは訊きませんので、記憶しているとおりにお答えください。あなたは昨日、早瀬さんに頼まれてお使いをしたそうですね。それは、どのようなものでしたか？」

私たちがすでに聞いたとおりの答えが返ってくる。八時にここへきて、なにわテレビのプロデューサーから借りていた資料を返しに行き、十時に帰ってきた。資料は段ボールひと箱あったので、往復には、早瀬の車を使ったのだそうだ。そのプロデューサーの名前と連絡先を、遠藤が手帳に控える。

「そういうお使いは、よくあるんですか？」

「たまに。僕がテレビ局に出入りする機会を作ってくれているんです。運転には自信がないから、先生のベントレーを運転するの、ちょっと怖かった」

「お使いを頼まれたのは、いつですか？」

「前日です。『明日の夜、僕の車に資料を積んで、なにわテレビまで行ってきてくれ。用がすんだら少し愚図愚図して、雑談の相手になってもらえ。それが勉強だ』って。けっこう話してくれたので、うれしかった。だから、車を戻しにくるのが十時になったんです」

それはよかったね、と言ってあげたくなる。

「お使いの頼まれ方や内容に、いつもと違う点はありませんでしたか？」

「質問の意図がよく判りませんけれど、そんなことはありません。僕ができるお手伝いって、ふだんはそのレベルですから」

「おや、そうなんですか。謙遜は無用ですよ。人気ドラマの脚本作りにも参加していたじゃないですか」

「僕が謙遜なんて、千年早いですよ。人気ドラマっていうのは、『篠崎警部補』のことですね。時々、先生が冗談めかして『ミステリーのアイディアない？』と言うことはありましたけれど、種村さんとの打ち合わせに入れてもらえたのは、昨日が初めてです」

すると、お使いよりもそちらがイレギュラーなことだったのだ。轡田健吾の死と関係しているとは思えないが。

「あなたを打ち合わせに入れてくれたのは、早瀬さんなんですね？」

「はい。『発想が堂々巡りになっているので、脳味噌を貸してくれ』と言って。がんばってアイディアを出したから、いくらか貢献できたと思います。種村さんも、『それ面白いかも』と何度か褒めてくれました」

「アイディアが採用されたら、うれしいでしょうね。——十時から零時ぐらいまで続いたんだそうですね。その間、休憩はしましたか？」

「まったくありません。『零時《てっぺん》までにやっつけるぞ』と早瀬さんや種村さんが気合を入れていましたから、集中してやり通しました。ああいうのは、いったんだらけると駄目なんだそうです」

「休憩とまでいかずとも、早瀬さんが何かで部屋を出たことはありませんか？」

「ありませんでした。仕上げたところで、『みんなトイレにも行かずにがんばったな』と早瀬さんが言ったぐらいです」

「昨夜、早瀬さんに何か変わったところはありませんでしたか？」

あまりにも単刀直入な問いに、竹中は驚いた顔を見せる。

「もっと婉曲に探りを入れられるのかと思ったら、直球ですね」

「芸がない？　しかし、婉曲に訊きようがないのでね。どうです？」

「先生にはおかしな様子なんて、ありませんでしたよ。弟子だから、師匠をかばうわけではありません」

妙な感じだ。何に対して違和感を覚えるのかというと、火村の態度にである。被害者とひと悶着あった隣人について調べるのはいいとしても、随分としつこい。種村には、早瀬が事件に関与していないのなら、『完全にシロだと確定させるのがいい』などと言っていたが、どうもそんな雰囲気ではない。それこそ、早瀬に絡んでいるかのようだ。

「零時に仕事が終わってから、西宮北口まで早瀬さんと飲みに行ったそうですね。そういうことも、珍しくないんですか？」

火村の質問は続いている。

「いや、あんまりなかった。先生、ドラマのプロットが一本まとまって、興奮していたんですよ。その勢いで『出掛けるぞ。付き合え』になったんです、きっと。僕を指導するいいチャンスだと思ったのかもなぁ。飲みながら、お説教めいたものも聞かされて、反省会みたいでもあったから」

「何時までそこに？」

「三時半まで。閉店した店でずーっと飲んでいたんです。マスターの計らいで。『ごめんなさい。テンションが上がっていたので、長くなった。お邪魔しました』と先生がタクシーを呼んだ時は、ほっとしました」

庭を見ると、早瀬が芝生に佇んで、所在なげにしている。ふと目が合ったので、私はちょっと手を上げた。もう少しで終わりそうだ、という意だったのだが、伝わったかどうか。

「亡くなった轡田健吾さんについて、早瀬さんは何かおっしゃっていましたか？」

「迷惑おじさん、と呼んでいましたね。『困ったもんだ』とぼやくことはありましたけれど、そう深刻なことでもありませんでしたよ。女の子を拉致監禁してるとか、馬鹿なことを言うだけでしたから」

「この家は、女性の出入りが多いんですか？」

「轡田さんが、変な垂れ込みをしていたみたいですね。仕事の打ち合わせや取材で、ここに女性がくることもあります。お隣は、そういうのを勘違いしていたんだと思いますよ。先生は、女性が嫌いな方ではありません。でも、自宅に女の子を連れ込むのは趣味ではなかったみたいです。これだけの家ですけれど、住んでいるんだから生活の匂いがしますよね。そういうのを嗅がれたくないんですよ。話を作るなら、もっとそれらしいものを考えないと」

「ましてや毒ガスなんて――」

「先生は、塩の元素記号も知らない化学音痴です。毒ガス？　笑わせます」

やはり轡田の告発は、根も葉もないものらしい。そんな隣人を持つことを想像すると、げんなりする。

「早瀬さんの仕事は、順調だったんですね？」

「それはもう。再来年までスケジュールがぎっしりです。種村さんとのコンビワークにも問題がないし、成功街道を驀進《ばくしん》していますよ」

「失うものが多い……」

最後の火村の呟きは、竹中の耳には届かなかったようだ。そんなふうに思うということは、やはり早瀬を疑っているわけか。

「ありがとうございました。終わりです」

准教授は、ちらりと庭を見る。それだけで察したのか、早瀬はサッシ戸を開けて戻ってきた。

「ガラス一枚隔てて、どんな話をしているんだろう、と思いながら風に吹かれていました。くすぐったい気分になりますね」

彼が真犯人ならば、くすぐったいではすまない。私だったら、悶えながら昏倒《こんとう》するかもしれない。

「長々とお邪魔しました。ご協力に感謝します」

謝辞を述べたまではいいが、そこで火村はとんでもないことを言いだす。

「これから隣に戻りますが、近道をしてもいいでしょうか。こちらの裏庭を横切れば早い」

フェンスを乗り越える実験をするつもりか、と私は呆《あき》れた。早瀬も面喰らっている。

「かまいませんが、お召し物が汚れますよ。現場検証をしている刑事さんたちも驚くだろうし。――しかし、そこまで僕を疑いますか。トイレに立ったふりをして、庭を横断して隣家へ人を殺しに行ったとお考えなんでしょう。まいったよ、竹中君」

アシスタントは、きょとんとしたまま返事もできない。

「犯人がこちらの庭を通って、どこかへ逃走した可能性もあるからですよ。お許しいただけるなら、サンデッキから失礼します。遠藤さんは玄関からどうぞ」

「しかし、火村先生」

戸惑う刑事に、准教授は小さく敬礼して、

「くるか、アリス？」

「……付き合えということやな」

庭に出ると、火村は家を見上げた。仰ぐと、頭上からのしかかってくるようだ。彼は視線を落として、庭の西側を見やった。アルミ製の梯子《はしご》が、折りたたんで壁際に寝かせてある。何が珍しいのか、火村はそちらに歩いていく。そして、梯子をしげしげと見てから、引き返してきてサンデッキにいる早瀬に尋ねた。

「屋根まで届きそうな梯子ですね。伸ばすと八メートル近くありそうだ。何かの作業に使ったんですか?」

「二ヵ月ほど前に、ちょっと。改築後もあれこれ家に手を加えているもので、業者が置きっぱなしにしているんですよ」

「こんなに立派なお宅なのに。いじるところなんて、なさそうに見えますけれどね」

「家に関しては、こだわりが多いんです」

「立派な家にお住まいだから、よけいにこだわりたくなるんでしょうね。いいお宅が拝見できました」

何か言いたげな早瀬を残して火村がフェンスに向かうので、やむなく私もあとに続いた。背中にいくつかの視線が刺さっていたが、サッシ戸が閉まる音にほっとする。

「俺にはよう判らんのやけれど、収穫はあったんか? やけに早瀬琢馬に絡んでたやないか」

「絡むとは失敬な。人をやくざみたいに言いやがって」

火村はまた早瀬邸を振り返り、「天窓があそこだから……」と言いながら、フェンスに沿って庭の奥へと進む。

「天窓がどうかしたか?」

「どうかするかもしれない。乗り越えるぞ」

彼は楽々と懸垂をし、体全体をフェンスの上に引き上げた。運動不足の推理作家は、そこまで機敏に動けない。じたばたしてから、フェンス上に跨《また》がる。火村は、そんな私を不思議そうに見ていた。

「今、すごい運動量だったな」

「お前のおかげで、久しぶりに全身運動をしたわ。今夜はよう寝られそうや」

笑わない。嗤いもしない。友だち甲斐のない奴だ、と思ったら、跨ったフェンスをじっと見ている。何かがぶつかったのか、二箇所で塗装が剝《は》げているが——それがどうかしたのか？

「ここだけ、こうなっている。梯子がぶつかった痕さ」

「梯子って、さっきお前が見てたあれか。なんで判るんや？」

「あっちは凹《へこ》んでたんだよ。先端近くが。こんなこともあろうかと思って、わざわざフェンスによじ上って——」

彼が言いかけたところで、ブルーシートがめくれて野上が現われた。私は、「高いところから、どうも」と一礼する。

「日向《ひなた》ぼっこをする野良猫みたいに並んで、何をしているんです？　捜査に飽きたのなら、お引き取りいただいてもかまいませんよ。警部には私から話しておきます」

「遊んでいるわけではないんですが」私が言う。「ご機嫌がよろしくないみたいですね」

デカ長は鼻を鳴らして、轡田幸穂とその愛人のアリバイが成立したことを告げた。揺るがぬ堅牢なアリバイらしい。火村は、涼しい顔で受け流す。

「気分転換をしてはどうでしょうね。よかったら、野上さんもどうです」と誘う。「ここに座れば、世界が違って見えてきますよ」

7

「何が始まるんでしょう？」

女——種村美土里が尋ねた。

背景の六本木《ろっぽんぎ》ヒルズの窓に明かりが灯り、東京にはひと足早く夜が訪れている。轡田健吾が昇天してから、二度目の夜だ。

「そろそろです。よく聞いていてください」

男——火村英生は、モニターに向かって人差し指を立てる。

ほどなく、金属同士がぶつかる音がけたたましく鳴った。女は、はっとなる。

「今のは何ですか？」

「同じ音を聞いたことがありませんか？」

「いいえ、初めてです。何の音なんですか？」

この家に立て掛けてあった梯子が倒れ、隣家との境のフェンスに激突した音だ、と火村は説明する。

「早瀬さんの家にあったのと同じ三連梯子を用意して、わざと倒してみました。しっかり耳に届いたようですね。もっとも、事件の夜は雷雨だったから、条件が異なる。雨音や雷鳴と重なって、かなり聞こえにくかったでしょう。でも、どうです？　まったく聞こえなかったとも考えにくいんですが」

女は、ためらわずに首を振る。

「聞いていないと？」

「はい」

それを聞くや、壁際の樺田警部が低く唸った。

「あの音を種村さんが聞いていないということは、実験は失敗ということになるんですか、火村先生？」

「いいえ、そうでもない。音がした時に、種村さんがパソコンの前にいなかった、というだけのことですよ」

決めつけられて、彼女は訝《いぶか》しそうだ。

「そんなことよりも、核心部分を先に話してください。琢さんの口から聞きたいんです。まだ、そこにいますよね。もう一度、替わっていただけますか」

准教授は、人差し指で招く。呼ばれた男は、両足を引きずるようにして火村と交代した。

「本当に、あなたが、死なせたの？」

重い問いかけに、早瀬は「ああ」と答える。

「殺すつもりはなかったんだ。結果として、人の命を奪ってしまったけれど」

彼の言葉を、パートナーはすぐには認めない。心情的に受け入れがたいだけではなく、理屈が通らないので困惑しているのだろう。

「そんなのおかしい。琢さんは、パソコンを通じてずっと私と話していたじゃない。隣の家に行って、人を死なせて戻る時間なんてなかった」

「何のために梯子が倒れる音なんて聞いてもらったのかで、判らないかな」

早瀬の斜め後ろに立った私には、彼の顔は見えていない。おそらく、つらそうな表情を浮かべているのだろう。

「あなた、屋根に上がって掃除でもしたの？　その梯子を片づけずにいたら風で倒れて、お隣の庭に立っていた轡田さんの頭を直撃したの？　違うの？　私、判らないからね」

「梯子はね、そんなに長くはないんだ。七・九メートルだから。もっと長かったとしても、フェンスがあるから庭にいる人間の頭にぶつかったりしない」

「うんうん、じゃあ、どうしたの？」

早瀬が口ごもってしまったので、火村が横から顔を突き出して、マイクに向かって言う。

「梯子には、人が乗っていたんですよ。轡田健吾さんが。早瀬さんは、その梯子を押し倒したんです」

「どうやって倒せるんですか？　ずっと家の中にいたのに。コーヒーを淹れにいっていた時だとでも――」

「そうじゃない。コーヒーを淹れに行くと称してやったことは、梯子をもとに戻すことです。倒れたままにしておくと、竹中さんの目に留まってしまうから。それだけのことをするのに、七、八分を要したわけです」

「だったら、いつ……？」

「彼が有栖川の本を取りに行った時、種村さんはパソコンの前を離れませんでしたか？」

モニターの女は、「はい、ずっといました」と答える。

「ならば、彼がトイレに行った時だ。あなたも席を立ったのではありませんか？」

「……そうだったと思います。よく判りますね」

「推測しただけですよ。トイレは三階にない。男性の小用だろうと、戻ってくるまで二分やそこらはかかる。その間を利用して、あなたは煙草を吸ったのでは？　ははあ、当たったようですね。そんなことだろうと思った」

「琢さんがコーヒーを淹れに降りた時も、急いで一服つけました。部屋の外に、出て」

彼女の声はトーンダウンし、目が泳ぐ。頭の中で、当夜の様子を再現しているのだろう。

「そういうことですよ。ずっと面と向かい合っていたはずのあなたは、肝心な時にいつもパソコンの前にいなかった。だから、梯子が倒れる音も、もしかしたら轡田さんが発したかもしれない悲鳴も聞いていない。早瀬さんが大急ぎで梯子をもとに戻す際にも金属音をたてたでしょうけれど、それも聞き逃した」

「そうなのかも……しれません」

「そうなんですよ。ねぇ、早瀬さん？」

モニターの前の男は、顔を伏せて「はい」と答えた。うな垂れたまま、自らは何も語ろうとしない。

種村美土里は、火村に向けて尋ねる。

「だけど先生、轡田さんは梯子に乗って何をしていたんですか？　他人の敷地内でそんなことをするなんて不法侵入ですよ」

「早瀬さん宅の裏庭には、二ヵ月ほど前から三連梯子が放置してありました。轡田さんの目にも留まったことでしょう。彼は、早瀬さんの留守を待って、その梯子で家に侵入しようとした。もちろん、それは不法行為ですが、空き巣に入ろうとしたのではない。邸内に監禁されている女性を救出しようとして、そんな冒険に出たんです」

種村は、唇を歪める。

「馬鹿らしい。琢さんは、そんなことはしていません」

「ええ、そうでしょう。しかし、轡田さんはそう信じていたんです。妄想の域に達していたんでしょうね。かわいそうな娘を救い出し、早瀬琢馬が変質的な犯罪者であることを警察に通報すること。それが、梯子を上った理由です。遺体が着ていた雨合羽のポケットに、軍手とスパナが入っていました。いずれも天窓を破るために準備したものです」

「どうして天窓なんですか？　八メートルほどもある梯子を上るなんてとても危険です。まして激しい雨の夜に、一人でそんなことをするというのは……」

「ええ、危険です。それを恐れる気持ちより、早瀬さんへの敵意の方が強かったということですね。天窓から侵入しようとしたから、冒険になった。一階のサッシ戸や窓を叩き割るだけなら、ことは簡単でしたけれど、それはまずい。警報システムが作動してしまうから。轡田さんと早瀬さんは、同じ警備会社と契約していましたから、侵入するならば天窓からしかない、と知っていたんです」

「それで、轡田さんが梯子を上ってくるのに琢さんが気づいて……」

「見ていたわけではないので、私に断定的なことは言えません。異音を耳にしてトイレに立つふりをしたのか、トイレの行きか帰りに、侵入者を発見したのか。いずれにしても、彼は極めて過激な行動をとってしまった。乗っている者もろとも梯子を押し倒したんです。あなたの証言では、彼はパソコンの前に濡れて戻ったりしなかったそうですね。腕を伸ばして梯子を押したのではなく、廊下にある消火器を叩きつけたのかもしれない」

押されて、梯子はゆっくりと傾き、巨人が腕を振るように裏庭へ倒れていく。その先に摑まった哀れな男——轡田健吾とともに。

「轡田さんは、遠心力によって虚空で振り落とされたのでしょう。あるいは、フェンスにぶつかる寸前、決死の覚悟で自宅の庭にダイヴしたのかもしれない。いずれにしても、彼は梯子の長さ七・九メートルよりずっと遠くまで飛んだ。八メートル近い高さから垂直に落下したわけではないから、着地した場所によっては軽度の打撲ですむこともあり得たのですが、彼は運がなかった。彼は、御影石の天使像に頭から突進していき——あのような最期を遂げたんです。細切れの時間を足しても、この部屋と隣の庭を往復する時間は捻出《ねんしゅつ》できません。が、早瀬さんは何の詭計《きけい》も弄していない。被害者自身が、瞬時に移動し、時間を超えたんです」

それが雷雨の庭で起きたことだったのか。〈痛すぎる珍プレイ集〉〈仰天・世界の街角ハプニング〉。不謹慎にも、私はそんな投稿動画を連想してしまった。

早瀬が何か言っている。

「竹中君に、車を貸したから。ベントレーが出て行ったから、僕が外出したと思ったんでしょう。それで轡田さんは、忍び込む絶好のチャンスだと考えたんですよ」

「ありそうな話です」火村は言う。「妻もクラス会で留守だし、こんな好機はないと思い、雷雨を衝いて決行したんですよ」

真相が判ると、お使いから帰った竹中を打ち合わせに参加させ、その後わざわざ馴染みのバーに連れていった早瀬の胸中も読めてくる。事件当夜、自分が隣家の庭に近づいていないことを証明するため、ずっとそばにいてくれる人間が必要だったのだろう。

バンと机を叩く音。種村美土里だった。

「それが本当なら、正当防衛じゃない。一人でいる夜に、梯子を伝って侵入してくる人間がいたら、私だって突き飛ばします。恐ろしいもの。でも、問題はその後よ。救急車と警察を呼ぶわ。相手を死なせないために。もし助からないとしても、人間として放ってはおけない。どうして琢さんは、そ知らぬ顔でパソコンの前に座れたの？『篠崎警部補』のアイディアを考え続けることができたの？　仕事の後でお酒を飲みに行けたの？　理解できない」

返事がない。火村は、微かに溜め息をついた。

「その点については、早瀬さん自身に語ってもらうしかないのですが、ご本人にも理解できているかどうか。本件は、正当防衛から逸脱した過剰防衛でしょうし、過失を追及されるおそれもある。以前から諍《いさか》いがあっただけに、殺意の存在を疑われる可能性があるし、現に殺意をもって梯子を倒したのかもしれません。いずれにしても、早瀬さんには失うものが多い。起きてしまったことは仕方がない、相手にも重大な過失がある、黙っていれば判らない。そんな想いが交錯して、非人間的な行動を選んだものと推察しますが——何かおっしゃりたいことは？」

早瀬は首を振る。私は、別の想像をした。もしかしたら、早瀬は轡田幸穂に好意を抱いていたのではないか。それゆえに、彼女の夫を死なせた人間になることを回避しようとしたとも思えるのだが、あまりに空想的な考えだったので、口にはしなかった。

「名演技だったわ、琢さん。あまりにも見事で、失望した。それでもこんなに早く見破られてしまうところには、呆れた。——ねぇ、火村先生。どうして彼に目をつけたんですか？　企業秘密でなければ、話してください」

「轡田健吾さんが、愛する妻の次に関わりを持とうとした人物は、早瀬さんだった。強い関心を向けるのは当然でしょう」

彼女は納得しなかった。

「それだけだとは思えません。他には？」

「直感みたいなものです」彼はそっけなく言う。「会うなり、『凶器は見つかりましたか？』と捜査員に尋ねた瞬間、猛烈にひっかかりました。そんな訊き方をする人は稀で、いかにも犯人が気にしそうなことです」

「たったそれだけのことで……」

彼女は悔しそうだ。

「私、一人になるじゃない。『篠崎警部補』を書いていくのに、新しいパートナーが要るわ。候補者はいるけれどね。有栖川さんにしようか、火村先生にしようか、すごく迷う」

「赦《ゆる》してくれ」

「謝る相手が違うわ！」

一喝してから、女は嗚咽《おえつ》した。

迷家《まよいが》の如き動くもの

三津田信三

Message From Author

本作は刀城言耶シリーズの短篇ですが、いきなり読んでいただいても大丈夫です。

はじめて彼のお話に接する方は、刀城言耶という人物が、昭和二十年代から三十年代に掛けて活躍した怪奇幻想作家で、趣味と実益を兼ねた怪異譚の蒐集のために全国各地を旅したこと、なぜか行く先々で奇っ怪な事件や不可解な現象に遭遇し続け、図らずも探偵役を演じる羽目になったこと——この二点をご理解のうえ、お楽しみ下されば と思います。

今回の彼は、正に旅路の途中で事件に出会《でくわ》します。いえ、正確には自ら首を突っ込むわけです。消失と出現を繰り返す家の謎に。

それにしても彼は一体、このとき何処から何処に行く途上だったのでしょう？

三津田信三（みつだ・しんぞう）
編集者を経て2001年『ホラー作家の棲む家』でデビュー以来、作者と同名の作家が登場するシリーズを執筆。その後『厭魅の如き憑くもの』などホラーと融合した民俗学的ミステリの刀城言耶シリーズで注目される。2010年『水魑の如き沈むもの』で第10回本格ミステリ大賞を受賞。近著に『ついてくるもの』。

一

「家が独りでに動いてる……」

菊田美枝《きくたみえ》が薄気味悪そうに顔を顰《しか》めると、

「厭《いや》だ。変なこと言わないで」

仲間の柿川富子《しかわとみこ》は眉を顰《ひそ》め、非難するような眼差しを向けてきた。

「だって富ちゃん……」

「そんなこと思ったら、もう二度とあの峠を越えられなくなるじゃない」

二人は農繁期の四月から十月に掛けて村から村へと行商をする、まだ十代半ばの毒消し売りの少女である。

戦前は頭に菅笠《すげがさ》を被り、両手に手甲《てっこう》を巻き、紺絣《こんがすり》の着物に帯を締めて前掛けをし、両足は脚絆《きゃはん》という出で立ちだった。それが時代と共に蝙蝠《こうもり》傘とエプロンとモンペ姿に変わり、トウヨと呼ばれた紙に油を塗ったマントも今では合羽《かっぱ》になっている。

尤《もっと》も変化したのは服装だけではない。彼女たちの商いは所謂《いわゆる》富山の薬売りと同じで、「越後毒消丸」「ヌガリン」「六神丸」「金証丸」といった薬を扱っているのだが、戦後は包丁や鋏《はさみ》といった金物をはじめ、昆布や若布《わかめ》の乾物、化粧品や衣類、鬢《びん》付け油などが商品に加わるようになる。

これは昭和十八年に薬事法が改正され、毒消し売りが許可制となったことに大きな原因があった。鑑札《かんさつ》を得るためには、売り子たちは講習を受けなければならない。だが当時、読み書きのできる売り子は少なく、毒消し売りを断念して別の商いをはじめる者が増えた。それが本来の毒消し売りにも影響を与えたのだ。

また、曾《かつ》て「薬、九層倍《くそうばい》、坊主丸儲け」と言われたくらい毒消し売りは実入りが良かった。特に戦中は軍の斡旋《あっせん》もあり、戦地への慰問品として送られることが多かった。それが戦後、年を追うごとに仕入れる薬の値段そのものが高くなり、次第に儲けが減りはじめ、商売の旨味が少なくなる。ちなみに「九層倍」とは原価の割に売値が高いという意である。

追い打ちを掛けるように、昭和二十三年の新しい薬事法の制定により薬の現金売りが禁止され、二十五年には薬の店頭販売が認められる。

こういった戦後の情勢が、彼女たちに薬以外の商品も扱わざるを得なくさせた。

昭和二十八年に流行《はや》った宮城まり子の「毒消しゃいらんかね」では、

わたしゃ雪国薬売り
あの山越えて村越えて
ほれちゃいけない他国者

た。

　一年たたなきゃ逢えやせぬ
　目の毒気の毒ふぐの毒
　ああ毒消しゃいらんかね
　毒消しゃいらんかね

　――と歌われ、その存在が一躍有名になった毒消し売りが、この二人の生業《なりわい》だっ
た。

　とはいえ美枝も富子も、こんな行商はしたことがない。

「毒消し、よござんすか」

　それが毒消しを売り歩くときの口上である。「毒消しゃいらんかね」などと気取った台詞《せりふ》は、彼女たちが知る限り誰も口にしていなかった。

　一昨日《おととい》、二人が訪れた植松《うえまつ》村でも、そう呼び掛けながら村の中を歩き回った。そしてその夜は、それぞれ親切な村人の家に一泊したのである。ただし一昨日は村に着いたのが遅かったため、昨日の朝は次の地へと移動する前に、まだ少し商いを続けるつもりだった。

　ところが、美枝は泊めて貰《もら》った家で、若い嫁と夜遅くまで話し込む羽目になった。ちょうど夫の両親が留守にしていたこともあり、嫁は日頃の鬱憤《うっぷん》を存分に喋りたかったのだろう。慣れぬ村の習俗に対する愚痴《ぐち》からはじまった話は、隣近所の村人の悪口

から、果ては舅《しゅうと》と姑《しゅうとめ》に関する不満まで延々と続いた。それに美枝が律儀に付き合ったため、すっかり夜更かしをする結果になった。

ただ、そのお蔭で若い嫁とは親しくなれた。嫁が近くの霜松《しもまつ》村の出身だったことから、美枝は同村の彼女の実家や親戚から知り合いの家まで何軒も紹介して貰えた。全く何が幸いするか分からない。

そのため昨日の朝は富子独りが植松村に残り、もう半日だけ同村で行商を続け、美枝は一足先に霜松村へと赴《おもむ》くことになったのである。

「でも、私もお昼からは、霜松村に入れると思う。だから明日の正午まで、お互い別々の場所で商いしよう」

美枝を見送るとき、富子がそう提案した。

恐らく富子は二人で回ると、美枝が紹介して貰った家の恩恵を自分も受けてしまうと考えたのだろう。それを潔《いさぎよ》しとしなかったわけだ。

彼女たちは翌日の正午に、霜松村の大杉神社の境内で落ち合う約束をして別れた。そして先程、それぞれ今日の午前中の仕事を終えて再会した二人は、杉の巨木の根元に座り込んで、ちょうどお昼を使ったところだった。

そのとき、お互いの商いの成果を報告した後で、

「そう言えば昨日、峠を越えたとき、向かいの山に変な家が見えたね」

　ふと思い出したように柿川富子が口にしたのが、この奇っ怪な話のはじまりとなった。

「えっ、どんな家？」

　菊田美枝が怪訝《けげん》そうに訊くと、彼女は少し得意げに、

「鳥居峠《とりい》には〈天狗の腰掛〉という大きな松の木があって、行商人がお参りすると御利益《りやく》が得られるって、泊めて呉れた家のお婆さんから教えて貰ったんだ」

「あっ、それなら私も、若いお嫁さんから聞いた」

「なんだ、知ってたの」

　がっかりした表情を富子は浮かべたが、すぐ咎《とが》めるような口調で、

「せっかく教えて貰ったのに、お参りもしなかったんだ？」

「ううん、したよ」

「だったら向かいの山に、奇妙な家があったでしょう」

「嘘……なかった……」

　鳥居峠というのは、植松村から霜松村へ向かう際に越える佐海《さかい》山の頂《いただき》のことである。この山は豊富な資源に恵まれており、古来より二つの村に恩恵を施し続けていた。

　その山の上に昔、天狗様が舞い降りたという。以来、佐海山は益々「栄え」たと伝

わる。天狗が降りた大きな松は〈天狗の腰掛〉と呼ばれ、村人たちは特別視するようになる。

尤も特に祠《ほこら》が祀《まつ》られたり、注連縄《しめなわ》が張られたりしているわけではない。飽くまでも自然な姿が保たれている。その松に、いつしか峠を通る旅人たちが参るようになった。そんな旅の者の多くが行商人だったことから、天狗の腰掛は商いの神様にもなったらしい。

「分かった。みっちゃん、松の木を間違えたんだ」

合点が行ったとばかりに富子が笑っている。

というのも鳥居峠の名の由来が、二本の松の木に求められるからだ。峠の両端に離れて立っているにも拘《かかわ》らず、北側の松は南に向かって、南側の松は北の方角へと、それぞれ上部の枝が伸びている。そのため見ようによっては、巨大な鳥居に映ることから、その名があった。

「でも、天狗の腰掛でしょ？　村境に立つ方の松の木の？」

美枝が確認すると、富子は頷《うなず》きながら、

「そこでお参りしたの？」

「うん、間違いない」

「おかしいわね。ひょっとして、向かいの山の方は見なかったとか」

「けど、あの松の木にお参りしたら、嫌でも目に入るよ。数日前に地震があったって聞いたけど、向かいには山崩れの跡が見えて、樹木も少し流れたような――」

「そう、そこ！」

急に富子は大きな声を上げると、

「木がなくなった向こうに、ぽつんと変な家があったでしょ」

「えっ、何もなかったよ……」

美枝が峠を越えたのは、昨日の朝の七時頃である。一方の富子は十二時くらいだったという。

「五時間の間に、あの家が建ったってこと？」

そう口にしながらも富子は、決して納得しているようには見えない。

「どんな家だった？」

「遠かったから細かいところまでは分からないけど、黒っぽくて……小屋みたいな感じの……」

「だったら、その五時間の間に、本当に建てられたのかもしれないよ。普通の家と違って小屋を作るくらいなら、大して時間が掛からないかも――」

「あんな山の上に？」

「本当に山小屋だったんじゃない。それなら新しく建てたとしても、大して不思議でもないもの」

「うん……けどね……」

「どうしたの？」

「遠くてよく分からなかったけど、そんな新しい屋根には見えなかった……。とても古くて、むしろ廃屋と言った方が似合ってるような、そんな感じだった……。もう何十年も前から、あそこにずっと建っていて……」

「ちょっと御免よ」

そのとき、すこし前に二人の近くに座り、遅めのお昼を使っていた三十代の半ばくらいに見える男が、愛想良く声を掛けてきた。

二

「先程からお前たちが話しているのは、佐海山の鳥居峠のことかい？」

その男は、一目で富山の薬売りと分かる格好をしていた。ただし、荷を背負って歩く商売の割には色白の細面で、さぞ女性客の受けが良いだろうと思われる、ちょっと役者めいた容姿をしている。

そんな好い男が、人懐っこい笑顔を美枝と富子に交互に向けつつ、大きな柳行李《やなぎごうり》と

一緒に二人の側に寄りながら、

「いや、決して盗み聞きをするつもりじゃなかったんだ。ふっと耳に入ってね」

こんなとき相手をするのは、まず富子の方である。

「はい、私たち一昨日、植松村に泊まったんです。それで昨日の午前中、別々になんですけど、それぞれ峠を越えて、この村に入りました」

「俺もそうだ。毎月一度、あの村で商売をして、翌日はこの村の知り合いの家に一泊させて貰う。いつもは次の日の早朝、この神社にお参りをし、それから杉造村《すぎつくり》へと行くのが、まぁ俺の行商の道筋なんだが――。今朝は知り合いの家で、ちょっと時間を取られてな。発つのが遅くなっちまった」

男が口にした杉造村とは、霜松村の南に位置する集落のことらしい。

「私たちは、この村、はじめてです」

「そうみたいだな。行商に出てからも、まだ間がないんじゃないかい？」

男の言葉に、それまで愛想の良かった富子が、急に警戒を覚えたような顔付きになった。

「私たちの村では代々、女は毒消し売りに出ます。だから私たちも親方の下《もと》で、それぞれ修業を積みました。ですから全く不慣れで、右も左も分からないわけじゃありません」

若いうちは年季の入った経験者に弟子入りをし、一緒に旅をしながら様々なことを教わる伝統が、彼女たちにはあった。今では独立している二人も、最初はそうだった。

特に注意されたのは、「泊めて貰った家でお客さんになってはいけない」という戒《いまし》めである。そんなことをすると「客ならいらない」と嫌われ、もう二度と宿泊することができなくなるからだ。そのため何も言われなくても、とにかく手伝いをするようにと叩き込まれた。赤ん坊がいれば子守りをし、夕飯時であれば料理や配膳や後片付けを行ない、やることがなければ掃除をする。そういう態度を示していると次に行ったとき、「今夜はうちに泊まればいい」と向こうから声を掛けてくる。また今回の美枝のように、隣村の顧客を紹介して貰えるなど自然に可愛がられることになる。

ただし、親方から受け継ぐのは商売のやり方や行商人の心得といった事柄だけで、顧客に関しては飽くまでも自分で開拓しなければならない。それはほとんどの場合、親子の間でも同じだった。よって、はじめて自分たちだけで行商に出て、しかもはじめての土地で商売をする初々《ういうい》しさが二人にはあり、それを目敏《めざと》く男は感じ取ったのだろう。

「なるほど。でも姉さんたちは、こうして立派に独り立ちをしたわけだ」

「ええ。けど行商以外では、いつも二人で一緒ですから」

商売上の縄張りはあったが、それ以外では助け合うのが当たり前である。これは身の安全だけでなく、宿屋に入るときは相部屋にして経費を節約するなど、独りよりも複数で動いた方が何かと便利だったからだ。

「そりゃあ心強いな」

「もちろん――。さぁ、みっちゃん、そろそろ行こうか」

「おいおい、急にどうしたんだ？」

「別に、どうもしません」

彼女たちの場合はまだ若いこともあり、二人での行動には防犯上の効果が一番あったかもしれない。ちょうど今、富子が男を不審がっているように。

「お前たちを、何も捕って喰おうってんじゃないんだから、そう怖がらなくてもいいよ」

「ちっとも怖くなんかありません。これでもみっちゃん、大声を出させたら村でも一番なんよ。私はとても足が速いから、すぐにでも駐在さんのところへ走って――」

「よせよ。参ったなぁ……」

見ようによっては女誑《おんなたら》しっぽく映る容姿と物腰を、男は持っていた。だから富子は遅蒔《おそま》きながら、余り関わらない方が良いと思ったのだろう。

実際、毒消し売りを生業にする女たちの間には、旅先で化粧をしてはいけない、男と淫《みだ》らな行為をしてはいけない、色恋沙汰は一切御法度《ごはっと》という厳しい掟《おきて》がある。これに背《そむ》くと本人が罰金を科せられたり、二度と商売ができなくなるだけでなく、家族が村八分にされるなど、かなり重い制裁を覚悟しなければならなかった。

「お前たちをどうこうしようなんて、これっぽっちも考えてないよ」

困った顔をしながら男は必死に否定すると、

「いや、俺が言いたかったのは、これまで何度もあの峠を通ってるけど、三叉岳《みつまただけ》に家なんか見たことは、ただの一度もないってこと――」

三叉岳というのが、佐海山の鳥居峠から望める向かいの山のことらしい。

「それと――」

「だから山崩れがあって、それまでは樹木で隠れていた家が、ふと現れたんですよ。私たちの話を聞いてたなら、それくらい分かるでしょ」

「どうもお前は、せっかちでいけない」

男は苦笑したが、富子が睨《にら》んでいるのに気付くと咳払いをしつつ、

「三叉岳の山崩れは昨日、俺も見てきた。だがな、そんな家なんか何処《どこ》にもなかったってことを、俺は言いたかったんだよ。おっと待ってくれ」

何か反論しそうになった富子を、男は片手を上げて牽制《けんせい》しながら、

「ちなみに俺は、天狗の腰掛だけじゃなく、もう一つの松にも必ずお参りをする。だ

ってそうだろ。鳥居に例《たと》えられる二本の松の片方だけを拝むなんて、どう考えても良くないと思わねぇか。きっと御利益も半分になるぞ」

富子は男の後半の言葉には取り合わず、

「それじゃ、向かいの山の何処にも、そんな家はなかったって言うの？」

「山崩れが起きた所為《せい》で、二箇所ほど樹木が抜け落ちたところは確かにあった。けど、それだけだ」

「あのう……」

そこで美枝が恐る恐るといった口調で、

「小父さんが峠を越えたのは、何時頃でした？」

「ちょっと昨日は、向こうの村を発つのが遅れてな。峠に差し掛かったのが、一時過ぎくらいだったか。それでも二本の松には、いつも通り参ったよ。だから三叉岳の様子も、よく目に入ったわけだ」

「富ちゃんが通ってから、一時間後になるね」

つまり昨日の朝の七時頃には、三叉岳には何もなかった。それが十二時頃には一軒の奇妙な家が出現していた。しかし一時過ぎには再び消えてしまい何もなかった……ということになるのだ。

「でも私……、本当に見たんだから……」

「——らしいな」

男は富子の言葉を否定せず、何やら思案げな表情を浮かべている。それが美枝には堪《たま》らなく怖く感じられ、

「家が独りでに動いてる……」

という冒頭の呟《つぶや》きとなって表れ、気色《けしき》ばんだ富子と少し口論する羽目になったわけだが……。

「ひょっとすると、そいつは——」

しばらく二人の言い合いを黙って見ていた男が、ぽつりとこう漏らした。

「マヨヒガってやつかもしれんなぁ」

再び富子が、不審そうな眼差しを男に向けた。だが、そこには半分ほど問い掛けも含まれていたようで、それを察したらしい男が、

「マヨヒガっていうのは、東北の遠野《とおの》地方に伝わる家の話でな」

「昔話なの？」

やや気抜けしたような彼女の口調である。

「村の者が山中で道に迷っていると、やがて一軒の家を見付ける。それが黒い門を持った立派な屋敷で、とても山の中に建ってるとは思えない。門から中を覗《のぞ》くと、庭には紅白の花が咲いている。鶏が遊んでおり、牛小屋や厩《うまや》もある。なのに、なぜか人の

気配が全くしない」

　微かに富子が身を震わせたのが、美枝には分かった。

「恐る恐る家の中に入ってみると、朱と黒の膳椀《ぜんわん》が幾つも並んでいて、火鉢に掛かっている鉄瓶では湯が滾《たぎ》っている。ところが、やはり無人で森閑《しんかん》としている。もしや山男の家では……と急に怖くなった村人は慌《あわ》てて逃げ出し、そのうち麓《ふもと》の村まで辿《たど》り着くことができた」

　富子が秘かにほっとしたのを感じながらも、美枝は話の続きが聞きたくなった。

「その家から逃げ出すときに、村人は椀を一つだけ持ち出していた。これで米を量ると不思議なことに、いつまで経っても米櫃《こめびつ》が空にならなかったという話でな」

「良い家なんじゃやない」

　すっかり元に戻った富子が軽口を叩く。

「そうだな。欲のない女が何も取らずに帰って来たら、山から村へと続いている川を、ぷかぷかと椀が一つ、女の家まで流れて来たという話もある」

「親切な家ねぇ」

「マヨヒガは、まぁ遠野地方だけの伝承かもしれんが、お前が見たのも似たような家だと思えば、いいんじゃやないか」

　ようやく富子に笑顔が戻った。

「私は遠くから目にしただけだけど、少しは御利益があるかもしれないわ。ねっ、みっちゃん」

美枝は頷きながらも、やれやれ……という苦笑が男の表情に浮かんでいるのを見逃さなかった。下手をすれば若い娘に不逞《ふてい》を働く輩《やから》と間違われ、富子に騒がれていたわけだから、さぞかし安堵《あんど》しているに違いない。

ところが――、

「それはマヨヒガではない」

少し離れた杉の巨木の根元で、やはり三人と同じように休んでいた一人の男が、急に立ち上がったと思う間もなく近付いて来て、こう言った。

「お前が見たのは、迷家《まよいが》だ」

三

四十代後半くらいに見える第二の男も、どうやら行商人らしかった。ただし第一の男に比べると、がっしりとした体格に強面《こわもて》という対照的な容姿をしている。その所為か青々とした髭剃り跡も、逆に髭の濃さを強調しているだけで、全然さっぱりとして見えない。むしろ、わざわざむさ苦しさを前面に押し出している感じがある。

この男が担《かつ》ぐと小さく見えそうだが、それまで彼が座っていた杉の根元には、商売用の大きな柳行李が置かれている。

「同じことじゃないんで？」

第二の男から〈迷家〉という漢字の説明を受けた第一の男が怪訝そうに訊くと、

「マヨヒガというのは、その家の目撃談や不思議な椀の話を聞いた者が、わざわざ山に入って熱心に探しても、絶対に見付けることはできん、そういう家のことだ」

新たな男は富子を凝《じ》っと見ながら、そんな補足を加えた。

「そういや、そんな話もありましたね」

呑気そうに第一の男が応じたが、富子の方は透《す》かさず、

「それじゃ、その迷家というのは何です？」

好奇心旺盛で人見知りしない彼女らしく、第二の男にも物怖《ものお》じせずに尋ねた。が、すぐに訊いたことを後悔しているのが、美枝には分かった。

村の若い女性の中でも人一倍度胸のあるのが、柿川富子だった。だから二人で慣れない旅をしていても、とても美枝は心強かった。ただ、気丈な富子にも弱点があった。それは、怖い話が何よりも苦手だということ……。

せっかく最初の男がマヨヒガの話をして、自分の見た奇妙な家に何ら害はないどころか、富貴を齎《もたら》す良い家かもしれないと安心したばかりなのに、それが壊されそうな

予感を覚えたのだろう。かといって知らないままでも不安で仕方がない、という逡巡が彼女に見て取れる。

もちろん第二の男が、富子の事情を知る由もない。徐《おもむろ》に渋い声で喋りはじめた。

「三叉岳は、雲海が原と呼ばれる山岳地帯のほぼ中心に位置しておる。ちょうど信州と飛驒と越中という三国の境に当たるわけだ。こっちから眺めても分かる通り、それは険しくて厳しい地域だ」

はじめて目にした美枝にも、三叉岳は人跡未踏の地のように思えた。佐海山を越えるのも難儀だったが、鳥居峠から望んだ向かいの山容に比べると、こちら側は遥かに牧歌的だった。

「それでも幾つか山小屋はあって、もちろん登山者もおる。ただ戦後からこっち、山賊が出没してるらしくてな」

「さ、山賊……？」

第一の男が素《す》っ頓狂《とんきよう》な声を出した。

「ああ。数日前にも行方不明者が出て、雲海が原の山賊にやられたんだろうと、専《もっぱ》らの噂だ」

「はぁ、そうなんですか」

第一の男が驚くのと同じように、美枝も本当に日本の話かとびっくりしたが、横か

ら富子が、

「戦後すぐに、大学生が山小屋で殺された事件があったって、前に聞きましたけど」

男が怪談を語るわけではないと分かり安心したのか、殺人事件の話を持ち出した。

美枝は幽霊も怖いと思うが、やはり現実の人殺しの方が大いに危険で害があると感じている。だが、どうやら富子は逆らしい。

「昭和二十一年七月に起こった、烏帽子《えぼし》山麓の濁《にごり》小屋殺人事件だろ。四人で登ったんだが、二人組の男に食料を奪われ、うち二人が殺された事件だ」

「そんな話でした」

「だが、あれは山賊ではない。犯人は復員者だった。当時は途轍《とてつ》も無い食糧難でな。なかなか山に登るのも大変だった」

「本当に、食う物がなかったですよ」

しみじみと第一の男が相槌を打つ。

「しかし、四人の大学生たちは何処かで調達して、新宿で夜行列車を待っていた。そこに二人の復員者が通り掛かった。見ると山に行く若い奴らが、たっぷり食べ物を用意して楽しそうにしておる。そこでつい、ふらふらっと尾《つ》いて行ったわけだ。大学生たちは列車の中でも、山小屋に着いてからも、飲み食いをした。その光景をずっと眺めていた二人の復員者は、彼らが寝静まってから、一人ずつ丸太で撲殺しはじめた」

「犯人の気持ちも分かるような気がするけど……」

第一の男が感想を漏らしたが、美枝は事件当時の山小屋の様子を想像しただけで、もう怖くて仕方がない。

「それで、二人の復員者は捕まったんですか」

好奇心に満ちた口調で富子が尋ねる。

「頭を殴られたものの一命を取り留めた大学生の一人が、死んだ振りをして様子を窺い、隙を見て逃げた。翌朝、警察のジープが山小屋を目指しておると、葛《くず》温泉近くまで来たときに、ちょうど降りて来た犯人たちと出《で》会《くわ》した。向こうは警察だと気付いていない。そこで麓《ふもと》の町まで送りましょうとジープに乗せると、二人はぐうぐう眠りはじめた。で、彼らが目覚めると、そこは警察署だった——という落ちだな」

「へぇ、面白い。本当の話なんでしょう？　小説や映画みたいねぇ」

単純に富子は喜んでいる。しかし美枝は、犯人が逮捕されたと聞いて、ようやく安堵することができた。もし殺人の話だけで終わっていたら、今後は旅先で寝ようとするたびに、丸太で撲殺される恐怖を感じていたかもしれない。

「少なくとも戦前は、山に血《ち》腥《なまぐさ》い犯罪など無縁という風潮があった。それが戦後、まぁ特に終戦から数年ほどは、日本人は狂っておったからな」

色々と思い当たる体験があるらしい。しばらく男は遠い目をしていたが、

「そういった狂乱の世情が、本来は平和的な山にも押し寄せてきたわけだ」

　気を取り直したように再び話しはじめた。

「ただな、山が平和的なのは、飽くまでも人間が起こす犯罪とは関わりのない場所だから、という意味でだ。山そのものが決して安全なわけではない。むしろ人知を超えたものがいる分、人間にとっては、どれほど犯罪が蔓延《はびこ》る町よりも数段は危険なところと言える」

　話の雲行きが怪しくなってきたためか、富子が急に大人しくなる。

「儂《わし》はこれまで、様々な地方を巡って来た。林業に携わる村が多かった所為か、山の怪異な話はよく耳にした」

　男の商いが何なのか、美枝は少し興味を持った。だが、富子はそれどころではないようである。

「山に棲《す》む化物というだけでも、山姥《やまんば》、山地乳《やまちち》、山爺、雪爺、山童《やまわろ》、魘魅《まじもの》、山鬼《さんき》、山《やま》女郎《じょろう》、一本ダタラ、山魔《やまんま》、山男、山女、雪女、黒ん坊……などと数え切れないくらいだ。けどな、まぁこいつらは妖怪みたいなもんだ」

　山の化物に全く詳しくない美枝でも、それらを一括《ひとくく》りにして「妖怪」の一言で片付けるのは、さすがに乱暴ではないかと思えた。だが、もちろん口は挟まない。

「それに比べると迷家はな、家の化物だ」

「…………」

「ただの家ではない。迷家——つまり『迷う家』と書くだけあって、この家は生きておる」

「う、動くんですか……」

黙ってしまった富子に代わり第一の男が問い掛けると、男はこっくり頷いた。

「どうしてです？　何のために？」

「喰うためだ。人を……」

当たり前だと言わんばかりに男は、

「山に入って道に迷い、おまけに日暮れが近付いたら、誰でも焦る。そこに一軒の家が現れたら、どうする？　助かったとばかりに入るだろ」

「でも、それが迷家……」

「ああ。ただな、一箇所にいたんでは、迷い込む人間を凝っと待たなきゃならん。だから迷家は、自分で動くんだ。次の餌を求めてな」

富子の顔は疾《と》っくに強張《こわば》っている。彼女を気にしつつも美枝は、思わず男に訊いていた。

「それじゃ、富ちゃんが見たのは……」

「迷家かもしれん」

「け、けど、見ただけなら……。それも遠くからだから、べ、別に問題はないでしょ？」

「さあな。ただ、人にとっては忌《い》むべきもんだ。それを目《ま》の当たりにするのは、やっぱり良くねぇとしか――」

「わ、私が見たのは、屋根だけです！」

叫ぶように富子が、二人の会話に割って入った。

「山の木が崩れた向こうに、屋根だけが……ぽつんと……。そ、それしか見なかったから……」

自分に迷家の禍《わざわ》いが降り掛かるはずがない……と彼女は言いたいらしい。

しかし、男は首を振りつつ、

「家とは言っても、まともな家とは違う。それが迷家だ」

「どういう意味ですか」

富子に代わって、美枝が質問する。

「旅人が家の中に入ると、屋根がなかったり、後ろ半分が消えていたり、床が地面だったりと、迷家は不完全なんだ」

「造り掛けのように？」

「ああ。時には玄関だけで、屋内には柱のみが立っていたという話もある。だから屋根だけなんてのは、それが迷家だった正に証拠だろ」

「ところで――」

肝心なことを忘れているとばかりに第一の男が、

「あなたは、鳥居峠を越えて来なさったので？」

重々しく第二の男が頷く。

「そのとき、この娘さんが見たという家は……？」

「おったよ」

四

第二の男が鳥居峠を越えたのは、時間は不確かながら今日の昼頃だったらしい。その際、天狗の腰掛から三叉岳を望んだところ、黒っぽい半ば朽ちたような家の屋根が、間違いなく山頂に見えたという。

昨日の朝の七時頃、三叉岳に家はなかった。

同日の十二時頃、一軒の奇妙な家が出現した。

同日の一時過ぎ、再び家はなかった。

今日の昼頃、またしても家が姿を現した。

「まるで昨日と今日、昼飯を食べるために、山奥から迷家が出て来ているみたいだな」

第一の男の言葉に、富子が震え上がった。

「へ、変なこと言わないで下さい」

彼女に代わって美枝が抗議すると、男は慌てたように、

「いや、すまない……。けど、こっちの方にまで来ることはないんでしょ？」

富子に謝ってから、そう第二の男に確認した。

「迷家の言い伝えが、雲海が原の周辺に集中しておるのは間違いない」

「だったら安心──」

「ただな、相手は山の化物だ。町中ならいざ知らず、そこが山中ともなると、どんな山でも絶対にやって来ない保証などないだろ」

「佐海山でも？」

「ああ、そうだ」

二人の男の会話に、すっかり富子は参っているようである。すぐ側に置いた荷物を今にも背負って、この場から逃げ出しそうな様子だった。とはいえ迷家に対する防護策を何も知らぬ状態で、このまま行商を続けて良いものか、と不安がってもいるのが美枝には分かる。できれば第二の男から、その辺りの話を聞きたいのだろう。

それなのに――、

「儂が山で聞いた話に、こんなのがあった」

更に追い打ちを掛けるように、第二の男が迷家に纏《まつ》わる気味の悪い話を語りはじめてしまった。

「戦後すぐのことだ――」

ある山好きな男が三叉岳の三叉小屋を目指して、信州方面から雲海が原に入り込んだ。今回の戦争さえなければ、もっと早い時期に挑んでいた山である。それなりの計画も立て、以前から準備を進めていた山行きだった。だが、もちろん戦時中は山登りどころではない。

終戦を迎えた男がまず考えたのが、三叉岳のことである。装備は全て揃っていた。手入れもしてある。問題は入手が困難な食料品だったが、苦労して掻《か》き集め何とか準備を整えた。後は天気の良い日を慎重に選ぶだけだ。

その甲斐あって、ようやく男は憧れの山岳地帯に入ることができた。

早朝から昼頃までは足取りも軽やかに、予定通りに進んでいた。登った距離と歩いた時間も、ほぼ計画したままである。この分なら出発前に予測した午後三時には、三叉小屋に着けるだろう。昼を食べたところで男は、そんな風に午後からの状況を読んでいた。

　ところが、急にガスが出てきた。山の天気は変わり易いとはいえ、些《いささ》か奇異な感じを覚える。しかし、たちまち視界が悪くなりはじめたので、男は道を見失わないように注意しながら先を急いだ。

　信州、飛騨、越中、どの方面から登っても三叉岳までは一本道だが、その一本がどれか分からない。

　そう言われるほど雲海が原の地形は複雑で難所も多く、山道を辿ることも難儀だった。もちろん山に慣れていて地図が読める者であれば、ほとんど問題はない。ただし油断していると道を誤り、そのまま遭難する恐れは充分にある。濃いガスが発生した状況では尚更である。

　黙々と歩を進めていると、後ろで妙な気配がした。立ち止まって振り返るが、何も見えない。再び歩き出す。するとまた妙な気配を感じる。立ち止まって振り返る。何もない。凝っと耳を澄ます。何も聞こえない。

　何度そんなことを繰り返したか。もう習慣のように立ち止まり振り返ったところで、真っ白な靄《もや》の中に提灯の明かりのような光が、ぼうっと浮かんでいるのが目に入った。

　こんな山の中で、ガスが掛かっているとはいえ日中に、誰が提灯など点すだろう？と思った途端、急に怖くなった。

慌てて前を向いた男が、それでも足元に気を付けながら慎重に歩き出したときだった。

した、した、した……

後ろの方から何かが、こちらに向かって近付いて来た。

それは荒れた山道を歩いているにしては、変にべったりとした湿ったような足音に聞こえた。

男はぞっとした。なぜなら三叉岳への登頂が困難なのは、この辺りの地形の峻険《しゅんけん》さだけではないことを、ふと思い出したからだ。

山海には昔から怪異が付き物である。雲海が原も例外ではない。いや、むしろ多かった。その中でも特に忌まれていたのは〈後追《あとお》い小僧〉と呼ばれる化物である。

これは山に入った人間の後を、とにかく追い掛けて来る。目的があるわけではないらしい。こちらが気付くと、もう追われているのだ。決して追い付かれてはならないという。もし自分の真後ろまで迫って来られて、もう駄目だというときには、振り返って真正面からそれと対峙しなければならない。そうしないと助からないと言われていた。

厭な話を思い出した、と男は焦った。完全に信じているわけではないが、山に伝わる怪異を莫迦《ばか》にするつもりもない。長年に亘って山登りを続けていると、奇妙な話や無気味な体験談は幾つも耳にするうえ、自分でも不思議な目に一度くらいは遭っているものだ。

だから少し足を速めた。ただ、恐怖に我を忘れると怪我をする羽目になる。最悪の場合は道を誤り遭難してしまう。闇雲に駆け出すことはせず、飽くまでも心を落ち着けながら早足で進んだ。最初のうちは――。

した、した、した……

相変わらず気味の悪い気配が、後ろからする。でも、もう振り返ることはせず、ひたすら前へと進み続けた。上へと登り続けた。と突然、

したした、したした、したした……

後ろの足音が速まった。えっ……と男が戸惑う間もなく、ぐんぐん追い上げて来る。近付いて来る。迫って来る。

それが真後ろまで来ている。

もう山道に対する危険よりも、後ろのそれに覚える恐怖の方が遥かに勝《まさ》っていた。

男は無我夢中で駆け出した。何度も足を滑らせ転びそうになりながらも、どうにか走り続けることができた。これまでの登山経験に助けられたのかもしれない。

やがて……真っ白な靄の中にふっと、いきなり一本の柱が現れた。驚いた男は額《ひたい》をぶつけそうになる寸前で、正に間一髪のところで何とか柱を躱《かわ》した。

立ち止まって確かめると、それは樹木などではなく、間違いなく柱だった。黒光りのする古い柱が、山道の真ん中に立っていたのだ。

全く訳が分からなかった。だが、とにかく関わらない方が良いと判断し、柱を大きく避けつつ先を急いだ。

すると今度は靄の中から、真っ黒な板壁が出現した。山道を遮《さえぎ》るように屹立《きつりつ》している。すぐに男は、これを新たな怪異と見做《みな》した。だから柱と同じく、なるべく板壁にも触れないように注意して通り過ぎた。

奇妙な家の部位は、次々と姿を現しはじめた。足場の悪い山道が板間になり、何もない尾根の中空に梁《はり》が浮かび、垂直に切り立つ岩壁が棚と化し、二つ並んだ石の塚の横に竈《かまど》が蹲《うずくま》り……といった無茶苦茶な具合である。

そのうちガスが晴れ出すと、変な家の一部を目にすることもなくなり、男はほっとした。が、それも束《つか》の間《ま》、日暮れが間近に迫っていることに気付き、愕然とした。

おかしい……。本当なら疾っくに三叉小屋に着いているはずなのに、それが影も形も見えないなんて妙だ……。

このままでは野宿になる。それなら一刻も早く適した場所を探さなければならない。完全に陽が落ちてしまう前に、今夜の塒《ねぐら》を確保する必要がある。

そういう眼差しで男が、再び周囲を確認したときだった。

すぐ近くに家があった……。

ほんの先程まで全く目に付かなかったのに、いつの間にか一軒の家が存在していた。

大きさは山小屋くらいだったが、造りが民家のように華奢《きやしや》に見える。玄関の戸は妙に小奇麗なのに、その横の小窓は汚れていて内部を覗くことができない。正面の壁は板なのに、側面は煉瓦《れんが》を使っている。ちぐはぐ……というのが、その家に対する印象だった。

とはいえ、男に選択肢はなかった。家を見付けた途端、日が暮れてしまったからだ。それは夕刻という時を経ることなく、一気に夜の帳《とばり》が山中に降りた感じだった。ほとほと……と玄関の戸を叩きながら案内を乞う。何の応答もない。恐る恐る戸に手を掛け、そっと開けたところで、男は仰天した。

家には後ろ半分がなかった……。

よく雲海が原で発生するという地震で崩れたのかと思ったが、どう見ても造り掛けのように映る。しかし普通は、こんな奇妙な家の建て方はしないはずだ。まず前半分だけを完成させるなど、今まで聞いたことも見たこともない。

とても薄気味悪かったが、家の中は一応屋内になる。夜の山中で野宿をするよりは増しだろう。幸い前半分の板間には囲炉裏《いろり》もある。

男は火を熾《おこ》すと夕飯を摂り、家の隅っこで早々と寝ることにした。夜が明ければ、太陽が昇れば、きっと三叉小屋に着けるだろうと思いながら……。

どれくらい眠ったろうか。ふと目が覚めた。何かの気配を感じる。そっと目を開けてみると、家の中が騒がしい。いや、実際に物音がしたり話し声が聞こえるわけではない。ただ何か忙《せわ》しい雰囲気が漂っている。

その夜は、月も星も出ていない闇夜だった。それでも暗がりに目が慣れてくると、ぼんやり家の中の様子が分かってきた。そう、家の内部が……。

屋内が広がっていた。前半分しかなかったのに、今や後ろの半分が出来掛かっている。先程から感じていた騒々しさは、これだったのだ。

それにしても、こんな山の中で、こんな真夜中に、一体どんな方法で、そしてなぜ、誰が造っているというのか……。

家の後ろ半分に目を凝らすと、ぼうっとした提灯の明かりのようなものが、ゆらゆらと揺れながら動いている。その光の軌道を追うように、少しずつ残り半分の家が出来上がっていくのが分かった。

咄嗟《とっさ》に男は、真っ白い靄の中で目撃した奇妙な家の部位と、自分を追い掛けて来た後追い小僧のことを思い出した。どうしてかは全く見当も付かないが、山道に散らばった家の材料を集めたあれが、今、この家を完成させようとしているのかもしれない。そう考えた途端、堪らなく怖くなった。家が出来上がったときに何が起こるのか、自分はどうなるのか、それを思うと身体が震えた。

そうっと起き上がった男は物音を立てないように、だが手早く身支度を整えると、寝ていた隅っこから玄関までゆっくり這い出した。恐らく今なら、あれは家造りに夢中だろう。こちらに注意を払っていないに違いない。

どうにか玄関に辿り着き、静かに戸を開け、一目散に逃げ出そうとしたところで、男は固まった。月明かりと星明かりが、一気に射し込んできたからだ。

闇夜ではなかったのか。でも、何もない家の後ろ半分から見上げた夜空には、確かに月も星も出てはいなかった。あれは本当の空ではなく、自分はこの家の見えない真っ暗な天井を目にしていただけだったのか……。

呆然と男が立ち尽くしていると、後ろの方で気配がした。

した、した、した……

こちらに気付いたあれが、真っ直ぐ近付いて来たのだ。

慌てた男は家から飛び出すと、無我夢中で山道を駆け登りはじめた。

したしたした、したした、したしたした……

後ろからあれが追い上げて来る。昼間とは比べものにならないくらい、あれの動きが速い。

このままでは追い付かれる。その前に振り返って真正面からあれと向き合わなければ、自分は助からない。そう思うのだが、どうしても立ち止まることができない。仮にできても、きっと後ろを向く度胸はないだろう。第一それで絶対に助かるという保証はないのだ。いや、命は無事に済んだとしても、あれを目にしたために気が狂《ふ》れてしまっては、何にもならないではないか。もしかすると助かるという意味は、そういうことではないのか。

男が絶望的な気分になったとき、したした……という気配は、すぐ真後ろまで迫って来ていた。今にも背後から抱き着かれ、ずるずると山道をあの家まで引き摺って連れて行かれるのではないかと、もう気が気ではない。

息が上がり、足が縺《もつ》れ、頭が痛む。目の前の登りを駆け上がるのが精一杯だった。最早、体力も気力も限界だった。登り切った後のことは何も考えられない。そこで自分は終わるのだと覚悟を決めた。

急な登りを一気に駆け上がる。そうして視界が開けた先に、一軒の山小屋があった。

三叉小屋だ！

心の中で叫ぶと同時に、全ての力を出し切って男は走りに走った。

小屋の入口に着くと、透かさず戸を開けて中に入り、すぐに閉めると閂《かんぬき》を下ろし、崩れるように床に座り込む。この動作を男は一瞬で行なっていた。

やがて――、

した、した、した……という気配が、小屋の周囲を回りはじめた。まるで壁の何処かに穴でも見付けて、そこから内部に入り込もうとしているかのように……。

「その恐ろしい気配は夜が明けるまで、一晩中ずっと続いたそうだ」

第二の男が語り終わった途端、後の三人から、はぁ……という溜息が漏れた。いつしか三人とも息を詰めるようにして、男の話に引き込まれていたのである。

「その登山者は、夜明けを迎えたことで、どうにか助かったわけで？」

「怪談話として残っておるんだから、きっとそうなんだろう」

第一の男の問い掛けに、第二の男が素っ気無く答える。すると富子が、

「た、ただの怖いお話で……、つまり、お山の怪談ということで……、ほ、本当にあった話じゃないんですよね？」

「さぁな。しかし、昔話ではない。戦後すぐの話というんだから、儂には本当らしく思える。いずれにしろ迷家のことは、もう忘れるに限る。関わると碌《ろく》なことがない」

「お前たち、この村での仕事は、もう終わったんだろ」

第一の男が親切心からか、次の地域への移動を勧めた。しかし富子は、心配そうに美枝の顔を見詰めている。

「どうした？　さっさと次の村へ行けばいいじゃないか。それとも、まだ行商が済んでないのかい？」

「それが――」

実は隣村で紹介して貰った家が、まだ数軒だけ残っているのだと、美枝が遠慮がちに打ち明けた。少し躊躇《ためら》ったのは、まず富子を思ってだった。自分の臆病の所為でこの村をさっさと去り、仲間の行商を邪魔したとなれば、間違いなく彼女は居《い》た堪《たま》れない気持ちになるだろう。

「なるほど。そりゃ確かに勿体《もったい》無いな」

「みっちゃん、それは全て回らないと――」

予想通りの反応を富子が示したので、美枝は慌てて躊躇した二番目の理由を口にした。

「ただ、紹介して貰ったと言って訪ねても、余り良い顔をしない家もあって……。それで後回しにしたんですけど……。どうしたもんかと……」

「そういうことか。こりゃ欲を掻くと、むしろ損をするかもしれんぞ」

「どういうことです？」

思案げな表情をする第一の男に、美枝は思わず突っ込んでいた。

「俺が毎月一度、植松村で商売をして、それから杉造村へ行くという話はしただろ。

その途中、この村で一泊し、この神社でお参りするということも」

「はい。そう聞きました」

「だったら、この村に泊まるのに、なぜ商売を全くしないのか……と、お前は思わないかい？」

　言われてみればそうである。植松村から杉造村へ行くのに、男は必ず霜松村を通っている。ならば、この村でも商売をすればよいではないか。

「実はな、植松村と霜松村は昔から仲が良くないんだ。共に林業で食べてることもあって、山林境界地の問題でも以前から争いが絶えなくてな」

　男の話に美枝は驚いた。泊めて貰った家の嫁の愚痴に付き合い、うんざりしながらも我慢したのが、結果的に顧客の紹介に繋《つな》がり喜んでいたのに、むしろ商売の邪魔になったのだから当然である。

「その嫁さんの実家くらいは大丈夫だろうが、親戚や知り合いと広がっていくと、下手をすると反感を買うだけかもしれん。もちろん紹介は有り難いが、俺たちのような商いの、これが難しいところだな」

　すっかり元気をなくした美枝を見て、男も気の毒に思ったのだろう。

「まっ、これも勉強と思って、これから気を付ければいいさ。その嫁さんも、別に悪気があったわけじゃないだろ。お前に善かれと思ってしたことなんだから」

「そうだよ、みっちゃん。この辺りは験《げん》が悪いから、もう次に行こう」

富子にしてみれば、美枝の行商を妨げさえしなければ、もう今すぐにでも佐海山の側から離れたいに違いない。

「どれ、儂もそろそろ行くか」

第二の男が立ち上がると、

「こりゃ、すっかり長居をしちまったよ」

第一の男も側に置いた荷物を担ぎはじめた。

「さぁ、私たちも仕度をして――」

そう言って富子が、美枝を促したときだった。

「いやぁ、こういう偶然があるから、怪異譚蒐集の旅はやめられないんですよ」

杉の巨木の裏から声が聞こえたと思ったら、奇妙な風体の第三の男が姿を現した。

五

刀城言耶《とうじょうげんや》と名乗った第三の男は、まだ地方では珍しいジーンズパンツを穿《は》いていた。美枝たちは衣類も扱うため知っていたが、もちろん行商したことはない。彼女たちの客には、まず絶対に売れない代物《しろもの》である。

言耶は各地に伝わる怪談綺譚の類を蒐集するために、全国を旅しているという。そんなことをして食べていけるのかと美枝は不思議だったが、第一の男が色々と尋ねた結果、小説を書く作家だと分かり驚いた。文筆業の人を目にするのは、生まれてはじめてだったからだ。

ちなみに言耶の自己紹介を受け、すぐに明るく返事をしたのは、その第一の男だった。

「反魂丹《はんごんたん》売りの萌木《もえぎ》と申します。越中富山の反魂丹、鼻糞丸めて万金丹、それを飲むやつぁアンポンタン……という囃《はや》し唄がございますが――」

という具合に喋り続け、それとなく言耶が第二の男に水を向けなければ、いつまでも止《や》まなかったかもしれない。

しかし、肝心の第二の男は無愛想だった。「九頭《くず》だ」と少し躊躇ってから応えただけで、胡散《うさん》臭《くさ》そうに刀城言耶の頭の天辺から足の爪先まで、じろじろと無遠慮に眺めている。

美枝と富子は二人の後で、それぞれの名前と毒消し売りであることを説明した。

全員が名乗ったところで萌木が早速、

「それで、こういう偶然というのは何のことで？」

「僕は昨夜、杉造村に泊まったのですが――」

「へぇ。俺は今日、そこに行くんですよ」

「入れ違いですね」

言耶は笑いながらも、とんでもないことを口にした。

「実は今朝、迷家に泊まって命拾いをしたという人の話を、正に聞いてきたばかりでして――」

「ええっ！　あなたも迷家の話をご存じなんで？」

萌木が驚きながら目を剝《む》きつつ、九頭と言耶を交互に見ている。

「はい。それも昨夜、その体験をしたばかりの方から、お聞きすることができました」

「法螺《ほら》話じゃないのか」

新たな話し手が現れたのが面白くないのか、ぶすっとした口調で九頭が難癖《なんくせ》を付けた。

「いえ。少なくとも体験者は、そんな嘘を吐《つ》く必要のない人です。お話の内容も、信《しん》憑性《ぴょうせい》があると感じられました」

「それ……怖い話ですよね？」

透かさず富子が確認する。しかし、物凄く厭がっている感じがない。どうやら彼女は一目で、刀城言耶という人物を気に入ったらしい。

「仰る通りです。ただ、このままでは迷家の悪夢から、あなた方もなかなか逃れられず、今後の商いにも支障を来すかもしれません」

　黙ったまま富子が頷く。

「そういう場合は、むしろ徹底的に相手を理解するに限るわけです」

「相手……ですか」

　富子だけでなく美枝も、いや萌木も、ぽかんと言耶を見詰めている。

　だが、刀城言耶は皆の反応などお構い無しに、

「僕が泊めて頂いた杉造村のお宅に――ここは元の庄屋さんに当たる家なのですが――その人が担ぎ込まれたのは、今朝の未明でした」

　いきなり迷家の話をはじめた。

　下田《しもだ》勘一《かんいち》は終戦を迎えるまで、さる軍需工場で技術者の職に就いていた。それが戦後、急に仕事がなくなる。新しい勤め口は色々とあったが、しばらく俗世間から離れたくなり、若い頃は好きだった山での暮らしを夢見ていた。

　そんなとき、三叉岳の三叉小屋を買わないか、という話が舞い込む。持ち主は戦死したらしく、遺族が売りたがっているという。聞けば、まだ子供たちも幼く、未亡人は持っていても仕方ない小屋を手放したいらしい。相手の事情に深く同情した彼は、言い値で小屋を買うことにした。

若い頃はあちこちの山に登っていたが、彼にとって雲海が原は未踏の地だった。まずは視察に出掛けようと考え、昔の山仲間に声を掛け準備を整えることにした。しかし生憎《あいにく》、直前になって同行者の親戚に不幸が起こる。慌てて他の山仲間に当たってみたが、何分にも急な話で誰も都合が付かない。一抹の不安を覚えながらも、結局独りで三叉岳を目指す羽目になった。

彼が単独での山行きを躊躇したのは、雲海が原の峻険な地形だけでなく、その移り変わり易い天候を心配したためだった。晴れていれば空気は澄み、色鮮やかに高山植物は咲き誇り、氈鹿《かもしか》や雷鳥《らいちょう》などの野生動物が見られ、雲海川源流の清流では岩魚《いわな》が釣れる別天地になる。だが、少しでも天候が崩れれば、仮令《たとえ》真夏でも冷風で忽《たちま》ち体温を奪われ、強風で吹き飛ばされる恐怖に耐え、雷雨を恐れることになる。川筋では増水による鉄砲水を警戒しなければならない。いや仮に天気が良くても、この辺りに多発する地震の脅威には絶えず晒《さら》されるのだ。

天国と地獄を合わせ持つ地——と呼ばれるのが、ここ雲海が原だった。

彼が入ったのも、信州方面からである。東京から近かっただけでなく、三つの行程の中では最も難所が少なく、何より峡谷沿いを進む距離が一番短かったからだ。

今回の山行きで彼が警戒したのが、何と言っても鉄砲水だった。川から充分に離れており、この高さなら大丈夫と判断してテントを張っていても、簡単に流されるという。瀑布のような勢いで流れる鉄砲水に呑まれると、全てが持って行かれ、テントや遺体は疎《おろ》か全く何も残らないらしい。

　事前に計画を立てる中で、そんな恐ろしい話を耳にしていた彼が、天気に関わりなくなるべく川筋を歩きたくないと思ったのも無理はない。

　幸い当日は晴れだった。前日、麓の村で一泊していた彼は、まだ夜も明け切らぬ早朝から入山した。

　昼頃までは晴天が続き、登攀《とうはん》も順調だった。なのに獅子岩の尾根で昼食を摂り、再び歩き出した直後、急に山が大きく揺れた。咄嗟に尾根の岩肌に伏せ、ひたすら治まるのを待つ。と、山の下方から、もわもわっと真っ白なガスが、ゆっくり湧き上がってくるのが見えた。その光景は、まるで山が身震いをしたために、山肌を覆っていた靄が一斉に舞い上がったかのように映った。

　あれに包まれると大変だ、と彼は思った。気付くと足を速めていた。もちろん視界が遮られ、登山が困難になるからだ。

　しかし、それだけではなかった。山肌を這うように上がって来る白い不定形の塊《かたまり》に、なぜか途轍《とてつ》も無い嫌悪感を覚えた。山を登っている最中にガスに巻かれたことは、これまでにも何度もある。いつも忌々《いまいま》しく思うのは事実だが、ここまで厭《いや》だと感じたことは一度もない。本当にぞっとするのだ。あれの中に自分が浸ると想像しただけで……。

そのとき彼の脳裏に、今回の計画を立てた際に聞き及んだ雲海が原に纏《まつ》わる怪異の幾つかが、ふっと浮かんだ。

ひたすら登山者を付け回す後追い小僧、後ろから前から「おーい」と呼び掛け山中で道を迷わせる呼び女、岩壁を登攀していると腰に抱き着き落とそうとする板婆《いたばば》、山小屋の振りをして泊まった者を喰らう迷家……など、自然の障害とは別の恐ろしい脅威の存在を、まざまざと思い出してしまった。

「莫迦《ばか》々《ばか》しい……」

わざと彼は声に出し、それらを否定した。そんな話は、ただの山に伝わる怪談に過ぎない。ここまで岩壁も登っているが、板婆などという化物は出てこなかったではないか。呼び女の声も聞こえない。ガスを怖いと思うのは当たり前の心理である。そう彼は自分に言い聞かせた。

とはいえ先は急いだ。真っ白い靄は着実に、こちらへ近付いて来ている。あれに巻かれてしまったら視界が悪くなり、実際に困るのは間違いない。

ところが、彼の速度に合わせる如く、まるで彼の後を追っているかのように、どんどん白いガスが迫って来る。後ろを振り返るたびに、確実に距離が縮まっている。いつしか真っ白い靄そのものが、何やら生き物めいて見えはじめる。

「ど、どうかしてるぞ」

再び声に出して己を叱咤するが、その弱々しい声音は、もやもやっとした冷たい粒子に流され、すぐに消えてしまう。

はっと気付いたときには、もう薄気味の悪いガスに追い付かれていた。

そのときだった。

ぴちゃ、ぴちゃ、ぴちゃ……

後ろの靄の中で、とても変な音がした。

濡れた岩場を裸足で歩いているようにも、裸の腹を両手で叩いているようにも、唾《だ》液《えき》が満ちた口の中で舌鼓を打っているようにも聞こえる、何とも言えぬ嫌らしい響きである。

ぞっと背筋が震えると共に、二の腕に鳥肌が立った。恐る恐る振り返ると、全く訳の分からない無気味なものが、後方の白いガスの中にいた。ゆらゆらと蠢《うごめ》いていた。

いや、そんな風に見えただけで本当は何もいないのだ、と彼はすぐに自分を戒めた。が、次の瞬間、それが真っ直ぐこちらに近付いて来る気配を感じた。

咄嗟に彼は駆け出した。後ろの存在から逃げるために。それが潜む白い靄から抜け出すために。

だが、走っても走っても、ふうっとガスが追い付いて来る。逃げても逃げても、ぴちゃ、ぴちゃ、ぴちゃ……と気味の悪いそれが尾いて来る。

身の毛のよだつ追っ掛けっこが、真っ白な靄の中でどれほど続いただろうか……。

もう走って逃げるのも限界だと感じたところで、目の前に急な登りが現れた。思わず挫《くじ》けそうになる。その場に座り込み、運を天に任せそうになった。

せめてあの上まで逃げようと決め、最後の力を振り絞って駆け上がると——、
そこには迷家が、彼を待ち構えていた。

屋根だけの家だった。地面から屋根だけが生えている。四方の壁は全くない。切妻屋根で破風《はふ》に当たる箇所に、獣の毛皮の如きものが下がっている。その幕のようなものが、どうやら入口らしい。

このとき彼は、とにかく疲れていた。腰を下ろし、できれば横になって休みたかった。だから目の前に現れたのが、もう迷家でも構わないと思った。確かに屋根だけしかないが、少なくとも家には見える。余りにも不自然な存在であり、もちろん受け入れ難いが、ただの屋根ではないか。それに比べると、後ろから追い掛けて来る靄の中に潜む何かは、全く正体の分からない怖さがある。

迷ったのは一瞬だった。背中にぞくっとする冷たい空気を察した途端、彼は迷家へと驀地《まっしぐら》に走り出した。

毛皮の幕を捲《まく》って屋内へと逃げ込むと、てっきり剝き出しの地面と思っていたの

が、意外にも床があった。尤も長方形の板を乱雑に敷き詰めた感じで、決して整ってはいない。いや、むしろ無秩序に積み上げたと言った方がよい。全体が波打ち蠢いているような、それまで目にしたことがない奇妙な床である。今にも脈打って動き出すのではないか。そう思えたほどだ。

だが、床の上に倒れ込んだ彼が気にしたのは、まず外の様子だった。自分は助かったのか。それとも白いガスは、この奇妙な家の中にまで侵入して来るのか。

毛皮の下から真っ白い靄が、ふうっと流れて来る様子が見えた。慌てて家の奥へと進むが、すぐ行き止まりになった。後方の破風に当たる箇所には毛皮ではなく、数枚の板切れが壁のように地面から立ち上がっている。

袋の鼠――。

靄の中で蠢く気味の悪いものは、この迷家と最初からグルだったのだ。白いガスが犠牲者を追い立て、迷家が捕まえる。そうして共に、ゆっくりと餌を喰らう……。

自らの想像に慄《おのの》いた彼は、無我夢中で奥の板切れを取り除きはじめた。だが、どれほど排除しても次から次へと板切れが出てくる。ここから逃げるのは絶望的だと諦め掛けたとき、ふと屋内の様子に気付いた。靄が家の中に満ちていないのだ。慌てて振り返ると、なぜか毛皮の隙間《すきま》から入って来る気配も全く感じられない。

しばし躊躇った後、彼は入口まで戻って外を覗いてみた。すると信じられないことに、徐々にガスが後退しているではないか。それと同時に、あの悍《おぞ》ましい気配も次第に遠離《とおざか》って行くのが分かり、思わず安堵の溜息が漏れた。

ところが、知らぬ間に山中には夜の闇が降りていた。既に、とっぷりと日が暮れている。今から三叉小屋を目指すのは、どう考えても無謀だろう。今夜は嫌でも、ここに泊まるしかなさそうである。

覚悟を決めた彼が、捲っていた獣の毛皮を下ろすと、からからっという乾いた音が響いた。何だろうと再び捲って表に目をやると、飛び込んだときには見逃していたらしい、屋根から吊り下がった幾つもの骨が見えた。

動物の骨か……。

そう常識的に判断するのだが、ここが浅茅原《あさじがはら》の一つ家のように思えてくる。そもそも屋根だけの家など、それこそ常識では有り得ないのだから……。

とはいえ今の彼には、どうすることもできない。とにかく夜明けまで待つしかない。

懐中電灯を取り出し、改めて家の中を見回す。立つことはできないので、座ったまで方々を照らしてみる。

すると、波打つ板間の上に敷かれた筵《むしろ》が目に付いた。そこには風呂敷包みをはじめ、蒲団、竹行李、米袋、樽といったものが認められ、辛うじて人間の生活臭が感じ取れたのだが……。その眺めは皮肉にも、彼を不安にさせた。

こんな奇妙な家を、わざわざ誰が造ろうとするだろう……。

こんな奇妙な家に、わざわざ誰が住もうとするだろう……。

いずれにしても、到底まともな人間の考えることではない。それだけは間違いない。

リュックサックから食料と水筒を取り出すと、味気ない食事を済ませる。全く食欲はなかったが、明日のために食べておかなければならない。それから平らな板間の部分を探し、蒲団を敷くと倒れ込むように横になる。

毛布を肩まで掛けると、むっと獣臭く息が詰まりそうになった。その他にも色々と酷い臭いが混じり合い、鼻がもげそうだった。しかし山中の夜は冷える。こんな毛布でも有り難いと思うべきなのだ。

そのうち動揺も徐々に治まり、登山の疲れもあって、うとうとしはじめたところで、すぐに目が覚めた。

ざっ、ざく、ざっ、ざく、ざっ、ざく……

何かが家の周りを歩いていた。

もしかすると数十分も前から、得体の知れぬそれは、屋根の周囲をずっと回っていたのかもしれない。彼が休んで静かになった途端、ようやく耳に入ったようにも思える。

先程のあれが再び現れたのか、と震えた。なぜかは分からないが家の中に入れないため、ああやって周囲を回っているのかもしれない。ただ、凝っと耳を澄ませているうちに、どうも気配が違うことに気付いた。あれが如何《いか》にも湿っていた感じだとすると、こちらは乾いた足音に聞こえるのだ。

足音……？

そう、何者かが屋根の周りを、ぐるぐると歩いていた。

彼は毛布を頭から被ると、早く何処かへ立ち去れと一心に念じ続けた。それでも無気味な足音は、ざっ、ざく、ざっ、ざく……と歩き回るのを止めない。いつしか足音が家の中へ、毛布の中へ、頭の中へ侵入して来るように思え、自分が今にも発狂しそうな恐怖を覚える。

大丈夫だ。ここに入って来られないからこそ、ああやって周囲を回っているのだから……。

彼が自分自身に言い聞かせたときだった。ぴたっと足音が止まった。それも入口の辺りで……。

確かめるのは怖かったが、何が起きているのか分からない方が、もっと厭だった。

そっと毛布の隙間から覗くと、捲られた毛皮の向こうに、真っ黒な影が見えた。ほとんど入口を塞《ふさ》ぐほどの大きな黒々とした影が微動だにせず、こちらを見詰めているように映る。

最初は熊かと見紛《みまが》った。これまでに覚えた恐怖とは別種の、もっと生々しい戦慄が背筋を走る。だが、すぐに野生動物よりも、もっと恐ろしいものだと確信した。熊の脅威が問題にならないくらい、ずっと悍《おぞ》ましい何かだと……。

と、入口が闇に閉ざされた。大きな影の背後から射し込んでいた星明かりが、急に途切れた。

捲られていた毛皮が下ろされ、禍々《まがまが》しい黒い影が家の中へと入って来たのだ。

やがて、ぎぃぃ、ざぁぁ……という板間を踏み締める音が、ゆっくり近付いて来た。真っ直ぐ彼の方へと……。

もう生きた心地がしない。目を瞑《つむ》って狸寝入りを決め込もうとしたが、とても怖くて逆に目を閉じることができない。かといって開いたままで、何を目にするのかと考えると、それだけで気が狂いそうになる。

どちらも選べず中途半端に薄目を開けていると、ぬっと目の前に真っ黒な顔が突き出された。と同時に獣臭い息が、むっと彼の顔に吹き掛かり、思わず咳き込んでしまった。

「何だ、お前は……」

野太い声は、明らかに人間のものに聞こえた。が、ほっとするどころではない。こんな山の中で一体……という先程の疑問が忽《たちま》ち蘇《よみがえ》り、堪らなく怖くなった。これなら、まだ化物の方が増しかもしれないと感じた。

「おい……」

急に身体を揺すられた彼は、反射的に飛び起きた。そして何を言われたわけでもないのに、これまでの経緯《いきさつ》を全て正直に話していた。

彼が喋り終えても、影は無言だった。その頃になると暗がりに慣れた目が、ぼんやりとだが影の容姿を認めはじめた。

まるで昔話に出てくる山男だった。頭は短く刈り込んでいたが、もじゃもじゃの髭を顔一面に生やし、獣の皮の服を着ている。猟師か樵《きこり》かと考えたが、それらしい装備が家の中にはなかったはずだ。第一この家が変ではないか。山で生活の糧《かて》を得ている者が、こんな奇っ怪な家を建てるはずも、そこに住むはずも絶対にない。

いつの間にか男は、彼に背中を向けている。ごそごそと身動きしていたが、何をやっているのか一向に分からない。

「今夜は、ここに泊まっても……」

良いだろうかと遠慮がちに尋ねると、男が微かに頷いたように見えた。

この際、男が何者で、なぜ奇妙な家に住んでいるのか、という問題は捨てて置くことにした。山中で迷ったにも拘らず、僥倖《ぎょうこう》にも宿を確保できたと思えばいい。

そんな風に気持ちを切り替え眠ろうとした。しかし、なかなか神経が静まらない。それでも身体は疲れていたのだろう。いつしか、うとうと寝入っていたらしい。

目が覚めたのは、なぜだったのか。家の中は真っ暗だった。ただ、入口の方から妙な音がしていた。

ざぁぁっ、ずぅぅっ、ざぁぁっ、ずぅぅっ……と、何かと何かが擦れている。何処かで耳にしたような……と思っていると突然、ある映像が脳裏に浮かんだ。それは幼い頃、母が砥石屋で包丁を研いで貰っている場面である。

男が刃物を研いでいた……。

こんな夜中に、こんな暗がりの中で、なぜ刃物の手入れなどしているのか。

再び浅茅原の一つ家を思い出す。あれは鬼畜のような老婆が旅人を殺害する話だが、この男も同類ではないのか。

そう考え震えていると、獣の臭いが染み込んでいる毛布から別の臭気が漂っていることに、遅蒔きながら気付いた。何処かで嗅いだような……と思った途端、血の臭いだと分かった。少なからぬ量の血糊を、この毛布は吸っている。

男が研ぐ刃物の音と、毛布に染み付いた血の臭いから、どんどん恐ろしい厭な想像をしてしまう。

まさか……と自分の臆病さを笑いたかったが、この場の状況を鑑《かんが》みればみるほど、莫迦げた妄想と一笑に付すことができなくなる。そのときになって後悔するよりも、後で笑い話になった方が良いに違いない。

彼は逃げ出すことにした。

だが、すぐに頭を抱えた。自分が家の奥へと入っていたからだ。入口から出るためには、男の側を通る必要がある。いや、屋根だけの家のため、男を乗り越えなければならない。それも相手が横になっていればであり、座っている状態ではどうすることもできない。入口に近付こうとすれば、間違いなく気付かれてしまう。

どうしよう……？

またしても、自分が袋の鼠になったことを悟った。しかも今度は、この狭い空間の中に脅威も同居しているのだ。絶望の余り目を閉じていると、奥の方から冷気を感じた。

そっと寝返りを打ち、暗がりの中で目を凝らす。そこには板壁があるばかり……ではなかった。この家に飛び込んだとき、入口の反対側から出ようとして、破風に当たる箇所の板切れを何枚も取り除いていた。あのとき空けた隙間から今、外気が流れ込んでいるのだ。

逃げ出せるかもしれない……。

できるだけ物音を立てないように奥まで這うと、彼は板切れを一枚ずつ取り外しはじめた。すると、すぐ外の星明かりが射し込んできて、思わず焦った。しかし、幸い男はこちらに背中を向けている。自分の動向を気付かれる前に、なんとか穴を広げなければならない。

外の冷たい夜気で頭をしっかりさせながらも、その冷気を男が感じないかと恐れつつ、作業を急ぐ。やがて右腕が通り、頭が出て、片方の肩が抜けるようになったところで、ぴたっと刃物を研ぐ音が止んだ。

彼も身動きせず、凝っと家の中の様子を窺う。文字通り息詰まるような苦しい時が過ぎ、再び刃物と砥石の擦り合う音が響き出した。

もう大して時間は残されていない。そこからは少し大胆に、余り物音を気にせず板切れを取り除いていく。

ようやく、どうにか這い出せる大きさの穴が空いた。一応リュックサックを毛布の中に入れ、さも自分が寝ているような格好に整えると、我が身一つで外へと出る。

後は一目散に駆け出した。三叉小屋を目指してではなく、下りの山道の方向へと。

しばらくして後ろの方から、何か叫び声のようなものが聞こえてきたが、もちろん無視して走り続けた。そして、杉造村の村外れで倒れているところを、夜明け前に同村の人に発見されたのだった。

六

「擦り傷や打ち身はありましたが、よく大きな怪我もせず、無事に下山できたものだと、村の人たちも驚いていました」

刀城言耶の話が終わると同時に、富子と萌木が大きく溜息を吐いた。もちろん美枝も、すっかり聞き入っていた。

第三の男の登場を快く思っていないらしい九頭でさえ、かなり引き込まれていたように見える。

「その屋根だけの妙な家っていうのが、やっぱり迷家だったので？」

まず萌木が口を開いた。

「さぁ、どうでしょうか。普通の山小屋でないことだけは確かですが……」

「村の者が調べに向かってないのか」

そう九頭に言われ、言耶は自分の非を責められたように恐縮しながら、

「何分にも今朝の話なので……。そんなに早い対応は、村でも無理じゃないでしょうか。それに、こう言っては何ですが、下田さんは飽くまでも他所者《よそもの》です。三叉小屋にしても、別に村で必要としているわけではありません」

「そんな冷たい……」

富子が憮然としたが、美枝が紹介された顧客に関する問題を思い出したのか、

「そりゃ、何処でも自分の村が一番可愛いのは、当たり前だと思うけど……」

「そうですね。でも、僕が泊めて頂いた家のご主人が夕方に出掛けるので、その序《つい》でに営林署に報告しておくと仰っていました。ですから明日の朝までには、何らかの手が打たれるかもしれません」

「迷家に対して……ですか」

萌木の半信半疑の口調に、言耶は微笑みつつ、

「不審家屋と不審者の調査、ということになるのではないでしょうか」

「なるほど。で、その下田さんが出会った奇妙な家が、こちらの娘さんが見た黒い屋根と同じだなんて、あなたは言い出すつもりなんじゃ……」

まさかの萌木の問い掛けに、言耶が頷いた。

「ええっ！　それじゃ二人が見たのは、本物の迷家だと？」

驚いたのは彼だけではない。美枝も富子と顔を見合わせ、お互い目を丸くした。九頭も言耶を凝視し、この青年が何を言い出すかを見極めようとしているかに見える。

「迷家だったかはともかく、同じ屋根だったのではないか、と僕は思います」

「だから、屋根だけの同じ迷家なんでしょ？」

「いえ、同じ家の屋根だけです」

言耶が何を言っているのか、さっぱり美枝には分からない。しかし、富子も萌木も戸惑っているのは一緒である。九頭は相変わらず表情が乏しかったが、彼の話を理解しているとは思えない。

「この杉の巨木の裏で僕は、皆さんのお話をすっかりお聞きしてしまいました」

四人それぞれの反応を楽しそうに眺めながら、言耶が話を続ける。

「そして偶然にも、昨夜の下田さんの体験と合わせると、柿川富子さんを悩ませている迷家の謎に対して、ある解釈が下せることに気付いたのです」

「ほ、本当ですか」

ぱっと富子の顔が明るくなった。まだ何一つ聞いていないのに、既に刀城言耶という青年を、彼女は救世主のように見詰めている。

「恐らく植松村の人から聞いたのだと思いますが、数日前に地震があったという話を、お嬢さん方はされていました」

お嬢さんの一人が自分だと気付いた美枝は、富子に数秒ほど遅れて大きく頷いた。

「そのとき三叉岳で山崩れが起こり、山頂付近から樹木が流れた跡に、それまで隠れていた山小屋が現れた。そう富子さんは考えたわけです」

「はい。私が鳥居峠から眺めた光景は、ちょうどそんな風に見えました」

「ところが、彼女から約一時間ほど後に、同じ峠を通った萌木氏には、何も見えなかった」

富子が何か口を挟もうとしたが、それを言耶は眼差しだけでやんわり制止すると、

「ちなみにあなたは、向かいの山の隅々まで目にしている。絶対に見逃すはずがない」

「その通りです」

萌木が力強く肯定する。

「となると考えられるのは、再び地震が起きたために小屋が潰れてしまった、という状況ではないでしょうか」

「えっ……」

「三叉岳を登っていた下田氏は、昨日の昼食後に大きな地震に遭っています。このときの地震は、富子さんが黒い屋根を目撃した時間と、萌木氏が三叉岳を眺めた時間の、正に中間頃に当たる時間帯に起きたのです」

「それじゃ、そのとき……」

「山小屋は潰れた。そのため今まで見えていた屋根の位置が下がり、他の樹木や岩の陰になって隠れてしまったため、萌木氏には何も見えなかったわけです」

「そういうことか」

「下田氏は、その崩れて屋根だけになった小屋に辿り着いた。板間が無秩序に波打っていたのは、元々が四方の壁を構成していた板だったからでしょう。それが恐らく一気に、内側へと倒れたのだと思います」

「しかし、そう上手く崩れますかね？」

「考現学の創始者である今和次郎《こんわじろう》氏が、大正十三年に相模《さがみ》津久井郡で、地震のために屋根だけになった農家の事例を採集されています。また氏は、とある海辺の村でも、津波のために屋根だけになった住居を訪ねています。きっと同じことが、三叉小屋でも起こったのでしょう」

「ええっ！　み、三叉小屋だってぇ？」

「はい」

「だったら、下田さんという人は、自分の山小屋に泊まったことに――」

「なりますね。九頭氏のお話で、登山者が後追い小僧から逃げているとき、目の前の登りを駆け上がると三叉小屋があったとされています。下田氏の場合も、目の前に急な登りが現れ、それを上がると屋根だけの迷家があったと話しています。どちらも似た立地だと思いませんか。お二人とも雲海が原に入られたのは、同じ信州方面からです」

「し、しかし、そうなると迷家の主らしき山男は？」

納得でき兼ねる口調で萌木が突っ込むと、言耶は九頭の方を向きながら、

「あなたが話しておられた、それは山賊だったんじゃないでしょうか」

「うむ……」

返事の代わりなのか、九頭は唸っただけだったが、後の三人も言葉が出ない。

「下田氏が、本当に後追い小僧に出会ってしまったのかどうか、それは僕にも判断できませんが、それが小屋に入って来なかったのは、屋根から吊るされた魔除けの骨の所為ではないかと思います」

言耶は特に美枝と富子に顔を向けながら、

「山に入る人たちは、とても敬虔《けいけん》な心を持っています。山賊とはいえ、迷信深いのは当たり前です」

「なるほど」

ようやく萌木が相槌を打つ。

「山賊は、下田氏の話を聞いて驚いた。自分が勝手に根城にしている小屋の正式な主人が、目の前にいるのですからね。でも相手は、まさかこの屋根だけの家が三叉小屋だとは思ってもいない。ここは脅して、厄介払いをしようと考えた」

「包丁を研いだのは、ただの脅しだったのか」

「いえ、実際のところは分かりません。九頭氏の話では、数日前にも行方不明者が出

て、雲海が原の山賊にやられたという噂があるくらいですから、本当に下田氏を始末しようとした可能性もあります」

「いずれにしろ、逃げて良かったわけか」

「あのう……」

そこで美枝が、勇気を出して口を挟んだ。どうしても言耶に尋ねたかったからだが、

「大丈夫です。あなたのことを、決して忘れているわけではありませんから」

先回りされたうえ、にっこり笑われた。

「あっ、そうか。こっちの娘さんの、三叉岳には小屋の屋根どころか何もなかった、という証言があったんですよ。あれはどうなるんです?」

二人のやり取りの内容に素早く気付いた萌木が、美枝に代わって疑問を口にすると、

「私も、それをお訊きしたかったんです」

透かさず富子が、言耶の顔を見た。

「当日の午前中に、地震がありましたか」

美枝と富子が同時に首を振る。

「つまり、美枝さんが三叉岳を見たとき存在していた樹木が、富子さんが目にする前

に山崩れで流れて、それで三叉小屋の屋根が出現したわけではない――と分かります」

「しかも二人は、峠の同じ場所から三叉岳を望んでいる」

萌木の言葉に、美枝と富子は顔を見合わせてから、こっくりと言耶に頷いてみせた。

「天狗の腰掛と呼ばれる、峠に生えている松でしたね」

「そうそう。俺もよく知ってる木だ」

「でも、松の木は鳥居峠の名に因《ちな》んで、二本あると聞きましたが――」

「いや、だから松の木を間違えていないか、わざわざ娘さんたちも確かめたんだよ。その結果、二人とも天狗の腰掛の方の松でお参りをし、そのとき三叉岳に目をやったと分かった。完全に同じ場所から同じ方向を見たわけだ。なのに片方には何も見えず、片方には小屋の屋根が見えた」

「いえ、違います。お二人が天狗の腰掛にお参りしたのは間違いありませんが、それは別々の松だったのです」

「なんだって？」

「菊田美枝さんがお参りしたのは、峠の北側の松じゃありませんか。そして柿川富子さんが問題の黒い屋根を見たのは、峠の南側の松だったのでは？」

　またしても二人は同時に頷き、その瞬間、再びお互いの顔を見て「あっ」と叫んだ。

「自分も相手も参ったのは、天狗の腰掛だった。それだけ確認できれば、実際の位置関係まで突き止めようとはしませんからね。いえ、もしあのまま二人だけで会話を続けていたら、やがてそこまで突っ込んだ話をしていたかもしれません。でも、萌木氏が話に加わり、次いで九頭氏も参加し、おまけに僕まで出て来てしまったので、お二人も今更そんな基本的なことには気が回らなかった」

「そうでしょう？　という表情で言耶が微笑んでいる。

「どうして、美枝ちゃんは間違ったんで？」

　萌木の馴れ馴れしさが気になったが、それよりも美枝は、彼の疑問の方が遥かに気掛かりだった。

「今のあなたの言葉が、全てを物語っています」

「俺の？　言葉……？」

「あなたは、松の木を間違えたのは、菊田美枝さんだと決め付けています。つまり鳥居峠の南側の松こそ天狗の腰掛だと、あなたも信じていらっしゃるわけです」

「信じるも何も、実際に――」

「植松村の人から、そう教わった。柿川富子さん、あなたもそうじゃありませんか」

二人が肯定すると、言耶は美枝を見ながら、

「一方、菊田美枝さんに松のことを教えたのは、霜松村から嫁入りしたばかりらしい、元霜松村の住人でした」

「ということは……」

と続けながら、まだ萌木は理解できないらしい。もちろん、美枝も富子も同様である。

「要は、植松村の人にとって天狗の腰掛は鳥居峠の南側の松であり、霜松村の人にとっては北側の松である——という特殊な状況を知らないが故に、三叉岳に於ける山小屋消失の謎が生まれたのです」

「しかし、どうして天狗の腰掛に纏わる伝承が、この二つの村では異なるので？」

「いえ、恐らく伝承の内容に、余り大差はないと思います」

「じゃ、松の木だけが違う？」

「そうです」

「なぜです？」

「二つの村にとって天狗の腰掛という存在が、村境を表しているからです」

「えっ……」

「あなたは、お嬢さんたちに説明したじゃありませんか。植松村と霜松村は、昔から

山林境界地の問題で争ってきたと。ですから佐海山の北側に位置する植松村では、峠の南側の松を天狗の腰掛と見做し、山の南側に位置する霜松村では、峠の北側の松を天狗の腰掛と見做している。なぜなら、我が村の村境を山の反対側に設《もう》けることにより、佐海山を自分の村の領土だと主張するためにです」

「あっ……」

「佐海山には豊富な資源があり、昔から二つの村に恩恵を施してきたと言います。その二つの村が山林境界地で揉めている間柄だと知った瞬間、僕には山小屋消失の真相が、何となく見えはじめました」

「なるほど……」

「あなたは仰っています。峠から見た三叉岳には、山崩れの跡が二箇所あったと。その一箇所が峠の南側の松から望んだところであり、三叉小屋があった地点です。そして、もう一箇所が偶然にも峠の北側の松から望んだ場所だった。そのため不可解な山小屋の消失現象が起こったように、余計に見えてしまったのだと思います」

「はぁ……」

「ちなみに佐海山は、その存在が村を〈栄え〉させるという事実から、それが〈さかい〉に転じたと考証することもできますが、二つの村の〈境《さかい》〉の意味が元々あった——と単純に考える方が、この場合は良いのかもしれません」

言耶に漢字の説明までされ、皆は十二分に納得がいったようだった。

が――、
そこで萌木が慌てた口調で切り出した。

「でも、そうなると、この九頭さんが見たときに、またしても三叉岳に現れていた黒い屋根については、どうなるので？　たった一日のうちに、小屋を再建したとでも？　それとも彼が目撃したのは、まさか本物の迷家だったなんてことが……」

「もちろん、違います」

言耶は否定すると、九頭の方を見ながら、

「その真相は、あなたが三叉小屋にいた山賊だったから――ではないですか」

七

五人の間に沈黙が降りた。

萌木は滑稽なほど、ぎょっとした表情を浮かべている。美枝は富子と顔を見合わせ、思わぬ展開に驚いていることを、お互いに確認した。

爆弾発言をした刀城言耶は、飄々《ひょうひょう》とした顔付きで相手を眺めており、肝心の九頭は無表情のまま、凝っと言耶の視線を受け止めている。

「妙だなと思ったのは、あなたのお嬢さんたちへの関わり方でした」

言耶は少し微笑むと、

「萌木氏が遠野地方に伝わるマヨヒガの話をして、せっかく柿川富子さんの不安を取り除いたのに、あなたは迷家の話をわざわざ持ち出し、再び彼女に恐怖を与えました。どうしてでしょう？　先《せん》から様子を拝見していましたが、とても萌木氏のように話好きとも思えません。そんなあなたが、なぜか迷家の話だけは熱心にされた――」

「確かに、妙だ……」

ぽつりと萌木が呟く。

「僕には、柿川富子さんが三叉岳に見た屋根の存在を、訪れた者には幸福が舞い込むマヨヒガだと思って欲しくない。逆に忌むべき迷家だったと認めて欲しい。そう九頭氏が望んでいるように感じられました」

「それは富子ちゃんの注意を、三叉岳の三叉小屋から逸らせるために？」

萌木の馴れ馴れしい呼び方に当人は眉を顰めたが、それも一瞬で、後は言耶ばかりを熱心に見詰めている。

「彼女たちは、行商をしています。近隣の村々を回りながら、三叉岳には幸福が舞い込むマヨヒガがある……などと話されたら、どうなるでしょう？　そのうち好奇心旺盛な者たちが出てきて、山に入り込んで家を探すかもしれません」

「それが山賊の……仕事には、差し支えると思ったのか」

山賊の商売と言い掛けて、萌木は言い直したらしい。

「山好きな登山者は、放っておいても入ってきます。山賊の仕事には困りません。ただし、妙な好奇心を持った近隣の村人たちに押し掛けられるのは、いい迷惑だと考えたわけです」

「やっぱりな。どうも俺は最初から、この男は行商人らしくないと睨んでたんだ」

いい加減な自慢を萌木が口にした。だが、九頭の視線が自分に移ると慌てて目を逸らせて、言耶の背後に隠れる素振りを見せた。

「ええ、あなたの観察は正しかったのです」

しかし、当の言耶が賞賛の言葉を掛けると、萌木は彼の後ろに回ることができなくなったのか、あたふたとしている。

「本当の行商人であれば、自分の大切な商売道具を、あんな風には放り出さないはずですからね」

言耶が指差す先には、九頭が独りで休んでいた巨木があり、その根元に大きな柳行李が置かれていた。

「お嬢さん方も萌木氏も、ご自分の商売道具は、ちゃんと手元にあるんじゃないですか」

「もちろん」

萌木の言葉に美枝たちも頷いたが、続けて富子が恐々《こわごわ》といった口調で、

「そうなると、あの柳行李や服は……」

「自分と体格のよく似た本物の行商人を襲って、恐らく手に入れたんでしょう。下田氏に逃げられた彼は、取り敢えず三叉小屋を出て、しばらくは別の山で仕事をする必要があった。ただし、髭もじゃで毛皮の服では、余りにも目立ちます。そこで髭を剃り、行商人に化けることにした」

「ところが、別の山へと向かう途中、富子ちゃんの話を耳に挟んだわけか」

「はい。山賊という仕事柄、その市場を狭めてしまうのは死活問題です。いずれ戻って来たときに、邪魔になるマヨヒガの噂が三叉岳に流れていては困ると思った」

「それじゃ、九頭というのも嘘の名で？」

「僕が顔を出した後で、なんとなく自己紹介をする雰囲気になってしまった。困った彼は咄嗟に、自分が語った濁小屋殺人事件の話から、適当な変名を考えたのでしょう」

「えっ、あの話の中に、九頭なんて名前が出てきたかな？」

「復員者の犯人たちが警察のジープと出会したのが、葛温泉の近くだったじゃありませんか」

「あっ、そうでした……。こりゃ全く――」

そのとき急に、九頭と名乗った男が、ぬっと立ち上がった。

「で、儂をどうすると？」

早くも萌木は逃げ腰になっている。一方の言耶は困ったように頭を掻きながら、

「まぁ僕の解釈は、飽くまでも状況証拠に基づいたものですから――。家屋消失の謎にしても、あなたが山賊だという指摘にしても、そういう解釈ができるというだけです」

「ふん。今になって逃げを打つのか」

「えっ？　ということは、あなたは自分が三叉小屋の山賊だったと、自ら認めるのですか」

呑気そうに尋ねる言耶の上着の裾を、萌木が後ろから引っ張っている。相手を刺激するようなことを言うなと、きっと忠告したいのだろう。

「口だけは達者な青二才と、若い娘に色目を使う腰抜けの薬売りと、その女が二人……という頼りない顔触れで、まさか儂を捕まえようとでも言うのか」

ぶるぶると萌木が首を振るのを見て、男は残忍そうな笑みを浮かべている。

「そんな無茶をする前に、まず己の心配をすることだな」

「ええ、そうかもしれません。でも同じことが、あなたにも言えますよ」

「なんだとぉ」

詰め寄る男に、にっこり言耶は笑うと、

「柿川富子さんは俊足をお持ちらしいので、真っ先に駐在所まで走って貰うことができます。菊田美枝さんはよく通る声の持ち主ということで、取り敢えず助けを呼んで貰うのに好都合です。そして、お二人を神社の境内から逃がす間くらいなら、僕と萌木氏の二人で、どうにかあなたと渡り合えるんじゃないかと思うのですが……。読みが甘いですかね」

甘いとばかりに萌木が力強く頷いたが、肝心の男は全く応えない。しばらく刀城言耶、萌木、富子、そして美枝と順番に見詰めた後で、

「お前らの顔は、よーく覚えた。儂がいなくなった後で、もし駐在所に駆け込むようなことをしたら、仮に何年掛かろうが必ず復讐する」

そう脅すと背中を向け、特に急ぐ様子も見せずに神社の境内から出て行ってしまった。

「はぁ……」

男の姿が見えなくなった途端、萌木が大きな溜息を吐いた。

「あんたも無茶をするなぁ」

それから半ばは抗議、半ばは呆れた表情を言耶に向けた。

だが、そんな萌木を完全に無視するように、富子が毅然とした口調で、

「このまま逃がすんですか。あの男は、人殺しをしているかもしれないのに？」

「おいおい……。だからこそ、こっちも何もできないんだろ」

萌木の言い分を再び相手にせず、富子はひたすら言耶だけを見詰めている。

「私、今からすぐ駐在所に走ります」

「いけません」

「どうしてです？」

「あの男が神社の出入口で、我々が飛び出して来るのを待ち伏せしている可能性が、かなり高いからです」

「えっ……」

「あんな脅しが完全に通じないことは、彼も分かっているはずです。よって念のため、神社の出入口を見張るくらいはするでしょう。特に、あなたが走り出して来ないか、それを気にしているに違いありません」

「でも、このままじゃ――」

「大丈夫です。いずれ彼も、僕たちへの脅しが効いていると判断し、ここを立ち去るはずです。そうなると、あの行商人風の格好にも拘らず手ぶらで歩いている姿は、どうしても他人《ひと》の注意を引いてしまいます」

そう言われて美枝は、男が柳行李を忘れて行ったことにはじめて気付いた。

「注意を引いても、それだけじゃ――」

「いえ、今頃は近隣の駐在所の全てに、下田氏が見た不審者の情報が伝わっているはずです」

「えっ？　だって最初にあんたは、村の元庄屋が営林署に届けるのは、早くても今日の夕方になると言っただろ？」

萌木が反論すると、言耶は首を振りつつ、

「なぜ九頭という男性は、わざわざ柿川富子さんに迷家の話をしたのか――と考えた段階で、ここは嘘を吐いておこうと思いました。本当は午後一番で、元庄屋のご主人が営林署と駐在所に行っているはずです」

透かさず富子が興奮した声で、

「そ、それじゃ下田さんの話を延々とされたのは、もしかすると時間稼ぎのために？」

「ええ、まぁ……」

今や刀城言耶を見詰める富子の瞳には、ありありと尊敬の念が宿っている。そのうち彼の旅の様子から著作の題名、または個人的なことまで尋ねはじめ、今夜の宿の心配までしはじめる始末だった。

それを萌木が、ひたすら面白くなさそうに眺めていたが、やがて出発の準備を整えると、

「とにかく、結構な体験をさせて貰ったよ。お蔭で予定が大いに狂ったけどな。で、もうそろそろ大丈夫そうかい？」

神社の出入口を指差し言耶の確認を取ると、

「また、そのうち何処かでな」

おざなりの挨拶と共に、さっさと姿を消してしまった。

「ああ、煩《うるさ》いのがいなくなって清々した」

富子は嬉しそうに声を上げると、

「みっちゃん、今夜は刀城言耶先生と一緒に、何処かに泊まろうよ。ううん、相手は恩人の作家先生なんだから、村の掟にも反しないよ」

「で、でも、ご都合が……」

「それは大丈夫よ。そうですよね、先生？」

「えっ？　い、いや……」

かなり強引な富子の誘いに、明らかに言耶も困惑しているようだった。

ところが、急に微笑みを浮かべると、

「あっ、先程の迷家のような話を、ひょっとしてお二人はご存じじゃありませんか」

「…………」

「つまり、あなた方の村に伝わっている、または行商した先で体験したり聞いたりした怖い話、不思議な話、奇妙な話などがありましたら、それを伺《うかが》わせて頂くということで——」

「…………」

「もちろん僕の方でも、御返しに取って置きの怪談を——」

「みっちゃん、行こうか。私たちの予定も、随分と遅れたみたいだしね」

富子に引き摺られるようにして、美枝は神社を後にした。

最後に振り返った彼女が目にしたのは、杉の巨木の根元に独り座り込み、ぽかんとこちらを見ている刀城言耶の姿だった。

二枚舌の掛軸

乾くるみ

Message From Author

　本編は短編集『六つの手掛り』（双葉文庫）に収録されています。同書の収録短編のタイトルには二重の縛りがあり、その関係で、五文字目に「掛」の字をもってくるために、本編では特殊な形状の掛軸を登場させています。普通の掛軸ですら一般の読者には馴染みがないというのに、そのブツの特殊な形状を伝えるためには、尋常でない苦労を要しました（結局は図版に頼ったりもしましたが)。もうひとつのタイトル案に「二冊の仕掛け絵本」というものがあったのですが、残念ながら構想としてはまとまらず、資料として購入したロバート・サブダなどの仕掛け絵本は、我が家の本棚で次の出番を待っています。

乾くるみ（いぬい・くるみ）
1963年静岡県生まれ。98年『Jの神話』で第４回メフィスト賞を受賞しデビュー。恋愛小説のようでありながら大胆な仕掛けのある『イニシエーション・ラブ』が注目を集める。SF的設定の『リピート』のほか、オーソドックスな推理もの『六つの手掛かり』なども執筆。近著に『カラット探偵事務所の事件簿２』。市川尚吾名義で評論活動も行う。

1

錦町《にしきちょう》の松平《まつだいら》家といえば、籠岩《かごいわ》市きっての名家であり、歴史を遡れば一帯の領主でもあった。なので昔からの住人は今でも松平家の家長のことを「殿様」や「御前様《ごぜんさま》」などと呼んでいる。苗字で呼ぶ場合には、一般の松平姓の場合には「つだ」の部分にアクセントがあるのに対し、錦町の松平家の場合は最初の「ま」の字にアクセントのある独特の呼び方をして、同姓の他家と区別している。

現在の「殿様」は御年六十八歳の松平道隆《みちたか》翁である。「殿様商売」と世に言うが、松平家はどうして、先代の道成《みちなり》の時代から商才には恵まれており、元子爵という肩書きに頼ることなく、ほぼ独力で事業を興し成功を収めてきた。道隆の代になると「松平グループ」は、地元では並ぶものなきトップ企業へと成長する。二年前に妻に先立たれたのをきっかけに、道隆は事業のすべてを弟に譲り、今は楽隠居の身となって、数人の使用人を置いただけの本家で独り気ままに暮らしている。亡妻との間には子供がおらず、次代の「殿様」は事業の場合と同様、弟の成幸《なりゆき》が継ぐことになるのだろうと、地元住民は噂している。

道隆は企業人としてだけでなく、趣味人としても名が通っている。二十代のころには画家を目指していたこともあり、書画骨董には通じているし、また茶の湯や俳句の世界でも、地元では宗匠《そうしょう》の地位に祭り上げられている。

そんな道隆翁には、しかしひとつだけ性格上の欠点があった。「殿様」らしいといえばらしいのだが、とにかく悪ふざけが過ぎるのである。意味もなく人を驚かせては悦に入るという子供っぽい性格。これだけは直してほしいと、周囲の人々は口を揃えて言う。

語り草となっている逸話は数多くある。

たとえば先代が引退して道隆が松平グループの総帥の座に就いた直後のこと。まだ四十歳を超えたばかりの道隆総帥は、傘下企業の社長たちとの親睦を目的に、昼食会を催すことにした。招かれた社長たちが指定のレストランに入ると、ホスト席に道隆が座り、左右を腹心の部下が固めていたまでは良かったが、道隆の背後に一脚の椅子が置かれ、そこに紋付袴姿の七十年配の老人が一人、杖に両掌を載せた格好で穏やかな笑みを浮かべながら座っているのである。会食前に道隆総帥の御挨拶があり、左右に配した部下は順に紹介してゆくのだが、背後の老人に関しては特に何も言わない。あのご老人は何者なのか。席次からして新総帥の後見人のような立場の人らしいが、自分は知らない。しかし知らないのは自分だけかもしれない。そう思って出席者の誰もが問い質《ただ》せないまま、会食が始まってしまう。総帥の背後に座る老人は一切飲食をせず、昼食会の様子をただニコニコと見守っている。

会食が始まって三十分。ついに出席者の一人が堪《こら》え切れなくなり、道隆に質問をした。

「道隆様。不躾《ぶしつけ》なことは重々承知でお伺いしますが、道隆様の背後におられますあのお方は、いったいどなた様なのでしょうか」

道隆総帥はそこで初めて背後を振り返り、老人と目を合わせてビクンと身体を浮かせた。

「誰ですか、あなたは」

驚いた様子で総帥がそう誰何《すいか》すると、老人は静かに立ち上がり、杖をつきながら慌てず急がず、おもむろにレストランから出て行ったのである。

場のざわめきが収まるのを待って、道隆はすぐに種明かしをした。謎の老人の正体は、自分が仕込んだ役者であり、今の一幕は、あのご老人は誰なんだと思いつつ誰も問い質せないという、そんな会席者たちの逡巡《しゅんじゅん》を楽しむのが目的だったのだと。出席者一同、その説明を聞いて冷や汗を拭いながら嘆息したことは、言うまでもない。

これなどはまだ罪のないプラクティカル・ジョークの一種で済まされる話だが、それでは済まされないような悪戯も、道隆は数多くしてきた。義眼を買ってきて自宅冷蔵庫の挽肉パックの中に埋め込んでおくという悪戯をしたときには、雇っていた料理人が「もう我慢できない」と言って勤めを辞めている。またクラブのホステスを驚かせるために一万円札をマッチ代わりに燃やしたというのも、刑法上の罪にはあたらないにせよ、悪戯としてはかなり悪趣味な部類に入るだろう。

そんな翁の性格からすれば、隠居後に新しく見つけた趣味が手品だったというのも、実に納得できる話であった。とにかく人をビックリさせたいという翁の悪戯心に見合う手段を、手品という芸能は洗練された形で提供してくれる。また手品という形でパッケージングすれば、今までの悪戯とは違って、相手に不快感を与える心配はほとんどしなくて済む、というようなことも、翁は考えていたかもしれない。

ともあれ道隆翁は手品を習うことを決意したのであった。といっても、翁のような立場の人間は、主婦に混じってカルチャースクールで受講するというわけにもいかない。いきおい、それなりの人物を自宅に招いて、個人指導を受ける形になる。

そこで翁に選ばれたのが、日本奇術協会の籠岩支部で実力ナンバーワンと謳われていた、大川銀次郎《おおかわぎんじろう》だったのである。

錦町の松平家に講師として通うようになった大川は、観客の目の前で実演できるようなクロースアップマジックを主に指導してきたのだが、翁はいくら練習してもなかなか上達しなかった。カードの絵柄が変わるだとか、コインが掌の中で消えるなどといった現象では、どこか物足りないという気持ちが翁にあったせいかもしれない。道隆翁の性格からすれば、人体切断のような派手なステージマジックのほうが向いているのは明らかであった。しかしそれでは、相手の不意をついて驚かすという当初の目的が果たせない。

週に一度のレッスンが五十回を数え、二年目に入っても、翁と大川の試行錯誤は続いていた。

ちょうどそのころ、三年に一度のマジックの世界大会がストックホルムで開催されると知り、道隆翁は大川を連れてイベントに参加することを決めたのだった。七月末から八月にかけて、一週間ほどの旅程ではあったのだが、ホテルの手配やコンベンションのチケット入手の便などを考えると、六月ごろから準備を始めておく必要があった。何より、そういった雑事をこなせる専門の案内役がまずは必要だということで、翁が探していたところ、最終的に行き着いたのが、林茶父《さぶ》という元マジシャンのプロモーターだったのである。狭い業界内のこと、大川も林氏のことは知っていたが、こういった形でお世話になるのは初めてであった。

ともあれ一度顔合わせをしておきましょうということで、五月の最終日、松平家で催される晩餐会に、大川銀次郎と林茶父の二人が招かれることとなった。

2

錦町の松平家では先代の道成の時代から、隔月で、自宅に客を招いて晩餐会を催す慣わしがあり、道隆が家督を継いでからも、さらに彼が事業を引退した今になっても、それが続いているのだという。

五月三十一日の晩餐会は、午後八時に始まった。一般人の感覚からすると、開始時刻が遅いようにも思うのだが、松平家ではそれが普通だという話だった。

食堂には八人分の席が用意されていた。招待主の道隆翁、メインゲストの林茶父と大川銀次郎の他に、招かれた五人の客は、お互いに松平家の晩餐会で過去に何度か顔を合わせたことがあるという話で、前室における客同士の会話も弾んでいた。

その五人の中で、大川が初対面の折に「どこか見覚えがある」と思った五十代半ばぐらいの人物は、何と籠岩市長の暮林大吉《くればやしだいきち》氏だった。テレビのローカルニュースなどで見たときには、さほど意識していなかったが、実物は一八〇センチ近い長身で、押し出しが良いというのか、市長としての貫禄が自然と備わっているように見受けられた。

「あの掛軸には驚かされました。和室じゃないのに掛軸とは。しかも洋画で。御前の常識にとらわれない発想には敬意を表します」

食前酒として出されたシャンパンのグラスに口をつけながら、市長が話題にしたのは、食堂の壁に掛けられた一幅の掛軸だった。大川も食堂に案内されたときには、まずそこに目が行ったほど、その掛軸は洋式の室内で異彩を放っていた。色彩感覚豊かに西欧の美少女を描いたその絵自体は、食堂の雰囲気にもマッチしており、額装されていたならば何の問題もなかったはずである。それをわざわざ軸装《じくそう》にしたところが、道隆翁のアイデアなのであろう。

「シャガールのリトグラフじゃな。だからこそ掛物に仕立てることができた」

暮林市長の話題にそう言って応えたのは、痩身で総白髪の反町《そりまち》という老人で、市立病院の院長をしているという話だった。場の最高齢者で、おそらく八十歳に手が届いているだろう。しかし姿勢や物腰は矍鑠《かくしゃく》としており、食前酒として出されたシャンパンもすでに飲み干している。

「食堂に飾るのなら、普通に額に入れたほうがいいんじゃないのか。なあ兄さん。これじゃたとえばソースがちょっとはねただけでも絵が台無しになっちゃう。どうしても掛軸にしたかったんなら、せめて客間に飾るとか、場所をもうちょっと考えて飾ってくれればいいのに」

道隆翁にそう言って文句をつけたのは、松平グループ現総帥の松平成幸氏だった。

兄の道隆とは一回り歳が離れていて、現在五十六歳の男盛りである。

「コピーなんじゃないの？　……あ、本物だ」

わざわざ席を立って、掛軸に顔を接するようにして絵の真贋を確かめていたのは、武田《たけだ》という若い画家だった。二十代の後半といった頃合か。他の出席者が大川も含め全員正装で会食に臨んでいるのに対し、彼だけは、ジーンズにTシャツ、ジャケットというラフな格好で松平家に乗り込んでいた。手にはドライバーグローブというのだろうか、指の部分が露出した革製の手袋をはめている。

「武田さん、お行儀が悪くてよ」と小声で注意したのは、紅一点の西村《にしむら》という女性だった。「まあ本物とはいっても、カラーコピー機が登場してから、リトグラフの値段はかなり下がりましたからね。だから御前様も軸装などという冒険をなされたのでしょう」

西村女史は県立大学の国文学科の教授で、松平成幸とは元同級生という関係と聞いている。なので年齢も成幸氏と同じく五十六歳のはずなのだが、肌などもつるつるしていて、実年齢よりもかなり若く見える。ドレスと同色のリボンでツインテールにまとめられた髪型も、彼女の場合は、年齢的な無理をそれほど感じさせない。

道隆翁は「殿様」らしく鷹揚に頷くと、

「リトグラフがうまくいったんで、今度はキャンバスに描かれた油絵を軸装してみたいと思っていたところなんですが。何かうまい手はないもんですかね、みなさん」

「おいおい、もし仮に実験するなら、十万円以下の安い絵でやってくれよ。間違ってもマチスやゴーギャンを使わないでくれよな、頼むから」

弟の成幸氏がそんなふうに懇願した。ということは松平家にはマチスやゴーギャンがあるらしい。だからこそ十万円以下の絵を「安い絵」と言えるのであろう。

「軸装って、ジグソーパズルのジグソーに似てるよね。言葉的に」武田がそんなことを言いながらテーブルに戻って来た。「油絵をどうしたら軸装できるか。これぞまさしく軸装パズル、なーんちゃって」

オードブルが運ばれてきたので、掛軸の話題はいったん中断されることとなった。

松平家の厨房は、義眼事件で専属の料理人が辞めて以来、松平グループ傘下のホテルの料理人が修業を兼ねて何ヵ月かずつ、交替で派遣されているそうだが、晩餐会の日には料理長自らが厨房に乗り込んできて腕を揮《ふる》うのが恒例となっており、今日もその料理長が厨房から出てきて会席者に挨拶をしていた。

最初に運ばれてきたオードブルは、イイダコとスズキのカルパッチョと、ホタテ貝柱のクリームポワレという二品の料理だった。その後は、インカのめざめのビシソワーズ、伊勢海老のグリヤード、サーモンと生クリームのリングイネ、フォアグラと牛フィレ肉のソテー、グリーンサラダとフレッシュトマトのジュレ、デザートとコーヒーというコース構成だった。大川は基本的に美食家でも何でもなく、ファストフードのチェーン店でも満足できるタチだったが、それでも今日の料理の美味しさは格別に感じた。手の込んだコース料理はただ美味しいだけでなく、そこに芸術性のようなものが加わっているように思うのだ。

コーヒーを自らサーブした料理長が一同に挨拶をして厨房に引き上げると、その後を追うようにして、道隆翁が不意に席を立った。しばらくして厨房から戻って来た翁は、胸に大きな銀盆を抱えていた。銀盆の上には、ワイングラスが人数分と、赤ワインの入ったデキャンター、空になったワインのボトルと、栓抜きが刺さったままのコルクといったものが載せられていた。慌てて席を立とうとした西村女史を目で制して、翁自らがワイングラスをゲスト一人一人の前に配ってゆく。

「今日のメインゲストは林さんですから」

そう言ってコルクを林氏に渡し、デキャンターのワインを林氏のグラスに注いだ。他のゲスト全員が林氏を注視していることに、大川はそのとき気づいた。林氏はまずグラスの香りを楽しみ、次にワインを軽く口に含むと、幸せそうな表情で道隆翁に頷いた。

「さすが、ワインの王様と言われるだけのことはあります。実に美味しいです。ただ好みの問題かもしれませんが、こういった上質なワインの場合、デキャンタージュはしなくていい、いや、しないほうがいいと、私などは思うのですが……」

大川は少し離れたところに置かれた空きボトルのラベルを慌てて確認した。すると林氏の言うとおり、そこにはたしかにフランス語で「ロマネコンティ」と書かれているではないか。林氏の感想を聞いて、場の雰囲気がふっと和んだものになった。次にワインを注がれたのが大川で、その後は反町院長、暮林市長、西村女史、武田、成幸氏の順、そして最後に道隆翁が自席に戻って自分のグラスへとワインを注いだ。

「それでは、皆様のご健康を祈念いたしまして――」

道隆翁がグラスを頭の高さまで持ち上げた。大川も同様の所作をして、グラスに口をつけると、まずは芳醇な香りが鼻腔に広がった。ワインを口に含むと、味わいはさらに深くなる。

「大川さん、お味はどうです？」

道隆翁にそう聞かれて、大川は表現に詰まった。こんなワインは今まで飲んだことがない。

「いや、驚きました。ロマネコンティという名前はよく耳にしますが、他のワインとこんなにはっきりと違うとは思いませんでした」

すると暮林市長が突然、ぷっと噴き出した。ハッハッハと快活にひとしきり笑った後、

「いや、すみません。実は私も、こちらの反町院長も、あちらの西村さんも、最初にここに来たときには、同じようにやられているんですよ。御前も悪気があってやってるわけではないので、許してやってほしいのですが――」

「あらでも、自己弁護するつもりはないですけど」と西村女史が続けた。「これ、味も香りもとってもよく似てるし、間違えるのも仕方ないと思いますわ。……実はこれ、ロマネコンティじゃなくて、カリフォルニア産のジャンセンっていうワインですの。そうですよね、御前様。……お値段は一万円以下。でもそれにしては美味しいと思うわ、私」

「結局、今までに偽物だと見抜いたのは、彼だけだったってことか」

成幸氏が不服そうにそう言って、武田のほうを見やる。全員の注視を浴びた武田は、右手に持ったワイングラスをひょいと上げて、ニヤリと笑い、再びグラスに口をつけて幸福そうに目を閉じる。

大川は心の中で「やられた」と思った。いかにも道隆翁が考え付きそうな悪戯だった。過去に飲んだロマネコンティの空きボトルを悪戯のために取っておいて――でもさすがに直接そのボトルに移し替えるのは悪質だと判断したのだろう、デキャンターに移し替えた安いワインの隣に、ロマネコンティの空きボトルを添えるという形で、翁が手出ししてきたのだ。ホテルの料理長という立場のある人にその役をやらせずに、翁が手ずから給仕したのも、ある種のフェア精神の表れだったと言えるかもしれない。

林氏と大川は結果的に、とんだ赤っ恥をかかされた形になったが、しかし暮林、反町、西村の三人も過去に同様に騙されたという話だったので、いたたまれないような恥ずかしい気持ちは味わわずに済んだ。林氏はどう思っているだろうと気になって様子を窺うと、翁の仕掛けた悪戯についてはまったく気にしてない様子で、鼻先でワイングラスを揺すりながら、うっとりとした表情を見せている。

「みなさん、大変失礼しました。暮林さんも弁護してくれましたが、まったく悪気のない悪戯でして、どうかご勘弁を願いたいところです」と道隆翁が殊勝に頭を下げた後、武田を名指しして味の感想を聞いた。

「どうです、武田くん。今日のワインは」

「いやホント、半端なく美味《うま》いっす。ラベルや値段で味が決まるわけじゃないっすからね。舌が本物と思えば本物ってことで」

その返答に翁は満足したような表情を見せた。

3

「ところで先ほどの掛軸の話に戻りますが――といっても、油絵のキャンバスをどうしたら軸装できるかという話ではなく、私がつい先日入手した、ちょっと珍しい掛軸というのがありまして、それを後でみなさんにお見せしたいと思うのですが、その前に、購入時に聞いたその掛軸の来歴というのが、ちょっと面白かったので、まず最初にそれをみなさんにお聞かせしたいと思います」

松平道隆翁はそう前置きして、次のような話を語り始めた。

新潟県の某地方に富山《とみやま》家という素封《そほう》家があった。立派な屋敷と庭園があり、蔵には数々の書画骨董が収められていたが、その中に北斎の肉筆画と伝えられている対幅《ついふく》があった。(二幅が対になった掛軸で、左右に並べて掛けることが前提で作られているもの)があった。対幅といえば通常は龍と虎、あるいは桜と橘など、対となる題材の絵が書かれているものだが、その対幅は片方が虎、片方が美人画という珍しい組合せだった。

富山家ではその対幅を大切に扱っていたが、明治から大正にかけて、くだんの対幅を飾った部屋で家人が急死するという出来事が、二度三度と続いたのだという。

昭和三十年ごろに新しく当主となった富山宗徳《むねのり》という人物がいた。この対幅は決して部屋に飾ってはならぬと先代から伝えられていたが、とりあえず虎を単品で飾っても、美人画を単品で飾ってみても、特に何も起こらない。なのである日、禁を犯して対幅を床の間に飾ってみたところ、その部屋で寝ていた叔父が急死するという事件が起きた。

その一件をきっかけに、富山宗徳は家伝を信じるようになった。この対幅は呪われている。二幅を同時に掛けてはいけない。同時に掛けられないようにするにはどうしたらいいか。片方を売り払ったとしても、将来的にまたその対幅がどこかで揃ってしまうかもしれない。ならばいっそのこと片方を焼き払うべきか。しかし北斎の作と伝えられている物である。焼き払うのはさすがにもったいない。絵をこの世から抹殺することなく、しかし同時には絶対に飾れないようにするためには、どうしたらいいか。一幅の掛軸の裏表に絵を配するという案をまずは考えたが、それは軸装の手順からいっても無理である。片方の絵が表向きに巻かれるというのも好ましくない。

そこで富山宗徳が最終的に思い至ったのが、二幅の掛軸を一幅にまとめてしまうという案だった。カレンダーの十一月と十二月のように、二幅の掛軸を前後に重ねて一幅にしてしまおうというのである。

「そうして出来上がった掛軸が——私は《二枚舌の掛軸》と呼んでますが——今は私の物になっています。後ほどお見せしますが、富山宗徳氏の希望を表具屋がどういった形で実現したか、みなさんにも考えていただきたいと思うのです。これもまあ言ってみれば《軸装パズル》の一種ということになりますか」

「カレンダーの十一月と十二月ですか」とすぐに反応したのは暮林市長だった。「壁に掛けられた状態は普通に想像できますし、どこが問題なのか、今一つよくわかりませんが」

「カレンダーに喩えたのは適切ではなかったかもしれません」と言って道隆翁が説明を加えた。「元が対幅だったわけですから、宗徳氏は、どちらかを十一月にしてどちらかを十二月にするというような差を、その二枚の間でつけたくなかったんです。どちらも同じように表にして飾ることができるように、二枚を重ねて軸装する方法を考えていました。十二月が表に出ているときは十一月が裏に回っている——そんなふうに、どちらが一枚目に来ても二枚目に来てもいいように、掛軸として仕立てることを希望していたのです」

「じゃあその二枚は、横から見た場合、表木《ひょうもく》を中心にして、完全に点対称になっていたわけですね。鐶《かん》も上に二つ、下に二つというように」

大川がそんなふうに、思い付いたことをそのまま発言すると、他の七人が呆気にとられたような顔をしていたので、慌てて付け加える。

「えーっと、実は私、父親の実家が表具屋をやってまして、ですから父の兄——僕からすると伯父さんが、表具屋をやっていて、今では僕の従兄がその仕事を継いでるんですけど、そんなことがあって、掛軸を作る工程とか部品とかに関しては、門前の小僧がどうのこうのじゃないですけど、これでけっこう詳しかったりするんです」

喋っているうちに一人称が「私」から「僕」に変わっていることに気づいたが、構わずにそのまま押し通すことにした。誰もそんな細かいことは気にしてないだろう。

「それは頼もしい」と上機嫌で応じたのは道隆翁だった。「鐶というのは、掛緒《かけお》の両端を固定しているアレのことですよね」

食堂の壁に掛かっているリトグラフの掛軸の、掛緒の部分を指差しての質問であった。大川銀次郎は「そうです」と答えてから席を立ち、掛軸の各部の名称を、実物を示しながら全員に説明し始めた。道隆翁から目でそうすることを求められているように感じたからである。

「みなさん御承知のことと思われますが、掛軸というのは、飾りたい絵や書を中心に、その上下左右に裂地《きれじ》という布を配して形を整え、裏から紙を張ってこの形を作ります。こうやって壁に吊るしたときに、紙と布だけではぺらんと垂れてしまいますから、上下に横棒を入れてあります。上の棒は表木といって、先ほど説明した鐶というものが、横幅を三等分するように、こんなふうに二箇所についていて、そこに掛緒が——掛軸を吊り下げるための紐の両端が、こうやって固定されています。また表木は、掛軸を巻いたときに最後の尻尾の部分になりますから、その部分がぼこっと出っ張って邪魔にならないように、わりと細い木でできています。横幅も掛軸の横幅と同じです。一方、この下にぶら下がっている棒が軸といって、こんなふうに左右に少し出っ張っています。太さはこんなふうに蛍光灯ぐらいの太さがあります。掛軸をしまうときには、この軸を中心に巻き上げていって、最後に表木の裏に巻緒《まきお》という紐がついてるんですが、その紐で全体をぐるぐるっと巻いて、その端を掛緒に絡めて固定する。そんな感じになっています」

「さすがは先生。レクチャーの仕方も堂に入ったものです。そこでみなさんにヒントですが、鐶というその金具は、四箇所ではなく、全部で二箇所しかついていません。掛緒という吊り紐も、上下それぞれについているんじゃなくて、二箇所しかない鐶をただ一本、結んでいるだけです」

「だったらその表木ってやつの両端に、その鐶って金具が付いてるってことっすよね」

即座にそう発言したのは武田だった。たしかに言われてみれば、翁の出した条件を満たす形はそれしかあり得ない。口調は今どきの若者らしくゆっくりとしたものだが、外見に似合わず（と言っていいものか）頭の回転は速いらしい。

「問題は巻いたときの形ですね」新たな観点から問題を提起したのは、大学教授の西村女史だった。「前後に重なった二幅の掛軸をそれぞれ巻いていっても、その二つは最終的に表木の部分で一枚に繋がっているわけですから、大川さんの言い方をすれば《尻尾》の部分が、つまり最後の端っこの部分がどこにもないわけです。だとしたら、巻いた二幅の掛軸を並べて紐で束ねたような形になるのかしら」

「中華料理の丼によく描かれているあのマークみたいになるわけですね」と大川がフォローする。自分では的確な比喩だと思ったのだが、他の人にはそのイメージが伝わっていない様子である。もっとわかりやすい比喩表現がないかと考えていると、「では、富山宗徳氏の出した希望に表具屋がどうやって応えたのか、そろそろ実物を見て、答え合わせをしましょうか」と言って道隆翁が立ち上がったので、シンキングタイムはそこまでという形になった。

翁としては、ゲストの全員に問題の掛軸を見てもらいたかったのだろう。しかしその誘いに乗ったのは結局、暮林市長と西村女史、武田の三人だけだった。成幸氏は「この家にあるものだったら、私はいつでも見られるわけですから。兄さん、僕はそろそろ休ませてもらいます」と言って、一足先にどこかへと消えてしまった。本宅は別にあるはずだが、おそらくこの屋敷内にも自分専用の寝室があるのだろう。反町院長は「すまんが膝の関節の調子が朝から悪くて、あまりあちこち動き回りたくないので、今日は失礼しとこう」と言って首を振り、林氏は「美味しいワインをいただいて、すっかり良い気持ちになってしまいました。腰が立ちそうにないのでこのままここで飲み続けています」と真っ赤な顔をぺこぺこと下げ続けた。

大川も「表具屋の甥っ子だからこそ、まだ解答を知りたくないっていうか、自力で考えたいんです」と言って誘いを断ったが、それと同時に、ワインを飲みすぎた様子の林氏のことが心配で、彼のことは自分が責任を持って見守らなければという殊勝な気持ちも、居残る理由としてはあったのである。

成幸氏が去り、道隆翁が三人のゲストを連れて出てゆくと、食堂内は途端に侘しい雰囲気になった。白いクロスの敷かれた大テーブルには、人数分のデザート皿とコーヒーカップとワイングラスが点在し、今は大川の左隣に林氏、そこから二席離れて反町院長と、三人だけが席に着いている状態である。

「大丈夫ですか」と大川が林氏に声を掛けると、氏は思っていたよりもしっかりとした表情で「ええ」と答え、大川に向かって微笑んだ。

「本当のところを言うと、実際にはそんなふうに心配されるほど酔ってはいません。いちいち御前様の冗談に付き合うのが面倒臭くなっただけでして。もし大川さんが、私のことが心配でお残りになったんなら、私は大丈夫ですから、御前様のほうに行ってあげたほうがいいと思いますよ」

「冗談？」大川には林氏のその一言が引っかかった。「まあ御前様の言うことだから、さっきのワインじゃないですけど、今の掛軸の話も冗談かもしれませんが」

「冗談でしょう」と強い口調で言う林氏には、何らかの確証があるようだった。「よくある虎と龍とかじゃなくて、虎と美人画の対幅って言ってましたよね。しかも同時に二つ並べるのは禁止されている。カレンダー形式で、どちらか一方しか選べない。

それって要するに『女か虎か』——大川さんは知りませんか。そういうタイトルの短編小説があるんですけど」

大川は知らなかったので無言で首を横に振ったが、意外なところから声が掛かった。発言者は大川たちから二席離れた椅子に座っている反町院長である。

「その話、わしは知っとるぞ。たしかストックトンとかいう人が書いた小説だったはずだ」

「そうです」わが意を得たりといった感じで林氏が応じる。「先ほど御前様は話の中で、『富山宗徳』という人物のフルネームを、漢字で書くとどういう字なのかというところまで、わざわざ説明されてましたよね。どんな漢字を書くかなんて、聞く側からすればどうでもいい話を、何であんなふうにわざわざ説明するんだろうって思いませんでした？　あれでピンと来たんですけど、トミヤマは富山県の『富山』と同じ漢字で、ムネノリは宗教の『宗』に道徳の『徳』。その二番目と三番目、富山の『山』と宗徳の『宗』の二字を繋げて一つの漢字にして、さらにその下に道徳の『徳』の字がくると、その三文字で、崇徳院——崇徳天皇の『崇徳』って字になりますよね。さらに『富』という字がある。崇徳が富んでいる——すとくとむ——ストックトン。ね。『女か虎か』の作者名になります。これが偶然であるわけがない。全部冗談ですよっていう、御前様のヒントだったんですよ。さらにその掛軸のことを、自分は《二枚舌の掛軸》と呼んでいると、御前様はわざわざ付け加えておられましたが、《二枚舌》の掛軸とは、つまり《嘘》の掛軸――そんな掛軸はありませんよ、嘘ですよと、言ってるようなもんじゃないですか」

林氏の解説を聞いて、大川も「なるほど」と思った。そこまで証拠が揃っていれば、掛軸の存在自体が嘘なのだろうと大川にも推察できる。ありもしないとわかっている掛軸を見るために、わざわざ席を立ってどこかへと連れて行かれるのは、林氏でなくても勘弁願いたいと思うところであろう。

自分のワインをすべて飲み干してしまった林氏は、テーブルの上を見回していたが、そこで成幸氏が残していったグラスに目を付けた。反町院長の隣席に置かれたままのそのグラスには、ワインがまだ半分ほど残っている。

「成幸さんはもう部屋に引き取られましたよね。ということはあの飲み残しのワイン、私が飲んでもいいということになりませんか」

その言葉を聞きつけて、反町院長が無言のまま、問題のグラスを林氏の前へと移動させた。

「や、すいません」と林氏が頭を下げてグラスを受け取る。

「まだ飲むんですか」と大川が心配して訊ねると、

「こんなに美味しいワイン、めったに飲めるもんじゃありませんからね。残すなんてもったいない。大川さんもそれ、残したらもったいないですよ。本物だろうが偽物だろうが、他のワインとはぜんぜん別物だと大川さんが感じられたのは、事実なんですからね。武田さんも言ってたじゃないですか。舌が本物と感じたならそれが本物だって」

林氏に勧められて再びグラスを手に取る。しばらく置いたままにしていたせいか、グラスを鼻先に寄せても最初のときほど濃厚な香りは漂ってこなかったが、口に含めばやはり格別な味がする。たしかに美味しいと大川は改めて思った。

「林さん、あんたはつまり、そのワインが本物だと思っとるんじゃな」と不意に反町院長が言った。「本物のロマネコンティだと」

林氏は即答をためらっている様子だったが、やがて静かに首を縦に動かした。

「私は仕事の関係でフランスに行ったときに、向こうでコンティをふるまわれたことがあります。このワインはそのときにいただいたのとまったく同じ味がします」

「でも、味は似ているけどカリフォルニア産の偽物だって――初参加の客がいるときには、いつもそういうものを出して悪戯するっていうあの話は――」

大川がまだ信じられずにそんなふうに言い募ると、

「今回はつまり、あんたがたじゃなくて、わしらが騙される番だったんじゃよ」と反町氏が苦々しい表情を見せた。「過去に最低一回は――わしなどは何回も――そのカリフォルニア産というのを飲んどる。でも今回は本物を出しようった。その違いがちゃんとわかるかなと、試されとったんじゃよ。それなのにわしらは、またいつもの悪戯が始まった、本物のボトルが添えられとるが、あのデカンターの中身は偽物だと、最初からそう思い込んで飲んどったんで——というのは言い訳じゃがな、とにかくわしと暮林と西村先生と成幸の四人は、揃ってその違いにまったく気づかんかった。武田っていうあの小僧っ子だけは、今から思い返せば、わかってたようじゃったな」

「みたいですね」と林氏が目を細める。「仕掛けに嵌められた諸先輩方に気を遣って、どちらとも取れるような言い方をされてましたが」

「まったく……揃いも揃って、わしらは形無しじゃな」

そんな話をしているうちに、気がつくと道隆翁たちが出て行ってから三十分ほどが経過していた。

「戻ってくるのが遅いのう。メインゲストを放ったらかしにして、何をしとるんだ。骨董の鑑賞会でも始まったか」

そう言って反町院長は以下のような説明を始めた。今日集まったゲストのうち、身内である成幸氏と、特別参加の林氏と大川を除いた四人は、御前様とは骨董の趣味を通じて知り合った仲間である。同じ骨董趣味といっても、反町院長は古民具や民芸品を、暮林市長は陶磁器類を、西村女史は書画や古文書など紙に書かれたものを、それぞれ得意分野としている。若い武田画伯だけは専門領域と呼べる分野を持っていなかったが、彼の才能に惚れ込んだ御前様がその審美眼を育てようとして、コレクション披露の際には必ず彼にも見せるようにしている。四人が前回招かれた晩餐会からはすでに半年ほどが経過しており、その間に御前のコレクションも増えているはず。ゲストたちは新しい蒐集品を見たいと思っていたはずだし、御前の側でも、新しく手に入れた蒐集品をその道の仲間に見せびらかしたいと思っていたはずである。

「だから今ごろは上で、こんな物が手に入った、どうじゃ、ははー、素晴らしいです、などとやっとるんじゃないかと――」

そのとき、廊下をパタパタとこちらに駆けてくるスリッパの音がして、大川たち三人は会話を中断した。食堂に駆け込んできたのは西村女史だった。

「反町先生、大変です。すぐに来てください。御前様が、御前様が血塗れで――」

4

「場所は？」と院長が西村教授に訊ねる。

「三階です。三階の和室のいちばん奥の、床の間のある部屋です」

反町院長は即座に立ち上がったが、同時にその表情が苦痛に歪んだ。右手で右膝を押さえている。先ほど道隆翁に誘われたとき、膝の関節が痛むからと言って同行を拒んでいたのを、大川は思い出していた。

「行きましょう」

大川は反町院長に肩を貸すことにした。林氏も反対側から反町院長を支えている。ショックで酔いが醒めたのか、つい先ほどまで真っ赤だった林氏の顔が、今は通常の色に戻っている。食堂に駆け込んできた西村女史は真っ青な顔で放心している様子だったので、その場に残して三人で廊下に出た。厨房から何事かと顔を覗かせていた若い料理人に、食堂にいる女史の面倒を見るようにと言い残し、反町院長は大川たちの助けを借りて玄関ホールへと向かった。

ホールには階段とエレベーターが並んでいる。大川がエレベーターのボタンを押すと、ドアがすぐに開いた。個人住宅に設置されているものにしては大きく、大人六人が余裕で乗れるサイズである。大川はすぐに乗り込もうとしたが、林氏がエレベーターの床面に注意を促したので、よく見ると、床面にはかすかに赤い汚れのようなものが付着していた。

林氏がそこで背後を振り返ったので、大川もつられて背後を見た。玄関の上がり框《かまち》にスリッパが一人分、両足を揃えた状態で置かれている。大川が履いているのと同じ客用のスリッパで、晩餐会のときには道隆翁と成幸氏を除く六人のゲストがそれを履いていたのを記憶している。そのうちの大川、林、反町がここにいて、食堂には西村女史がいる。大川たち三人はスリッパを履いているし、女史も先ほどスリッパの音を立てて駆け込んできた。ということは暮林市長か武田のどちらかが、大川たちの知らないうちに外出したのだろうか。

しかし今はそんなことを気にしている場合ではない。

「行きましょう」と林氏に促されて、大川はエレベーターに乗り込んだ。

三階のフロアに出ると、反町院長が行き先を指示した。大川がこの屋敷に出入りするようになって一年以上が経つが、その間に彼が立ち入ったのは、一階の客室と廊下とトイレといった狭い範囲に限られている。三階建ての松平本家は、とにかく部屋数が多いのだった。

三階のフロアは一階と同様、廊下が建物の北と南に平行して二本走っている構造のようだった。南北の廊下は五メートルほど離れており、両者を繋ぐ廊下は、東の外壁に沿った東廊下と、もう一本、西側に並ぶ部屋の前を通る西廊下の二本があった。エレベーターは南廊下の東の端に位置しており、現場となった和室はそこから最も遠い隅、建物の北西の端にあるという。大川たちは南廊下を突き当たる少し手前で右折して西廊下を五メートルほど進み、北廊下へと出た。するとすぐ目の前に半開きになった襖があった。戸口の外の廊下には一人分のスリッパが脱ぎ捨てられており、片方がひっくり返って裏面が見えていた。客用のスリッパではなく、晩餐会のときに道隆翁が履いていた家族用のスリッパのように思われた。現場はこの部屋で間違いないようだ。

戸口から頭を入れて覗き込むと、電灯に照らし出された室内の様子が見て取れた。そこは八畳の和室だった。大川が覗き込んでいるのは、南東の角にある半間幅の入口で、そのすぐ右手、部屋の東側には、隣室との境を隔てている四枚の襖が並んでいた。正面に見える北側の壁には、腰高の窓が設けられている。サッシ窓の室内側に障子を嵌め込んだ造りのものだったが、その障子紙の白地に一部、赤黒い液体が飛び散って、まだら模様を描いていた。その赤黒い液体は、畳の上にも、部屋の中央に置かれた座卓の上にも飛び散っている。部屋中に籠もっている、むっとするような生臭い匂いは、明らかにその液体から――血液から立ち上っていた。

廊下との境を隔てる南側の壁には、一棹の箪笥が置かれ、その向こう、西の壁には、向かって左半分が一間幅の押入になっていて、二枚の襖が並んでおり、右半分が同じ幅の床の間になっていた。畳の上の血液の流量がもっとも多く、まさに血溜まりと言っていい状態になっているのが、その押入の二枚の襖の前であり、その血溜まりの真ん中に、松平家の「殿様」が、足を床の間のほうに向けた格好で、仰向けになって倒れていた。

あまりにも凄惨な室内の様子に、大川の足はその場で固まってしまったが、反町院長は大川の肩から腕を抜くと、膝に手を添えた痛々しい格好で、現場へと踏み込んで行った。血溜まりに怖《お》じることなく、スリッパを血で汚しながら、畳に倒れている道隆翁へと近寄ってゆき、その身体の脇にしゃがみ込んだ。翁の身体に手を触れて、その喉のあたりを重点的に確認していたが、やがて腰を上げると、大川たちに向かって力なく首を左右に振った。

「救急車はもう呼ぶ必要はない。呼ぶなら警察じゃな」

血溜まりの中には、道隆翁の死体の他に二つ、大川の目を惹くものが落ちていた。ひとつは抜き身の刀である。日本刀としてはやや短く、刀身は六十センチほどだろうか。その銀色の金属の表面には、赤い液体がべったりと、網目模様を描いて絡みついていた。

そしてもうひとつ——もう一組と言ったほうがいいだろうか。血を吸ってほぼ真っ赤に染まった手袋が一組、その血溜まりの中に落ちていたのである。生地の一部がまだ畳の血を充分に吸っておらず、その手袋の元の色が白だったということを大川たちに教えていた。

隣にいた林氏が肩を寄せてきて、すぐ目の前の畳の上を注目するようにと指を差した。

押入と床の間が並ぶ部屋の西壁を中心に、八畳間の西半分は、畳も襖も壁も全般的に血飛沫《しぶき》で汚されていたが、中央の座卓を挟んで部屋の反対側にあたる東半分は対照的に、ほとんど血飛沫には汚染されていなかった。北壁に設けられている障子窓も、向かって左半分は血飛沫でまだら模様に染められているのに対し、右半分はほぼ白地のままである。畳も全部で八畳あるうちの、東側の襖の前に並んだ二枚と、上に箪笥が置かれた南側の一枚は、基本的にほぼ血飛沫の汚れは見当たらない。しかしその代わりに、誰かが血溜まりを踏んだ足で歩いた跡と思われる汚れが、かすかに見て取れたのである。林氏はその跡に注意せよと言っていたのであった。

よく見ると、血の足跡は二つあった。ひとつは今、反町院長の立っている場所あたりから、座卓の南側を回って真っ直ぐに大川たちのいる出入口へと向かっているもの。そしてもうひとつは、座卓の北側を通ってこちらへと向かっているもので、出入口の一メートルほど手前で、畳が擦れたように赤く染まっているのは、その人物がそこで立ち止まり、畳の上で足裏を擦るようにして、血の汚れを落とそうとした跡ではないかと思われた。

戸口に脱ぎ捨てられていた道隆翁のものと思《おぼ》しきスリッパに目を落とす。片方が裏返っていたが、血を踏んだような跡は底面にまったく残されておらず、このスリッパは血の足跡とは無関係のようだと、大川は判断した。

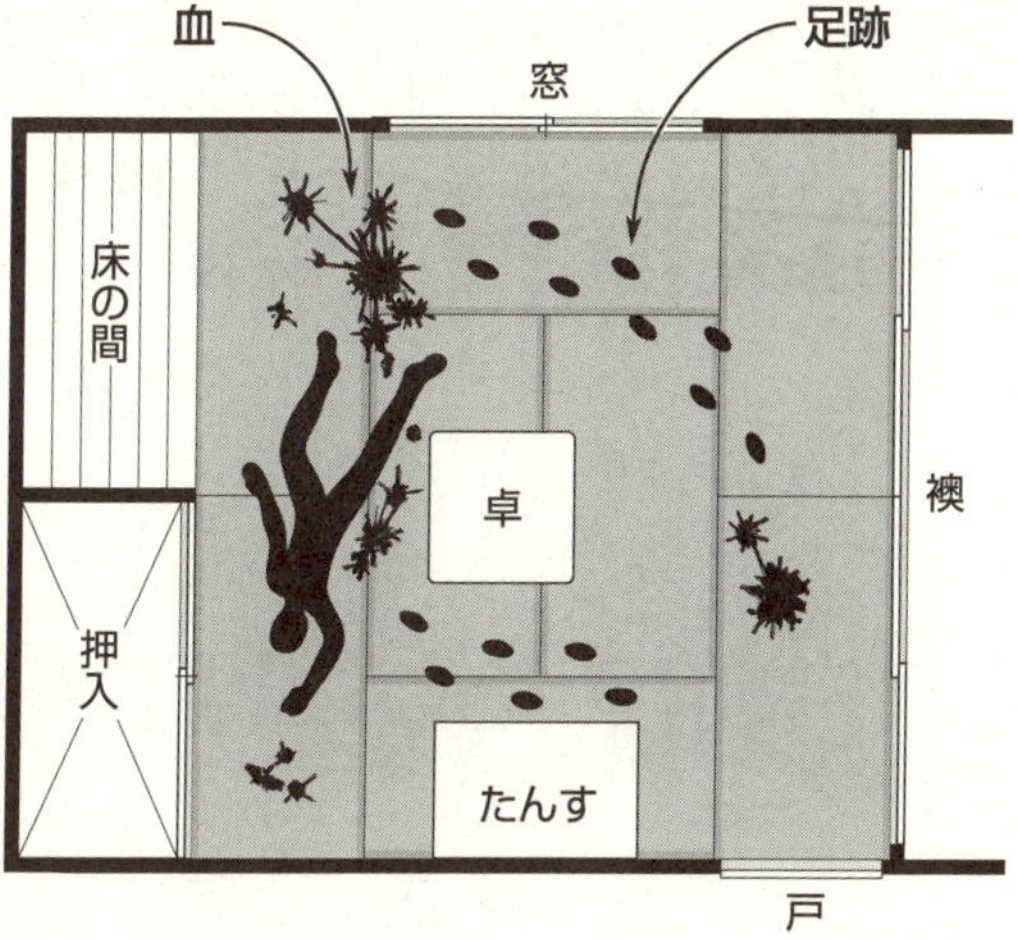

「あれを見てください。床の間の掛軸を」

林氏にそう言われる前に、大川もすでに問題の掛軸には注意を向けていた。

その掛軸にはおかしな点が複数あった。まず最初におかしいと思ったのが、掛緒の異様な長さと、掛軸の掛かっている位置の低さである。通常の掛軸を吊ったときには、掛緒は上下に潰れた小さな二等辺三角形を描くのであるが、その掛軸は、掛緒が大きな正三角形を描くような形で吊られていた。なぜそうなっているのかというと、掛軸の上端——本来なら表木のあるべき部分に太い軸のようなものがあり、その途中の二箇所ではなく、軸の両端に、通常よりかなり長い掛緒が繋がれているのである。掛軸の横幅は、遠目で測っておよそ六十センチといったところか。その横幅を底辺とし、天井から吊られた掛緒の左右が残りの二辺となって、掛軸の上に正三角形を描いている。掛軸の上端から天井までの間が、そのせいで五十センチほども空いてしまっている。

掛軸の上端はそんなふうに通常とは違う形をしていたが、残りの部分にはパッと見たところ、特におかしな点は見当たらないように思われた。本紙を囲むように中回《ちゅうまわ》しがあり、天と地のバランスも悪くない。下端にはちゃんと軸が下がっている。なのに違和感が拭えないのは、その掛軸が二重に掛かっているように見えるからであり、どうやら今見えているものの後ろに、もう一枚、別な掛軸が掛かっているようなのである。

いや、そうではない。あれこそが《二枚舌の掛軸》なのだ。御前様の嘘などではなくて、それは本当に実在したのだ。本紙に描かれている絵も、話に聞いていたとおりの美人画であり——着物姿の女性が絵の中心的題材となっている。有名な菱川師宣《ひしかわもろのぶ》の《見返り美人》を連想させるような構図で、女性の背後には緑の竹林が描かれていて——。

そこまで確認したところで、大川は今まで見逃していた、その掛軸に関する最大の疑問点に、ようやく気づいたのだった。

「どうしてあの掛軸は——あの掛軸だけが、綺麗なまんまなんです？」

床の間の壁には血飛沫が飛んだ跡があった。まるで血の噴出するホースのようなもので放水したかのように、大川の胸ほどの高さに横一文字に血の跡が残されており、そこから血の滴が垂れて、不気味な縞模様を壁に描いている。

それなのに掛軸の美人画には、まったく血の跡が見られないのだった。これはいったいどうしたことか。

その掛軸の下方には、刀を飾る台が床に置かれていた。大小二本を飾るための支えが出ていたが、そこに飾られていたのは、鞘に収まった長刀だけである。短刀のほうは凶器として使われた——血溜まりに落ちている抜き身がそれであろう。その鞘と思しきものが、床の間の隅に落ちている。犯人はその鞘を捨てて短刀を構え、道隆翁に襲い掛かったのであろう。

犯人——その単語が、ようやく大川の意識にも浮かび上がっていた。そうだ。これは殺人事件だ。他にどう考えようがある。事故のはずはないし、道隆翁が自殺するはずもない。これは殺人事件であり、つまり犯人がこの家のどこかにいるということになる。

「犯人は——」と林氏もその単語を口にした。「犯人は、御前様を襲った後、どういう理由があってかは知りませんが、あの床の間まで行って、掛軸をめくったんじゃないでしょうか。あの裏側には、たぶん虎の絵が――血飛沫を受けた虎の絵が、隠れているんだと思いますよ」

林氏はそう言うと、スリッパのまま畳の上に足を踏み出した。大川が止める間もなかった。林氏はそのまま血の汚れを避けるようにして、北側の窓の前まで辿り着いた。大川も自然とその後を追う形になる。

「ほら、誰かが歩いた跡があります」

林氏の言うとおりで、ちょうど掛軸の下がっている床の間のあたりから、大川たちが今いる窓の前へと向かって、何者かが歩いたために血飛沫が擦れたようになっている跡が続いていた。よく見ればあれが右足、これが左足と確認できるほどに、その足跡は明確に見て取れた。それがだんだんと薄れていって、戸口の一メートルほど手前では、畳に擦りつけたらしき跡になっているのだ。

林氏は先ほどから、掛軸の状態を確認したいというそぶりを見せていたのだが、そこから先は畳が血飛沫でまだら模様に汚れており、おそらく犯人であろう人物が歩いた重要な足跡も残されている。無理に進めば現場を乱すことになる。そんな感じで、しばらく逡巡している様子だったが、不意に「えいっ」と気合を発して、立ち幅跳びの要領でジャンプをしたのである。大川が「あっ」と声を上げる間もなかった。床の間の手前の畳に着地した林氏は、案の定、そのあたりの血の跡を乱してしまった。しかし本人はさして気にも留めていない様子で、刀を置く台を跨いで足場を確保し、横から二枚舌の掛軸へと手を掛けた。表側の一枚を左手でそっと持ち上げて、その裏に隠れていた二枚目の本紙を確認している。

「やっぱりこっちに血が飛んだ跡が付いています。竹林に虎の絵ですね。雅号は《為一》ですから、もし本物だとしたら、北斎の作という伝説のとおりということになります。《為一》は北斎の別名ですから」

そんなことを言いながら、二枚目のほうも右手で壁から離し、その背後に頭を突っ込んで、虎の絵の裏側も確認している。

「裏面には血の跡が残されていませんね。このことはとても重要です。大川さん、反町さん、今私の言ったことをちゃんと憶えていてください」

掛軸からそっと手を離し、元の状態に戻すと、今度は床の間の周辺に注意を向けた。

「この日本刀にも、置き台にも、血飛沫が掛かっています。あそこの隅には矢筈《やはず》が置いてありますが、そこにも血飛沫が掛かっています」

矢筈というのは、掛軸を壁に吊るすときに、掛緒をフックに掛けるために使う、先端が二股になった長い棒のような道具のことである。

「滴の垂れ方はどれも自然で、血が掛かった後で誰かが移動させたり使ったりしたような形跡はありません。このへんの床板にも、何か踏み台のようなものを置いたような痕はありません。ということは、犯人は自分の身長だけを頼りに、この掛軸をめくったことになるのではないでしょうか。ところで私は身長が一六〇センチジャストなのですが——」

そう言いながら、両手をバンザイの形にして踵を上げ、爪先立ちの格好になる。

「見てください。こうしてギリギリ、この掛軸の上の端——表木と言うんでしたっけ？　そこに指先が届きそうで届かない——そのくらいですよね」

離れた場所から見ている大川に、確認を求めている。大川は頷いた。床の間の部分の天井は、床から二五〇センチほどの高さがある。先ほど目測したように、天井から掛軸の上端までが五十センチほどなので、床から掛軸の上端まではほぼ二メートルといった高さになる。林氏の言うとおり、身長一六〇センチの人間が爪先立ちをして、その手の先がギリギリ届かないぐらいの高さである。

そういうことか——大川はそこでようやく、林氏が何を証明しようとしているかについて、思い至ったのである。この事件の犯人は、どういう理由があったのかは知らないが、犯行後、虎の絵が表に出ていた二枚舌の掛軸のところに行くと、その絵をめくって、血飛沫の掛からなかった美人画のほうを表に出してから、現場を離れたのである。掛軸をめくった理由は不明だが、とにかく犯人がそれをめくった以上は、それをめくることが出来た人物こそが犯人という形で、容疑者を絞り込むことが出来るのではないか。

その着眼の鋭さに関しては、大川も「なるほど」と思ったが、しかし林氏の行動は、少々でしゃばり過ぎのような気もした。

5

案の定、林氏は現場に到着した捜査員からお目玉を食らうこととなった。

「証拠隠滅の容疑で逮捕することもできるんだぞ」

林茶父氏を相手にしたときには、そんなふうに威張っていた警部補も、暮林市長への対応には苦慮している様子だった。

「籠岩市民を代表する市長の私が、容疑者の一人として警察に拘束されているというのは、市民を侮辱していることにならないだろうか」

暮林市長が居丈高にそう言うと、警部補は対処に困ったというような表情を見せた。それを見て林氏がすかさず、

「事件の解決が下手に長引くと、それだけ長い期間、市長を拘束することになりますよね。今求められているのは、何よりもスピードです。事件の第一報がマスコミによ

って伝えられるときには、すでに犯人を逮捕しているというような、そんなスピード解決をすることこそが、今は警察の側にも求められているはずです。そういう場面で、他の事件と同じように杓子定規な捜査をしていてもいいんでしょうか」

「とにかく重要なのは情報を集めることだ」と暮林市長も一緒になって主張する。

「個別に事情聴取をしていても埒《らち》が明かん。容疑者がこの中にいることは明らかなんだから、全員でディスカッションしてお互いに情報を共有して、そこから矛盾点を洗い出すほうがよっぽど早い。そうは思わんかね」

「いえ、私には何とも。とにかく本部から上司が来てからにしてもらわないと――」

暮林市長は相手の言葉を無視して、食堂に顔を揃えた関係者全員を見回した。

「さて、御前様を殺害した犯人がこの場にいるというのは、みんなも納得してもらえるかな」

大川は食堂内に顔を揃えた面子を見回した。勝手に捜査会議を進行し始めた暮林市長の他に、反町院長、西村教授、松平成幸、武田、林、そして大川がテーブル席に着いている。他に晩餐会のときに給仕をしていた若い料理人と、住み込みで働いているという男性二人が、壁際に並んで立っており、市長に言い負かされた格好の警部補は数人の捜査員とともに、戸口のあたりにたむろしている。

「あとシェフがいたはずだが――」

パジャマ姿の成幸氏がそう指摘すると、

「シェフは皆様にコーヒーをお出しした後、ホテルのほうに戻られました」と料理人が答えた。「みなさんが三階に行かれるより前です。そのことは福澤《ふくざわ》さんも確認されています」

「そのとおりです」と応じたのは、屋敷内の管理を任されているという五十年配の男だった。「セキュリティの記録にもちゃんと残っています。シェフは事件が起こる前にこの家から出ていますし、その他の不審な人の出入りなどもなかったことは、記録から明らかになっています」

先ほど発言した料理人は、森川《もりかわ》という名前だった。ホテルから派遣されて二週間前からこの屋敷に住み込みで働いているという。もう一人、壁際に並んで立っている若者は、同様に住み込みで働いている吉田《よしだ》という名前の大学生であった。事件前に屋敷を後にしたシェフはもちろんのこと、福澤、森川、吉田の三人も、事件と無関係であるということはすでに確認されていた。福澤と吉田は事件発生時に一緒にビデオを見ていたというし、森川がずっと厨房にいたことは、食堂に居残っていた大川たちが確認している。

これで容疑者は七人のゲストに絞られたことになる。すかさず林氏が言った。

「私たち三人は、晩餐会が終わってから、西村さんが事件発生を知らせに来たときまで、ずっとここに居残っていました。つまり犯人は、暮林さん、西村さん、松平成幸さん、武田さんの四人に絞られます」

暮林市長と成幸氏がそう言われて、即座に反論しようとしたのか、二人同時に口を開いたものの、結局二人とも何も言葉は発しなかった。

「そこで四人の方々に質問です」と林氏が言葉を継いだ。「この食堂を出て行かれてから後のみなさんの行動を、教えていただけませんか」

「私はすぐに自分の部屋に行って布団に入って寝た」と答えたのは成幸氏だった。

「アルコールが入るとすぐに眠くなる体質でね。布団に入ってすぐに寝付いたんで、福澤に起こされるまで、事件のことは何も知らなかった」

寝入りばなを起こされて、そのまま食堂へと連れて来られたのだろう。シルクのパジャマの上下に、同じ生地のナイトキャップを頭に被っている。帽子の先から垂れている毛糸の玉がやけに可愛らしい。

「私たち三人は、御前様と一緒にエレベーターで――」と答えかけた暮林市長が、そこで何かを思い出した様子で、「そういえば西村さんは一度、そのタイミングで前室に行かれましたよね」

「ええ。バッグを取りに。でもすぐに戻ってきて、同じエレベーターに乗りましたけど」

気丈に答えた西村教授の表情には、しかし精神的に消耗している様子が見て取れた。晩餐会のときにはツインテールにしていた髪型を、今はポニーテールにしている。いつ髪型を変えたのだろうか。先ほど事件発生を知らせに食堂に駆け込んできたときには、すでに今の髪型にしていたような記憶がある。

「とにかく四人でエレベーターに乗って、三階まで上がって、そこで御前様が私たちを連れて行ったのが、あの和室だったのです」

暮林市長がそう言って、以降の経過を次のように説明していった。

和室の床の間には大小二本の刀が飾られ、奥の壁には風神と雷神を描いた対幅が掛けられていた。道隆翁はまずその対幅を外して桐箱にしまうことから始めた。和室にあった箪笥と押入の半分には、松平家所蔵の掛軸コレクションがしまわれている。対幅を巻いて収めた桐箱を箪笥にしまい、代わりに取り出した桐箱が、問題の掛軸のものだった。箱を開けると翁はまずバラバラの状態で入っていた二本の軸木を取り出した。次に取り出した掛軸の本体には、軸の両端を結ぶように異様に長い掛緒がついていた。通常のものよりも巻かれている部分が厚くて、巻きつけた最後の端の部分が、そのロールの表面の、一八〇度離れた二箇所にあった。

「要するに、通常の掛軸とは逆に、上の軸木側から二枚舌を一緒にぐるぐると巻いてあったんです」

その説明を聞いて、大川は「なるほど」と思った。逆転の発想である。普通の掛軸なら表木のあるべき部分が軸木になっていたのは、先ほど実物を見て確認していた。あの軸を中心にして、そこから下がっている二枚の絵を一緒に巻いてゆくのである。そのときに長い掛緒は巻き込まないようにする。一方で下端にある二本の軸木は、単に錘《おもり》として使われているだけなので、取り外せるようになっているのだ。しまうときにはその軸木を抜いて筒状の部分をぺしゃんこに潰せば、尻尾の部分が邪魔にならずに巻き終えることができる。巻緒は裏面の下部（軸袋の少し上あたり）に一端を固定された紐として存在しており、二枚を一緒に巻いていった最後には、合計で二本現れるそれぞれを、ぐるぐると掛軸に巻いて結ぶのである。またその巻緒は、掛軸を掛けたときには裏から垂れ下がって見えてしまわないようにしておく必要があるが、それは蜻蛉結びにでもしておけばいい。

道隆翁が出した《二枚舌の掛軸の軸装パズル》の答えが、それだったのである。

市長の説明はさらに続いていた。道隆翁が和室中央の座卓の上でその掛軸の巻緒を解くと、二枚重ねの掛軸は、どちらの絵が上になるかは半々の確率だったが、そのときは虎の絵が上になった状態で全貌を現した。翁はそれを、矢筈を使って床の間へと掛けた。そして次のような話をしたのである。

――先ほどは言い忘れていたが、私がこの《二枚舌の掛軸》を入手したのは、軸を

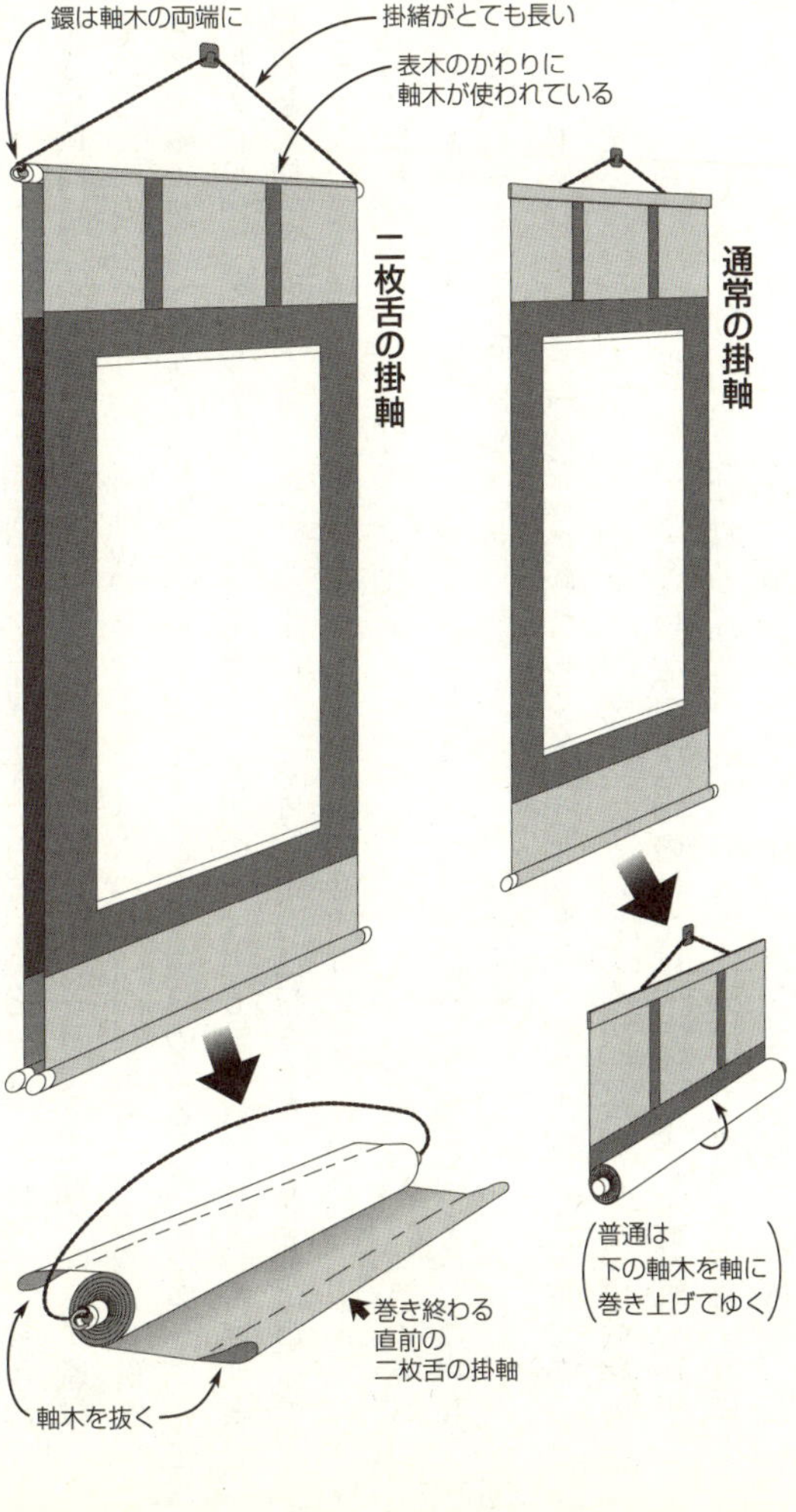

鐶は軸木の両端に
掛緒がとても長い
表木のかわりに
軸木が使われている
二枚舌の掛軸
通常の掛軸
普通は
下の軸木を軸に
巻き上げてゆく
巻き終わる
直前の
二枚舌の掛軸
軸木を抜く

誂えた富山宗徳氏が亡くなって、遺族がこれを手放したからである。そして宗徳氏が亡くなったときにも、この掛軸はその部屋に飾られていたという。宗徳氏が二枚重ねにして同時に二つの絵が見えないように工夫したのだが、それでも対幅の呪いは避けられなかったのだろうか。掛軸の呪いなどというものが本当にあるのだろうか。確かめてみるために、誰かこの部屋で一晩を過ごそうという勇気のある者はいないか。

「押入には掛軸のコレクションだけでなく、客用の布団もしまわれていて、普通に客間として使うこともあると言っていました。そうしたら西村さんが、もし他にいらっしゃらないようでしたら、私がここで寝ても構いませんけどと言い出されて——」

暮林市長はそこで、西村教授に話をバトンタッチしてもらいたいというようなそぶりをしたが、女史が嫌そうな表情を見せたので、自分で続きを話すことにしたらしい。以下のような説明が続いた。

西村女史はそこで二枚の絵が偽物であることを指摘した。雅号と落款が模写であること。そもそもその二枚の絵は同一人物が描いたとはとても思えないこと。虎の絵のほうは北斎の筆致に似ていなくもないが、美人画のほうは明らかにそれより画力が劣っている。背景に同じような竹林が描かれているので、一見すると対幅だったように見えるが、美人画のほうの竹林は明らかに最近になって描き足されたものである。虎の絵の竹林を真似て誰かが描いたのだろう。

女史がそう指摘すると、道隆翁は「悪戯がバレたか」という表情をして言った。美人画に竹林を描き足したのは自分だと。外国に「女か虎か」という有名な小説があり、それにヒントを得て二枚舌の掛軸というものを構想した。自分のコレクションから女の絵と虎の絵が描かれた二幅の掛軸を選んで材料にした。どちらも無名の画家のものだったが、虎の絵のほうはなかなか上手く描かれていて、北斎の作のように見えなくもない。それで北斎の作と偽ることにした。それぞれの絵にもともと書かれていた雅号と落款は、その部分を含んだ絵の端を大胆に切り取って、サインなしの絵に一度トリミングしてから、残りの空白部分に、自分が北斎を真似て雅号と落款を書いたのだ。特殊な軸装を任せたのは、食堂のリトグラフを加工したのと同じ表具屋である。川越にあるその店は、そういった実験的な試みに進んで協力してくれるのだと。

桐箱に書かれていた《拵　富山宗徳》という表書きを見せながら「崇徳・富む」の謎解きも行われ、道隆翁の話が一段落ついたところで、西村教授と暮林市長はいつものように、御前様のコレクションを拝見したいと申し出た。陶磁器が飾られたコレクションルームは二階にあり、翁から見学の許可を得た暮林市長は一人でそこに向かった。後は御前様怪死の一報が届くまでずっとその部屋で陶器類に見入っていたので、詳しいことはわからない。

以上が暮林市長による説明だった。続いて事情説明を求められた西村教授は、訥々と語り始めた。

「私は、同じように御前様からコレクションを拝見する許可を得た後、三階の図書室に一人で参りました。そこでコレクションを拝見していたところ、研究のために借り受けたい本が一冊見つかったので、御前様に持ち帰れるように許可を願い出ようと思って、どこにいらっしゃるのかわからなかったので、まず最初に和室を覗いてみたところ、御前様が血だらけになって倒れてて、最初はもうすでに——亡くなっておられるのかと思ったんですけど、まだ息があったらすぐにお助けしなければと急に義務感に駆られて、それで血の海の中に思わず駆け寄ったんですけど、うつ伏せになっていたので状態がよくわからなかったので、思い切ってお身体を仰向けにしたところ、首の傷口の状態が見えて、ああ、これはもう助かりそうにないと思って、そうしたら自分のしていた手袋が血塗れになっていることに気づいて、思わずその場で脱ぎ捨てて、とにかく人を呼ばなければと思ったときに、反町院長がおられることを思い出して——」

「なるほど、そのときには手袋をしていたんですね」

「ええ。図書室のコレクションを拝見するために。髪型も、最初は左右の耳の上で縛って垂らしてたんですけど、何かのはずみで髪の先が埃に触れて汚れてしまうかもしれないので、そのときに今のこの髪型にしました」

髪型が変わっていた理由がようやくわかった。聞けばなるほどと頷けるものであった。

「あと、スリッパの裏を見せていただけますか。他のみなさんも」

不意に林氏がそう申し出て、まずは女史の履いているスリッパの底を確認した。血の海に踏み入ったと本人が言っていたのだから、当然のごとく、その底面は血でべったりと汚れていた。現場に残されていた二筋の足跡のうち、遺体の倒れていた場所から真っ直ぐに戸口へと向かっていたものは、この西村女史が残したもののようだった。エレベーターの床面に見つけたあの汚れも、おそらくは同様に凶報を告げるために一階に降りてきた女史が残したものだったのだろう。

女史の知らせを聞いて現場に駆け付け、血の海に踏み込んだ反町院長と林氏のスリッパの底も当然、血で汚れていたが、その二人に犯行が不可能だったことは、大川も承知している。あとは暮林、武田と大川自身の三人だが、いずれも底面に血の汚れのない客用のスリッパを履いていた。成幸氏だけは他の六人と違う種類のスリッパを履いていたが、それは道隆翁の履いていたものと同じデザインのものだった。松平家には少なくとも家族用と来客用の二種類のスリッパがあり、今日は六足の来客用スリッパが出されたことになる。

そういった事実関係を全員で確認した後、

「しかし玄関にもう一足、客用のスリッパが脱ぎ捨てられていました」と林氏が報告した。それは大川も先刻承知していたことだったが、氏はさらに独自に調査した結果も付け加えた。

「そのスリッパの裏を先ほど確認してきたのですが、血液の付着した跡が残っていました。つまりこの中の誰かが、自分が履いていたスリッパの裏に血が付いたので、一度一階まで降りてきて、玄関で予備のスリッパに履き替えたということが言えると思います」

来客用のスリッパの予備は、玄関脇の収納戸棚の中にしまわれていると、使用人の福澤が証言した。誰でも予備を探すときにはまず最初にその戸棚を開けてみるだろうから、収納場所に関するその知識の有無で、犯人像を絞ることはできなそうだった。

「そのスリッパを科学鑑定にかければ、誰が履いていたかわかったりしないのかな」と言ったのは成幸氏だった。警部補がすぐに答える。

「新品であれば、履いていた人の汗が滲みてたりして、血液型ぐらいならわかるかもしれませんが、お客さんが来るたびに使い回していたら、それも無理でしょうね。ちなみにこの家では、毎回使うたびに洗っていましたか？」

「正直に申し上げますと、そう頻繁に使うものでもないので、一年前に一式買い揃えてから今まで、一度も洗ってないと思います」と福澤氏が証言した。

「そうですか」と林氏が話を引き取って、再び捜査会議を進行させ始めた。「では最後に、武田さん、あなたの行動をお話し願えませんか。暮林さんと西村さんがそれぞれコレクションを見に行った、その後からで構いませんが」

「二人がいなくなった後からっすか。えーっと、俺は松平の爺さんと二人だけになったんですけど、トイレに行きたくなったんで、ちょっと失礼して、三階のトイレに入りました。そこでケータイの電源を入れて着信履歴を確認してみたら、友達から何件かのメールが届いてて、留守電の着信とかもあったんで、トイレでずっとメールの返信文を書いたり、いろいろしてたんすよ」

「ずっとですか？　それはどれくらい？」

「ちょっと長文の返信を書かなきゃならなかったもんすから、トイレに籠もってたのは、うーん、十五分とか二十分とか、そのぐらいだったと思うんすけど、でもちゃんと時間を憶えてなかったんで、正確なところはわかんないっす」

「トイレに行ったのは、暮林さんたちと別れてすぐですか？」

「うーん。その前に五分ぐらいは、あの和室にいたかもしれないっす。あの掛軸をもう一回見直したりしてたっすから。二人がどこかに行っちゃったときには、虎の絵が表側に出てましたけど、俺は女の人の絵のほうを見たかったんで、それで虎の絵はこうやってめくっていって――」軸を下から巻き上げてゆき、掛緒の正三角形の隙間にそれをくぐらせて、向こう側に落とす仕草をして見せる。「女の人の絵のほうを表にしました。爺さんが自分であの絵の竹林を描いたって言ってたじゃないっすか。それで俺、爺さんが昔絵を描いてたって知らなくって、へえ、よく描けてるじゃんって思って、それでしばらくそうして見てたんすよね」

意外なところで意外な情報が出てきた。道隆翁は最初、虎の絵が表になるように掛軸を飾ったという。しかしそれを武田が入れ替えて、美人画のほうが表になるようにした。ところが道隆翁が凶刃に倒れ、血飛沫が掛かったときには、再び虎の絵のほうが表になっていたらしい。そして道隆翁を斬った犯人は、またしても掛軸の表裏を入れ替えて、血の掛かっていない美人画のほうを表にしてから、現場を去っていった。武田の言い分を信じるならば、二枚舌の掛軸はほんのわずかな間に、めまぐるしく表と裏を入れ替えられていたことになる。

林氏の示唆により、各人の身長が容疑の決め手になりそうだとわかったので、大川は以後、容疑者四人の身長をそれとなく目測していた。暮林市長は一八〇センチ、松平成幸氏が一七二センチほどで、武田もそれとほぼ同じぐらい、そして西村女史は一五七センチといったところか。武田の身長で絵をめくれたのであれば、成幸氏と市長にもそれが可能だったということになる。一方で林氏よりも二、三センチ身長が低い西村女史の場合には、道具や踏み台なしで絵をめくることは不可能だと言っていいように思われる。

そして犯人は、血の付いた客用のスリッパを玄関で履き替えている。だいぶ容疑者が絞られてきたと言えるのではないだろうか。

「なるほど。ありがとうございます。それでようやく、事件の全貌が見えてきた気がします」

林氏がそう言って、目をキラキラと輝かせた。武田の新証言によって、何かを摑んだらしい。

「ところでもう一つ。虎の絵のほうについては、特に何か思うところはありませんでしたか。裏にめくってしまわれたようですけど」

「特にって言われても——あ、そうだ。あれ、爺さんは北斎に似た無名の画家がどうのこうのって言ってたけど、あの虎の絵は本物だよね。爺さんもわかってて言ってたみたいだけど」

「え、どういうこと?」と聞き返したのは成幸氏だった。「だって西村先生が、サインや落款を偽物だって判断されたんですよね」

「そのへんは爺さんの言ってたとおりで、紙全体と描かれた絵のバランスの悪さからいっても、たぶん用紙の左下あたりに元からあった雅号や落款は、その部分を含む用紙の左側数センチを上から下までバッサリと切り落とされていて、だからあの雅号とかは爺さんが新しく書き足したものだったんだけど、でも切り落とされちゃった、つまり元からあった雅号とか落款とかが、本物の北斎のものじゃなかったとは、誰も証明できないよね」

「そんな馬鹿な！」と成幸氏は悲鳴に近い声を上げた。「本物のサインを何で切り取ったりする。なぜわざわざ本物を偽物に見せかけたりする必要がある。わけがわからん」

「サインなんて、あったってなくったって、絵は本物のまま変わらないと思うけど」

「嘘つけ。絵の価値は天と地ほども変わる。そんな馬鹿なことを兄貴がするはずがない」

「でも俺、北斎なら何枚も見たことあるし。あれは本物だよ」

「私は武田さんの言うことを信じます」と林氏が割って入った。「そもそも御前様は今回、二枚舌の掛軸の来歴などをもっともらしく作り上げて、そこから話を信じ込ませようとしていました。でも富山家の話などは全部嘘だとすぐにバレるでしょうし、西村教授がいれば、美人画のほうの竹林は後から描き足したものだとすぐにわかってしまうし、そもそも虎と美人画は対幅などではない、雅号も偽物だということも、すぐに判明してしまう——そこまでは予測できていたでしょう。でも御前様の悪戯としては、それだけではどこか物足りないと思いませんか。そこまで偽物の証拠を揃えておいて、実は虎の絵だけは北斎の筆による本物だと、誰が見抜けるだろうか。そんなことを考えて、御前様が仕組んだ、新種の悪戯だったんですよ。そのために御前様は、北斎の本物の絵から雅号を切り取り、代わりに偽の雅号を自分で書き加えておいたんです」

6

「正気の沙汰じゃない」と言って首を振ったのは暮林市長だった。

「なるほど、ワインの悪戯と似とるな」と反町院長が対照的に冷静な口調で言う。

「そうです」と林氏は後者だけに反応して言った。「いつもは偽物のロマネコンティに本物のボトルを添えて出し、それで客が偽物のワインを有難がって飲むのを笑い物にするのがパターンでした。しかし今日の悪戯ではその逆のパターンを行ってました。表面上はいつものパターンどおりなのですが、偽物ではなく本物のロマネコンテイを使っているところだけが、普段と違っています。本物に本物のボトルを添えている。なので本当なら悪戯にならないはずですが、今までのパターンを知っている常連のお客さんたちにとっては、ああ、いつもの悪戯だな、だからあのワインは偽物だな、と思ってますから、実は本物を飲んでいるのに偽物だと思い込んでいる。それにいつ気づくか。そういう悪戯だったんです。北斎もそれと同じでしょう。本物なのに偽物だと思い込むように誘導している。誰が本物と気づくだろうか……。で、実際に気づいた人物がいたんですよ。それがあの犯行現場の掛軸の、表の美人画のほうが真っ白なままで、裏の虎の絵に血が掛かっていたことの、唯一の説明になりますし、またそのことから犯人も特定されます」

「犯人が？　いったい誰なんです？」と警部補が質問をし、

「本当ならまさにスピード解決だな」と市長が感心したように言う。

そこからは林氏の独擅場だった。

「問題は先ほどの、武田さんの証言です。武田さんは他の二人が去った後、美人画と虎の絵を入れ替えた。それまでは虎の絵が表側だったのに、二枚を入れ替えたことによって、美人画のほうが表側に来たと、先ほど証言されていました。そうしておいてから自分はトイレに行った、後のことは何も知らないと。そして何者かが御前様を殺害した。頸動脈が切られて部屋中に血が飛び散った。掛軸にも血が掛かりました。そのときに血が掛かったのは、でも虎の絵でした。要するに、武田さんがあの部屋を後にしてから、何者かが入ってきて再び虎の絵を表側にした。たぶん虎の絵に何か感じるものがあったのではないでしょうか。そして事件が起こる。虎の絵に血が掛かる。そこまではいいのです。でも犯人はなぜ、最後にまた二枚舌の掛軸をわざわざめくって、美人画のほうを表に出したりしたのでしょう。その意味がわからない限り、今回の事件は解けません。逆に言えば、なぜ犯人がそんな面倒なことをしたのかさえ理解できれば、犯人の正体はもう白日の下に晒されたも同然です」

犯人は血塗れの犯行現場で、なぜわざわざ手間をかけて、表側に出ていた虎の絵を裏側に隠したのか。たしかにそれが今回の事件最大のキーポイントになりそうである。そして大川はあることを思い出した。

「そういえば林さん、先ほど現場で、虎の絵の裏側に血の跡が付いていない、それが重要だというようなことを仰ってましたよね。その言葉の説明をしていただけますか？」

「や、あれですか」と林氏は少し照れたような表情を見せた。「先ほど武田さんが話の中で、虎の絵をこうやってめくったと説明するときに、ジェスチャーをしてらっしゃいましたよね。表のほうの掛軸を、下からこうやってくるくると巻いていって、それを上の表木というか、軸というか、その上の紐と紐の間を通して、裏側にこうやって落とす。そんな仕草をしてらっしゃいました。でも表に血飛沫の掛かった掛軸を、同じように巻いていったら、どうなると思います？」

「血が乾いてなかったら、裏にも写ってしまう」と武田が素早く答えた。

「そうです。表の血の跡よりも五センチから十センチほど下側に、左右が反転した形で転写されます」

大川はその状態をすぐに理解した。そういう原理を応用したマジックがあったので、林氏の説明内容が具体的にイメージできたのである。

「ところがそうなっていなかった。ということは二通りの考え方ができます。犯人は虎の絵を裏側にめくるにあたって、その絵をくるくると巻いていかなかった。カレンダーの十一月を破り取るときに、わざわざ下から丸めていく人はいませんよね。ガバッと全体を持ち上げて、そのままビリビリと破り取ります。破り取るんじゃなくてめくる場合でも、ガバッと全体を持ち上げて、錘になっている軸を紐の間に通して、そのまま向こう側にぽいと放るようにすれば、少なくとも裏写りはしません。絵の表面を垂れていた滴が、そうやって一時的に上下が逆さまになることによって、妙な動きの跡を残すかもしれませんが。もう一つの考え方としては、血のついた虎の絵を表から裏に回すんじゃなくて、汚れのついていない美人画を、裏から表に回すのです。結果的に同じ状態になりますよね。でも下から巻き上げていくのは美人画のほうですから、血の跡が裏写りするかしないかは気にしなくていい。くるくると巻き上げていって、美人画のほうは裏から掛緒の隙間を通して表側に軸を出して、手を離せばするすると下に落ちていって、虎の絵の上を美人画が覆うようになります。そうすれば、虎の絵はまったく巻いてないわけですから、血の跡が裏写りしないのは当然です。でも犯人はなぜそんな面倒臭いことをしなければならなかったのでしょう。表側の虎の絵のほうを巻き上げていったほうが、作業としては断然楽なはずです。わざわざ作業のしにくい裏側の絵のほうを巻き上げる理由がどこにあるのか。この疑問は犯人の断定にきっと結びつくはずだと、あのときはそう思って、大川さんと反町さんにこのことは憶えておいてくださいと言いました。でもそれよりももっと問題なのが、なぜ犯人がそこまでしてわざわざ掛軸の絵をめくったのかという点です。こっちの疑問さえ解決できれば、他の疑問も同時に解決されますから、話を戻すことにします。そこでまずはイメージしてみましょう。犯人は虎の絵を見ています。そのとき和室にはおそらく一人でいたのでしょう。和室ですからスリッパを脱いで畳に上がっています。そこに御前様がやって来ます。犯人は虎の絵を確認しながら言います。これは北斎の本物ではないかと。御前様はそうだよと素直に認めたと思います。それに対して犯人はキレたのではないかと思います。本物の芸術品を、こんな悪戯のために、切ったり偽の雅号を書き込んだりしたのかと。犯人の目の前には日本刀がありました。床の間に飾ってあったそれを摑んで、鯉口を切り、刀身を抜きます。その日本刀には刃がついていました。御前様は慌てたでしょうが、まだ相手が本気じゃないと思っています。その隙に犯人は御前様に斬りかかった」

「正確に言えば、剣先で胸を突いたんじゃな」と反町院長が口を挟んだ。「胸部に刺された傷があった。ただし心臓や動脈は外れていて、この時点では大した出血はしていない。胸を刺された道隆は、おそらく凶器を持った相手から逃げようとして、犯人に背中を向けたところでうつ伏せに倒れたんじゃろ。犯人は倒れた道隆の背中にのしかかり、首筋に後ろから刀を入れて、挽くようにして首を搔き切った。首を斬ったのは、おそらく声を出されないようにと思ったんじゃろ。血が部屋中に飛び散ったのは、おそらくこのときじゃな。道隆が反射的に傷口を手で押さえたので、その手と傷口の隙間から、そして指と指の隙間から、血があちこちにぴゅーっと噴水のように飛び散った。じゃが犯人はそのときにはすでに部屋の入口側に素早く避難しておったので、返り血はほとんど浴びずに済んだ。ま、だいたいそんなところじゃろ」

「ありがとうございます」と林氏は反町院長に礼を言った。

「さて、犯人はその後、どうしたか。御前様の出血が止まったところで、凶器の刀を血溜まりの中に放り出し、一度戸口まで戻ってから、わざわざスリッパを履き直して、再び部屋の中に入ります。スリッパを履いたのは、おそらく血溜まりの上を歩くことになるとわかっていたからでしょう。血溜まりの上を歩いて床の間に辿り着くと、犯人は二枚舌の掛軸を、血を浴びていない美人画が表側に、血を浴びた虎の絵が裏側になった状態にしてから、また血溜まりを踏んで戸口へと戻って来ます。畳の上でスリッパの裏の血を拭い、そのスリッパは履いたままか、あるいは脱いで手に持ったかはわかりませんが、一度一階まで降りて——そのときに階段を使ったかエレベーターを使ったかはわかりません。とにかく一度一階まで降りて、玄関に血の付いたスリッパを放置し、戸棚から新しい客用のスリッパを取り出して履いて、どこかへと移動します。そして自分は死体が発見されるまでそこに一人でいたと主張します。以上の再現ストーリーは、だいたい合っていると思うのですが、いかがでしょう」

「今の話が正しいとしたら、四人の中で、西村先生は容疑から外れることになるな」と反町院長が言った。「何しろ彼女は、掛軸をめくるには身長が、ちょいと足りんようじゃから」

「私も容疑から外してもらえそうですね」と会話に加わってきたのは成幸氏だった。「犯人は戸口に脱いであった自分のスリッパを履いて、室内に戻ったという話でしたから。私のスリッパはみなさんのとは違って家族用のものですから、私が犯人だった場合には、犯行後、まず最初に玄関まで行って、客用のスリッパの予備を持ち出してから、また三階に戻って、部屋でいろいろ工作をして、そのスリッパをまた一階まで降りて玄関に戻しておいたということになる。そんな面倒臭いことをするより、兄貴の履いていたスリッパを拝借して履いたほうが、よっぽど簡単なはずです。そのほうが誰かに目撃される可能性も減りますし」

「そういえば、犯人はなぜ、自分の履いていた客用のスリッパを履き直したんじゃろ」と、そこで疑問を呈したのは反町院長だった。「現場の戸口には、成幸くんが今言ったとおり、道隆のスリッパも脱ぎ捨てられておった。そっちを履いて現場に戻れば、自分のスリッパに血が付くことはなかったし、後で玄関まで行ってすり替える必要もなかったはずじゃがの」

「おそらく先ほども話に出た、スリッパに自分の汗が残ることを気にしたのではないかと思います。来客用のスリッパなら客の間で使い回されている可能性があって、そこから自分の体液が検出されたとしても、前にここに来たときにそのスリッパを履いて、それで自分の汗が検出されたのではないかと言い訳することができるかもしれない。でも御前様の履いていた家族用のスリッパから客である自分の汗が検出された場合には、まったく言い訳ができません。そんなふうに判断したのかもしれませんし、あるいはもっと単純に、別なスリッパを履くという発想が咄嗟に思いつかなかっただけという可能性もあります」

「とにかく容疑者は、これで二人だけに絞られたわけだ」と元気を取り戻した口調で宣言したのは、どうやら容疑を免れた格好の成幸氏だった。

暮林市長か、あるいは若い武田か。二人の間を等分に揺れていた人々の視線は、やがて一方へと大きく傾き始めた。暮林大吉氏には市長としての貫禄が備わっており、人々の視線を跳ね返すだけの強さがあった。結果、若い武田が、一同の疑惑の視線を浴びることとなった。武田はただ黙って腕を組んでいる。両手に嵌めた革製のドライバーグローブから出ているあの十指が、道隆翁の命を奪う凶行を成し遂げたのだろうか。

「その前に、まだ解決されていない疑問点がひとつあります」と林氏が発言して、人々の注意を自分のほうへと向けた。「なぜ犯人は、スリッパをわざわざ履き直してまで、血塗れの現場に戻り、二枚舌の掛軸を入れ替える必要があったのか。この疑問点は、そうやって考えている間は決して解けません。だから次のように言い替える必要があります。二枚舌の掛軸は、決して前後が入れ替えられたわけではなかった。犯行前も犯行後も、ずっと表が美人画で、裏が虎の絵でした。これは先ほど、武田さんが証言したこととも一致します。彼が最後に現場を後にしたときに、掛軸はそうなっていました。そして私たちが現場に駆け付けたときも、表が美人画で、裏が虎の絵という前後関係でした。ということは、疑問は次のような形で発せられるべきだったのではないでしょうか。なぜ表の美人画のほうは血が掛かっていなくて、裏の虎の絵のほうに血が掛かっていたのか。そうやって考えれば、答えはすぐに見つかると思います」

大川にはその答えがすぐに見つかった。

「そうか。表の美人画のほうは、上のほうに巻き上げられていたんだ」

「そうです」と林氏が頷いた。「先ほどの再現ストーリーは、動機に関しては想像が一部含まれていましたが、でもそれは現場の状況から想像したものです。犯人は裏の絵を確認するために、表の絵を巻き上げていった。巻き上げた表の絵を手で押さえながらだと、裏の絵を接近して見るぶんにはそれでも問題はないのですが、一、二メートル離れたところから全体の構図などを確認したいときには、それができませんから、普通なら一枚目と二枚目を入れ替えて、虎の絵を表側に出してから、じっくりと観察したいところです。事実、武田さんは美人画のほうを確認するために、裏側だったそれを表側に入れ替えたと言っていました。犯人も虎の絵を確認したかったのなら、その絵が表側になるように前後を入れ替えれば良かったのです。でも犯人にはそれができませんでした。身長が不足していて」

林氏がそう言った途端、食堂内の全員の視線が、西村教授へと注がれた。女史は両手で顔を覆っていた。表情は窺われなかったが、肩が小刻みに震えていたので、おそらく泣いているのだろう。

「西村さんは——」と林氏はそこで初めて固有名詞を使った。「距離を置いて虎の絵を確認するために、巻き上げた美人画を上のほうで固定することにしました。矢筈を使っていちいち掛軸を外したり掛け直したりするのは、非常に面倒ですからね。ちょうど髪を束ねるために二本のリボンを使っていましたから、その二本を解いて——掛軸の上端には手が届きませんが、リボンの端を持って投げつけるようにすれば、表木の上を通ります。そうして向こう側に垂れたリボンの端と、手に持っていた端とを結んで、輪っかを作ります。二本のリボンで右端と左端に。そうしておいて、下のほうの軸を中心に美人画を巻き上げてゆきます。左右に軸先が出っ張っていますから、それを輪っかに掛ければ、美人画は巻き上げられた状態でそこに留まります。そうしておいて、裏から現れた虎の絵をじっくりと観察して、これは北斎の本物だと確証を得ます。以上の作業は、古美術品を触るわけですから、西村さんは、ちゃんと手袋をして行ったことと思います。で、そこに御前様が現れて、突発的に惨劇が発生します。で、それからです。掛軸には西村さんのリボンが掛かったままです。そのリボンを現場に残しておくわけにはいかない。スリッパを履き直して血溜まりを踏み越えて行って、リボンを回収します。その後、髪型もできれば元の形に戻したかったのでしょうが、左右で束ねるあの髪型だと、後頭部に出る左右の分け目が最初と違ってしまって、一度左右の髪を解いてから再びまとめたということがバレてしまう危険性があったので、元の髪型に戻すのは諦めて、今のような髪型にします。血の付いたスリッパは玄関まで行って別なものとすり替えます。しかしどこかに返り血を浴びているかもしれない。それで西村さんは再び現場へと戻り、自分が第一発見者になることにしたのです。血の付いた手袋を現場に捨てるなど、一見すると犯人のように思われかねませんが、よく考えれば犯人ではなく第一発見者にこそその行為はふさわしい。またスリッパに付いた血も、今度は畳の上で拭わずに、そのままペタペタと血の足跡を残しながら、エレベーターに乗り、一階の食堂へと駆け込みます。そうして一度目とは違った行動を取ることによって、彼女は犯人ではないという印象を周囲に与えます」

「本当なのか、ユミちゃん」と成幸氏が言って、そっと西村女史の肩に手を置いた。

二人が元同級生の間柄だという話を、大川はそこでようやく思い出した。

「君が兄貴を殺したのか」

成幸氏が質問を投げかけると、女史の嗚咽《おえつ》の声はいっそう大きくなり、食堂内に虚ろに響いた。

読まず嫌い。名作入門五秒前

『モルグ街の殺人』はほんとうに元祖ミステリなのか？　千野帽子

Message From Author

小説のジャンルとは人工的に後追いで作られた便宜上のものです。小説の一消費者としては、ジャンルを自明視せずに書かれた小説を読みたいといつも思います。

本稿は雑誌連載中の一回ぶんです。本書の親本『本格ミステリ09』の三ヵ月後に出た単行本『読まず嫌い。』（角川書店）では、他の回（章）とのつながりに配慮して書き直しました。独立した文章としては初出のほうが読みやすいので、文庫版では『本格ミステリ09』と同じ初出ヴァージョンのままにしていますが、お気に召していただけたら『読まず嫌い。』のほうもお読みください。

千野帽子（ちの・ぼうし）
1965年生まれ。勤め人・俳人。元クラブDJ。フランス給費留学生としてパリ第四大学ソルボンヌ校で文学理論を学び、博士課程修了。2004年より休日のみ文筆業。著書に『文藝ガーリッシュ　素敵な本に選ばれたくて。』、『文學少女の友』、『読まず嫌い。』など。公開句会「東京マッハ」の司会を担当。近著に『俳句いきなり入門』。

＊ポウ『モルグ街の殺人』、バルザック『コルネリユス卿』、メリメ『イールのヴィーナス』、江戸川乱歩『二銭銅貨』の結末に触れています。

ポウはミステリ小説を読んだことがなかった。

「前回、學校が教へて呉れないけど文學が教へて呉れる物として、戀愛と犯罪を擧げていらつしやいましたね」

お手紙拝読いたしました。確かに前回取り上げた恋愛と同様、犯罪も巨大な文学畑です。しかし現在、大量に書かれる犯罪物語の大半は、広義のミステリ小説——謎解き小説やクライムサスペンス——として書かれています。私もかつて、短いあいだミステリ読者だったことがありますから、今回はそのお話をしましょう。『異邦人』や『罪と罰』のような、ミステリでない犯罪小説については、またべつの機会があれば、ということで。

ミステリの歴史を初心者向けに説明した本を読むと、近代的な謎解き小説の元祖は必ずといっていいほど、ポウの『モルグ街の殺人』(一八四一)であるということになっています。

この作品で初登場する名探偵デュパンは、お金がなくて、パリの街で〈私〉と同居しています。昼は引きこもって読み書きや会話に耽り、夜ともなると〈手に手をとって街に繰り出し、昼間の話題の続きを語らったり、遅くまであちこち遠くをうろうろしたりして、冷静な観察によって齎《もたら》される無限の精神的興奮を、人気の多い都会の乱れた光と影とのさなかに求めるのであった〉(拙訳)。

まず、デュパンの明察ぶりを例証する短い挿話が提示されます。デュパンが〈私〉の考えていることをぴたりと当ててしまうのです。そのとき、デュパンはただ〈私〉を驚かすだけでなく、彼がそう推理するにいたった道のりを説明して、別種の驚きを〈私〉に与えます。

この二番目の驚きは、読者にとっての驚きでもあります。虚構の登場人物がなにかテレパシーや千里眼といった能力を持っているくらいでは読者はびっくりしませんが、超能力ではなく論理的な推理という万人に応用可能な(あくまで原則として、ですが)能力で人の心や秘密を読める、というのは驚きとなります。だって、それは原理的には、訓練しだいで読者自身にも実現可能なこととして描かれるのですから。

探偵の変人ぶり・天才ぶりを提示したあと、本題の密室殺人事件に入る、という流れは、のちにドイルがシャーロック・ホームズ譚で踏襲したのをはじめ、多くの名探偵ものの基本フォーマットとなりました。探偵の相棒が語り手であるとか、探偵が警察の偉い人と知人であるとか、しかしその偉い人は探偵のことを煙たがっているとか、同じ探偵が複数の作品で活躍する（いわゆるシリーズもの）とかいった基本パターンは、ポウが作ったものです。

ある日デュパンと〈私〉は、モルグ街のアパート四階で起きた密室殺人事件の新聞記事を読みます。レスパネー母娘宅から悲鳴が聞こえた。警官らが突入すると、部屋が破壊されており、しかし金目のものに手はつけられていなかった。煙突から娘の絞殺体が、また中庭から喉を掻き切られた母の死体が発見された。

その後の捜査によれば、なにものかが逃走するのを目撃したものはいない。被害者たちは人づき合いがなかった。事件当時、部屋から聞こえた叫び声は、まずこの国の言葉であるフランス語での罵倒語、つづいて性別不詳の〈外国語〉だったという。証人のひとりである、当日被害者宅に金を届けた銀行員が、証拠不充分のまま逮捕された。銀行員の知人であるデュパンは、懇意の警視総監にかけあって、〈私〉とともに現場を見に行く。

デュパンが目をつけたのは、叫び声が外国語であるという証言。フランス人の証人たちはスペイン語説・イタリア語説を、英国人はドイツ語説を、スペイン人は英語説を、イタリア人はロシア語説を唱えている。フランス語説を唱えているのはただひとり、オランダ人証人だけだが、彼は仏語を解さない。同様に、他の証人たちも、この言語であると主張する外国語ができるわけではない。〈各自、自分の同国人の声ではなかったということには自信があるんだ〉。つまり、どこの言葉でもない可能性が浮上する。

つぎに侵入・逃走経路。廊下に出るドアは施錠されていた。隠し扉に類するものはない。しかし窓の構造を調べると、警察が見落とした条件（一方の窓は、外から閉めても内側から閉めたように見える）がわかった。その窓から五フィート半のところに避雷針がある。しかし窓と避雷針の間を行き来するには人間離れした身体能力が必要である。そして死亡したレスパネー夫人は、人間のものではない毛を固く握り締めていた。

デュパンは、母娘を殺害したのが人間ではなくボルネオ産オランウータンであると推理し、ある奇抜な方法でそれを証明するのだった（もちろん言うまでもなく、現在、オランウータンはかような殺人を起こす兇暴な「猛獣」ではないとされています）。

密室で事件が起こり、容疑者が逮捕され、探偵の活躍で「意外な犯人」の正体が明かされ、——しかし、事件がじつは犯罪ではなかった（事故だった）ことが判明してしまうのです。この最後の一点において、現在のいわゆるミステリ小説とは大きく違っています。

「犯罪だと思ったら違った」なんてミステリ、なかなかありませんよね。でも「謎」は犯罪だけにかぎらないというのは、考えてみたら当たり前の話。ミステリ小説の元祖とされる『モルグ街の殺人』は、ポウにとって未来の読者である私たちの、ミステリ小説にたいする固定観念自体を、からかっているかのようです。

「既に「眞面目」なミステリが澤山書かれた後で、其等《それら》を揶揄《からか》ふやうな掟破りな作品が書かれるのなら、まだ解るのですが……」

でも、ポウがやったことはその逆でした。後世に書かれるミステリ小説がやらないような、ジャンルを破壊しかねない大胆なことを、いちばん初めに書かれたミステリ小説が前もってやってしまっているのです。

「何故、斯《こ》様な不思議な事が可能なのでせうか？」

いやいやお嬢さん、じつはこれ、不思議でもなんでもないのです。

よく考えてみてください。元祖ミステリ小説と見なされている『モルグ街の殺人』をポウが書いたとき、「ミステリ小説」というジャンルは存在しなかったのです。ポウには、「ミステリ小説」というジャンルの意識など、持ちようがなかったのですよ。頭のなかに「ミステリ小説とはこういうものである」という固定観念はなかったのです。

二〇〇七年夏のコミケで売った《CRITICA》二号の「少年探偵団は二度死ぬ。」という文でも書いたことですが、ジャンルという制度は、出版の商業モデルを支え、同時に好尚（嗜好・流行）の基準をも作ります。商業制度が好尚にフィードバックして、好尚が拡大再生産される。「ミステリ小説とはこういうものである」という理念があって、しかるのちにその理念にそってジャンルという商業的制度ができるのではなく、まず制度ができ、そのあとに理念が遡って作られる。

だから商業ジャンルというものは「気がついたらもうある」ものです。『モルグ街の殺人』の精神がミステリを作っていったのではなく、すでにミステリ小説というジャンルができあがった後で、ファンが歴史を振り返ったときに、『モルグ街の殺人』を「最初のミステリ小説」として遡って認定する。

「いまある（あるいは「黄金期」の）ミステリを愛するファンが、先祖として認めていいと考えるのは、『モルグ街の殺人』である」

という話なのです。小説に限らず、「起源」というものはしばしば、後世の人間が自分の時代の感覚で、勝手に遡って認定する、あるいは捏造するものなのですから。

後世の「まじめ」なミステリ小説はいわば、『モルグ街の殺人』のようなジャンル定着以前の作品が持っていた、「間違える権利」「バカなことをやらかす権利」を捨てていって、無難なところに落ち着くことを目指した結果なのです。そうすることによって、「失敗する危険」を減らしていったのですね。「失敗する危険」あっての小説の魅力ではないかと思う私などは、「失敗する危険」が減っていったからこそ、ミステリ小説から爆発的なおもしろさもなくなっていったのだと思うのですが。

ルイ一一世は名探偵。

「だとしても、現在のミステリ観が如何《どう》にか當嵌《あてはま》る最初の小説が『モルグ街の殺人』である事に變りは無いのですね？」

長いあいだそう思っていたのですけれど、いまとなっては自信がない。というのは、長いこと読まず嫌いだった文豪・バルザックの『コルネリユス卿』（一八三一）という中篇を、あるとき読んでしまったからなのです。

『コルネリユス卿』は、書かれた時代からざっと四〇〇年近い過去、一五世紀のフランスを舞台とした歴史小説、というより伝奇小説といったほうがいいかもしれません。

トゥールの大聖堂で、万聖節のミサがまさに終らんとするとき、身分卑しからぬ若者が、時の国王ルイ一一世の娘マリーに近寄り、秘密の計画を彼女に告げる。嫉妬深い夫サン＝ヴァリエ伯爵の虐待に耐えているあなたを、救いに参ります、と伝えたのである。〈わたしといっしょに、どこか近隣の国に逃げませんか?〉(拙訳)――マリーは若者の大胆さ、計画の無謀さに驚き呆れる。と、夫が近づいてきたので、ふたりはなにごともなかったように別れ別れに。

伯爵邸に隣接する、フランドル出身の豪商の屋敷に、弟子入りを申し出て潜入し、夜中にマリーの部屋に忍びこむ――これが若者の計画だった。その豪商コルネリュス卿は守銭奴で、年老いた妹と暮らしており、ルイ一一世の会計係を務めている。

彼については恐ろしい話が囁かれていた。卿の財産からは、英国王が抵当に置いていったダイアモンドをはじめとして、金品が幾度となく盗まれてきた。内部者の犯行としか考えられなかったため、弟子入りしていた若者たちがそのたびに、卿の財産に目が眩んで出来心を起こしたと見なされて、拷問にかけられて死んだり、絞首刑にされてきたりしたというのである。

推薦状の力で、ベルギー商人を装って首尾よく弟子入りに成功した若者だったが、卿の屋敷の徒弟部屋に入れられ、用心深く二重鍵をかけられてしまった。彼は手持ちの短剣で四本のねじ釘を抜き取り、部屋を脱出して、隣の伯爵邸で不幸な日々を送っていた愛しのマリーの部屋に、煙突から忍びこむことに成功する。

翌朝、コルネリュス卿はバイエルン選挙侯の宝石が盗まれているのに気づいた。報

物件 013

『コルネリユス卿』

作者：バルザック

発表年：1831 年

刊本：東京創元社『バルザック全集』23

読むのが遅れた理由：苦手な知人がバルザック好き、ということが続いた。坊主憎けりゃ袈裟までというやつである。いまでもこの作家は基本的に苦手

読了後の和解度：この作家らしく、描写が脂っこくてくどい。でも国王父娘の会話は、父の非情さと娘の気丈さ、両者の器の大きさがよく出ていてカッコいい

『バルザック全集』23　バルザック作／東京創元社

告を受けた国王は宮廷裁判長トリスタンに、昨夜弟子入りしたという若者を調べるように命じる。いったん外に出て、屋根の煙突から宝物室に侵入したというのが卿の推理だ。

当の若者は逢瀬の翌朝、秘かに卿の邸に帰ってきたものの、昨夜はずしたねじ釘の一本がどうしても見つからないまま、眠りこんでしまっていた。そのまま彼は身柄を拘束されてしまう。

宮廷裁判長は青年に面会して、彼が副司令官の甥ジョルジュ・デストゥトヴィルであることを言い当てるが、青年はマリーに迷惑をかけぬよう真の目的を伏せ、盗みを働いたというふりを敢えてせざるを得なかった。

いっぽうマリーは父王とふたりきりにな

る機会を作り、ジョルジュのアリバイを証明し――〈あの殿方は私の部屋に一晩じゅういらしたのですもの〉――また夫から受けた虐待についても明かす。王は激怒し、ジョルジュの刑を差し止めると同時に、伯爵をヴェネツィアに飛ばしてしまう。

国王はみずから探偵となって、宝石が盗まれた部屋の現場検証に二時間を費やした。煙突の火床に煤が落ちていない。煙突内部にも人が通った跡がなく、そもそも屋根の煙突はほぼ到達不可能な位置にある。王の結論――侵入経路は煙突ではない。

王はコルネリユス兄妹に命じて床に小麦粉をむらなく撒かせた。そして近隣住民を欺くため、卿の家を派手派手しく退出したあと、こっそり戻ってくる。

翌朝、真珠のネックレスが密室から忽然と消失していた。床の小麦粉に残された足跡はなんと卿自身の上履きと一致する。前夜配置しておいた見張りの兵は、夜中に卿が恐るべき身軽さで歩いているのを目撃していた。王の主治医コワティエは卿が夢遊病者であると指摘する。蓄財を好む卿が睡眠中も蓄財に励んでいたのだろう、しかし覚醒時の卿は自分が自分から盗んだ財宝の隠し場所を覚えていない、というのである。

失った一三一万七〇〇〇エキュを、王より先に見つけなければと焦る卿。犯人が兄であったと知って、卿の老いた妹はショック死してしまう。卿は卿で、自らが隠匿した財宝を毎日探し続け、やがて気がふれて自殺する。〈コルネリユスは盗みの犯人にして被害者であり、犯人の秘密も被害者の秘密も知らず、自分の財宝を所有していながら所有していなかった〉。

密室で事件が起こり、容疑者が逮捕され、探偵の活躍で「意外な犯人」の正体が明かされ、しかし、事件がじつは犯罪ではなかった（犯人が所有者自身だった）ことが判明する——そんな逆説的な小説が、『モルグ街の殺人』の一〇年も前に書かれていたなんて、私が知るかぎりのミステリ史には出てきません。私自身、ウリ・アイゼンツヴァイクの「ミステリの審級　バルザックとポウと密室の秘密」という仏語論文を読むまで、『コルネリユス卿』なる小説の存在すら知らなかったという体たらくなのです。

実証科学で超自然現象を証明する。

「ルイ一一世にしてもデユパンにしても、不可解な現象が超自然現象などではない事を證明するのは、理詰《りづめ》の説明方法を使つてゐるからなのですね」

たしかに、「論理的」というかむしろ「実証科学的」といわれるような捜査と推理によって、ふたりの探偵は、不可解な密室事件から悪魔や怪物の影を追い払い、科学的な昼の光の下での説明に成功します。

密室から財宝が消えるたび、コルネリユス卿は驚いて、
〈私の家に悪魔がいる〉
〈この裏には魔法が働いている〉
と、ろくすっぽ推理もせずに超自然的な解釈を持ち出すのにたいし、王は、
〈天使にせよ悪魔にせよ、犯人の尻尾は摑んだ〉
と自信満々ですし、デュパンも語り手に向かって、
〈もちろんぼくらはふたりとも、超自然現象なんて信じない。レスパネー親子は幽霊に取り殺されたはずがない〉
と断言します。実証精神が悪魔や幽霊といった超自然現象を退散させてしまうのが、ミステリ小説なのだと、ひとまずは言えるでしょう。ではほんとうに、実証的な捜査をきちんと描けば、必ず超自然現象が否定されるのでしょうか。ここでもうひとつの短篇を取り上げてみましょう。
メリメと言えばビゼーがオペラ化した『カルメン』の原作者として知られています。もうひとつの代表作『イールのヴィーナス』（一八三七）は、変死事件の背後にキリスト教と異教の緊張関係が配置された、凝った作品です。
〈私〉は、在野の考古学者ペイレオラードを訪ねて南仏イールの町に出張してきた。ガイドを務めるカタルーニャ人によれば、ペイレオラードはローマの美神ウェヌス

（ヴィーナス）の銅像を発掘したばかりだという。しかしガイドは、女神像にまつわる禍々しいできごとを目撃していた。発掘中に銅像が倒れて、人夫の一人が脚を折ったというのだ。また〈私〉自身も、像をはじめて見たとき、町の若者が像に投げた小石が跳ね返って若者の額に当たってしまうのを、現に目撃する。

　ペイレオラードの信心深い妻は、人の脚を折った異教の神の像を嫌い、像を潰して教会の鐘にする（つまりロンダリングしてキリスト教のものにする）ことを提案しているが、考古学者は笑って取り合わない。

　ペイレオラードの息子アルフォンスは、婚約者の美貌よりも持参金に興味のある、軽薄だが活発な青年である。偶

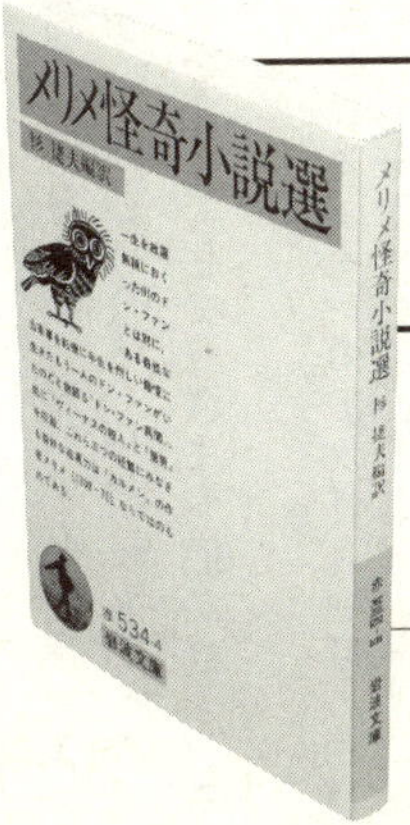

物件 014
『イールのヴィーナス』（『ヴィーナスの殺人』）

作者：メリメ
発表年：1837年
刊本：『フランス怪談集』河出文庫、『メリメ怪奇小説選』岩波文庫、集英社ギャラリー《世界の文学》7
読むのが遅れた理由：これは遅れませんでした

『メリメ怪奇小説選』メリメ作／岩波文庫

然、今度の金曜に婚礼を控えている。イエスが死んだ日とされる金曜に結婚式とは珍しい、と〈私〉が言うと、新郎の父は、金曜日（vendredi）は愛の女神ウェヌス（Vénus）に因んだ日なのだから、むしろ結婚にふさわしいのだ、とご機嫌である。ここにも、同じ事象がキリスト教と異教とで解釈を変えてしまうさまが描かれているといえます。

そして金曜日、挙式当日の朝だというのに、新郎はスペインのアラゴン地方・ナバラ地方からやってきた連中相手に、ポーム（テニスの原型となった球技）に夢中になっている。式で使うダイアモンドの立派な指輪をはめているせいでラケットをうまく握れず（左利き？）、レシーヴに失敗してしまう。

腹を立てた新郎はリングをはずし、一時的な置き場所として、コートの傍に立っているウェヌス像の薬指に通しておく。そのあとは快調にゲームを進め、スペインチームをこてんぱんにやっつけてしまった。試合終了時、アルフォンスが相手に、こんどはハンディキャップをつけてやるよ、と侮辱的な言辞を弄すると、大男のアラゴン人は怒りに蒼ざめ、Me lo pagarás（いまに見てろ）と低く言い放った。

暢気な新郎は指輪を銅像の指に置き忘れたまま式に出て、代用の指輪でどうにか乗り切る。式のあとの晩餐会で、周囲のお祭り気分とは裏腹に新郎の顔色は悪い。晩餐会のあと、新郎は〈私〉にこっそりと告白する——指輪を取りに行ったら、銅像が指を曲げていて取れなかった、と。目が血走っている。

一瞬ぞっとした〈私〉だが、酔っ払って客をからかおうとしているのだろうと判断し、相手にせずに部屋に戻る。愛のない野卑なアルフォンスと結婚してしまった清純な花嫁が気の毒で、なかなか眠れない。ふと、重たい足音が木の階段を軋ませて昇っていくのを耳にするが、そのあとは切れ切れの眠りに落ちた。

早朝五時ごろ、同じ足音と軋みを聞いた——と思ったら、邸内が急に騒然となる。新郎の母が泣き叫んでいるようだ。騒ぎの中心である新婚夫婦の部屋に入ると、木製の寝台が壊れていて、新郎が半裸で横たわっている。部屋の反対隅のソファでは、パニック状態の新婦をメイドたちが取り押さえている。

新郎はすでに鉛色となって、生きている気配はない。死後硬直が始まっていた。〈食いしばった歯と、どす黒く変色した顔〉（以下拙訳）から判断するに、自然死ではなく、しかもかなり苦しんで死んだと思われた。出血はない。胸から脇腹を経由して背中まで、打撲傷のような鉛色の跡がついている。〈鉄の輪に入れて締めつけたみたいだ〉。そして床にはあのダイアモンドリングが落ちている。

〈私〉は推理をはじめる——これは他殺である。おそらく複数犯、そして死体発見現場イコール犯行現場であろう。しかし棍棒などでできる傷ではない。バレンシア地方ではプロの殺し屋が、砂を詰めた細長い革袋を使うという。しかしきのうのアラゴン人だったとして、あのような挑発で人を殺したりするものだろうか。

そこで、侵入経路を求めて屋敷じゅうを当たってみる。建物が破損された形跡はない。前夜の豪雨で荒れている地面に、深い足跡が見うけられた。ポームのコート脇の生垣から家の戸口までを往復したらしい。生垣は、そこの部分だけ枝がまばらである。指輪を取りに来た新郎の足跡か？　それとも、ここから犯人が侵入したのか？　そこに立つウェヌス像の顔に、〈私〉は〈皮肉な底意地の悪さ〉を感じて震撼する。

地方検事が到着すると、事情聴取が始まった。アラゴン人の行商人には動機があるとして、身柄拘束の命令が出た。半狂乱の新婦は、夫が〈緑がかった巨人みたいなもの〉に抱き締められていた、と証言したという。検事はそれを幻覚と判断している。生前の被害者と最後に言葉を交わした使用人は、そのとき彼が指輪をしていなかったと述べた。

呼び出された容疑者のスペイン人は、〈いまに見てろ〉発言を認めたが、それは「つぎの試合では、見てろ」という意味だったと言い、続けて、本気で侮辱を感じていたとしても、アラゴン人ならあとでこっそり仕返しなどせず、その場で刺したはずだと述べた。〈私〉は庭の足跡と容疑者の靴のサイズを比べて、後者が遥かに大きいことを確認する。しかも容疑者にはアリバイがある。当夜、病気になった自分の騾馬《らば》を看病しているところを、宿の主人が目撃していたのである。

〈私〉はイールを去り、事件は迷宮入りする。息子のあとを追うように、ペイレオラード氏もまもなく亡くなった。残された妻は望みどおり立像を鋳つぶして教会の鐘にしたが、この鐘が鳴るようになってからというもの、すでに冷害で二度も葡萄が凍ったのだという――。

お読みになってわかるとおり、この短篇はミステリ小説と見なされていません。ミステリ小説は真相を明かさなければならないのに、『イールのヴィーナス』では真相が宙吊りにされたままですし、そもそも超自然的現象の存在を示唆しているように読めるのですから。

つまりこの短篇は幻想小説、のちの言葉で言うところのホラー小説です。しかし、台座に刻まれたラテン語にかんする衒学的な薀蓄《うんちく》や、式のあとに新郎の父が晩餐の席上で朗読するカタルーニャ語の詩（ウェヌス像と新婦とを等価に見なす内容）は、いずれも変死事件の伏線あるいはネタ振りになっていて、じつにミステリ心をくすぐるのです。

なによりも、死体発見後の〈私〉の調査が、かなり筋道立ったものであることは見逃せません。他殺との断定、遺留品の確保、動機のありそうな人物の特定、その人物の靴と怪しい足跡との照合、蓋然性の高い侵入経路の推定、目撃者情報の収集、直前の被害者の行動にかんする聞きこみ。こう見ていくと、犯行状況の可能性をひとつひとつあたっていて、一九世紀前半という時代において捜査の現場でなすべきと見なされていたことは、たいていやってしまっているのではないでしょうか。ルイ一一世にもデュパンにも負けない実証的な捜査をすればするほど、皮肉なことに、ひょっとしたら婚約指輪を嵌められた銅像が、嵌めた男を夫と見なしてハグして抱き殺してしまったのかもしれない、なんて非科学的というより反科学的で荒唐無稽な仮説が補強されてしまうという、じつになんというかこの、悪意に満ちた逆説。

この小説は『コルネリユス卿』の六年後に、つまり『モルグ街の殺人』よりは四年早く発表されました。オチがオチだけに、これもまたミステリの歴史において語られることはぜったいにないと言っていいでしょう。しかし小説としてのふるまいも、作中の探偵役である〈私〉のふるまいも、『モルグ街の殺人』に負けないほど整ったミステリっぷりではありませんか。

乱歩だって空気を読まなかった。

「ヂヤンルと云ふものを自明視しない、ヂヤンルが定着する以前の作品のはうが、空氣を讀まないから面白い、と云ふ御話なのでせうか」

よくおわかりですね。日本の探偵小説を現在の水準に押し上げた巨人・江戸川乱歩ですら、その出発点『二銭銅貨』（一九二三）はミステリ小説としては壊れた、じつはかなり歪《いびつ》な作品なのです。

デュパンと〈私〉同様、『二銭銅貨』の松村と〈私〉も同居して、貧乏で仕事も金もなく、六畳間に逼塞《ひっそく》し、〈変な空想ばかりたくましくして、ゴロゴロしていた〉。そして世間で話題の〈紳士泥坊〉事件について、室内で顔を突き合わせて論じます。

ある日松村は、〈紳士泥坊〉が盗んだ大金の隠し場所を示す暗号を解読したと主張します。彼は偶然にある暗号文書を入手し、それを解いて、

〈ゴケンチヨーシヨージキドーカラオモチヤノサツヲウケトレウケトリニンノナハダイコクヤシヨーテン〉

という情報を得ます。五軒町の正直堂から玩具の紙幣を受け取るとはどういうことか。

〈世の中に一番安全な隠し方は、隠さないで隠すことだ。衆人の目の前に曝して置いて、しかも誰もがそれに気づかないという様な隠し方が最も安全なんだ〉。これはポウのデュパンものにも、チェスタトンのブラウン神父ものにも出てくる発想です。松村の推理では、〈紳士泥坊〉は盗んだ五万円（二〇円札と一〇円札で二五〇〇枚以上？）を玩具の紙幣のなかに隠している、というのです。

沸騰する松村の推理にたいして〈私〉は、このように水を差しました。〈君の想像

は、小説としては実に申し分がないことを認める。けれども世の中は小説よりはもっと現実的だからね〉。ここでの「小説」とは、厳密には「お話」「物語」として解釈すべきでしょう。

連載第四回を思い出してください。『ドン・キホーテ』や『ノーサンガー寺院』『ボヴァリー夫人』の主人公たちは、騎士道物語やゴシックロマンスや恋愛小説を読みすぎた結果、RPG趣味やゴス眼鏡やケータイ小説脳で現実世界を解釈しようとして滑稽な結果になりましたね。

遍歴の騎士になりきったつもりの郷士、ゴシックロマンス的秘密を探ろうとするお嬢さん、「恋愛小説中の恋」に恋する人妻と並んで、素人探偵気取りの遊民・松村もまた、こうした「物語挫折者」の系譜に属しています。ポウの『黄金虫』やドイル(おそらくホームズものの『踊る人形』)といった暗号小説を参考にして、現実世界をミステリ眼鏡で見てしまうようになっているのですから。

さて、松村の滑稽な結末とは――

〈ゴケンチヨーシヨージキドーカラオモチヤノサツヲウケトレウケトリニンノナハダイコクヤシヨーテン〉

は、八字おきに読むとご冗談《ゴジヤウダン》となる。この暗号文書は、ほかでもない語り手の〈私〉が、探偵趣味を持つ松村に仕掛けた悪戯だったのです。

『モルグ街の殺人』では、犯人が犯「人」ではなくオランウータンだとわかった瞬間、「殺人事件」ではあっても「犯罪」ではない、という驚くべき展開になったのでした。しかし『二銭銅貨』はある意味もっと凄い。松村の物語を残酷に相対化する暗号は、話題の〈紳士泥坊〉となんの関係もなかったのです。それはよりにもよって、探偵気取りの松村が住んでいるその同じ部屋から発信されたものだったということが、結末でわかるのです。

つまり〈私〉のほうは一見、松村という探偵役の推理を傾聴するワトスン役（『モルグ街の殺人』の語り手やホームズ譚におけるワトスンの役）のように見せておいて、ほんとうは探偵役に勝利した犯人でした。『コルネリユス卿』はミステリがジャンルとして成立する以前に「犯人は被害者自身だった」というオチを用意しましたが、乱歩のデビュー作であると同時に日本の謎解き小説の嚆矢《こうし》である『二銭銅貨』は、クリスティのあの有名な叙述トリック作品より三年も早く、もっとアンフェアな形ではありますが「犯人は語り手だった」というオチを堂々とやっていたのです。

空気を読むとジャンルになる。

「数多くの「眞面目」なミステリ小説群を揶揄《からか》ふと云ふ點で、『二銭銅貨』の大膽《だいたん》さは或る意味で『モルグ街の殺人』を超えてゐるのかも知れませんね」

然《しか》り。ミステリ小説は読者を騙すとよく言われますが、ふつうは読者を謎という難問でもって困惑させるのが関の山です。ところが『二銭銅貨』では、メインの謎と思われた〈紳士泥坊〉の金の隠し場所は、最後まで放置されてまったく解決されず、読者の期待は完全に宙に浮いてしまいます。

松村同様に読者も、〈紳士泥坊〉が隠したお金を求める「宝探し」物語を期待しています。読者はその期待をはぐらかされて、松村と同じく自分も完全に騙されていたことを知る。そして〈私〉と松村との関係が、ほかでもない作者・乱歩と読者である自分との関係とまったく同じだったことに、気づく。ここまでやってこそほんとうの意味で「読者を騙す」と言えるのではないでしょうか。

型破りな作品はしばしば、小説の一ジャンルが商業ジャンルとして定着する前に書かれてしまいます。商業ジャンルの「定着」は、「同じようなものを何作も読みたい人」が大量にいることを前提としているからです。そこではドラマ『水戸黄門』のように、徹底したパターンの反復と微細な違いが追求されるようになる。それはジャンルが「純粋」になることを意味します。

ジャンルが定着して、読者がジャンルにひとつの型を期待・要求するようになると、ジャンルは純粋になって、初期に持っていた雑種性を失います。そうすると、ミステリにしては超自然的現象の可能性を残したまま真相を解明しきらずに終わるし、ホラー小説にしては逆に冷たく理屈っぽすぎる『イールのヴィーナス』のようなレッテルの貼りにくい作品は、ジャンルのファン（個々の小説が好きなのではなく、特定のジャンルという抽象的な類を愛する読者）からは期待されないから、だんだんと刊行の可能性を奪われていくのではないでしょうか。

ならば、ありきたりのいまの小説に飽きた私たちにとってほんとうに新鮮なものとは、ジャンルとか「空気」なんてものがまだないところで書かれた古い作品、不滅の名作や忘れられた名作のなかにこそ、存在するということにほかなりません。

「名作」が教へて呉れるこんな逆説を求めて、また來月、圖書室で逢ひませう！

二〇〇八年九月、京都

解説

山前 譲

きみは何か面白い本がないかと、書店に入っていく。誘われるように一冊の文庫を手に取る。『空飛ぶモルグ街の研究』というタイトルに惹《ひ》かれたのか、あるいは見覚えのある作家の名をカバーに見たのか。どういう理由であれ、これをどうしても買わなければならないという情動が、にわかに沸き上がってくる――などと、読者自身が主人公であるかのような感覚に囚《とら》われる叙述によって謎解きがすすめられていく、巻頭の法月綸太郎「しらみつぶしの時計」にならってみたものの、才能及ばずというところなので、いつもの文体に戻そう。

本書は本格ミステリ作家クラブ・編の年度別アンソロジーの一冊である。我孫子武丸、杉江松恋、千街晶之の作品選定委員三氏によって選りすぐられた、二〇〇八年発表の本格短編九編と評論一編を収録し、『本格ミステリ09 二〇〇九年本格短編ベスト・セレクション』のタイトルで、二〇〇九年六月に講談社ノベルスの一冊として刊行された。小説は発表月の順に収録されている。

本格ミステリ作家クラブの事業として、講談社文庫に順次収録されている年度別アンソロジーは、すっかりお馴染みのものとなっただろう。ただ、クラブの発足の趣意が〝本格ミステリのジャンル的発展を目指し、本格ミステリ大賞創設のため〟とあるからには（公式サイトより）、やはり本格ミステリ大賞の結果について、まず触れておこう。

二〇〇八年に発表された小説と評論・研究を対象にした、第九回本格ミステリ大賞の候補作は以下のようなものだった（各部門はタイトル五十音順）。

［小説部門］
牧薩次『完全恋愛』
芦辺拓『裁判員法廷』
連城三紀彦『造花の蜜』
柄刀一『ペガサスと一角獣薬局』
三津田信三『山魔《やまんま》の如き嗤《わら》うもの』
［評論・研究部門］

本多正一編『幻影城の時代　完全版』
限界小説研究会編『探偵小説のクリティカル・ターン』
円堂都司昭『「謎」の解像度《レゾリユーシヨン》』
千街晶之ほか『本格ミステリ・フラッシュバック』
有栖川有栖・安井俊夫『密室入門！』

本格ミステリ大賞の受賞作は、すべての候補作を読了した会員による投票によって決められるのだが、その開票を公開で行うのが大きな特徴となっている。第九回は二〇〇九年五月十三日に開票が行われ、小説部門は牧薩次『完全恋愛』、評論・研究部門は円堂都司昭『「謎」の解像度』と決定した。ちなみに、小説部門の牧薩次は辻真先作品の作中に登場する作家と同姓同名だが、じつは……謎めいた作者の正体はいうまでもないだろう。

これまでの受賞作をみると、本格ミステリ大賞はやはり長編が有利なようである。だが、短編にも「本格」の醍醐味があることはいうまでもない。いや、密室殺人の謎解きであるエドガー・アラン・ポー「モルグ街の殺人」（一八四一）にその歴史が始まったとすれば、短編のほうがより「本格」としての濃密な味わいがあるとする人も多いだろう。本書のような年度別アンソロジーの刊行も、本格ミステリ大賞と同様に、本格ミステリ作家クラブにとって重要な活動となっている。

ところで、実のところ、その「本格」という用語に、万人が納得するような確固たる共通概念があるとはいえないようだ。もちろん文学の概念に、特許や実用新案は似合わないし、あえてひとつに統一する必然性もない。作者や読者が、それぞれの感性で「本格」を捉えていけばいいのだが、論理《ロジック》を重視する人は多いはずである。その意味では、法月綸太郎「しらみつぶしの時計」は本書のなかでもとりわけ論理にこだわった作品であるのは間違いない。

ある施設に閉じ込められた男に、個人としての知能と問題解決能力を試すミッションが課せられる。すべて異なった時刻を示している一四四〇個の時計から、正しい時を刻んでいる唯一の時計を、限られた時間内に見つけだせというのだ。そこに要求されるのは完璧なロジックである。同時に、短編ならではの切れ味鋭いラストへと読者を導いていく、テクニックにも驚嘆することだろう。意欲的な試みを読者に仕掛けたこの短編は、日本推理作家協会編『ザ・ベストミステリーズ：推理小説年鑑２００９』にも採られた。そして、二〇〇八年に刊行された短編集の表題作でもある。

つづく小林泰三「路上に放置されたパン屑《くず》の研究」はいわゆる日常の謎だ。「本格」における謎は、なにも犯罪に関わるものばかりではない。とくに安楽椅子探偵物では、日常生活のなかで目撃したり、ふと耳にした謎が解かれていくものがよくあったが、北村薫作品をきっかけとして、より日常の謎が注目されるようになる。結果として、「本格」におけるロジックの展開が多彩になった。「路上に放置されたパン屑の研究」は、そのタイトルのままの、二、三日ごとに繰り返される、日常の風景のなかでの不可解な出来事の謎解きである。とぼけたやりとりのすえに、謎の性質が変わっていくのが絶妙だ。

この作品がラストに収録された連作短編集『モザイク事件帳』(二〇〇八)は、文庫化の際には『大きな森の小さな密室』と改題されているが、まさにモザイクのように収録七作が組み合わされて奇妙な世界を作っている。犯人当て、倒叙、安楽椅子探偵……とさまざまなタイプに挑戦し、各編の登場人物にもさまざまな仕掛けがあったが、いずれも探偵が謎解きに挑む物語である。

その探偵が「本格」によく馴染《なじ》むキャラクターであるのはいうまでもない。複数の作品に登場するシリーズ・キャラクターの探偵役だけでも、これまで数えきれないほど登場している。老若男女問わず、そして時には人間以外も。

麻耶雄嵩「加速度円舞曲《ワルツ》」には貴族探偵を自称する青年が登場する。富士山に昇る朝日が見える別荘での事件では、趣味で探偵をやっているという貴族探偵が死体の第一発見者だった。彼は探偵としてはちょっと変わったキャラクターである。ノーブルな風体や穏やかな口調はたしかに貴族といわれて納得するが、それだけが貴族探偵とする所以《ゆえん》ではない。ちょっと唖然《あぜん》としてしまうその理由は、やはり読んでのお楽しみとしておくが、謎解きのロジックそのものは緻密である。このシリーズは十年近くかけてこつこつと書かれ、『貴族探偵』（二〇一〇）にまとめられた。

スパイといえば国際謀略や情報戦争の世界のキャラクターで、「本格」とは関係ない――などと断言してはやはりいけない。時は遡《さかのぼ》って第二次世界大戦前夜、イギリスにスパイとして送り込まれた伊沢を主人公にしたのが柳広司「ロビンソン」だ。スパイ容疑で確保されてしまった伊沢と、彼を利用して偽情報を日本に流そうとする英国課報機関が繰り広げる情報戦。虚々実々の駆け引きと巧妙に仕掛けられたトラップ。必死に脱出を試みる伊沢が、自分に課せられた任務の真の目的をロジカルに推理していく。

読者もまた、二重三重の仕掛けに翻弄《ほんろう》されるのだが、それを仕組んだのが課報員養成学校、通称D機関を作った魔王こと結城中佐である。結城が育成したスパイの活躍は、本作を収録した『ジョーカー・ゲーム』（二〇〇八）を最初に、『ダブル・ジョーカー』（二〇〇九）、『パラダイス・ロスト』（二〇一二）とまとめられている。作品が重ねられていくうちに、黒子のように各作品に姿を見せる結城中佐の実像もほのかに見えてきた。

沢村浩輔「空飛ぶ絨毯《じゅうたん》」はデビュー作「夜の床屋」につづく第二作で、同様に大学生の佐倉による不思議な事件の謎解きだ。六畳の洋室から忽然《こつぜん》と大きな絨毯が消えた。部屋には机などの家具があり、ベッドには女性が寝ていたというのに……。濃い霧に包まれたある夜の出来事は、小さい頃のエピソードと重なってのファンタジックな趣《おもむき》が濃厚だが、推理は現実的である。後半の、ロジックとロジックのスリリングな対決が、まさに思いもよらぬ真相を導いていく。

佐倉のシリーズはさらに書き継がれて、『インディアン・サマー騒動記』（二〇〇一）としてまとめられている。これもまた、ロジックとともに、思いもよらぬ展開をみせていく連作短編集だ。

本格ミステリ作家クラブの短編アンソロジーの常連作家である、柄刀一「チェスター街の日」の舞台はイングランド北西部が舞台である。車椅子の日本人青年が弁護士を伴って、その石造りの建物を訪れたのは、自身が相続した莫大《ばくだい》な遺産をめぐるトラブルを解決するためだった。いきなりのアクション・シーンに、殴られて気を失う青年と、いったいどうなることかと不安に思ってしまうかもしれない。だが、その青年が意識を回復したところから、アクロバティックな真相が読者に仕掛けられていく。

柄刀作品には多彩な探偵役が登場しているが、ここでは写真家の南美希風《みなみみきかぜ》が務めている。本作が収録された『ペガサスと一角獣薬局』（二〇〇八）では、世界の伝説と奇観をテーマに、ヨーロッパで写真を撮っているなか、謎めいた事件に遭遇していた。彼が活躍する作品は他に、『ＯＺの迷宮　ケンタウロスの殺人』（二〇〇三）、『火の神《アグニ》の熱い夏』（二〇〇四）、『ｆの魔弾』（二〇〇四）、『密室キングダム』（二〇〇七）がある。

犯罪社会学者である火村英生の、名探偵としての名声は津々浦々にまで響き渡っていることだろう。有栖川有栖「雷雨の庭で」も彼の探偵譚の一編である。ワトソン役である有栖川有栖が事件現場の家に駆けつけたときには、火村は既にフィールドワークに勤《いそ》しんでいた。庭の天使の石像の足許に転がっていた男性の死体。頭を強打されて即死したようだが、凶器は見当たらない。庭に誰の足跡もないのは、昨夜の激しい雨のせいか？　犯行時刻が絞られ、そして容疑者もすぐ浮かんでくるが、火村のフィールドワークはただただ、不可解な犯罪であることを際立たせていくばかりなのである。

不可能興味と名探偵の鮮やかな名推理。「本格」のエッセンスはやはり今も昔も変わらない。デビュー以来、変わらぬ創作姿勢でその醍醐味《だいごみ》を堪能させてくれる作家に、多くの愛読者がいるのは当然だろう。

さて、ポーの作品を俯瞰《ふかん》すれば明らかなように、「本格」と「怪奇幻想」とは紙一重のところに位置している。三津田信三「迷家《まよいが》の如き動くもの」はその境界を自在に行き来している作者の、名探偵の物語である。その名は刀城言耶《とうじょうげんや》。各地を旅しながら怪談綺譚を収集し、東城雅哉の筆名で怪奇幻想小説を発表しているのだが、彼の関わる事件は昭和に、それもまだ太平洋戦争の影が色濃い時代に起こっている。やはりパソコンや携帯電話はそぐわないのだ。

　山中をさ迷ったり、造り掛けのところが夜中にできあがったりする家や、山道を何かが追いかけてきたりと、短編でも怪奇幻想の味はたっぷりである。そうした怪奇と幻想の謎が、合理的に解かれていくのもまた「本格」の楽しみである。もちろん、強引にではなく、伏線はきっちり張られている。「迷家の如き動くもの」は短編集『密《ひめ》室《むろ》の如き籠《こも》るもの』（二〇〇九）に収録された。

　このアンソロジーのシリーズの愛読者ならば、乾くるみ「二枚舌の掛軸」のタイトルを見て、何か思い当たるに違いない。『見えない殺人カード』に同じ作者の「四枚のカード」という短編が収録されていたと……。タイトルに数字を含み、それが「六」から順に減っていき、「一巻の終わり」で締めくくるという面白い趣向の連作短編集『六つの手掛り』（二〇〇九）の、最後から二番目の作品が「二枚舌の掛軸」だ。

　この短編集もロジックに徹した一冊で、とくにちょっと変わった仕掛けの掛軸をめぐる「二枚の掛軸」の謎解きには圧倒されるだろう。滔々《とうとう》と推理を披露している探偵は林茶父《さぶ》という人物だが、林家の兄弟はそれぞれに名探偵なのだ。茶父は三男だが、次男の雅賀は『蒼林堂古書店へようこそ』（二〇一〇）で、四男の真紅郎は『林真紅郎と五つの謎』（二〇〇三）で名探偵ぶりを見せている。残念ながら長男の州太はまだ活躍の場を与えられていない。この四兄弟の名前にも面白い趣向がある。だが、あっさり謎を解いてしまっては興ざめだろう。

そしてラストを飾る評論は千野帽子《ぼうし》「読まず嫌い。名作入門五秒前『モルグ街の殺人』はほんとうに元祖ミステリなのか？」――あれ、最初に「モルグ街の殺人」が最初の作品と書いていたではないかと、鋭い突っ込みが入りそうだが、何事も鵜呑《うの》みにしてはいけない。定説をひっくり返すのもまた、論理の醍醐味である。この評論は名作をひと味違った視点から見直した『読まず嫌い。』（二〇〇九）に収録されている。

「本格」をさまざまな形で具現化した小説と、その原点となる作品を見つめ直した評論を読み通したきみは、きっと満足して、また新たな「本格」の世界を旅しようと思うに違いない。

初出一覧

〈小説〉

法月綸太郎「しらみつぶしの時計」……………（「小説ＮＯＮ」2008.3→
『しらみつぶしの時計』祥伝社 ノン・ノベル 2011.2→
『Spiral めくるめく謎』講談社文庫 2012.11）

小林泰三「路上に放置されたパン屑の研究」
………………………………………………（『モザイク事件帳』2008.2→
『大きな森の小さな密室』創元推理文庫 2011.10）

麻耶雄嵩「加速度円舞曲」…………………………（「小説すばる」2008.4→
『本格ミステリ09』講談社ノベルス 2009.6）

柳広司「ロビンソン」……………………………………（「野性時代」2008.5→
『ジョーカー・ゲーム』角川文庫 2011.6）

沢村浩輔「空飛ぶ絨毯」…………… （「ミステリーズ！」28号 2008.4→
『インディアン・サマー騒動記』東京創元社 2012.3）

柄刀一「チェスター街の日」……………… （「ジャーロ」32号 2008.6→
『ペガサスと一角獣薬局』光文社文庫 2011.5）

有栖川有栖「雷雨の庭で」………………………（「オール讀物」2008.7→
『火村英生に捧げる犯罪』文春文庫 2011.6）

三津田信三「迷家の如き動くもの」……………（「メフィスト」2008.9→
『密室の如き籠るもの』講談社文庫 2012.5）

乾くるみ「二枚舌の掛軸」……………………… （「小説推理」2008.10→
『六つの手掛り』双葉文庫 2012.3）

〈評論〉

千野帽子「読まず嫌い。名作入門五秒前
『モルグ街の殺人』はほんとうに元祖ミステリなのか？」
………………………………………………………… （「野性時代」2008.11→
『本格ミステリ09』講談社ノベルス 2009.6）

空《そら》飛《と》ぶモルグ街《がい》の研究《けんきゅう》　本格短編《ほんかくたんぺん》ベスト・セレクション
本格《ほんかく》ミステリ作家《さっか》クラブ・編《へん》

講談社文庫
定価はカバーに
表示してあります

2013年1月16日第1刷発行

発行者――鈴木　哲
発行所――株式会社　講談社
東京都文京区音羽2-12-21　〒112-8001
電話　出版部　(03)　5395-3510
　　　販売部　(03)　5395-5817
　　　業務部　(03)　5395-3615
Printed in Japan

デザイン――菊地信義
本文データ制作――講談社デジタル製作部
印刷――豊国印刷株式会社
製本――加藤製本株式会社

ISBN978-4-06-277451-2

講談社文庫刊行の辞

二十一世紀の到来を目睫に望みながら、われわれはいま、人類史上かつて例を見ない巨大な転換期をむかえようとしている。

世界も、日本も、激動の予兆に対する期待とおののきを内に蔵して、未知の時代に歩み入ろうとしている。このときにあたり、創業の人野間清治の「ナショナル・エデュケイター」への志を現代に甦らせようと意図して、われわれはここに古今の文芸作品はいうまでもなく、ひろく人文・社会・自然の諸科学から東西の名著を網羅する、新しい綜合文庫の発刊を決意した。

激動の転換期はまた断絶の時代である。われわれは戦後二十五年間の出版文化のありかたへの深い反省をこめて、この断絶の時代にあえて人間的な持続を求めようとする。いたずらに浮薄な商業主義のあだ花を追い求めることなく、長期にわたって良書に生命をあたえようとつとめるところにしか、今後の出版文化の真の繁栄はあり得ないと信じるからである。

同時にわれわれはこの綜合文庫の刊行を通じて、人文・社会・自然の諸科学が、結局人間の学にほかならないことを立証しようと願っている。かつて知識とは、「汝自身を知る」ことにつきていた。現代社会の瑣末な情報の氾濫のなかから、力強い知識の源泉を掘り起し、技術文明のただなかに、生きた人間の姿を復活させること。それこそわれわれの切なる希求である。

われわれは権威に盲従せず、俗流に媚びることなく、渾然一体となって日本の「草の根」をかたちづくる若く新しい世代の人々に、心をこめてこの新しい綜合文庫をおくり届けたい。それは知識の泉であるとともに感受性のふるさとであり、もっとも有機的に組織され、社会に開かれた万人のための大学をめざしている。大方の支援と協力を衷心より切望してやまない。

一九七一年七月

野間省一

戸川幸夫
猛犬　忠犬　ただの犬
解説＝平岩弓枝　年譜＝中村伸二
動物文学の大家が歩んだ犬との協演。幼少の頃から一人立ちするまで、ときには闘い、ときには涙を流し合ったその間柄は人と人との関係を凌駕する自伝的小説。
978-4-06-290184-0
とH1

吉行淳之介・編
続・酔っぱらい読本
解説＝坪内祐三
友と飲む酒、一人飲む酒、美味しく飲む酒、酔うために飲む酒、覚めないための酒——豪華多彩な作家が描く、酒にまつわる随筆・詩・落語・イラスト、全二二篇。
978-4-06-290183-3
よA13

高見順
死の淵より
文芸文庫スタンダード
解説＝井坂洋子　年譜＝宮内淳子
激動の時代に大いなる足跡を残した「最後の文士」。晩年、癌と闘病する中で見つめた生と死の真実を、終生抱き続けた詩への想いとともに昇華させた、絶唱六三篇。
978-4-06-290185-7
たH4

講談社文庫　目録

松本清張　草の陰刻
松本清張　黄色い風土
松本清張　黒い樹海
松本清張　連環
松本清張　花氷
松本清張　遠くからの声
松本清張　ガラスの城
松本清張　殺人行おくのほそ道 (上)(下)
松本清張　塗られた本
松本清張　熱い絹 (上)(下)
松本清張　邪馬台国 清張通史①
松本清張　空白の世紀 清張通史②
松本清張　カミと青銅の迷路 清張通史③
松本清張　天皇と豪族 清張通史④
松本清張　壬申の乱 清張通史⑤
松本清張　古代の終焉 清張通史⑥
松本清張　新装版 大奥婦女記
松本清張　新装版 増上寺刃傷
松本清張　新装版 彩色江戸切絵図

松本清張　新装版 紅刷り江戸噂
松本清張他　日本史七つの謎
松谷みよ子　ちいさいモモちゃん
松谷みよ子　モモちゃんとアカネちゃん
松谷みよ子　アカネちゃんの涙の海
眉村 卓　ねらわれた学園
丸谷才一　恋と女の日本文学
丸谷才一　闊歩する漱石
丸谷才一　輝く日の宮
麻耶雄嵩　翼ある闇 〈メルカトル鮎最後の事件〉
麻耶雄嵩　夏と冬の奏鳴曲《ソナタ》
麻耶雄嵩　木製の王子
松浪和夫　摘出
松浪和夫　非常線
松浪和夫　核の柩
松浪和夫　警官魂 〈激震篇〉〈反撃篇〉
松井今朝子　仲蔵狂乱
松井今朝子　奴《やっこ》の小万《こまん》と呼ばれた女
松井今朝子　似《に》せ者《もん》

松井今朝子　そろそろ旅に
町田 康　へらへらぼっちゃん
町田 康　つるつるの壺
町田 康　耳そぎ饅頭
町田 康　権現の踊り子
町田 康　浄土
町田 康　猫にかまけて
町田 康　真実真正日記
町田 康　宿屋めぐり
町田 康　猫のあしあと
舞城王太郎　煙か土か食い物 〈Smoke, Soil or Sacrifices〉
舞城王太郎　世界は密室でできている。〈THE WORLD IS MADE OUT OF CLOSED ROOMS〉
舞城王太郎　熊の場所
舞城王太郎　九十九十九
舞城王太郎　山ん中の獅見朋成雄《しみともなるお》
舞城王太郎　好き好き大好き超愛してる。
舞城王太郎　NECK《ネック》
舞城王太郎　SPEEDBOY!
舞城王太郎　獣の樹

講談社文庫　目録

2012年12月15日現在